Alison Cochrun

Se ela fosse minha

Tradução
MARIANA MORTANI

Copyright © 2022 by Alison Cochrun
Todos os direitos reservados.
Publicado mediante acordo com a editora original Atria Books, uma divisão de Simon & Schuster, Inc.

A Editora Paralela é uma divisão da Editora Schwarcz S.A.

Grafia atualizada segundo o Acordo Ortográfico da Língua Portuguesa de 1990, que entrou em vigor no Brasil em 2009.

TÍTULO ORIGINAL Kiss Her Once for Me
CAPA E ILUSTRAÇÃO Sarah Horgan
LETTERING DE CAPA Joana Figueiredo
PREPARAÇÃO Daniela Ruta
REVISÃO Paula Queiroz, Luiz Felipe Fonseca e Aminah Haman

Dados Internacionais de Catalogação na Publicação (CIP)
(Câmara Brasileira do Livro, SP, Brasil)

Cochrun, Alison
  Se ela fosse minha / Alison Cochrun ; tradução Mariana Mortani. — 1ª ed. — São Paulo : Paralela, 2023.

  Título original: Kiss Her Once for Me.
  ISBN 978-85-8439-341-1

  1. Romance norte-americano I. Título.

23-162551   CDD-813.5

Índice para catálogo sistemático:
1. Romances : Literatura norte-americana   813.5

Aline Graziele Benitez – Bibliotecária – CRB-1/3129

Todos os direitos desta edição reservados à
EDITORA SCHWARCZ S.A.
Rua Bandeira Paulista, 702, cj. 32
04532-002 — São Paulo — SP
Telefone: (11) 3707-3500
editoraparalela.com.br
atendimentoaoleitor@editoraparalela.com.br
facebook.com/editoraparalela
instagram.com/editoraparalela
twitter.com/editoraparalela

Dedico este livro para meus pais, que me amam com a mesma intensidade quando desabo e quando voo. E para as vovós, claro.

No Natal passado

Dia de neve

Uma webcomic de Oliverfazarteasvezes
Episódio 7: A garota na ponte (véspera de Natal, 23h22)
Publicado em: 4 de fevereiro de 2022

Dias de neve têm um tipo especial de magia.

Quando eu era criança, significavam uma folga do estresse da escola e da ansiedade social que sentia lá. Em um dia de neve, passear e fazer amigos era tão fácil quanto fazer uma bola de neve com as mãos enluvadas.

Dias de neve foram sinônimo de folga do meu calendário rigoroso de estudante na Universidade Estadual de Ohio, quando minha melhor amiga, Meredith, entrava no meu quarto à uma da manhã para que andássemos num trenó — feito de bandejas roubadas do refeitório — no jardim da universidade.

Já em Portland, um dia de neve parecia significar dispensa de *tudo*.

Minhas botas afundam uns trinta centímetros enquanto caminho pela ponte Burnside. Os limites da cidade foram se confundindo ao longo do dia, e não tem nada no lugar certo neste momento. Grama, calçada e rua se tornaram algo suave e fluido — um mundo açucarado demais, com aparência de algodão-doce. Mais à frente, um casal esquiando atravessa a ponte enquanto sua caixinha de som portátil toca "White Christmas". Atrás de mim, um pessoal com vinte e poucos anos se distrai com uma guerra de bolas de neve no meio da estrada, e uma mulher ao meu lado escorrega, resmunga e prageuja "Neve desgraçada!" em alto e bom som.

"É a neve que devemos culpar?", pergunto com calma. "Ou seus sapatos?"

"A neve", ela responde, pisando firme a cada passo. "Essas botas são magníficas."

Aponto para as botas. "Elas parecem ter sido escolhidas mais pela estética do que pela utilidade. Como o seu casaco."

A mulher para de sapatear na neve e olha para cima: "Como assim? Qual é o problema com o meu casaco?".

Ela está vestindo uma daquelas jaquetas Carhartt marrons que são bem populares entre um seleto grupo demográfico de Ohio e um grupo totalmente diferente aqui em Portland. O dela nem tem zíper, então sua flanela está exposta por baixo, enfiada no jeans claro.

É uma estética específica.

"É um casaco muito bonito", eu a tranquilizo. "Só não é exatamente prático para a neve, não é?"

"Em minha defesa, quase nunca neva aqui."

"Mas, quando você saiu de casa hoje de manhã, estava ciente de que a previsão era de neve."

Ela bufa e sacode os flocos de neve do cabelo como um golden retriever na chuva. Seu cabelo preto e curto é raspado de um lado e comprido do outro, com uma mecha recaindo sobre a testa. O dia todo lutei contra a vontade de tirar aquele tufo úmido de cima dos olhos dela.

Num dia de neve em Portland, você pode conhecer uma estranha numa livraria, passar o dia inteiro com ela e se ver ainda com ela às 23h23 da véspera de Natal em uma ponte com vista para o rio Willamette. Em um dia de neve, você pode ser o tipo de pessoa que segue uma desconhecida para qualquer lugar, mesmo que ela reclame da neve.

A desconhecida em questão se move para a beira da ponte, os olhos miram a água escura. "Ok, me explique, Ohio: o que a neve tem de tão bom?"

"Antes de mais nada, ela é linda." Solto o ar, e ela se vira para me olhar disfarçadamente. As sardas sob seus olhos quase parecem flocos de neve em sua pele marrom-clara. Faz apenas catorze horas que a conheci, mas já memorizei o padrão em suas bochechas e mapeei aquelas sardas para poder desenhá-las mais tarde.

Aperto meu cachecol azul em volta do pescoço para esconder meu rubor:

"E é... é neve *pra valer*, como nessas... grandes nevascas... elas têm o poder de parar o mundo por um minuto. A neve congela o tempo, como se aquele manto de neve desse uma pausa temporária na pressão constante da vida e você ganhasse o dia para poder recuperar o fôlego."

Ela se inclina contra a grade, seus braços preguiçosamente pendurados na borda. "Você sabe que pode relaxar mesmo quando não neva, certo?"

"Quando neva", eu digo, de maneira mais enfática, "o mundo se transforma. A neve é *mágica*."

Gesticulo ao nosso redor, para o céu noturno que evidencia um roxo claro, quase brilhando para combinar com todo o branco. Para as árvores que destacam a prata cintilante. Para os flocos de neve flutuando no ar, dando a ilusão de que estão voando em todas as direções, desafiando a gravidade. Estico minha língua para capturar um e percebo, tarde demais, que ela está com o celular a postos, tirando uma foto minha com a língua de fora.

"O que você está fazendo?"

"Tentando documentar a suposta magia da neve. Para fins científicos."

"E de um ângulo muito fofo."

"Ah, por favor. Você é adorável, e tenho certeza..." Ela faz uma pausa, inclina a cabeça para o lado, para estudar a tela do telefone, e estremece. "Na verdade, talvez a gente deva tirar mais uma..."

Empurro o braço dela. "Não vou me sujeitar a chacotas."

Ela segura o telefone na frente do meu rosto. "Vamos, Ellie. Algo para me lembrar de você antes que a noite acabe."

"Não vou virar abóbora quando o relógio soar à meia-noite."

"Sim." Ela sorri. "Mas talvez eu vire... Além disso, quero uma foto sua quando você for uma animadora famosa. O Oscar de Melhor Animação faz parte do plano de dez anos."

"Plano de vinte anos", corrijo. "Não quero ser irrealista."

"Ellie", diz com um tom surpreendentemente sério. "Tenho fé que você realizará o que quer que se proponha a fazer, e agora." Ela ergue o celular novamente. "Faça parecer que você não quer me matar, por favor."

Deixo os braços caírem frouxos ao lado do corpo e encolho os ombros, como se dissesse "Assim?".

Ela balança a cabeça. "Não, me mostre *você*. Isso não captura sua essência."

"Não tenho certeza de que você me conhece há tempo suficiente para reparar na minha essência."

Ela me olha através da tela do telefone. "Eu sei que sua essência não é um encolher de ombros desajeitado."

"Tem certeza? Um encolher de ombros desajeitado *definitivamente* poderia ser minha essência."

Ela faz um som inquieto e impaciente com a língua e, sem saber mais como agir, levanto meus braços, como um anjo de neve, e lentamente dou um giro amplo em um pé só no meio da ponte. Olhos fechados, língua de fora.

"O que achou?", pergunto um pouco tonta, lutando para me reorientar.

Ela estuda seu telefone com uma expressão ilegível, então dá um passo para perto de mim. "Aqui." Ela me mostra. A foto está desfocada, alguns flocos de neve aparecem nítidos no primeiro plano e eu no fundo, um redemoinho contrastante de cores: o marrom-escuro e suave da minha trança, o branco-pálido da minha pele contra o roxo da jaqueta, o azul do cachecol tricotado à mão, o fragmento de vermelho do meu sorriso e da minha língua.

"Acho que está perfeito", ela comenta.

"Minha vez." Pego o telefone e giro ao seu redor. Lá está ela, no modo retrato, quase um metro e oitenta de altura, firme com os pés na neve. "Me mostre a sua essência."

Ela enfia os punhos nos bolsos do casaco cáqui, me dá um sorriso de lado e se recosta no parapeito que separa a ponte do rio abaixo. Sua essência: perfeitamente instigante em uma única pose, como se soubesse muito bem quem é.

Tiro a foto.

Ela estende a mão para mim. "Mais uma", murmura antes de envolver um braço em minha cintura. Eu sei que não consigo sentir o corpo dela entre todas as nossas camadas, mas finjo que posso, imaginando como seria ter a pele dela contra a minha. Posso sentir o cheiro da gemada, dos donuts de bacon caramelizado do Voodoo e o cheiro de pão recém-saído do forno que permanecem em suas roupas. Ela deveria cheirar a pinheiros e fogueira, como as partes selvagens e indomáveis do noroeste do Pacífico. Água da chuva, solo úmido e musgo.

Mas, na verdade, ela cheira a pão. A calor. A algo que pode te preencher.

"Quando eu contar até três", ela começa, e na tela de seu iPhone posso ver nossos rostos lado a lado. Eu e a linda garota com a jaqueta nada prática e o sorriso de canto. Flocos em seu cabelo preto e luzes da cidade brilhando atrás de nós.

Nós duas sorrimos.

"Um... dois... *três*."

Seu polegar desliza pela tela para abrir a foto, e olho para a garota capturada em seu telefone.

"Em um dia de neve", digo a ela, "você pode ser uma pessoa diferente."

Com o braço ainda em volta da minha cintura, ela pergunta: "Que tipo de pessoa você quer ser?".

Não daquelas que encolhem os ombros de forma desajeitada. Eu quero ser o tipo de pessoa que puxa uma estranha para perto no meio da neve, e faço isto: envolvo a cintura dela e a puxo para mais perto, até que nossos corpos estejam alinhados, emaranhados, movendo-se levemente para nos manter aquecidas.

E logo estamos dançando devagar na neve. Ela cantarolando "White Christmas" no meu ouvido, o resto do mundo desaparecendo, ao mesmo tempo que dançamos em uma ponte e os minutos até o Natal vão passando. Tudo o que existe é a respiração, a voz dela, seus braços e todos os lugares em que nossos corpos se encontram. Estamos suspensas em um globo de neve perfeito construído para duas.

Em um dia de neve em Portland, você pode se apaixonar.

Um

Terça-feira, 13 de dezembro de 2022

As ruas estão cobertas por quase dois centímetros de neve, então é claro que a cidade está à beira de um colapso.

Os ônibus estão atrasados, por isso aperto meu cachecol vermelho, tricotado à mão, em volta do pescoço, e desço furiosa pela rua Belmont. Os carros estão presos em um grande engarrafamento, porque ninguém aqui sabe dirigir na neve. As escolas fecharam muito cedo, e as crianças brotam por todas as portas e calçadas, dançando alegremente, pegando flocos de neve com a língua. Mais à frente, vejo duas tentando fazer bolas de neve com pelo menos 90% de sujeira.

Só Portland, no Oregon, consegue ficar encantada e aterrorizante ao mesmo tempo com essa quantidade tão modesta de neve.

E, francamente: *neve desgraçada*.

Pela maioria das definições meteorológicas, isso nem mesmo consiste em neve. São flocos pequenos e ralos, que caem muito rápido e meio que derretem no concreto assim que aterrissam. Ainda assim, é o suficiente para atrasar os ônibus e atrapalhar o meu dia inteiro.

Enfio a mão no bolso da minha jaqueta bufante e pego o celular para ver a hora novamente.

Três minutos. Tenho três minutos e dez quarteirões pela frente, o que significa que vou me atrasar para o trabalho. E se me atrasar para o trabalho, definitivamente não vou conseguir a promoção e o aumento de que tanto preciso. E provavelmente serei demitida. *De novo*. E, se eu for demitida de novo, há grandes chances de perder o meu apartamento.

Dois dias atrás, o panfleto amarelo-neon apareceu na fresta da minha porta de entrada, informando sobre o aumento do aluguel a partir de primeiro de janeiro. Mil e quatrocentos dólares por mês por trinta e sete metros quadrados de uma paisagem subterrânea infernal no sudeste de Portland.

Se perder meu apartamento, terei de encontrar moradia numa cidade vivendo uma terrível crise imobiliária. E, se não encontrar um novo lugar para morar...

A ansiedade intensifica a situação até chegar à conclusão natural de uma catástrofe iminente: se eu me atrasar para o trabalho novamente, a minha vida fodida, que já é um lixo, será enfim coletada pelo caminhão de lixo e triturada em pedacinhos de uma vez por todas.

Por que a neve de Portland sempre insiste em arruinar minha vida?

A imagem vem à tona. A garota com olhos ardentes e neve no cabelo. Dançando em uma ponte à meia-noite. O som da risada dela em meu ouvido, a respiração em meu pescoço, e suas mãos...

Mas não. Não adianta me torturar com fantasmas do Natal passado.

Olho para baixo para verificar a hora mais uma vez, e no mesmo instante meu telefone vibra com uma chamada recebida. A tela rachada do meu iPhone 8 pisca com o nome "Linds" junto da foto de uma mulher segurando um drinque do lado de fora do Bellagio.

Durante um breve momento, considero a opção de ignorar a chamada, mas a culpa, consolidada na Igreja católica durante a minha infância, vence. "Oi, Linds..."

"Você já me transferiu aquele dinheiro?", minha mãe começa a falar assim que a chamada é conectada. Está bem claro que *não*, eu não transferi o dinheiro para ela, senão Lindsey Oliver não teria motivos para me ligar.

"Ainda não."

"Elena. Amoreco. Bebezinha." Linds adota sua melhor voz de mãe, do tipo que provavelmente aprendeu assistindo às reprises noturnas da Nickelodeon enquanto estava chapada durante a maior parte do final dos anos 90. Lindsey Oliver insiste que todos, incluindo sua única filha, a chamem de "Linds", enquanto ela me chama exclusivamente de *Elena*, apesar do fato de eu ser Ellie, de eu ter sido sempre chamada de Ellie, já que Elena me cai tão bem quanto um jeans apertado demais.

"Eu realmente preciso desse dinheiro, querida. São apenas duzentos dólares." Consigo imaginar muito bem a feição amuada da minha mãe do outro lado da linha; seu cabelo castanho-escuro tingido de loiro; as ondas naturais que ela alisa todas as manhãs; a pele clara que ela arruinou graças às sessões de bronzeamento; as maçãs do rosto salientes graças ao uso de contorno.

Posso visualizar o rosto dela porque é o *meu* rosto, exceto que ainda tenho o cabelo castanho encaracolado que Linds chama de "frisado" e a pele clara que me faz parecer "desbotada". Se minha mãe não está me pedindo dinheiro, provavelmente está criticando minha aparência.

"Prometo que é a última vez que estou pedindo", ela insiste.

"Tenho certeza que sim", bufo enquanto corro para aproveitar o final de um sinal verde. Não pela primeira vez na vida, lamento que minha única atividade física seja minha dança ocasional na cozinha enquanto espero meu burrito descongelar no micro-ondas. "Estou meio que sem dinheiro por causa dos meus empréstimos estudantis e do aluguel, mas espero conseguir essa promoção de assistente e..."

"Não é minha culpa você ter insistido em fazer uma faculdade interminável e acabar sendo demitida do Estúdio Lycra", ela retruca.

"Estúdio Laika", eu a corrijo pela décima vez. Minha mãe muda de carreira com a mesma frequência e descuido com que troca de maridos, mas nunca perde a chance de me lembrar do *meu* maior fracasso. Não a deixo perceber como essas palavras me afetam — não quero que ela saiba da vergonha queimando em meu estômago. "E eu não fui para uma faculdade interminável", digo casualmente. "Tenho mestrado em belas-artes na área de animação."

"E qual é o sentido de ter esse diploma chique se você não pode sustentar financeiramente seus pais idosos?"

Linds tem quarenta e seis anos.

Agora sim, o discurso dela está tomando forma. "Por dezoito anos", ela lamenta, "eu vesti, alimentei, dei a você um teto onde morar!"

As alegações dela sobre suprir minhas necessidades básicas são muito exageradas. Quando eu tinha doze anos, pedi dinheiro a minha mãe para comprar novos materiais artísticos. Linds não levou à sério.

"*Você sabe quanto custa criar um filho? E você quer mais dinheiro?*"

"*Põe na minha conta!*", gritei, numa crise de mau humor pré-adolescente.

E Linds gritou de volta: "Talvez eu faça isso!".

E fez. Ela calculou até os juros do custo da minha existência e espera o reembolso completo. Infelizmente, dizer não para minha mãe não é uma habilidade que desenvolvi ao longo dos primeiros vinte e cinco anos de vida. Expiro uma vida inteira de decepção parental no ar úmido e gelado. "Ok. Vou ver o que posso fazer para conseguir o dinheiro."

Sua voz fica suave na linha quando ela murmura: "Obrigada, Elena, minha querida".

E é isso. Esse é o momento certo. Preciso atacar enquanto ela ainda está cheia de carinho e orgulho maternal.

"Então, o Natal é em menos de duas semanas", eu me esquivo. "Alguma chance de você vir passar as festas em Portland este ano?"

Há uma esperança desesperada em minha voz, embora eu já saiba a resposta. Ela não veio no Natal passado e não virá neste, estou me preparando para o dissabor.

E é isso mesmo que eu quero? Passar a manhã de Natal tirando uma Linds de ressaca do chão enquanto escuto cobranças sobre minha aparência física sem brilho e minha vida amorosa ainda mais sem graça? A última vez que passamos o Natal juntas, em Cleveland — antes de Linds seguir o marido número três para o Arizona —, ela me arrastou para uma boate, tentou me arranjar um corretor de imóveis de quarenta anos chamado Rick, e então prontamente me abandonou para poder ir para casa com o amigo dele. Fiquei três dias sem a ver depois disso.

Eu tinha dezenove anos. Minha mãe tinha arranjado uma identidade falsa para mim. *Boas festas o caramba.*

Esse é *realmente* o meu desejo de Natal?

Pelo visto, *sim*. Não tenho mais ninguém. Se o último Natal trouxe algum ensinamento foi que é melhor não estar só no fim do ano. Tenho a tendência de fazer escolhas equivocadas para evitar a solidão.

"Por que eu deixaria Phoenix para ir até um lugar úmido e frio?" Linds pergunta, me fazendo recordar que meus desejos de Natal são sempre irrelevantes.

"Talvez por *eu* estar aqui?"

Ela estala os lábios no telefone. "Elena Oliver, não faça isso."

"Não faça o quê?"

"Você é tão dramática. Você sempre foi assim. Não fique tão sensível ou tente me fazer sentir culpada por não querer passar o Natal na chuva."

"Eu não estava..."

Uma voz profunda rosna no fundo da ligação, e Linds murmura algo baixinho em resposta. "Tenho que ir."

"Eu posso viajar até Phoenix", ofereço de forma patética. De forma *extremamente* patética. Sou uma mulher de vinte e cinco anos, implorando à mãe para passar o Natal com ela.

"Agora não é um bom momento para isso. Só transfira o dinheiro para mim esta noite, ok?"

É isso. Nada de *boas festas*. Nada de *eu te amo*. A ligação é encerrada antes mesmo que eu possa dizer "tchau". A vergonha anterior no meu estômago é ofuscada pelo dolorido buraco da solidão em meu peito. Vou passar o Natal sozinha no meu apartamento miserável, jantando um frango assado de cinco dólares na pia da cozinha.

A saudade de casa toma conta de mim, mas não há nada do que sentir falta, nada esperando por mim aqui ou em qualquer lugar.

Não me permito pensar naquele breve momento durante o último Natal em que achei ter encontrado alguém para aliviar a dor, uma pessoa para chamar de lar.

Estou sempre sozinha, sempre estive, e não é por ser Natal que isso vai mudar. É possível se sentir tão perdida e sem rumo no Natal quanto em qualquer outra época do ano.

Faço uma pausa enquanto espero por um sinal verde para pedestres, e, ao meu redor, a nevasca já está se transformando em chuva.

Um fato sobre a neve é que ela nunca dura e sempre deixa uma versão um pouco mais sombria do mundo quando começa a derreter.

Olho para a tela rachada do meu celular. Já estou quatro minutos atrasada para o trabalho.

Magia da neve uma ova.

Dois

"Você está atrasada."

Sou recebida por essas palavras quando chego bufando na Torralândia às 10h06. Através dos óculos embaçados pela chuva de neve, vejo meu reflexo na vitrine da cafeteria. Minha trança castanha está encharcada, minha franja está grudada na testa e minha pele clara está corada de ansiedade e esforço. Resumindo, pareço alguém prestes a ser despedida.

Meu chefe, Greg, está na porta da frente aguardando minha chegada, com seu semblante amassado e benevolente complementado pela barba ruiva.

Minha única opção nesse momento é suplicar. "Eu sei. Me desculpe, *de verdade*. Os ônibus atrasaram por causa da neve, e eu tive que caminhar até aqui e..."

Greg simplesmente estala os lábios. "Não preciso ficar ouvindo desculpas, Ellie. Basta chegar no horário."

Não discuto com o homem que tem meu destino na ponta dos dedos sujos de cera para bigode, mas *vou* desenhá-lo de forma vingativa mais tarde — vou exagerar no volume da barba em seu pescoço e na sua pele cor de leite desnatado e naqueles olhinhos redondos. Ele está vestindo sua camiseta surrada com a frase "This is what a feminist looks like", o que significa que ele é a única pessoa em Portland com menos de quarenta anos sendo irônica de forma involuntária.

Como se quisesse enfatizar seu sarcasmo, ele me olha de cima a baixo e zomba: "Você parece um filhote de basset hound que ficou preso em uma máquina de lavar. O que os clientes vão pensar quando te virem?".

"Me desculpa, Greg", digo novamente enquanto o sigo para os fundos. "Não vai acontecer de novo."

Ele parece cético, e essa é a melhor das hipóteses.

Quero reforçar que nunca me atrasei antes, nem uma vez nos nove meses em que trabalhei na Torralândia. Que lavo pratos enquanto meus colegas de trabalho fazem seus intervalos, que trabalhei (sem pagamento) em vários almoços a pedido dele e nunca reclamei. Mas não há como argumentar com Greg.

Quando fui demitida do meu último emprego e meu plano de dez anos desmoronou, fiquei desesperada para juntar meus cacos. Então consegui emprego nesta cafeteria, em uma cidade cheia de cafés incríveis, e pensei que seria um ótimo lugar para trabalhar enquanto me recuperava.

Mas acontece que sou um fracasso servindo café, assim como fui um fracasso como animadora.

A Torralândia está naquele clima de correria do final da manhã, e rapidamente me junto a Ari, minha colega de trabalho, atrás do balcão. Ela está no caixa, cantarolando com uma música de Natal que ecoa em um tom metálico pelo alto-falante. O mesmo alto-falante que eu ameacei arrancar da parede meia dúzia de vezes nesta temporada de férias se tocasse Michael Bublé mais uma vez.

"Você age como se estivesse num filme do Hallmark, aquela típica garota atrevida da cidade grande, que no início é toda focada na carreira e odeia as festas de fim de ano, mas acaba se derretendo pelo dono da fazenda de árvores de Natal de uma cidade pequena", Ari disse outro dia enquanto eu reclamava baixinho a respeito da obsessão de Greg por guirlandas.

"Sim, exceto a parte sobre ser 'focada na carreira'", respondi, gesticulando ao nosso redor.

Assim que digeriu seu peru de tofu de Ação de Graças, Greg decorou a Torralândia com pisca-piscas e azevinho, colocando para tocar no *repeat* aquela sua playlist de Natal no Spotify, convencido de que os clientes adoram essa alegria tanto quanto amam cafés temáticos superfaturados. Como se todos celebrassem o Natal. Como se não fosse a época mais ambígua do ano. Com sua máquina *steampunk* de café expresso, cadeiras artesanais e decoração com gatos gordinhos feitos de garrafas de refrigerante recicladas à venda nas paredes, a energia geral da Torralândia é ser *um café moderno fazendo um esforço enorme para parecer que não está fazendo esforço nenhum.*

A energia atual é tudo isso mais o *clima natalino*.

E não, eu não aprecio o Natal. Por motivos óbvios, relacionados à ferida aberta da solidão em meu peito.

Começo a ferver um substituto de leite para o *flat white* de um cliente assim que as notas de abertura de "Last Christmas", do Wham!, soam em meus ouvidos e, na boa, me sinto pessoalmente atacada por essa música.

No Natal passado, eu me mudei para o outro lado do país, para trabalhar em um dos estúdios de animação mais aclamados do mundo.

Este ano...

"Leite de amêndoas, Ellie! Eu disse *leite de amêndoas*! Não leite de aveia. Você estava escutando *mesmo*?"

Estremeço e quase deixo a jarra de aço inoxidável parar no chão. Quando olho para cima, vejo Jeff da Terça invadindo meu espaço pessoal. O homem, apelidado assim por causa de sua aterrorizante visita regular às terças-feiras, está com as duas mãos apoiadas corajosamente contra a parte de trás da máquina de café expresso, e ele se inclina para a frente com um acumulado de saliva no canto esquerdo da boca. Com certeza vou desenhá-lo assim para minha webcomic quando chegar em casa: constantemente irritado por causa de suas substituições de leite e sempre parecendo o crítico gastronômico de *Ratatouille*. Este dia inteiro vai resultar em uma boa história para o meu episódio mais recente.

"Desculpe, Jeff..." Direciono meu sorriso mais simpático para ele enquanto troco rapidamente os recipientes de leite falso. "Pensei ter ouvido você pedir leite de aveia."

Ele definitivamente pediu leite de aveia.

"Por que eu iria querer leite feito de aveia? Você não pode ordenhar uma aveia!" Ele grita comigo.

"Você pode ordenhar uma amêndoa?", murmuro baixinho, antes de disfarçar com um "sinto muito" bem alto.

De alguma forma, "Last Christmas" ainda está tocando. Ou talvez tocando novamente?

No Natal passado, minha vida tinha direcionamento e propósito.

Este ano, o destaque do meu dia é criar uma *latte art* de merda para um septuagenário mal-humorado. Jeff da Terça nem abre um sorriso para o impressionante boneco de neve de espuma que desenhei no expresso dele.

Tiro uma foto para Greg postar em nosso Instagram, mas Jeff simplesmente sai pela porta para enfrentar a neve parcialmente derretida sem agradecer.

"Ele é um babaca", Ari diz atrás da caixa registradora assim que Jeff sai. Por alguma razão, Ari pode dizer coisas como essa sobre clientes e passar batido, sem nunca provocar a indignação de Greg. Ari Ocampo é uma mulher de trinta e um anos que usa um chapéu fedora dentro de casa, então acho que ela pode fazer qualquer coisa passar batido.

"Hoje é um grande dia", Ari vibra.

"É aniversário da Taylor Swift?"

Ari não parece se divertir. "É o dia em que você vai falar com Greg sobre a promoção para gerente-adjunta."

Tudo dentro de mim desliza para baixo, como se a ansiedade estivesse mudando meu centro de gravidade para algum lugar ao redor dos joelhos. Ari me lança um olhar quase tão condescendente quanto o de Greg. Mesmo com o cabelo preto abundante, atualmente num estilo *undercut* e tingido com mechas roxas, vou desenhar Ari como sempre faço em meus painéis da webcomic: uma Rapunzel trans de pele escura e fodona. "Você adiou o máximo que pôde, Ellie."

"Não sei... Eu posso adiar as coisas por um tempo surpreendentemente longo se uma possível rejeição estiver envolvida", informo.

"Já se passaram duas semanas desde a entrevista, e Greg lhe deve uma resposta. Você merece saber se ele vai te dar o cargo."

Solto um vago som de concordância. Claro que *quero* saber se vou conseguir a promoção. Mas também *não* quero, porque, se a resposta for *não* — se eu não conseguir esse aumento e falhar mais uma vez —, não tenho ideia do que vou fazer com minha mãe, meus empréstimos estudantis e o aumento do aluguel. Os fragmentos dos meus sonhos podem não ter mais conserto.

Ari deve ter sentido o cheiro da ansiedade me rondando, porque ela recua. "Tudo bem. Você vai falar com Greg quando se sentir pronta."

Nas horas seguintes, continuamos no ritmo habitual. Eu, silenciosa atrás da máquina de expresso, criando arte em espuma como se fosse 2012. Já Ari conversa alegremente com cada freguês. Ari adora ser barista. Diz que isso lhe dá oportunidade de nutrir sua alma extrovertida enquanto segue seu chamado secundário para a apicultura. Parece que seu quintal está cheio de caixas de colmeia, e ela faz remédios caseiros usando o mel que vende no Saturday Market.

"Outra novidade", ela revela perto do nosso horário de encerramento, às seis da tarde, com sua alegria nem um pouco abalada pelo longo dia de excesso de cafeína e vaidade. "Vou encontrar alguns amigos naqueles novos carrinhos de comida perto do Alberta depois do trabalho. Você anima?"

Fico arrepiada diante do dilema que ela põe a minha frente. Ari entende esse convite como uma gentileza, mas minha ansiedade social é do tipo paralisante.

Eu poderia dizer que sim, poderia concordar em sair com ela e seus amigos hipsters de Portland mais tarde. Mas o *depois* sempre chega, e com certeza terei uma terrível dor de estômago só de pensar em deixar meu apartamento para ir a algum lugar novo. Vou agonizar pensando em como me livrar do compromisso até finalmente enviar uma mensagem com alguma desculpa meia-boca que Ari entenderá.

E então vou me sentar no sofá para assistir *Avatar: A Lenda de Aang* pela décima vez e trabalhar na minha webcomic, enquanto sou consumida pela culpa de me sentir uma covarde frustrada.

Independentemente de eu dizer sim ou não para Ari, vou passar minha terça-feira assistindo *Avatar*, então bem que eu podia evitar todos os momentos dolorosos que geram ansiedade.

Além disso, o convite foi feito por pena. "Desculpe. Não posso. Eu tenho planos."

Ari olha para mim como se soubesse que meus planos envolvem mergulhar bolachas velhas em um recipiente cheio de cobertura de cream cheese antes de adormecer às nove da noite com minha almofada aquecida. "Meus amigos são legais. Você vai gostar deles."

Minha ansiedade social não é relacionada a um medo de que as pessoas sejam más comigo. É um tipo de conflito muito mais sutil, uma convicção profunda de que toda interação social é um teste no qual estou fadada a falhar. "Talvez da próxima vez", murmuro.

Ari ergue o quadril e me encara. "Isso está te fazendo bem?"

Reviro os olhos. "Nós já entendemos, Ari. Você segue Brené Brown no Instagram."

"Não tente se safar com humor. Como sua melhor amiga, tenho que perguntar..."

"Minha *melhor amiga*? Nós somos colegas de trabalho na melhor das hipóteses..."

Ari me ignora e segue falando. "Essa coisa toda melancólica e eremita à qual você está se dedicando está te fazendo bem?" Ari faz um gesto circular para mim, mostrando o que é *essa coisa*, então a campainha acima da porta toca, sinalizando a chegada de um novo cliente. "Tipo, isso está te deixando feliz?"

Dou uma risada desconfortável. "Claro que não estou feliz! Sou uma jovem de vinte e cinco anos com dívidas enormes de duas faculdades que não servem pra nada, que foi demitida do emprego dos sonhos e que agora trabalha para um imbecil servindo café para esnobes neste lugar de merda."

"Lugar de merda, é?", pergunta uma exuberante voz masculina. Eu me afasto de Ari para descobrir que o cliente que acabou de entrar na Torralândia não é um cliente. É *ele*.

Andrew Kim-Prescott. Proprietário da Torralândia. E ele me ouviu xingar esse lugar. Ou seja, *porra*.

Se eu tiver muita sorte, talvez ele tenha me ouvido chamar meu chefe de imbecil também.

Uma visita de Andrew Kim-Prescott é geralmente um dos pontos altos na minha vida eremita melancólica, mas desta vez é o festão inflamável que faltava nessa árvore de Natal mirrada do Charlie Brown que é o meu dia.

"Senhor Kim-Prescott", digo, ajustando meus óculos na ponta de meu nariz. "Você gostaria de pedir o de sempre?"

Ele aceita. "Por favor. E, Ellie?", ele me dá seu sorriso mais vitorioso, "pode me chamar de Andrew."

Se um casaco Burberry fosse uma pessoa, seria Andrew Kim-Prescott. Esta noite, ele está vestindo um terno azul-marinho listrado e um sobretudo. O cabelo preto arrumado, que é sua marca registrada, recai sobre os olhos castanho-escuros e as exuberantes maçãs do rosto. Ele verifica o relógio Bulova de ouro em seu pulso enquanto tenho uma síncope.

Os homens de que eu gosto são como meus objetivos de vida: inatingíveis.

Não é porque ele seja rico (embora ele seja). E não é que ele seja ridiculamente bonito (por mais que ele *realmente* seja). Anseio pelas visitas de Andrew porque, durante o tempo que levo para preparar seu *matcha latte* com leite de castanha-de-caju, me distraio dos pensamentos relacionados a mães egoístas, chefes mesquinhos, ansiedade social e fracasso, a minha solidão e falta de rumo. Porque é impossível olhar para o rosto de Andrew e ter pensamentos negativos.

"Ei, Andrew", Ari diz casualmente para o homem que é dono deste prédio, e do prédio ao lado, e do outro prédio ao lado deste, como um latifundiário dickensiano desconcertante de tão atraente. (É assim que eu costumo desenhá-lo.)

Tecnicamente, ele não é nosso chefe, mas sem Andrew e a empresa de investimentos imobiliários de sua família, Greg nunca teria realizado seu sonho de vender café torrado e superfaturado. Andrew vem pelo menos uma vez por mês para se atualizar do negócio e beber uma bebida hipster.

"Ari. É bom ver você", Andrew ronrona. Até a *voz* dele é cara, como caxemira, ou como pedir um aperitivo antes do prato principal em vez de pedir um aperitivo *como* se fosse o prato principal.

Ele termina de pagar e dá a volta no balcão para ficar na minha frente como Jeff da Terça fez. "Então, Ellie. Você tem planos para esta noite?"

Soa como uma armadilha, como se ele e Ari estivessem armando para descobrir minhas mentiras. Não tenho planos. *Nunca* tenho planos. "Eu..."

"Andrew! Você está aqui!" Greg sai voando da cozinha, porque tem uma habilidade sobrenatural de farejar a presença de Andrew. Que, aliás, cheira a tangerina e muita grana. "Li no jornal sobre a morte do seu avô", diz Greg com a sutileza de sempre. Ou seja, inexistente. "Nossas condolências."

Andrew evoca um sorriso encantador. "Obrigado."

O proprietário da Torralândia é o herdeiro legítimo da Investimentos Prescott, uma grande empresa que é proprietária de boa parte dos imóveis de Portland. Para uma cidade que se orgulha de ser abertamente anticapitalista, Portland *ama* a família Prescott. Talvez porque seus membros sejam bons em se fazer de filantrópicos mesmo erguendo prédios de apartamentos genéricos por toda a cidade, gentrificando tudo, desde o rio Columbia até os arredores de Sellwood.

Richard Prescott, fundador da empresa e avô de Andrew, morreu de câncer no pâncreas na semana passada. Estava na primeira página de *The Oregonian*.

Coloco o *matcha latte* dele no balcão, e Andrew o pega, lançando uma piscadela brincalhona na minha direção. "Greg, você queria que eu verificasse o problema elétrico na cozinha?"

Greg acena com a cabeça de um jeito cortês, e Andrew o segue por uma porta vaivém em direção ao escritório dos fundos. Assim que eles saem, Ari estala os lábios. Eu me viro: "O que foi?".

"Como sua melhor amiga, acho que você deveria sair com Andrew Kim-Prescott", ela anuncia.

"Por que você continua se chamando de minha melhor amiga?"

"Você tem outros amigos em Portland?"

"Na verdade..." *Não mesmo.*

Ari aperta os olhos como se estivesse considerando algo. "Com certeza. Está decidido. Você *tem* que sair com o Andrew. Ele iria ajudar a dar uma sacudida na sua vida. É charmoso, bem relacionado e divertido, e você é... bem, você sabe." *O oposto disso.*

Eu me pego pensando no último Natal de novo — na ponte e na neve, quando cogitei me tornar uma versão diferente de mim, mesmo que apenas por um dia. "Andrew Kim-Prescott não sai com pessoas como eu."

"Ele piscou para você."

"Ele provavelmente tinha algo no olho. A poeira continua se acumulando nesses ramos de azevinho, e eu sou a única que limpa isso."

"Fala sério. Você sabe que é uma graça. Você é alta. Você tem esse cabelo encorpado e exuberante a seu favor, e esses *grandes*..." — cruzo os braços imediatamente por cima de meus seios avantajados — "olhos azuis." Ari termina. Solto os braços. "Você é como Zooey Deschanel seria se parasse de tomar Lexapro."

Seguro minhas mãos em uma posição de oração abaixo do meu queixo. "Daria tudo por um escitalopram genérico."

"Tá vendo? Toda essa energia peculiar. Os homens adoram essa merda."

"Eu não sou *peculiar*. Eu tenho transtorno de ansiedade generalizada, e, acredite, não há nada de fofo nisso." A menos que você considere desconforto gastrointestinal crônico, ânsia de vômito e distanciamento após o primeiro sinal de conflito algo *fofo*.

"Cara, isso aqui é Portland. Todos nós temos TAG. Arranje logo um terapeuta."

"Eu tenho uma terapeuta", murmuro. O nome dela é Anna e a vejo duas vezes por mês on-line. Levando em conta que na última sessão ela garantiu que estou "prosperando", obviamente é péssima no que faz.

"Acho que você deveria chamar Andrew para sair", Ari anuncia.

Não tem nada pior do que pessoas felizes se intrometendo na vida amorosa de solteiros convictos. No entanto, no caso de Ari, ela é uma pessoa *triplamente* feliz, já que está namorando um casal de lésbicas há dois anos. As duas são casadas, vêm à Torralândia às vezes, e as três são insuportavelmente fofas juntas. "Ari. Você me conhece há nove meses. Você realmente acha que eu já chamei alguém para sair? Além disso, Andrew não faz o meu tipo."

Posso sentir os olhos de Ari na lateral do meu rosto. "Porque ele é asiático?"

Me viro. Ari é filipina e está a cinco passos de me esganar com guirlandas de Natal. "O quê? Não! Claro que não!"

Ela parece um pouco menos assassina. "Por que ele é um cara? Achei que você gostasse de homens."

Balanço meus pés, inquieta. Eu me assumi para Ari na minha primeira semana na Torralândia, quando estávamos conferindo as curvas da Janine, do Hot Yoga, em sua calça legging. Não foi um momento muito profundo.

"Você gosta de mulheres?", Ari me perguntou ao se aproximar do nada.

Respondi de forma eloquente: "Hum, sim, geralmente gosto de tudo", como se estivesse comentando sobre quais sabores de pizza eu prefiro.

Em seguida, Ari me deu um soquinho no ombro e disse: "Bem que eu pensei que você fosse uma de nós".

Claro que passei a gostar um pouco de Ari a partir daquele momento, mas não nos aprofundamos nas nuances da minha sexualidade. "Quero dizer, eu sou bi", gaguejei, "então *tecnicamente*, sim, eu gosto de caras, mas também sou demissexual, o que significa que eu não sinto atração sexual sem um forte vínculo emocional."

"Eu sei o que é demissexualidade", Ari interrompeu.

Certo. É óbvio. Isso aqui é Portland. Não é como todas as vezes que tentei me explicar durante um terceiro encontro em Ohio e fui recebida com olhares vazios e incompreensíveis. "Ok, bom, pessoalmente falando, isso quer dizer que posso olhar para as pessoas e achá-las fisicamente atraentes de uma maneira objetiva. E posso desenvolver paixões. Mas, a não ser que haja uma confiança profunda, essa paixão sempre parecerá distante e abstrata."

Ari — que orgulhosamente usa um broche de bandeira trans ao lado de um broche do orgulho lésbico em seu avental da Torralândia — me lança um olhar expressando que *minha pergunta não exigia uma dissertação.* "Mas se você construir esse vínculo emocional, você pode se sentir sexual e romanticamente atraída por homens?", ela pergunta lentamente.

Sim. "Em teoria." Na prática, isso nunca aconteceu. Precisar de intimidade emocional nos relacionamentos e ao mesmo tempo ter um transtorno de ansiedade que torna isso quase impossível é uma grosseria por parte do meu cérebro.

"Bem, se eu gostasse de caras", Ari declara, "eu daria muito em cima do Andrew, então você definitivamente deveria criar um vínculo emocional com ele."

"Não é tão simples assim. E, além disso, Andrew é *atraente* demais. O dinheiro, os ternos e o cabelo... A vida dele é perfeita, e a aproximação só me lembraria do quão *imperfeita* a minha vida é."

Estou satisfeita com minha paixão distante e abstrata por Andrew Kim-Prescott.

Ari ajusta seu chapéu *fedora* para que fique sobre um olho de um jeito estiloso. "Ninguém é perfeito, Ellie."

Antes que eu possa responder, a porta vaivém se abre novamente e Greg e Andrew emergem. Enquanto Andrew pede a Ari que transfira seu café para um copo para viagem, Greg se vira para mim. "Ari mencionou que você queria discutir algo comigo?"

De repente, Andrew e seu cabelo são as coisas mais distantes da minha mente. É agora ou nunca. Respiro fundo. "Sim, é que... você...

hum, pensou em, é... Escolheu alguém para...? Para o cargo de gerente-
-adjunta?"

Greg suspira. "Não tenho certeza de que você quer que eu faça isso aqui, Ellie. Preciso de alguém em quem possa confiar, e você se atrasou seis minutos hoje."

"Peço desculpas", digo instintivamente. "Nunca mais chegarei atrasada. É só... é que eu *realmente* preciso dessa promoção. Acabei de descobrir que meu aluguel vai aumentar no dia primeiro de janeiro e, com meus empréstimos estudantis, não posso pagar mil e quatrocentos por mês, ganhando quinze dólares por hora..." Não digo a ele para onde vai a maior parte do meu dinheiro. Greg Radzinski não merece saber da minha dinâmica familiar ferrada. "E sei que você quer que eu tenha flexibilidade de horários, então não posso conseguir um segundo emprego a menos que..."

"Não posso te promover a gerente-adjunta porque sinto pena de você", Greg me interrompe. "Isso é um negócio."

A conversa está indo tão bem quanto eu poderia ter previsto, francamente. "Então talvez eu pudesse ganhar um adiantamento do meu próximo salário."

"Acho que ninguém dá adiantamentos desde 1987."

"Eu vou ser despejada", cochicho, já à beira das lágrimas. Me imagino desenhando a mim mesma, diante do meu chefe, choramingando. O retrato de uma mulher triste sombreada em azul. Um painel em uma sequência de mil painéis semelhantes na webcomic levemente ficcional sobre minha vida. Título: *Desgosto perpétuo*.

Eu adoraria poder conjurar uma versão diferente de mim mesma — uma versão de Ellie Oliver que não choraminga ou implora para que as pessoas a tratem com o mínimo de respeito.

"Não chore." O rosto de Greg parece momentaneamente solidário, e ele estende a mão para massagear meu braço. Sinceramente, não consigo me lembrar da última vez que alguém me tocou de uma maneira tão íntima.

Mas de repente eu *consegui*, e lembrar me pareceu muito pior. Porque lembrar do jeito que ela me segurou abre uma ferida grande o suficiente em meu coração, capaz de me consumir de dentro para fora.

No Natal passado, eu...

"Ellie", Greg começa, sua voz cheia de compaixão. Por um segundo, acho que talvez minhas lágrimas iminentes tenham suavizado seu coração endurecido, que talvez Greg me impeça de desmoronar completamente. "Você é uma garota perspicaz", ele diz, apertando minha pele por cima do cardigã. "Tenho certeza de que você vai encontrar uma alternativa."

E aí está. Essa é a extensão do conselho de Greg. De repente ele está abrindo caminho pela porta vaivém para a cozinha de novo, e eu ainda estou lá, só que agora estou soluçando. Eu me viro e vejo os rostos piedosos de Ari Ocampo e Andrew Kim-Prescott. E corro depressa em direção ao banheiro.

No Natal passado parecia que as peças de minha vida estavam finalmente se encaixando.

Neste ano eu assisto enquanto elas se estilhaçam.

Três

Chorar no banheiro não é novidade para mim. Já chorei em muitos banheiros. Que inferno, chorei *neste* banheiro mais de uma vez. É só que, em geral, não permito que ninguém me veja chorar. Normalmente, espero até estar segura em uma cabine, curvada em um vaso sanitário, antes de deixar as lágrimas insistentes caírem.

Solto o peso da minha cabeça sobre as mãos.

Não é tão ruim assim, é o que uso de argumento contra o pavor absoluto que me embrulha o estômago. Isso é exatamente o que pensei que aconteceria. Isso tudo é *típico* do Greg. Ele não estava disposto a ajustar minha agenda quando me ofereceram um segundo emprego na cozinha de um restaurante e, como eles só podiam oferecer vinte horas por semana, não pude aproveitar essa "alternativa" específica. E não deveria estar surpresa por ele me descartar da promoção enquanto ainda espera que eu faça um desenho fofo numa espuma de leite para o Instagram da Torralândia.

Respiro fundo e tento pensar nisso de forma lógica, em vez de emocional. Tenho certeza de que há uma maneira de pagar meu aluguel e as despesas da minha mãe e a dívida exorbitante do empréstimo estudantil. Só não me ocorreu ainda.

Sem carro, minhas opções são bastante limitadas. Tentei trabalhar como passeadora de cães há algum tempo, mas desisti quando o mastim tibetano de uma mulher me arrastou pelo parque Laurelhurst. Greg ameaçou me demitir quando viu a queimadura de cascalho no meu rosto. Tentei limpar casas, mas parei quando um velho assustador tentou me coagir a dar banho nele. Fiz entrega de compras para pessoas a uma curta distância do mercado Fred Meyer e, quando isso deu errado, consegui um emprego no próprio Fred Meyer descarregando paletes dos caminhões à noite. Só que minha saúde mental não suportou a falta de sono e, durante um período particularmente difícil de depressão, também fui demitida desse emprego.

Talvez eu deva admitir o fracasso e voltar para Ohio, mas não tem ninguém esperando por mim em Ohio.

Meu telefone vibra no bolso traseiro, e tento retirá-lo sem deixar cair no vaso sanitário. Felizmente, não é minha mãe exigindo mais dinheiro. É um texto de Meredith, que me envia apenas duas coisas: vídeos do TikTok de animais e capturas de tela de perfis de apps de namoro. Hoje, estou encarando o último.

Olho para o que suponho que seja uma modelo de maiô, artisticamente parada em seu pedalinho ao lado de um border collie. Ela parece uma personagem lésbica de um programa da cw.

Minha melhor amiga mora em Chicago, para onde se mudou há seis meses por causa de um emprego em uma organização de assistência jurídica enquanto estuda para o exame da Ordem, mas paga o Tinder Passport para dizer que é uma mulher bissexual que mora no sudeste de Portland. É assim que ela fica sabendo das minhas opções de dates. Igual um perfil fake, mas de forma altruísta.

Apesar da situação atual de soluços no banheiro, escrevo para Meredith imediatamente: *Não passo tempo suficiente ao ar livre para sair com as mulheres de Portland.*

Não menciono que um terço das mulheres nos aplicativos de namoro daqui ganharam um "passe livre" do marido ou fazem parte de casais à procura de uma pessoa bissexual para ser o terceiro elemento. Nenhuma das opções atrai o meu eu demissexual.

Poucos segundos depois, estou olhando para uma foto de perfil diferente no meu telefone. Esta é de um homem levantando peso na frente de um espelho de academia.

Você sabe que eu odeio demonstrações públicas de exercício físico, digito em resposta. *Além disso, posso ver todo o contorno e tamanho do pênis dele através de seus shorts de ginástica.*

A resposta de Meredith é imediata: *Pensei que esse seria o charme do cara. Sem surpresas. Você odeia surpresas.*

Odeio encontros, eu a corrijo.

"Corta essa, docinho", Meredith diz assim que aceito sua chamada no FaceTime. "Encontros são um mal necessário para pessoas que querem um relacionamento."

"Quem falou qualquer coisa sobre querer um relacionamento?"

Através de minha tela quebrada, Meredith simplesmente me encara. Suas bochechas pálidas estão coradas, seu rabo de cavalo vermelho se arrasta sobre seu bloco de notas amarelo quando balança. O exame da Ordem é daqui a dois meses, então ela está estudando e me castigando ao mesmo tempo. Eu não deveria estar surpresa. Meredith O'Reilly poderia estudar para um caso no tribunal ao mesmo tempo em que responde corretamente todas as perguntas sobre *Jeopardy!*, tricota outro cachecol para mim e posta fotos de seu gato malhado, o Kagan, no Instagram. Essa é Meredith, em poucas palavras: uma versão atraente e esperta de uma mulher-gato. Sinto muita saudade dela, mas também não consigo lidar com um sermão agora.

"Estou tendo um dia terrível, Mere."

"É o que parece. Você está chorando em um banheiro de novo?"

"Chorar em banheiros não é uma coisa que costumo fazer."

"Sabe o que poderia te animar?"

"Uma torta?"

"Sair do seu apartamento", Meredith fala sem rodeios.

"Nunca ouvi falar desse tipo de torta. Eles vendem no Fred Meyer?"

"Quando foi a última vez que você foi a um encontro?"

"Você parece a minha mãe sempre que ela se lembra de prestar atenção na minha vida."

"Linds é um súcubo antifeminista com o mesmo nariz que você", rebate Meredith. "*Eu* sou sua melhor amiga, leal e amorosa, há sete anos, que acha que talvez seja hora de você colocar um bom sutiã e tentar se conectar com algumas pessoas novas."

"Você nunca namora também", digo muito madura, sentada no vaso sanitário.

"Sim, mas a diferença é que não namoro por escolha, porque estou priorizando diferentes aspectos da minha vida agora. Você, por outro lado, não namora por causa de decepções do passado e por medo de fracassar."

"Você e Ari combinaram essas intervenções? Você está conspirando com Greg e essa neve meia-boca e o sistema de transporte público da TriMet para tornar este dia o mais humilhante possível?"

Meredith resmunga sem simpatia. "Isso ainda é sobre aquela mulher do ano passado?"

Fingi estar de boa. "Que mulher?"

"Você sabe de que mulher eu estou falando", ela rebate, porque sabe que eu nunca fiquei de boa em toda a minha vida. "A mulher que você conheceu na Powell's na véspera de Natal, aquela por quem se apaixonou loucamente e que depois partiu seu coração em um milhão de pedaços."

Não me permito pensar em certos olhos ardentes e sardas. "Eu não *me apaixonei* por ela. Eu mal a conheci. Passamos um dia juntas. E sempre foi só isso. Um único dia perfeito. Quão patético seria se eu ainda estivesse apegada a uma mulher aleatória que conheci um ano atrás?"

Meredith enxerga por trás da minha fachada, até o âmago do meu coração patético. "Garota, você está completamente desorientada."

"Antes de mais nada, como uma pessoa hétero, não acho que você tenha permissão para dizer isso", sou ágil ao mudar o foco. "E segundo, eu me apaixonei, mas nós não iríamos durar além daquele dia. Nem pensei nela desde então."

Excessivamente.

"Você escreveu ou não uma série inteira de webcomic baseada em seu relacionamento com ela?", a faceta de advogada de Meredith me pergunta.

"Aquilo foi... catarse. Estava transformando a dor em arte."

"*A-ha!* Então você admite que ela te fez sofrer?"

"Muito brevemente", eu reconheço. Essa é a desvantagem de precisar de conexão emocional para sentir atração sexual: não há como ter intimidade física sem correr o risco de ter meu coração partido. "Mas então eu derramei minha dor na webcomic ficcional *Dia de neve* e prontamente esqueci a coisa toda."

"Você tá na merda. Você não saiu com ninguém no ano passado. Você mal *saiu do seu apartamento*. Em algum momento, você tem que enfrentar o fato de que essa coisa bagunçou você mais do que você está disposta a admitir."

No Natal passado eu dei meu coração a alguém.

E no dia seguinte ela o descartou.

Eu ficaria feliz em nunca mais ouvir "Last Christmas".

"O que me fodeu foi me mudar para o outro lado do país por um emprego e ser demitida três meses depois."

Meredith suspira, como se nossa amizade fosse a parte mais emocionalmente desgastante do dia dela. "Faça um favor a si mesma, Ellie. Vá para um bar ou deslize para a direita para qualquer pessoa atraente que aparecer no Tinder. Conheça alguém novo. Puxe um papo. Você precisa de intimidade emocional e não vai encontrá-la no seu futom."

"Não sei... Realmente sinto que eu e minha mão esquerda alcançamos um novo nível de conexão." Neste momento, desligo na cara de Meredith e saio do banheiro. E vou parar diretamente no peito de Andrew Kim-Prescott.

"Eu estava indo ver como você está", ele explica, olhando para baixo, cerca de três centímetros acima de mim. Então acrescenta: "E eu não ouvi a última parte do seu telefonema."

É quase poético que esse dia termine com Andrew Kim-Prescott me ouvindo falar sobre meus hábitos de masturbação.

"Está tudo bem?", ele pergunta lentamente, ainda olhando para mim com uma preocupação estampada em suas sobrancelhas escuras franzidas. Ele tem cílios absurdos e também está fazendo bom uso deles neste momento. Toda a situação é sinônimo de preocupação latente.

No geral, eu poderia me envolver, mas não preciso de pena por causa de meus problemas financeiros vindo de um homem usando um cinto Gucci. "Estou bem. Obrigada."

São seis da tarde, o que significa que meu turno acabou e eu posso finalmente ir chorar na privacidade do meu próprio buraco de merda. Antes que eu possa escapar, porém, Ari dá a volta no balcão. "Ellie, sinto muito por Greg, não sabia que sua situação financeira era tão ruim. Você com certeza pode vir morar comigo se for despejada. Temos um quarto extra na minha casa. Bom, na verdade é um closet extra, mas você com certeza poderia colocar uma cama de solteiro lá!"

"Obrigada, Ari", digo. "Eu aprecio a tentativa de ajudar, mas se estiver tudo bem para você, vou bater meu ponto, ir para casa e chorar na primeira sobremesa congelada que eu encontrar."

Ari levanta uma única sobrancelha. "Pensei que você tinha planos para esta noite."

"Tenho", digo. "Planos de chorar."

Vou até os fundos para pegar meu casaco, e, quando volto, Andrew ainda está lá, me estudando como se eu fosse uma nova exposição fascinante no Zoológico de Oregon. *Uma pessoa pobre em seu habitat natural.*

"Está chovendo", ele diz, indicando o óbvio. Faz tempo que aquela neve meia-boca se transformou em uma chuva forte. "Você quer uma carona para casa?"

"Ah." Fecho meu casaco e olho para Ari. Posso adivinhar quem contou para Andrew que eu não tenho carro. "Isso não é necessário. Moro a apenas vinte quarteirões daqui e posso pegar o ônibus."

"Ela adoraria uma carona!" Ari quase rosna, usando o poder de sua positividade para me empurrar para Andrew. Então ela *literalmente* me cutuca com o cotovelo. No entanto, sou mais forte do que ela e continuo enraizada no mesmo lugar. "Na verdade, você sabe o que eu acho que Ellie realmente precisa depois de hoje? Sair para beber."

Andrew sorri, e é como se cintilasse. "Eu adoraria te pagar uma bebida."

Suspiro. Não é o que eu adoraria. Só quero me enrolar na cama e chorar por um período indeterminado. Quero tirar minhas calças apertadas e meu sutiã, e comer de tudo. Rascunhar em painéis até que tudo pareça mais cômico do que trágico, fazer upload da versão ficcional da minha vida para Drawn2 para que a realidade pareça menos dolorosamente real.

Mas eu lembro do cotovelo de Ari na parte inferior das minhas costas e de sua voz perguntando *isso está te fazendo bem?* E considero a ideia de provar para Meredith que não estou apegada a uma garota que uma vez me fez girar pela neve na véspera de Natal. Pondero sobre planos de vida destruídos e os pedaços de um coração partido e a estagnação graças a minha incapacidade de juntar tudo de novo.

Quando Ari me cutuca de novo, deixo meus pés se moverem na direção de Andrew. "Na verdade, uma bebida parece uma boa ideia."

Andrew me lança um olhar que não consigo decifrar antes de abrir um sorriso. "Perfeito. Vamos beber."

Tá vendo, Meredith?, penso enquanto Andrew me dispara aquele sorriso encantador. *Eu já superei aquela garota.*

Quatro

Andrew dirige um Tesla, o que parece desnecessário.

Quando chegamos ao seu carro, ele abre a porta do lado do passageiro para mim, o que também parece desnecessário, mas um tanto legal.

Assim que estou aninhada no banco de couro, o absurdo da situação começa a se revelar. Concordei com um encontro (é um encontro?) com o proprietário do Torralândia — a celebridade "Trinta antes dos trinta" de Portland, um desconhecido sobre o qual não sei nada, exceto o café que ele pede. Ele conduz o Tesla para longe do meio-fio, e não consigo decidir o que fazer com as mãos, onde colocar minha bolsa ou que diabo devo dizer.

Felizmente, Andrew quebra o silêncio primeiro. "Sinto muito pela promoção. Que droga."

Que droga não é a expressão de condolências que eu espero de um casaco Burberry.

"Obrigada. Vai ficar tudo bem. Provavelmente vai. De alguma forma."

"Sabe, eu também não tive o melhor dos dias..."

Minha bolsa ainda está no meu colo, e eu a abraço forte.

"Sim. Sinto muito pelo seu avô." Assim que digo as palavras, elas parecem vazias e genéricas, um clichê inútil.

"Não, está tudo bem", Andrew diz encolhendo os ombros. "Ele era um completo babaca."

Ah. Hum, eu olho de lado para ele através do console central. O casaco Burberry está começando a se parecer muito com um boné e um par de chinelos Adidas com meias.

"Tipo, ele tinha assentos exclusivos para os Blazers", Andrew começa, "mas alguma vez ele deixou alguém usar seus ingressos quando ele estava na Europa? Nunca. Os assentos ficariam ali, *vazios*. E ele me baniu da casa de férias na França por causa de *um* incidente envolvendo absinto, mesmo que o que tenha rolado com a cabeça daquela escultura da fonte não tenha sido minha culpa. E nada que eu fizesse poderia corresponder às suas expectativas impossíveis."

Eu tento recalibrar para esta nova versão de Andrew que parece ter saído de uma fraternidade e se materializado no banco ao meu lado. "Eu sei como é ter familiares babacas", respondo.

Suponho que, se o principal método de comunicação dele for arquear as sobrancelhas de forma sedutora, isso pode ser considerado vulnerabilidade emocional, porque o rosto de Andrew suaviza quando ele estende a mão e a coloca no meu joelho, perto da minha mochila. "Obrigado."

Olho para a mão dele, pousada sobre meu joelho sem ser convidada. Não tenho certeza se esta é uma situação como a do velho na banheira ou se é simplesmente como pessoas alossexuais expressam gratidão, mas cruzo as pernas para que a mão caia. Pela janela, vejo a ponte Burnside de longe enquanto atravessamos o Willamette. "Então. Para onde estamos indo exatamente?"

Acontece que nosso destino é um bar ridiculamente sofisticado no Pearl District, repleto de profissionais saindo do trabalho, iluminação azul e decorações de Natal exageradas. Meu Muscow Mule custa quinze dólares, então Andrew surge como um cavaleiro para me salvar, mas a espada é seu cartão de crédito American Express Black e a armadura reluzente é um Tom Ford. Enquanto ele exibe seus atributos para um bartender de Portland com cara de poucos amigos, eu tiro uma foto discreta e a envio para Ari e Meredith.

Legenda: *Meus planos para esta noite.*

Suas respostas variam de romanticamente esperançosas (Ari) a levemente pervertidas (Meredith). Andrew pega nossas bebidas e passa pela multidão de pessoas ao redor do bar. Com confiança, ele se apossa de uma mesa apertada em um canto enquanto um casal está se preparando para sair dela, e eu não consigo cogitar me movimentar pelo mundo assim. Ele tem uma *puta certeza* de qual é o seu lugar no mundo.

Eu gostaria de ser assim, mas estou impressionada com tantas novidades. Este novo bar, cujo protocolo para encontrar uma mesa eu desconheço. Este novo homem, que colocou a mão no meu joelho e continua sorrindo para mim. O fato de sair do meu apartamento para qualquer lugar que não seja o trabalho pela primeira vez em semanas. Novos sons, novos cheiros, novas regras sociais. Antes mesmo de chegarmos à mesa, tomo três goles gigantes do meu Moscow mule para acalmar meus nervos.

"Isso é um encontro?" Deixo escapar antes que Andrew termine de tirar sua jaqueta.

Ele levanta uma sobrancelha para mim e sorri. "Isso é... relevante para a degustação do seu drinque?"

"É, sim. Na verdade, eu tenho essa tendência de lidar melhor com uma situação social se tiver parâmetros já estabelecidos."

Ele desliza elegantemente sobre o assento de encosto alto à minha frente e estuda minha transpiração nervosa enquanto prova seu coquetel antiquado. "Você quer que isso seja um encontro?"

"Honestamente?", solto o ar. "Quase sempre quero estar em casa debaixo de um cobertor pesado, não em um bar com um homem atraente que está me olhando como se eu fosse virar uma ótima piada para seus amigos de academia."

O sorriso de Andrew se alarga. "Ok, bom. E se *eu* quiser que isso seja um encontro?"

"Eu estaria inclinada a acusá-lo de mentir. Já vi as pessoas com quem você sai graças ao Instagram. Não sou como elas."

Ele se vangloria ao tomar um gole de sua bebida. "Você andou me stalkeando no Instagram?"

Bebo um gole evasivo do drinque de cerveja de gengibre e vodca e não admito nada.

"Oliver", ele começa, "esse é seu sobrenome, certo? Posso te chamar de Oliver?"

"Não", respondo.

"Oliver", ele continua, "desde que você começou na Torralândia, tenho me perguntado por que você escolheu trabalhar em um... como você chamou aquilo? Um lugar de merda? Para um chefe imbecil? Sendo que você obviamente odeia tudo aquilo."

Então ele ouviu. *Droga*. Dou um longo gole no meu drinque. "Isso foi uma... brincadeira. Não acho que sua fonte de renda imobiliária seja uma merda."

"Mas você acha que Greg é um imbecil?"

Viro o drinque ainda mais.

"Está bem." Andrew dá de ombros. "Você tem permissão para odiar seu trabalho. Muitas pessoas odeiam."

"Não é que eu ache que há algo errado em trabalhar como barista", me apresso para explicar. "É que... Eu me mudei para Portland há um ano para trabalhar no Laika Studios como animadora de personagens. É o estúdio que fez *Coraline* e *Os Boxtrolls* e..."

"Sim. Eu sei o que é o Laika Studios. Phil Knight, o fundador, é amigo da minha família."

Já estou na metade do drinque, então não consigo reprimir um revirar de olhos notório. "Claro que ele é. E, na verdade, Phil Knight não fundou o Laika."

"O que aconteceu lá no estúdio?"

Não estou pronta para me abrir com este homem sobre nada disso. "Só... não deu certo."

Com isso, chego ao final da minha primeira bebida e um garçom aparece imediatamente na borda da mesa com uma segunda rodada. Eu nunca vi um atendimento assim em Portland, mas pelo que sei, o pai de Andrew pode ser dono deste bar também.

"E você?", pergunto enquanto Andrew pega sua segunda bebida. "Você já sonhava em trabalhar em investimentos imobiliários quando criança?"

"Vamos ver, eu queria ser, nesta ordem: bombeiro", ele conta nos dedos os empregos dos seus sonhos, "estilista, Cristiano Ronaldo, integrante de uma *boy band* coreana, modelo..."

"Tão prático. Quando foi que tudo deu errado?"

Ele dá de ombros. "Stanford sempre foi o plano. A escola de negócios era o plano. A Investimentos Prescott era o plano." É neste momento que Andrew começa a contar várias histórias prolixas e envolventes sobre as propriedades locais que adquiriu nos últimos cinco anos. Como ainda não tenho certeza se é um encontro de verdade ou uma pegadinha elaborada, faço toda uma performance digna de primeiro encontro, ouvindo e acenando com a cabeça nos momentos apropriados enquanto tomo meu segundo drinque. De repente, a terceira rodada está chegando à mesa e ainda não pedimos comida para acompanhar toda essa bebida. Aparentemente, Andrew pode se sustentar apenas com histórias sobre métodos de investimentos e uísque de primeira linha.

"Sou muito privilegiado por poder trabalhar para a empresa da minha família", ele finalmente diz, "mesmo que isso signifique, sabe, trabalhar com minha família." Andrew muda de posição na cabine. "Você... você quer ouvir a *verdadeira* razão pela qual eu queria beber com você esta noite, Oliver?"

"Não é porque eu sou uma tagarela espirituosa?"

Andrew esfrega uma mão no rosto, parecendo sério.

Eu me endireito no assento. "Tudo bem, me desculpe. Qual foi o motivo?"

"Recebi algumas notícias realmente ruins e precisava de uma distração. O testamenteiro do meu avô ligou esta manhã", Andrew revela. "Veja bem, há um fundo fiduciário de dois milhões de dólares que deveria ser meu após a morte dele, mas descobri que meu avô acrescentou uma cláusula ao contrato antes de morrer." Ele olha desgostoso para sua bebida. "Só posso herdar depois de casado."

"Que merda de romance de época patriarcal é essa?", explodo. Porque estou claramente bêbada. Sóbria, seria mais difícil sentir pena de um homem a quem foram negados dois milhões de dólares em riqueza geracional, principalmente quando você está se sustentando com miojo e burritos congelados.

Andrew suspira e dá um gole solene. "Eu provavelmente não deveria ter dito isso a você. Eu... eu não contei a ninguém desde que o testamenteiro ligou para me avisar. O problema é que o lado da família do meu pai é *obcecado* por legados. Meu avô acreditava que eu era sua única chance de continuar o nome Prescott com filhos biológicos, e agora ele está me chantageando do além com essa história de casamento. Como um *vai se foder* gigante para todas as vezes em que eu não atingi suas expectativas impossíveis."

Sinto o mínimo de pena de Andrew agora. "Isso é... permitido?"

"É o dinheiro dele. Ele pode adicionar as limitações e condições que quiser."

"Que pena que você é horroroso." Levo meu canudo até a borra no fundo do meu copo. "E rico. Não sei como vai conseguir encontrar alguém para se casar com você."

"O problema é que eu não quero me casar! Tenho apenas vinte e nove anos!" Ele apoia seu terceiro (ou quarto?) copo, agora vazio, com força na mesa. "E eu definitivamente não quero enganar uma pessoa inocente para se casar comigo para que eu possa herdar dois milhões de dólares."

"*Enganar*? Cara, apenas pergunte educadamente. Você dirige um Tesla e tem o cabelo e a mandíbula de uma versão jovem do Matthew McConaughey. Qualquer mulher neste bar ficaria feliz em casar com você por conveniência."

"Não tenho certeza de que isso é verdade..."

Continuo falando, bêbada. "Você não precisa continuar casado. Você só precisa de alguém para casar com você até que a herança caia na sua conta bancária, certo? E então vocês podem se divorciar? Seu avô morto não vai pegar de volta o dinheiro se seu casamento desmoronar."

Andrew se endireita no sofá booth, e por um instante eu me pergunto se posso tê-lo ofendido. Mas seus olhos se arregalam sob os cílios. "Espere, você quer dizer, tipo um casamento em troca de *green card*?"

Ele não se sentiu ofendido, então. "Exatamente. De nada pela ajuda." Se ao menos resolver meus próprios problemas fosse assim tão fácil.

Ele aperta a ponta do nariz por um segundo, e o gesto rompe a confusão causada pelo meu drinque como um dardo jogado na minha memória. Eu a vejo parada na neve, apertando a ponta do nariz quase da mesma forma.

"Você realmente acha que eu poderia encontrar alguém que faria isso por mim? Aceitar um casamento falso?"

"Claro. Isso acontece em comédias românticas o tempo todo."

Ele coloca as duas mãos na mesa e se inclina para ainda mais perto, com as sobrancelhas impactantes e aquele maldito sorriso. "*Você* faria isso?"

Minha risada sai quase como um arroto na cara dele. "Acho que você pode mirar mais alto em suas aspirações por uma esposa falsa."

"Estou falando sério. E se dividirmos a herança? Bom, dividir, não. Eu poderia te dar... 10%?"

Tento fazer a conta estando embriagada. "Você me pagaria vinte mil dólares para me casar com você?"

"Duzentos mil dólares", ele corrige.

"Puta merda." Mal consigo imaginar tanto dinheiro quando estou sóbria, que dirá *bêbada*. Os olhos de Andrew se transformaram em máquinas caça-níqueis com dois sacos de dinheiro aparecendo. *Duzentos mil dólares*. Eu poderia ter um apartamento *acima do solo*. E comprar um carro. E me dar ao luxo de comer *legumes frescos*.

E poderia pagar uma terapeuta que realmente me ouvisse.

Ainda assim, não estou bêbada o suficiente para pensar que *é* uma boa ideia. "Desculpe, mas não. Eu não."

"Mas você disse que qualquer uma ficaria feliz em se casar comigo."

"Qualquer uma menos eu."

"Tem certeza? Isso realmente parece vantajoso. Eu ganho, você ganha. Eu posso te ajudar com seus problemas financeiros. Você pode me ajudar com minha herança."

Seus olhos têm um brilho de esperança, e cada uma das minhas células que costumam querer agradar os outros gritam para eu concordar com esse plano ridículo. Mas eu mal posso lidar com um encontro duvidoso sem ficar completamente bêbada para entorpecer minha ansiedade. Não consigo imaginar como sobreviveria... ao que quer que ele esteja sugerindo. Mesmo que seja uma quantia de dinheiro que mudaria minha vida.

"Andrew, eu... não posso."

Ele ri. "Oliver, você já fez algo espontâneo em algum momento da vida?"

É o Moscow mule que responde a ele antes que meu eu sóbrio possa impedir. "Uma vez me apaixonei por uma mulher ao longo de um único dia de neve."

Essa revelação o deixa sem palavras, sua boca aberta em choque como a de um idiota muito atraente.

Na verdade, a boca de Andrew está sempre aberta cerca de um centímetro. Não sei dizer se é porque ele acha que fica charmoso assim ou se ele é apenas uma daquelas pessoas que respiram pela boca.

De qualquer forma, acho meio atraente.

"Bem, não foi uma *paixão*", reflito. "Só *um lance* muito intenso."

"Falar sobre outra pessoa em um primeiro encontro." Ele solta um assobio baixo. "Movimento ousado."

"Nós decidimos oficialmente que isso é um encontro? Eu estava sentindo mais uma inclinação para descarregar nossa bagagem emocional um no outro."

Andrew se recosta no sofá. "Me sinto confortável nessa dinâmica. Conte-me mais sobre sua garota da neve."

Garota da neve. Foi assim que eu a chamei quando derramei meu desgosto e minha tristeza nos quadrinhos. Não tinha planejado desenhar uma websérie de dez episódios sobre aquele dia (não queria imortalizar aquelas vinte e quatro horas), mas eu precisava lidar com tudo o que tinha acontecido. Então me voltei para a arte, como sempre fiz.

Mudei nomes e detalhes de identificação, contei a história para mim mesma para tentar descobrir onde tudo deu errado. Até que postei anonimamente no Drawn2, afinal o propósito da arte não é fazer você e os outros se sentirem menos sozinhos?

"Você se lembra da última véspera de Natal?", pergunto a Andrew. "Quando caiu aquela tempestade de neve esquisita?"

"Eu estava na cabana dos meus pais no Natal, mas sim."

"Eu a conheci naquela manhã. Na Powell's. Nós meio que... acabamos passando o dia inteiro juntas." A combinação de álcool com as constantes lembranças dela durante o dia fazem com que seja impossível parar de falar depois que começo. "Fiquei chateada naquela manhã porque minha mãe deveria vir a Portland no Natal conhecer minha nova casa, mas ela cancelou os planos no último minuto. Eu não conhecia ninguém na cidade, então estava completamente sozinha durante as festas, e lá estava ela, como se o universo a tivesse entregado para mim quando eu mais precisava dela. E, caramba, ela era muito bonita. Ela tinha aquele cabelo", digo. E talvez devesse me segurar. "E aquela boca e aqueles grandes olhos castanhos e aquelas... aquelas *mãos*!"

"Você está criando uma imagem muito clara aqui."

"Ela tinha uma presença, uma forma própria de ocupar espaço. Sempre falava no volume máximo, andava por aí com umas botas gigantes, e simplesmente... não dava a mínima para o que as outras pessoas pensavam sobre ela. Esse sempre foi o meu problema. Eu me importo demais."

Os olhos de Andrew voam para a mesa. Não tenho certeza de quando tirei o lápis da bolsa ou quando comecei a desenhar distraidamente em um guardanapo, mas algo foi tomando forma entre meus dedos. A forma de uma mulher. Alta, com ombros largos, quadris estreitos, coxas fortes. Ela não tem rosto, tem silhueta, mas seu cabelo está lá, caindo sobre seus olhos invisíveis.

"Então... o que aconteceu com ela?"

Fecho os olhos e desejo poder esquecer tudo. A maneira como ela me levou para o Airstream onde ela morava. O cheiro de sua pele e o gosto de seu corpo. Foram apenas dezesseis horas, mas eu nunca me senti tão emocionalmente ligada a outra pessoa. Tão segura. O suficiente para querer. Para sentir desejo.

Eu me convenci de que tudo aquilo *significava alguma coisa*. Mas não significava nada.

"Foi só um lance de um dia. Duas pessoas que se encontraram por acaso, cruzaram caminhos. Na manhã seguinte, descobri que não tinha significado nada para ela."

Ele acena com a cabeça lentamente, e eu me esforço para lembrar como cheguei neste instante, como, no decorrer de duas horas e quatro drinques, eu revelei meu histórico amoroso para um cara atraente do ramo imobiliário sentado na minha frente com a boca entreaberta. "Agora eu entendo", Andrew Kim-Prescott diz com conhecimento de causa. "Você não vai se casar de mentirinha comigo porque é uma romântica incorrigível."

Bufo. "Há muitas razões pelas quais não vou me casar de mentirinha com você."

Uma bandeja de shots se materializa na mesa. Não me lembro de Andrew pedindo essas doses, mas ele pega uma e a levanta na minha direção. "Ao ato de viver espontaneamente."

Olho para o guardanapo, para a evidência brutal de que meus dedos sabem o que o resto de mim se recusa a admitir. Que estou presa a uma memória, a um momento, a uma pessoa. Que estive terrivelmente errada sobre o que tínhamos.

"Ao esquecimento", murmuro enquanto engulo o uísque, mas não há álcool suficiente no mundo que seja capaz de me fazer esquecê-la.

Dia de neve

Uma webcomic de Oliverfazarteasvezes
Episódio 1: O estranho encontro (véspera de Natal, 10h18)
Publicado em: 26 de dezembro de 2021

Nota do criador: Olá a todos! Estou feliz que muitos de vocês tenham encontrado o caminho para este primeiro episódio da minha nova webcomic! Este é apenas um lembrete amigável de que isso não é um romance. Leitores que esperam um final feliz devem proceder com cautela. Para mais personagens originais, fan arts e comissões, me sigam no Instagram @Oliverfazarteasvezes.

Há quase três centímetros de neve no chão, e estou chorando em uma livraria.

As lágrimas e a neve não estão relacionadas.

Chorar em um dia de neve parece particularmente injusto. Dias de neve são para liberdade, magia e alegria, não para limpar o catarro na manga publicamente enquanto soluça na Sala Dourada da livraria Powell's.

Isso deveria ajudar, penso enquanto olho para as prateleiras que vão do chão ao teto na seção de histórias em quadrinhos. *Por que não está ajudando?*

Estou em Portland só faz um mês, mas já vim uma dúzia de vezes a esta livraria que toma um quarteirão inteiro. Procurei consolo nas salas codificadas por seções que abrigam aproximadamente um milhão de livros. Após minha reunião de integração na Laika, em que um dos colegas de animação chamou meu curta-metragem da tese de pós-graduação (que havia rendido elogios e recomendações de todos os professores) de banal e imaturo, fui direto para a Sala das Rosas e me sentei entre os livros infantis com belas ilustrações.

Depois da minha primeira semana de trabalho de setenta horas, me retirei para a Sala Azul, peguei uma pilha de romances e me sentei no chão lendo por um domingo inteiro até esquecer completamente do mundo real. E depois que meu supervisor direto ridicularizou meu trabalho publicamente dizendo que não queria "se arrepender de ter contratado uma novata", chorei no banheiro, sim. Mas então levei tudo para a Powell's, fui à cafeteria com meu *bullet journal*, pedi um grande café gelado e elaborei um novo plano de como eu trabalharia mais, melhoraria minhas habilidades e provaria que todos estavam errados.

E claro, quando minha mãe ligou na véspera de Natal para dizer que não viria, corri aqui para a Sala Dourada e suas histórias em quadrinhos. Mas nem as HQS estão ajudando.

Ainda estou chorando em um corredor vazio às nove da manhã.

"Acho que você é meu único amigo agora", digo a um banquinho ao meu lado. "Você não vai me abandonar no Natal como minha mãe, vai?"

Curiosamente, o banquinho de sessenta centímetros de altura não responde à patética pergunta. Um indivíduo decente não estaria falando com objetos inanimados em público, mas sou apenas meio decente, na melhor das hipóteses, então continuo: "Se a Linds fosse sua mãe", falo, "você também estaria chorando numa livraria".

Volto a atenção para as prateleiras, atrás de um exemplar de *Fun Home*. Nada diz tão bem "se afunde em seus sentimentos de disfunção familiar" como as memórias gráficas da Alison Bechdel. Encontro a lombada verde-brilhante, me inclino em sua direção e... outra pessoa a alcança ao mesmo tempo.

Não tinha ninguém no corredor, e de repente aparece uma pessoa. Meu braço roça o braço de outra pessoa, minha mão roça a mão de outra pessoa. Mão com dedos longos, articulações marcadas, unhas quadradas. É o tipo de mão robusta que me faz ter vontade imediata de desenhar.

Congelo. A outra pessoa congela. Duas mãos suspensas na frente da lombada de *Fun Home*. Meus olhos seguem a mão até seu pulso surpreendentemente delicado, até o esconderijo de tatuagens sob uma manga cáqui, depois até o rosto desconhecido.

O rosto está *perto demais*. Reparo no par de olhos castanhos intensos atrás das armações Warby Parker, maçãs do rosto proeminentes, um punhado de sardas na pele marrom-clara, a boca carnuda com uma pequena cicatriz branca no formato de um apóstrofo no lábio superior. Agora dou um passo enorme para trás, criando um espaço socialmente aceitável entre nós, mas a porra do banquinho prende meu calcanhar e estou prestes a cair. A pessoa se move rápido e agarra a manga do meu casaco para me manter de pé.

Me sinto grata pela ajuda, até que me lembro do choro e da conversa com um banquinho e da probabilidade estatística de que um certo alguém tenha testemunhado essas duas coisas. Assim, minha ansiedade se torna um nó de pisca-piscas emaranhados dentro do meu peito.

Recuo. "Ah... me desculpe."

Este desconhecide parece, até o momento, totalmente imune a meu comportamento socialmente desajeitado. Segura o exemplar de *Fun Home*, até que se vira para mim devagar. "Você está bem?", pergunta com um tom de voz surpreendentemente alto para uma questão tão sensível. A voz soa como um tambor no corredor vazio, mas também é áspera e baixa, como uma lixa em madeira não tratada.

"Muito bem", resmungo.

Elu arqueia uma sobrancelha marcada para mim. "Tem certeza? Porque você está chorando em uma livraria na véspera de Natal."

"Eu... eu não estava chorando."

Elu arqueia a segunda sobrancelha, fazendo surgir um olhar de surpresa naquele que, começo a notar, é um rosto bastante atraente. "Você sabe que posso te ver, certo? Ainda tem lágrimas nos seus olhos."

Elu gesticula para o meu "amigo". "E você disse a este banquinho que está chorando."

"Que banquinho?", pergunto numa tentativa ridícula de autopreservação. Até tento mover meu corpo, como se bloquear a visão do banquinho conseguisse, de alguma forma, apagar a minha humilhação da memória desse desconhecide.

"Aquele." Elu aponta perto de mim. "Esse no qual você acabou de tropeçar."

"Eu não estava falando com um banquinho." A ansiedade está causando quantidades sem precedentes de idiotice verbal, e só quero que essa pessoa se afaste lentamente de mim. Em vez disso, elu morde o canto da boca, fixando um sorriso no lugar.

"Hum, devo ter ouvido errado", comenta encolhendo os ombros. "Alguém no corredor ao lado deve estar falando com outro banquinho sobre sua péssima mãe."

Aceno com a cabeça. "Ouvi dizer que é uma situação comum nesta livraria em particular."

Elu cai na gargalhada. Está rindo *de mim*, e não é uma risada particularmente lisonjeira. É a mistura de um ronco com uma fungada, e soa tão alto que tenho certeza que pode ser ouvida até do quarto andar. Mas o som dessa risada atroz é o suficiente para aliviar um pouco da ansiedade emaranhada no meu peito, o suficiente para que eu possa fazer um balanço completo dessa outra pessoa.

Elu se parece uma mistura de Keanu Reeves dos anos 90 com o Leonardo DiCaprio da mesma época, mas com um toque sutil de curvas por baixo de suas roupas. Seu cabelo é preto, raspado de um lado e comprido do outro, caindo sobre a testa. Está usando botas pesadas, jeans largos e uma blusa de flanela por baixo de uma jaqueta cáqui — nenhuma das quais é apropriada para a neve. Tem ombros largos, coxas musculosas e uma postura de indiferença que eu nunca seria capaz de ter, não importa o quanto tentasse. Há algo rígido nelu. Um ar confiante. Firme. A altura também chama atenção — com um metro e setenta e oito, eu normalmente não preciso olhar para cima para encontrar os olhos das pessoas, e acho isso desconcertante neste momento.

"Você trabalha aqui?" Pergunto, porque sua aparência é a de alguém que poderia levantar uma caixa de vinte quilos de livros e, ao mesmo tempo, repreender alguém por pronunciar "Sartre" de forma equivocada, como algum personagem de fantasia *hot* que acontece em uma livraria.

"Não", elu diz, mostrando a capa de *Fun Home* debaixo do braço. "Acabei de ter o típico desejo natalino de ler uma graphic novel deprimente sobre uma mulher lésbica."

"Você... hum...?" Engulo em seco. "Quero dizer, você acabou de descer este corredor porque me viu chorando?"

Elu sorri de canto, curvando apenas um lado de sua boca. "Pensei que você tivesse dito que não estava chorando."

Minhas bochechas queimam porque pessoas bonitas com sardas me deixam a fim demais.

Me pergunto vagamente se esta pessoa acharia ruim ser chamada de linda.

Elu é *muito* linde. Meus dedos estão ansiando pelo lápis na minha bolsa, para que eu possa esboçar a linha reta de seu nariz e a inclinação de sua mandíbula antes que eu me esqueça como essas curvas se parecem.

"Juro que não vim aqui pra te incomodar", fala, inclinando seu longo torso de lado contra a prateleira de livros. "Venho dizendo há anos para um amigo que lerei *Fun Home* e descobri que poderia finalmente me dedicar à leitura durante o meu tempo de folga nesse fim de ano. No entanto, parece que eu roubei a última cópia."

"Ah, tudo bem", resmungo. "Pode ficar com ela."

"Isso não parece justo." Elu morde o canto da boca novamente. Não tenho ideia do que soa engraçado, mas tenho certeza de que sou eu. E provavelmente é por causa do jeito que estou suando, de nervoso. "Você chegou aqui primeiro."

"Está tudo bem. Eu já li. Tipo umas dez vezes, na verdade. É incrível. E triste. E incrível."

Elu olha para a capa, para as folhas verdes abstratas, para a ilustração de uma família infeliz presa dentro de um porta-retratos, para as palavras *Uma tragicomédia em família* rabiscadas abaixo do título. Elu balança a cabeça lentamente e afasta o cabelo.

"Não sou muito de ler, mas ouvi dizer que este livro tem imagens."

"Ah, sim. É uma história em quadrinhos."

Elu folheia as páginas brilhantes. "Ah. Uau. Olhe pra isso."

"Você não lê... tipo... *nada*?"

Elu balança a cabeça, e seus cabelos balançam um pouco na testa. "Na verdade, não. É que exige... sentar durante muito tempo."

Há informação demais para o meu faz de conta. Só agora percebo que, ao se encostar na prateleira atrás de si, elu mantém uma perna entrelaçada na frente da outra e está balançando o pé direito, como se estivesse acompanhando o som de uma música inédita. "Existem audiolivros", sugiro. "Você pode ouvir enquanto faz... o que quer que você faça."

"Eu cozinho", elu responde. "Para o meu trabalho. Na cozinha de uma padaria, assando biscoitos, bolos, doces. É isso que eu faço."

"Ah." Tento imaginar essa pessoa alta, barulhenta, inquieta, colocando detalhes intrincados de glacê em um *cupcake*, desenhando formas em pasta de açúcar. Imagino aqueles dedos compridos amassando a massa... "Você pode cozinhar enquanto ouve audiolivros."

Elu inclina a cabeça para o lado. "Você está muito preocupada com a minha alfabetização."

"Bom." Começo a agitar os braços nervosamente. "É só que... livros são legais. E com base nos últimos cinco minutos de conversa, você também parece... legal. Com essa preocupação geral com as mulheres chorando nas livrarias. Essa é uma característica de uma grande pessoa. E amo unir duas coisas boas sempre que possível. Então..."

Agito meus braços por precaução. O sorriso desse estranhe se desprende de seus dentes, sua boca se torce em uma meia-lua, dando à cicatriz branca em seus lábios a forma de um anzol. Sinto aquele gancho pescar meu abdômen como se estivesse me puxando para mais perto.

E não gosto desse sentimento.

"Tenho que ir!", grito abruptamente, dando a volta nelu para escapar. Sua mão sobe novamente e alcança minha manga.

"Espere. E o livro?" Elu me mostra *Fun Home*.

"Eu disse que você pode levar."

Dois dedos estão firmes na minha manga, e elu me encara intensamente. Sob essa iluminação, seus olhos escuros são quase incendiários, como se pudessem me queimar. Elu *ainda* está me encarando, e me contorço sob seu olhar. Quero desviar. E, de forma inesperada, quero perguntar a essa pessoa o que vê quando olha para mim.

"Estava pensando que um acordo de guarda compartilhada

poderia ser uma boa ideia. Você sabe." Seu sorriso se alarga. "Um tipo de acordo a cada dois fins de semana. Você poderia ficar com o livro para o Natal, então nos encontraríamos para uma troca, e eu poderia pegar para o Ano-Novo."

"Não tenho certeza se seria saudável para o livro ser carregado de um lado para o outro assim."

"Hum...", elu suspira. Nem mesmo o murmúrio é em volume baixo. "Você provavelmente está certa. Talvez devêssemos ficar juntes. Pelo bem do livro."

"Já que vamos ser os responsáveis", digo lenta e cautelosamente, ainda temendo que elu fuja, "eu deveria pelo menos saber o seu nome."

Soltando a manga do meu casaco, pega minha mão. "Sou Jack."

"Jack?", repito enquanto sua mão fria desliza na minha. Algo se revira na parte inferior do meu ventre, e não tenho certeza se é a forma como os calos de Jack deslizaram contra minha palma ou se são meus nervos com medo de estragar tudo. Isto é Portland, não Ohio, e eu provavelmente vou estragar tudo, mas... "Sou Ellie", cochicho desajeitada, "e meus pronomes são ela/dela. Quais... hum... quais são os seus?"

O rosto inteiro de Jack se abre em um sorriso genuíno. "Ela/dela", ela confirma, e acho que talvez eu não tenha ferrado com tudo, afinal. "Ellie." Ela repete meu nome, falando como se significasse alguma coisa. "Vamos lá?"

Hesito. "Vamos... o quê?"

Jack se endireita, firme como um carvalho, e dá um passo confiante até o corredor. "Achei que poderia começar comprando um café para minha parceira de guarda compartilhada."

Me viro para a janela atrás de nós, para a neve se acumulando nas calçadas, deixando as ruas sujas de Portland num tom de branco imaculado. O que me remete a liberdade, alegria e magia. "Eu... eu não deveria tomar café", me escuto dizer. "Tenho muito trabalho a fazer neste fim de semana e..."

"Você celebra o Natal?"

"Sim, mas..."

"Então, você não pode trabalhar na véspera de Natal." Quando olho de volta para ela, Jack está com os braços firmes cruzados na altura do busto, com um sorriso brincalhão iluminando seu rosto. "Não posso permitir isso."

"Você celebra o Natal?"

Ela confirma com a cabeça.

"Então *você* não tem um lugar melhor para estar na véspera de Natal?"

A garota balança a cabeça. "Definitivamente não. Além disso, é época de Natal." Ela encolhe os ombros novamente e me distraio com o puxão de tecido sobre a extensão de seus ombros largos. "E parece que você precisa de uma amiga."

Olho para a neve mais uma vez. Talvez, durante um dia de neve, você seja capaz de fazer amizade com pessoas aleatórias em livrarias.

"Sabe", Jack diz, "uma amiga que não é um banco."

Neste Natal

Cinco

Quarta-feira, 14 de dezembro de 2022

Quando acordo, tudo está girando. Tento descobrir se é a ressaca ou se ainda estou muito, muito bêbada.

Os cobertores são pesados e muito quentes, jogo minhas pernas para ficar de pé, mas não consigo encontrar a borda do futom. Lençóis sedosos deslizam pelos meus membros nus.

Mas não tenho lençóis de seda e *nunca* durmo nua. A cama também parece mais macia do que meu futom, e minha cabeça está enterrada em travesseiros de penas que *definitivamente* não são meus, ao lado da...

Da cabeça de outra pessoa.

"Puta merda!" Fujo para a lateral, me afastando do humano nu ao meu lado.

Andrew Kim-Prescott faz um som meio adormecido de confusão.

"Ai, meu Deus! Ai, meu Deus!"

Procuro meus óculos e avalio a situação freneticamente enquanto ele se demora rolando de costas e se espreguiçando. Não estou completamente nua, na verdade. Ainda estou de calcinha e camisola, mas, de alguma forma, isso *é ainda mais humilhante*. Minha calcinha é nude e de cintura alta, e eu comprei em um pacote de oito na Target há dois anos. Tem um buraquinho no elástico, no lado direito do quadril.

Minha calcinha barata deve ser a menor das minhas preocupações, porque parece haver um anel no meu dedo. Uma porra de um anel enorme em um dedo muito específico. "Merda!"

"Qual é o problema?" Andrew pergunta com um bocejo preguiçoso.

"Está tudo errado! Acho que nos casamos!" Jogo o anel na direção do seu rosto, do outro lado da cama *king size*.

"Eu posso não me lembrar muito do que aconteceu depois que deixamos aquele clube", ele começa calmamente. "Mas não acho que nos casamos."

Não tenho memória alguma de ir a um clube, então ele tem vantagem.

"Nós *casamos* bêbados!"

"Você não pode casar bêbado no estado de Oregon."

"E nós transamos!" Minha ansiedade superou com vantagem minha ressaca, de repente estou em parafuso, impermeável a qualquer expressão de racionalidade do participante do sexo masculino nessa porra.

"Nós não transamos."

Começo a andar de um lado para o outro ao pé da cama; parece que me mover pode frear o embrulho no estômago.

Só que não.

"Não posso acreditar que fiquei bêbada e voltei para casa com você! Eu nem me sinto sexualmente atraída por você!"

Andrew inclina a cabeça para mim. "Peraí, você não se sente atraída por mim?" Ele parece confuso com a anomalia estatística.

"Porra. *Porra*."

"Calma, Oliver." Ele sai da cama e vejo que ele usa uma cueca vermelha que provavelmente custa mais do que todo o meu guarda-roupa. E essas coxas musculosas e esses ombros largos são o tipo de configuração muscular definida que eu não sabia que existia na vida real. E caramba, ele é atraente *de verdade*.

"Nós não transamos", ele esclarece. "Por mais tentadora que você seja com essas calcinhas de velhinha" — eu me atrapalho para me cobrir com meu jeans — "você estava bêbada, e eu obviamente não tentei transar com você. Posso não me lembrar de muita coisa, mas disso eu sei. E, sendo honesto, acho que estava bêbado demais para... você sabe." Ele aponta descaradamente para a protuberância de sua virilha. "Fazer acontecer. Não tem como ter acontecido."

Reflito sobre isso em meio à náusea e à enxaqueca florescendo atrás dos meus olhos. "Por que eu teria voltado para o seu apartamento, então? Por que estou usando um anel?"

Andrew aperta as sobrancelhas com a ponta dos dedos. "Eu... Não sei." Ele pega as calças do chão para tirar o telefone do bolso e um guardanapo dobrado vem junto. "Ah. Bom. Isso explica algumas coisas."

Ele me entrega o guardanapo. De um lado está meu desenho de Jack. Do outro, rabiscadas na parte superior, estão as palavras CONTRATO DE CASAMENTO DE ANDREW E ELLIE na minha caligrafia. "*Porra.*"

Abaixo estão quatro acordos enumerados:

1. Elena Jane Oliver concorda em se casar com Andrew Richard Kim-Prescott assim que uma licença de casamento for obtida;

2. Até que a licença seja obtida, Elena Jane Oliver desempenhará o papel de noiva de Andrew Richard Kim-Prescott, incluindo, mas não apenas isso, uma ida à cabana de seus pais no Natal;

3. Ao se casar, Andrew Richard Kim-Prescott concorda em dar a Elena Jane Oliver 10% de sua herança subsequente;

4. Elena Jane Oliver e Andrew permanecerão casados por 12 (doze) meses antes de dissolver sua união, momento em que Andrew Richard Kim-Prescott cobrirá as despesas do divórcio.

Abaixo disso, há pequenos "x" ao lado das linhas nas quais assinamos nossos nomes completos. Porque aparentemente nossas versões bêbadas eram formais pra cacete. Tenho cerca de 90% de certeza de que um contrato de guardanapo não é um documento legalmente vinculativo, mas os 10% restantes estão causando estrago em minha ansiedade. Meu estômago se revira e sinto que posso começar a passar mal aqui no quarto monocromático de Andrew.

"Isso não é bom."

"*Isso* é pior." Andrew está encarando seu telefone. "Acho que consegui reconstruir uma linha do tempo parcial da nossa noite."

Seu telefone contém uma terrível prova fotográfica: uma selfie de nós dois virando shots naquele bar sofisticado; dançando em um círculo de baladeiros seminus; comprando um anel no que parece ser o City Target; eu posando com o anel enquanto Andrew beija minha bochecha. Estou bêbada demais, nem pareço comigo. Nem parece que é o meu rosto.

Além disso, o anel claramente é de zircônia.

"Oliver", Andrew diz, parecendo preocupado pela primeira vez desde que a manhã começou. "Postei tudo isso no Instagram. Tem centenas de comentários. Graças a Deus meus pais estão espalhando as cinzas do meu avô em Bordeaux e minha irmã não tem redes sociais, mas *merda*. Tenho milhares de seguidores!"

"Hum, bom para você."

"Isso quer dizer que milhares de pessoas viram essas fotos, curtiram e comentaram a respeito delas." Andrew se junta a mim no tapete. "Ok, ok", ele diz bagunçando o cabelo com uma mão. "Meu palpite é que talvez isso seja algo muito bom."

"Não é."

"Calma, me escuta." Ele faz uma busca rápida no telefone. "Para obter uma licença de casamento no condado de Multnomah, você só precisa se inscrever no tribunal e esperar três dias antes de se casar. Podemos ir nesta quinta-feira no meu horário de almoço e depois nos casar na semana depois do Natal."

Minha cabeça está girando, eu a apoio entre as mãos.

"Sério, poderíamos fazer o que o guardanapo diz. Fingir que estamos casados e felizes por um tempo, nos separar depois de alguns meses e ter a papelada do divórcio totalmente assinada até o Natal do ano que vem."

"Não posso me casar por doze meses, Andrew."

"Por que não?" Ele me olha de cima a baixo. "Não parece que tem muita coisa acontecendo na sua vida."

Pego o resto das minhas roupas e começo a enfiar freneticamente os braços nas mangas do meu cardigã. "Tem algumas coisas acontecendo. E nós somos dois estranhos! Como fingiríamos estar noivos? Não sei nada sobre você!"

"Nós nos conheceríamos!", ele insiste enquanto pego meus sapatos e tropeço no corredor. Ele me segue. "E você viria para o Natal na cabana dos meus pais, e eu não sei... Ainda não pensei em tudo porque estou de ressaca."

"E seus pais? Eles vão ficar bem com você se casando só para reivindicar sua herança?"

"Meus pais não sabem da cláusula do testamento do meu avô! Ele só acrescentou isso há algumas semanas, e o testamenteiro me avisou porque fomos para Stanford juntos. Por isso este é um plano tão brilhante!"

Faço uma expressão debochada.

"Pense nisso, Oliver. Ninguém saberia a verdade além de nós. Diríamos a todos que estamos apaixonados, e então..."

A ansiedade concentrada no meu estômago se transforma em ácido queimando a garganta. Preciso sair daqui antes que isso se transforme em mais uma onda de lágrimas quentes. Balanço a cabeça: "Adeus, Andrew".

Só quando saio do prédio de Andrew é que percebo que não tenho ideia de onde estou nem de como chegar em casa. Acabo pagando vinte dólares por uma carona compartilhada, e o fato de não vomitar no chão do Ford Fiesta é uma grande realização na minha vida.

Quando chego e despejo os erros da noite anterior de forma respeitável no banheiro, são quase oito horas. Meu turno na Torralândia começa às dez, então de alguma forma nas próximas duas horas vou ter que ser uma pessoa de novo, e não uma esponja encharcada de uísque, vômito e vergonha. Meus Deus, como Greg será cruel quando me vir assim.

No chão de ladrilhos ao lado do banheiro, meu telefone começa a vibrar. Solto um gemido.

"Me coloca no FaceTime, sua piranha!"

"Meredith, o que aconteceu? Estou doente e preciso tomar banho antes do trabalho."

"O que aconteceu? *O que aconteceu?*" Ouço o barulho de um lápis batendo. "Minha melhor amiga aparentemente ficou noiva ontem à noite, e eu tive que descobrir isso no Instagram. Foi *isso* que aconteceu."

"Ah. Que merda."

Me deito um pouco no chão do banheiro. "Não é de verdade. Eu estava completamente bêbada."

"Concordo. Nem parecia o seu rosto."

"Como você viu as fotos? Pensei que tinham sido postadas no perfil dele no Instagram."

"Ele marcou você, aí você compartilhou nos seus stories."

"Eu já disse *que merda*?"

"Mal posso acreditar que te aconselhei a sair com um carinha qualquer e você realmente fez isso. E de um jeito clássico só seu, você deu um passo adiante e ficou noiva. Precisamos falar sobre suas tendências perfeccionistas em algum momento, mas estou orgulhosa de você, de verdade."

"O noivado não é real", murmuro. Tudo começa a girar novamente quando conto a Meredith sobre os dois milhões de dólares, o contrato de guardanapo e o Natal na cabana dos pais dele.

"Deixa eu ver se entendi", Meredith diz com aquela voz de advogada. "Um homem quer te pagar duzentos mil dólares para ficar noiva dele por duas semanas, se casar e se divorciar alguns meses depois e você vai dizer não? Porra, qual é o seu problema?"

"Como minha advogada não oficial, não acho que você deveria me aconselhar a cometer fraude."

"Como sua melhor amiga oficial, estou te aconselhando a não ser uma idiota. Você precisa desesperadamente desse dinheiro, ainda mais porque se recusa a dizer a Linds onde ela pode enfiar aquela dívida do cartão de crédito."

Faço um som que estranhamente parece um guaxinim morrendo.

"Além do mais, isso vai tirar você do seu apartamento. Seria melhor do que passar o Natal comendo um frango assado sozinha na pia da cozinha, não acha?"

"Este... não era meu plano."

"Era, sim."

Dou outro gemido.

"Amo você, Ellie, mas o ano passado foi difícil. Você passou por alguns contratempos e simplesmente congelou. Você está congelada como um burrito de micro-ondas. Você precisa de um pequeno choque no seu sistema. E duzentos mil dólares? Você não pode fugir desse tipo de dinheiro."

"Admito que... estagnei um pouco." Admito que isso é um eufemismo total. "Mas esse choque no meu sistema precisa realmente ser um noivado falso com um milionário bonitão?"

"Honestamente? Talvez sim. Nada mais conseguiu te tirar dessa hibernação. Você será como Sandy B, e ele o seu Colin Firth. Você vai fingir estar apaixonada, e então vai se apaixonar de verdade."

"Que filme é esse?"

"Não sei... todos eles?"

"Mas eu não quero namorar o Andrew. Não estou procurando um relacionamento agora?" Não consigo nem me impedir de inserir um ponto de interrogação no final dessa frase pateticamente declarativa.

"Certo. Então não faça isso por uma chance de romance com Andrew. Faça isso pelo dinheiro." Quando Meredith faz declarações assertivas, nunca há um ponto de interrogação fora do lugar. Você quase pode sentir o universo se curvando à vontade dela.

Duzentos mil dólares. Cresci num mundo de promoções em brechós, com o dinheiro contado, nunca me permiti imaginar a vida que esse tipo de grana poderia comprar.

"Eu... preciso tomar banho."

"Seu clássico movimento de se esquivar."

"Sim, mas tenho vômito no cabelo, então você deveria me dar uma trégua."

"Ok, mas o que você vai fazer com essas fotos de noivado? Elas estão no mundo agora."

Como sempre, Meredith está certa. As fotos estão por aí, e quando entro na Torralândia (cinco minutos mais cedo), Ari grita parabéns para mim. "Puta merda! Você seguiu meu conselho e *ficou noiva* de Andrew! Meio exagerado, mas eu adorei!"

"Last Christmas" está tocando novamente, só que é a versão da Taylor Swift agora, e Ari está usando uma faixa de penas e adesivos de estrelas sob os olhos, como um filtro humano do Snapchat. Ela me questiona sobre meu suposto noivado e, como parece errado contar a ela sobre a herança de Andrew, meu silêncio parece confirmar o que ela já acredita. Greg aparece na parte de trás para me dar uma palestra sobre "conduta profissional em espaços on-line" e, como se fosse um fardo difícil de carregar, Taylor lamenta na letra da música: *depois do primeiro fora, fiquei traumatizada*.

Acabado o turno de oito horas, volto ao meu minúsculo estúdio subterrâneo, como sempre.

Aqueço um burrito congelado para o jantar, como sempre.

Sento no futom, pego meu iPad e abro o programa Clip Studio, como sempre.

Congelada como um burrito de micro-ondas.

Agarrando minha caneta da Apple, começo a desenhar esboços de ontem para o mais novo episódio de *Desgosto perpétuo*.

Arte é a única coisa em que sempre fui boa, até que parei de me sentir boa. Isso — criar webcomics — começou como uma forma de processar o que aconteceu com Jack. Sempre fiz meus próprios projetos com paixão durante minhas aulas de animação, desenhando fan arts dos meus *shipps* favoritos e postando no meu Instagram de arte anônima. Construí um pequeno, mas leal, grupo de fãs que me seguiam e se faziam presentes nos comentários sempre que eu postava uma arte original. E flertei com a ideia de um webcomic ou uma graphic novel, mas consumia muito do meu tempo quando eu estava na escola e focar nesses projetos seria um risco.

Um mestrado em animação me daria a oportunidade de fazer arte com um salário fixo. Webcomics, não.

Foi aí que aconteceu Jack. Ela pisou firme em minha vida com aquela sola grossa de suas botas pesadas e uma jaqueta Carhartt, sacudindo todos os meus planos e ideias cuidadosamente elaborados sobre como minha vida deveria ser, e depois me largou sozinha para arrumar a bagunça que ela deixou.

Desenhei nossa história, ou algo que remetesse vagamente a ela. Em vez de postar no Instagram, enviei para a Drawn2, comunidade on-line de quadrinhos publicados na web. Em uma semana, o primeiro episódio teve vinte mil leituras. Minha pequena base de fãs disparou em uma massa faminta de leitores que queriam saber o que aconteceria entre as duas garotas protagonistas de *Dia de neve*.

E então os fãs descobriram o que aconteceu e ficaram desapontados.

E perdi meu emprego.

E comecei uma nova série livremente baseada em minha vida em Portland, e a chamei de *Desgosto perpétuo*. Alguns leitores me seguiram até essa história. A maioria, não. Isso não é o que mais importa para mim. Eu não posto minhas webcomics por curtidas, seguidores ou elogios. Posto porque, mesmo não sendo boa o suficiente para fazer arte profissionalmente, não sei como processar o mundo de outra maneira. Drawn2 é o único lugar onde minha arte não precisa ser perfeita, porque ninguém sabe que é minha. É o único lugar onde meu trabalho pode ser um rascunho em vez de um produto finalizado.

Então começo a delinear as últimas vinte e quatro horas de uma forma fictícia: a promoção, um quase encontro, o acordo com Andrew, o anel da Target. Faço com que tudo pareça ficção, mas quase não preciso adicionar um drama — a história toda já é absurda por si. Quando a projeto em uma narrativa curta e sucinta, que pode ser consumida em uma série de imagens, são quase quatro da manhã. Geralmente durmo após preparar um episódio por noite, antes de publicá-lo, para que eu possa voltar a ele com novos olhos no dia seguinte. Mas estou além da minha capacidade de me importar com algumas imperfeições técnicas e me preparo para postar no *Desgosto perpétuo*.

Se bem que... Eu estudo as ilustrações a minha frente. Elas não se encaixam com os outros episódios de *Desgosto perpétuo*: anedotas sobre a vez que alguém levou uma galinha no trem e ela bicou minhas leggings favoritas, fazendo um buraco; a vez que um cliente da Torralândia insistiu para que eu ligasse para nossas colheitadeiras na Etiópia para verificar se os grãos nunca foram armazenados em plástico; a vez que vi Fred Armisen fora do *¿Por qué no?* (dessa vez não foi um saco, embora a fila para os tacos levasse uma hora).

Isto — os quadrinhos sobre Andrew — soa diferente. Parece novo.

Faz muito tempo que não sinto vontade de criar algo novo.

Tomo uma decisão rápida. Em vez de enviar o novo episódio para *Desgosto perpétuo*, crio uma nova série intitulada *O acordo*.

"Episódio um: quando um homem pede para você se casar com ele por conveniência."

Posto antes que possa pensar duas vezes. Então tomo outra decisão talvez imprudente às quatro da manhã. Abro o Instagram e, por um minuto, olho para o feed perfeitamente organizado de Andrew, uma mistura de selfies de caminhada, de academia e sem camisa no espelho.

Duzentos mil dólares. Eu poderia criar uma vida inteiramente nova.

Respiro fundo. Então clico no botão de mensagem em seu perfil e começo a digitar.

Seis

Sábado, 17 de dezembro de 2022

"Pensei que só guaxinins morassem neste prédio", Andrew comenta ao chegar na minha porta no sábado à tarde. Ele passa os olhos pela caverna que é o meu apartamento e diz: "Ah. Vejo que eu estava certo".

"Nem todos podemos ser herdeiros de empresas da Fortune 500. E há uma séria crise imobiliária em Portland, sabe."

"Mas *esse cheiro*."

"Vamos logo." Tento proteger sua visão da minha morada lamentável, mas ele dá um passo para o lado.

"Eu supostamente deveria saber onde minha noiva mora."

Estremeço com essa palavra, mesmo que seja precisa. *Noiva*.

Três dias atrás, concordei em ser a noiva de Andrew em troca de duzentos mil dólares. Ele só tinha duas condições. Primeiro, que ninguém soubesse que o relacionamento era falso. Segundo, que eu passasse o Natal com a família dele em sua cabana no Monte Hood. Como era de esperar, Greg tinha me escalado para trabalhar nos feriados.

Então, na quinta-feira, fui para Torralândia, joguei meu avental no balcão e pedi demissão. Ari chorou ao me dar um abraço de despedida.

Ontem, Andrew e eu passamos cinco horas na fila do tribunal para solicitar uma licença de casamento, e tive um ataque de pânico em um corredor mal iluminado quando percebi que passarei uma semana inteira em uma cabana com estranhos. Na noite passada, mais de cinquenta mil pessoas tinham dado like no primeiro episódio da minha nova webcomic. Me sentiria péssima por explorar a história de vida de Andrew se não fosse pelo fato de ele dizer "Você não é uma serial killer, é?" enquanto fazia uma avaliação rápida do meu apartamento. Ele observou o futom (que funciona como cama), a escrivaninha (que funciona como mesa da cozinha), a haste do chuveiro no canto do quarto onde penduro minhas roupas.

"Por que estou percebendo uma energia estranha de serial killer?"

"Eu só sou pobre, seu idiota", digo enquanto penduro minha bolsa no ombro e alcanço a mochila. "Não criminalize os pobres."

Ele parece horrorizado. "Eu não faço isso! Mas Oliver, isso aqui é horrível. Muito possivelmente a pior coisa que já vi. E olha que uma vez passei duas semanas em uma festa num barco, navegando pelo Pacífico Sul com vinte caras da minha fraternidade, e o encanamento parou de funcionar no terceiro dia."

"Grata pela comparação."

Andrew parece horrorizado. "É deste apartamento que você nunca sai? Isso não deve ser nada bom para sua saúde mental."

"Não é." Por mais que eu esteja temendo a próxima semana, não quero passar mais um minuto com Andrew dentro do meu apartamento. "Podemos ir?"

"Espere, é isso que você vai vestir?", ele pergunta, uma das sobrancelhas certinhas arqueada em sinal de julgamento.

Olho para minhas botas de inverno, meu jeans Old Navy, minha camiseta da She-Ra e o cardigã cinza que joguei por cima. "Sim. Isso é o que estou vestindo, e para esse acordo funcionar você não pode controlar meu guarda-roupa, e *definitivamente* não pode me comprar roupas para me fazer parecer mais respeitável para sua família. Não sou a Julia Roberts em *Uma linda mulher*."

Andrew luta contra um sorriso enquanto estende a mão para pegar minha mochila.

"Vamos adicionar isso ao guardanapo. Nada de recriar *Uma linda mulher* com você."

Vamos adicionar ao guardanapo foi a resposta dele toda vez que mandei uma mensagem com uma nova condição para o nosso acordo nos últimos dois dias. Numa das vezes ele respondeu: *Não conheço nenhum tabelião que trabalhe à uma da manhã, mas prometo que meu advogado redigirá alguma coisa.*

Eu não ia me casar com um homem (não ia passar o Natal *na cabana dos pais dele*) sem a garantia de que receberia meus duzentos mil dólares quando isso tudo acabasse.

"Devemos trabalhar em nossos *flashcards*?"

Assim que nos acomodamos no Tesla, eu me abaixo para pegar uma pilha de cartões multicoloridos da minha bolsa. Para contrabalançar minha ansiedade de passar mais de uma semana com a família dele, criei cartões de memória para ajudar a nos conhecer melhor. A viagem até a cabana demora cerca de uma hora e meia, o que resultaria em um silêncio prolongado demais para o meu gosto. Pego o primeiro cartão, verde, que significa Andrew. Na frente se leem as palavras *meus pais*. Respondo conforme solicitado.

"Katherine Kim e Alan Prescott", recito. "Seu pai vem de uma longa linhagem de brancos anglo-saxões protestantes ricos e cresceu aqui em Portland. A família da sua mãe é coreana, mas ela nasceu em Los Angeles. Eles se conheceram na Escola de Negócios de Harvard no início dos anos 80."

Andrew me atinge com uma pergunta improvisada: "Carreiras?"

"Alan é o atual CEO da Investimentos Prescott, que herdou quando seu avô recebeu o diagnóstico de câncer de pâncreas, há dois anos. Katherine costumava trabalhar como professora na Universidade Estadual de Portland, porém fez uma pausa quando você e sua irmã nasceram e acabou se demitindo para se tornar mãe em tempo integral. Agora ela atua nos conselhos de quatro organizações sem fins lucrativos." Listo as quatro organizações em ordem alfabética.

"Impressionante. Você é boa nisso." Andrew me dá um aceno de aprovação. "Sua vez."

Nem me dou o trabalho de pegar um novo cartão. "A mesma pergunta para você. Meus pais."

Ele aperta o volante demonstrando concentração. "Hum. É. Jed e... Lauren?"

"Lindsey", corrijo. Andrew não é bom nisso. "E o que é digno de nota sobre meus pais?"

Isso, pelo menos, ele consegue se lembrar. "Seus pais eram estudantes do segundo ano da Universidade Estadual de Ohio quando engravidaram de você. Como bons católicos culpados (palavras suas) eles se casaram, abandonaram a escola e conseguiram empregos numa rede de fast food local para cuidar de você."

"E quantos anos eu tinha quando esse plano de vida genial falhou e eles se divorciaram?"

"Três? Dezesseis?"

"Com certeza em algum momento entre o abismo dessas idades." Andrew joga a cabeça para trás contra seu assento. "Isso é *difícil*."

"Você foi para Stanford. Acho que é capaz de lembrar que eu tinha nove anos quando meus pais se divorciaram."

"Sim, bem, quero dizer... Eu tive *ajuda* em Stanford", Andrew resmunga sem graça.

"Tenho certeza de que não faltaram garotas bonitas que estavam dispostas a fazer sua lição de casa enquanto você julgava concursos de camisetas molhadas."

"Peraí. Eu nunca objetificaria mulheres dessa maneira." Ele sorri. "Eu *participava* de concursos de *cuecas* molhadas."

Volto a atenção para meus pais, determinada a fazer Andrew memorizar esses detalhes. Foi ele que insistiu que sua família tem que acreditar que somos um casal de verdade. "Após o divórcio, Jed e Linds passaram por uma longa fase de festas com o objetivo de, como minha mãe me disse no meu décimo aniversário, 'recuperar a juventude que roubei deles'. Foi dessa forma que ela justificou o barril de cerveja que comprou para a festa."

"Como você acabou tão certinha?", Andrew pergunta, e eu não sei como explicar. Como era importante para mim me sentir no controle, o tempo todo, em meio aos tornados de meus pais.

Penso em Linds em seu Daisy Dukes, me entregando as chaves do carro quando eu tinha treze anos, me dizendo para eu levar a gente de volta para casa após minha exposição de arte porque ela tinha bebido Merlot demais. Jed me presenteando com um monte de moedas no meu aniversário de onze anos, dois meses atrasado, e depois desaparecendo por mais seis meses sem um telefonema sequer.

A verdade é: o mundo está cheio de pessoas egoístas que se tornam pais egoístas. É difícil explicar para alguém que cresceu com estabilidade, segurança e amor garantidos como é odiar seus pais e, ao mesmo tempo, desejar desesperadamente o amor deles. Sem falar que, aos vinte e cinco, você ainda pode se iludir com fantasias momentâneas, em que eles aparecem um dia, sóbrios e arrependidos, e finalmente se desculpam por todas as vezes em que você mesma teve que se colocar na cama.

Tudo o que eu sempre quis foi ter certeza de não me tornar eles. Uma fodida. Uma falha. Uma bagunça.

Mas acho que a genética está vencendo.

Andrew Kim-Prescott nunca conseguiria entender nada disso, então simplesmente puxo outra carta da pilha. *Outros hóspedes da cabana*.

"Ok, suas duas avós estarão lá", respondo.

"Bem, tecnicamente, duas das minhas três avós estarão lá", ele diz. "*Halmoni*, a mãe da minha mãe, morreu quando eu era criança, então essas são a mãe e a madrasta do meu pai. Chamamos a primeira esposa do vovô de Meemaw e sua segunda esposa de Lovey, porque o nome dela é Laverne."

"Você é um cara adulto e chama sua avó de *Meemaw*?" Estou incrédula por ele usar essa forma fofa, típica do Sul dos Estados Unidos. Andrew apenas dá de ombros. "E as duas esposas do seu falecido avô ficam de boa passando as férias juntas?"

"Ah, sim, Meemaw e Lovey são melhores amigas."

"Ok, então Meemaw e seu avô se divorciaram antes de você nascer, certo? Ela foi casada três vezes desde então, mas agora está solteira. E você a descreve como..."

"Bêbada", ele fala com ênfase. "Sei que pode parecer errado dizer isso sobre uma senhora de oitenta e dois anos, mas é a verdade. Eu puxei dela o meu amor por sangria e as escolhas românticas questionáveis. Ela é artista e vai amar você."

Tento suprimir o calor enjoativo que surge com a ideia da avó de alguém me amando. "E Lovey é..."

"Também é bem provável que esteja alcoolizada. E possivelmente meio chapada, porque ela ficou muito interessada em comestíveis batizados depois que operou o quadril."

Olho para o cartão de memória novamente. "E depois há sua irmã e o melhor amigo de infância de sua irmã, que sempre passam as férias com sua família."

O clima no carro muda imediatamente, Andrew se mexe de um jeito que acusa o desconforto. Ele limpa a garganta. "Sim, Dylan." Posso ver sua mandíbula apertar enquanto seu olhar firme permanece focado na estrada. "O pai de Dylan trabalhava para a Investimentos Prescott, e foi assim que nos conhecemos. Na faculdade, Dylan se revelou não binário e as coisas ficaram desagradáveis com os pais dele, então agora elu passa as férias com a gente todos os anos."

"E Dylan mora em Gresham e trabalha como professore de jardim de infância?", comento, lembrando do *flashcard* delu.

Andrew assente.

"E sua irmã?"

"Jacqueline."

Sua voz soa tensa quando diz o nome dela, e olho para ele. Andrew é todo maxilar forte e nariz romano, sobrancelhas esguias e um casaco espinha de peixe de quatrocentos dólares. O típico garoto da fraternidade que virou investidor imobiliário. Mas quando ele fala sobre Dylan e sua irmã, a ternura toma conta. Ternura e... proteção?

E sigilo, como se ele estivesse me mantendo a uma distância segura para não os conhecer demais. Sua irmã, em especial, é um mistério. Ele mal a mencionou em nossas sessões de *flashcards*, e ele geralmente encontra uma maneira de mudar de assunto quando a menciono. "Você e sua irmã...? Não são muito próximos?", arrisco a pergunta.

"Somos superpróximos", responde ele, mas suas mãos ainda estão apertando o volante com força. "Temos apenas dezoito meses de diferença, então fizemos tudo juntos durante a infância. É só que... ela tem um relacionamento incerto com meus pais, com meu pai principalmente. E ela nunca pode descobrir que estamos fingindo isso para minha herança. É que..." Ele encolhe os ombros, e seu tom se torna defensivo. "Minha irmã pode ser teimosa em sua busca pela independência. Ela se recusou a seguir na Investimentos Prescott e abandonou a faculdade. Meus pais pararam de ajudá-la financeiramente depois disso, e ela basicamente teve que se tornar uma adulta completa enquanto eu ainda estava em Stanford farreando com minha mesada. Eu... ela... ela nunca pode descobrir sobre a cláusula, ok?"

Há algo que ele não está dizendo, e infelizmente, para nós dois, Andrew não é muito bom em esconder coisas. Ainda assim, não insisto, porque sou sua noiva *de mentira*, não sua amiga de verdade.

"Você vai gostar dela, no entanto", acrescenta Andrew. "Da minha irmã, quero dizer. Todos a amam."

Mordo minha língua. Jacqueline me parece o nome de alguém que é membro de um clube de campo e tem um spitz-alemão. Não consigo imaginar uma conexão entre nós.

Respiro longa e profundamente pelo nariz. *Duzentos mil dólares.* Estou fazendo isso por duzentos mil dólares.

Nossos cartões de memória são esquecidos à medida que o carro sobe em altitude e as condições da estrada se tornam mais traiçoeiras. No início, há apenas um pouco de neve salpicada na beira da estrada, depois começa a formar montes nas laterais, e então está cobrindo as estradas por completo. Paramos para que Andrew coloque correntes no Tesla — uma escolha realmente ridícula de veículo para terrenos com neve —, e eu me agarro com força ao painel pelo resto do caminho na rodovia 26.

De quando em quando, Andrew entra com o Tesla em estradas rurais íngremes, e as correntes rangem contra a neve fresca. Ele manobra calmamente o carro a menos de vinte quilômetros por hora, passando por plantas perenifólias e pela floresta densa ao longe. Viramos uma curva final, subimos uma colina e as árvores se rareiam, revelando uma casa.

"Andrew!", grito.

"O quê?"

"Andrew!"

"Oliver!"

"Andrew! Achei que você tinha dito que seus pais tinham uma cabana!"

"Eles têm." Ele aponta para a frente. "É logo ali."

"Isto não é uma cabana! É uma porra de um chalé de esqui!"

Ele parece confuso. "Não dá pra esquiar aqui. Nós dirigimos até Timberline para fazer isso."

"Você está perdendo o ponto. Isso aí..." Aperto meu dedo contra o para-brisa. "Isso é uma mansão suíça, não uma cabana."

"É uma cabana de madeira."

É aparentemente feita de troncos — ou, pelo menos, construída para parecer que é feita de troncos —, mas a monstruosidade de quatro andares espraiada na colina nevada à nossa frente parece um hotel. À medida que o crepúsculo cai na montanha, uma centena de luzes da varanda banha a casa gigante com um brilho dourado. O piso térreo é uma enorme garagem para cinco carros e há colunas de pedra.

"Estou confuso a respeito do motivo que te deixou presa à semântica da palavra cabana."

"Porque tem varandas!" Faço as contas. "Seis. Varandas. Visíveis!"

Andrew estaciona o carro, mas não desliga o motor. "Bem, se eu soubesse da sua fobia de sacadas..."

Eu me afundo no banco, esperando que ele me absorva, que me torne parte de seu couro para que eu nunca tenha que sair deste carro. Embora soubesse que os Kim-Prescott são ricos, é uma coisa totalmente diferente ser confrontada com uma casa de férias multimilionária. Eu poderia encaixar todos os lugares em que já morei combinados dentro dessa suposta cabana, e não há como entrar lá com meu jeans Old Navy e cardigã com um buraco na axila e me apresentar como a noiva de Andrew. Deveria ter deixado esse idiota brincar de *Uma linda mulher* comigo.

E para pontuar, eu nunca deveria ter deixado a segurança do meu apartamento. Não vou saber falar com essas pessoas. Eles são ricos e normais, e saberão imediatamente que minha infância foi marcada por traumas, não pela decoração de biscoitos de Natal.

Andrew percebe que a ansiedade de todo o meu corpo se derrete no banco do passageiro. "O que foi? O que está acontecendo?"

"Não posso entrar lá."

"Bem, não vamos passar a semana inteira aqui fora."

"É sério." Estou segurando a maçaneta da porta. "Não consigo, Andrew."

"Ei." Ele dá um tapinha no topo da minha cabeça numa tentativa de ser reconfortante. "Não se preocupe. Todo mundo vai ser muito legal com você. Até meu pai. Pelo menos na sua frente."

O suor se acumula sob a espessa camada do meu cardigã. Então, naturalmente, uso as mãos para abanar minhas axilas, numa tentativa de ventilar. Porque a melhor coisa a se fazer quando se está com manchas de suor nas axilas é chamar atenção desnecessária para elas na frente do lindo homem que quer casar com você.

"Isso... isso foi um erro. Não podemos nos casar. Não posso passar uma semana com sua família."

"Sim, você pode." Ele desliga o motor. Sua voz é cortante e impaciente, quase como se dois milhões de dólares estivessem em jogo. "Porque você não tem escolha. Já estamos aqui."

Sete

"Você deve ser a Ellie!"

Alguém grita essas palavras no exato segundo em que Andrew abre a porta da frente. Não dá nem tempo de pensar como eu desenharia a entrada — pé-direito alto, painéis de carvalho, janelas grandes na parte de trás da casa —, pois sou logo abordada por um par de braços macios que me envolvem em um abraço surpreendentemente apertado. A ansiedade que senti no carro momentos antes começa a se esvair para os braços dessa mulher que cheira a vinho tinto e biscoitos de gengibre. *Deus*, quando foi a última vez que alguém me abraçou?

"Docinho, é tão bom conhecê-la!", diz a mulher e passa a focar no meu cabelo. "E uma coisinha tão bonita! Deixe-me dar uma boa olhada em você."

Ela segura meus ombros e estica seus braços sem me soltar, e finalmente consigo vê-la. É uma mulher branca e idosa que literalmente só pode ser descrita como chapada. Há um coque colmeia de cabelos grisalhos coroando sua cabeça como uma auréola caótica, batom laranja não muito colorido nas linhas de sua boca, um top ondulado baixo o suficiente para revelar um par de seios espetaculares (embora um pouco enrugados).

Ao descrever Meemaw, Andrew esqueceu de mencionar que ela é sulista, mede um e oitenta e parece ser o antídoto humano para um ataque de ansiedade.

"Deus te abençoe." Ela me dá outro abraço, e não quero largar. "Você é uma boneca, não é?"

Então Meemaw dá um beijo molhado na minha bochecha, e mesmo que eu possa sentir a marca de seu batom laranja, não poderia me importar menos. "Bem-vinda à família, docinho." Ela come a última sílaba, então é como se *docin* ecoasse de sua boca.

"É um prazer conhecê-la, sra. Prescott."

Ela bate no meu braço. "Nada dessa formalidade. Você pode me chamar de Meemaw, e esta aqui é Lovey."

Ela gesticula para a mulher branca igualmente bêbada à sua direita, que está tragando o que parece ser um vape. Provavelmente está realmente chapada. Uma octogenária sabe o que faz, presumo.

Laverne Prescott está vestindo um colete Patagônia sobre uma camisa que absorve a umidade, um par de calças de ioga estampadas e crocs com meias. Ela mal chega aos meus ombros, mas seu abraço é muito suave e reconfortante quando ela passa os braços em volta da minha cintura. "Hum, fiquei muito triste em saber da sua perda recente", digo de forma estúpida e inútil para uma mulher que acabou de perder o marido após quase trinta anos juntos.

Mas a única resposta de Lovey é: "Você é tão alta! Ah! Essa é a última coisa de que eu precisava! Outra neta para se erguer sobre mim".

Meu coração tenta escapar pela boca. *Neta*.

E, sério, a família inteira de Richard Prescott o desprezava?

"Bem, o que me resta é me acostumar com isso. Estou condenada a uma família de gigantes. Posso oferecer algo para você beber?" Lovey oferece com a cabeça ainda pressionada contra meu ombro. "Barbara fez sangria."

"Sem dúvida você precisa de sangria!", Meemaw anuncia, e de alguma forma ela arranja um copo de sangria para enfiar na minha mão. "Agora, Andrew nos disse que você é uma artista. Eu comecei a moldar vidros recentemente e encontrei um instrutor no lago Oswego. Ele tem uma bunda que parece um pêssego e mãos de Michelangelo. Você já trabalhou com vidro? Ou homens italianos?"

Balanço a cabeça.

"Barbara, deixe a garota recuperar o fôlego", Lovey a repreende enquanto dá outra tragada em seu vape.

Meemaw a ignora. "Ellie. Este é um nome bonito. Abreviação de Elizabeth?"

"Elena."

Meemaw me estuda por um momento, uma sobrancelha arqueada. "Ah. Bem, eu mal posso acreditar que este aqui está finalmente sossegando." Ela aponta o polegar para Andrew, que está casualmente parado na porta da frente com uma expressão divertida. "Nunca pensei que ele pararia de zanzar por aí."

"Olá, Meemaw." Andrew sorri. "É sempre um prazer ser intimidado por você. E Lovey." Andrew aceita dois beijos de Meemaw antes de se inclinar para abraçar Lovey. A última pressiona a mão fina como papel na bochecha dele, e o gesto é tão terno que tenho que desviar o olhar.

A casa cheira a pinheiro e especiarias de inverno, e John Lennon está cantando "So This is Christmas" pelo sistema de som, e ele está correto. Isso aqui *é* Natal, daquele jeito que sempre vi nos filmes, mas nunca experimentei. Vovós que cumprimentam com abraços calorosos. Azevinho e viscos em todas as portas, uma coleção de casas de porcelana iluminadas ao longo de uma mesa de bufê. Mais tarde, vou desenhar este lugar como se fosse a droga de uma pintura de Norman Rockwell. Isso me deixa estranhamente nostálgica por algo que eu nunca tive.

"Agora, vem cá." Meemaw passa seu braço pelo meu.

"Katherine está morrendo de vontade de conhecê-la."

Meemaw me arrasta pela casa, passando pela sala gigante onde meias já estão penduradas na lareira. Alguém adicionou uma vermelha simples no final da fila, com o nome "Ellie" escrito com cola-glitter. Meu coração parece estar na garganta quando fazemos uma curva e vemos uma mulher usando um vestido verde-escuro arrumando um arranjo de flores em uma mesa de jantar formal. Atrás de mim, Andrew limpa a garganta. "Mãe?"

Katherine Kim olha para cima. Ela é uma linda mulher coreana-americana, em ótima forma com seus sessenta e poucos anos, e lamento meus jeans Old Navy mais uma vez. Mas Katherine só tem olhos para o filho, não para minha aparência abatida, e seu rosto se abre em um sorriso. "Andrew!"

Ela se joga nele. "Ah, Feliz Natal! Estou tão feliz que você esteja aqui! É tão bom ter a família reunida!"

Ela tasca beijos em ambas as bochechas do filho, e Andrew relaxa no abraço de sua mãe. "Mãe", ele diz quando se separam. "Quero te apresentar a Ellie, minha noiva. Ellie, esta é minha mãe, Katherine."

Katherine me puxa para o que poderia ser um estrangulamento antes que eu perceba o que está acontecendo. "Olá, sra. Kim!", tusso quando ela me esmaga contra seu peito ossudo. "Sua casa é adorável!"

Ela me libera e acena com seus braços finos ao redor. "Não, não, isso aqui é uma bagunça absoluta. Por favor, nem olhe para isso! Vim ontem para tentar resolver as coisas, mas sempre há muito o que fazer nas férias! Mas, meu Deus, querida, olhe para *você*!" Ela toca a ponta da minha trança. "É tão bom poder finalmente conhecê-la!"

Finalmente? Eles sabem da minha existência há três dias, no máximo. Tento pensar em uma resposta apropriada, mas uma mãe amorosa está tocando minha trança e estou me sentindo demais nesta casa gigante, cercada por essas pessoas barulhentas, consumida pelo inequívoco *Natal em família* que emana de tudo isso. Não era o que eu esperava. Com todo o pavor e pânico que levaram a esta viagem, não me ocorreu que passaria o Natal com uma família.

Antes que eu possa responder, Katherine Kim começa a chorar.

"Mãe!" Andrew se aproxima dela com preocupação. "O que há de errado? O que houve?"

Katherine acena com os braços novamente. "Eu sinto muito. Sinto muito, mas não posso acreditar que você tem uma namorada há três meses e nós não a conhecemos. E agora você está noivo, e ela é uma estranha para nós, e sinto que falhei como mãe, como se não..."

Katherine engasga com um soluço de culpa materna, e Andrew vem com outro abraço. "Não, *eu* sinto muito", diz ele enquanto a segura contra o peito. "Com papai fora do escritório lidando com a morte do vovô, tenho trabalhado demais. Mas Ellie e eu estamos aqui agora, *Umma*."

Com isso, Andrew estende a mão para entrelaçar a minha na dele.

A minha está suada de tanta agitação, mas Andrew não parece se importar. Essa pessoa, esse Andrew, não é como um casaco Burberry ou um boné. Ele é um suéter bem gasto, reconfortante e familiar. Um cara firmeza do ramo de investimentos que realmente ama sua família.

E talvez, penso eu, cheia de sangria e bêbada de afeto familiar de segunda mão, eu pudesse amá-lo. Especialmente se amar Andrew signifique ter o amor da família dele. Talvez Meredith estivesse certa, e talvez sentimentos falsos se tornem reais. Talvez Andrew seja alguém com quem eu possa construir uma conexão emocional.

"Teremos mais de uma semana em família!", Andrew diz a sua mãe, e meu coração fica mole como massa de vidraceiro no meu peito. "Eu nem trouxe o computador do trabalho."

Katherine pisca para o filho. "Você não trouxe?"

"Bem, eu trouxe. Mas prometo que não vou usá-lo a menos que seja uma emergência."

"Sem trabalho", Katherine ecoa, afastando a evidência de suas lágrimas com certo recato.

"Falando nisso..." Andrew olha para trás de sua mãe na cozinha grande e moderna. "Onde está o papai?"

Katherine baixa o olhar e começa a alisar um vinco invisível em seu vestido. "Seu pai não pôde vir hoje. Aconteceu alguma coisa no trabalho."

"No trabalho?", Andrew repete.

"Sim, ele disse que tem aquela grande negociação de terras em andamento com a propriedade de South Waterfront e perdeu muito tempo com a viagem à França por causa de seu avô, então ele precisava trabalhar durante o fim de semana. Mas ele disse que estará aqui na segunda de manhã."

"Certo. Aquela negociação de terras", diz Andrew, e suas palavras são cortadas, sua expressão amorosa agora é severa e implacável, com o mesmo senso de sigilo que ele adotou no carro a respeito de sua irmã.

Ao fundo, Burl Ives começa a cantar: "Have a holly, jolly Christmas".
É a melhor época do ano.

"Quem quer mais sangria?" Meemaw deixa escapar, e ela está enchendo meu copo antes que eu possa protestar.

Andrew ainda está olhando ao redor da casa. "E..." Ele tosse. "É, hum... Dylan vem este ano?"

Katherine voltou a afofar as flores no centro de mesa. "Sim, claro. Elu está chegando com sua irmã, que deve estar aqui a qualquer minuto. Na verdade, ela deveria estar aqui há uma hora, mas você sabe como ela é. Ela *insiste* em rebocar aquela maldita coisa pela montanha." Katherine se vira para mim com uma expressão de desculpas: "Minha filha vive como uma nômade".

"Jacqueline vive em um Airstream", Meemaw explica enquanto bebe seu copo grande de sangria. "Ela o estaciona no quintal de um amigo durante a maior parte do ano, mas o traz quando vem para a cabana porque *alguém* não gosta de deixar o cachorro dormir dentro de casa."

"Eu disse a ela que o cachorro pode dormir na garagem." Katherine se arrepia, e Meemaw solta uma réplica sobre millennials e seus cães.

"Se Jacqueline tivesse um filho, você não pediria para *ele* dormir na garagem!"

Eles continuam indo e voltando no assunto, mas meu cérebro perdeu a capacidade de rastrear essa conversa. Está preso em uma palavra.

"Um Airstream?", pergunto quando volto a ter a capacidade de falar.

"Na verdade, é muito legal", Andrew me tranquiliza. "Como uma pequena casa, mas sobre rodas."

Já posso vê-la na penumbra de uma memória, parada ao lado do brilhante trailer na neve.

"Sua irmã chamada *Jacqueline* mora num Airstream?"

Isso é... é uma coincidência. Tem que ser. Não tem outra explicação. A não ser que...

"Sim..."

"Um Airstream?"

Andrew balança a cabeça. "Isso é um problema como o das varandas?"

"Ela está tendo um derrame?", Meemaw se pergunta.

"Eu tive um derrame", Lovey comenta. "Não é assim que acontece."

Isso *parece* um derrame. Essa sensação de dormência rastejando pelos meus braços, esse aperto no peito, esse formigamento ao redor do crânio enquanto a compreensão briga com a razão. Ele tem uma irmã chamada *Jacqueline* que mora em um *Airstream*...

"Ela chegou", Katherine anuncia, embora eu mal possa ouvir qualquer coisa além do sangue rugindo em meus ouvidos. Um segundo depois, um boiadeiro-australiano irrompe pela sala e vem deslizando com suas unhas pelo chão de madeira em direção a minha virilha.

"Paul Hollywood, não!", Andrew o repreende. "Senta."

O cachorro olha para mim com a língua pendendo de lado para fora da boca, olhos azuis penetrantes em meio a tufos de pelo cinza. Ele fica em suas patas traseiras para tentar brincar com meu rosto, sua língua lambendo meu pescoço em vez disso.

E *porra*. Não é uma coincidência.

Conheço esse cachorro, assim como conheço a mulher que entra pela porta dos fundos da casa com a mesma energia canina. Ela está usando botas pesadas com sola de borracha, jeans largos, uma flanela vermelha e marrom e aquele casaco cáqui inadequado para a neve do inverno. Aquele que cheirava a pão recém-saído do forno.

Não preciso especular sobre como a desenharia. Eu a desenhei uma centena de vezes no ano passado, e agora ela está aqui. Não em um esboço de guardanapo, mas em 3-D, de carne e osso. Na cabana da família Kim-Prescott.

Meu cérebro tropeça e cai sobre o *como* e o *porquê* e o *pelo amor de Deus* de tudo isso.

"Jack!" Meemaw quase chora enquanto a neta a ataca, dando um beijo em sua bochecha. "Estou tão feliz que você conseguiu vir este ano, querida."

É Jack.

Jacqueline.

Jacqueline *Kim-Prescott*, aparentemente.

Concordei em me casar com o irmão do meu caso de uma noite só do Natal passado.

Dia de neve

Uma webcomic de Oliverfazarteasvezes
Episódio 8: O Airstream (Natal, 1h12)
Publicado em: 11 de fevereiro de 2022

"Um Airstream?"

Jack sorri para mim por cima do ombro. "Cala a boca."

Ela me puxa pela mão, e andamos tropeçando por um caminho de pedra, passando por um portão no quintal da casa de seu amigo, onde estaciona. O trailer cintila no escuro, é prateado no brilho da neve, iluminado com as luzes de Natal que ela pendurou no topo. "Não, é *perfeito*. Uma confeiteira que vive em um Airstream. Acho que já vi esse episódio de *The L Word*."

"Quer saber, acho que gostava mais de você quando você estava nervosa demais para me provocar."

"Você gostou *mais* de mim quando eu estava sofrendo de ansiedade social paralisante?"

Ela balança as mãos no ar. "Quero dizer..."

Subo no degrau de metal mais alto, rente à porta, para ficar mais alta do que ela por um minuto — alta o suficiente para passar minhas duas mãos pelo cabelo dela, apertando as pontas, beijando essa boca que tem gosto de gemada temperada. Meu corpo vibra quando me lembro de nossas mãos pegando o mesmo livro naquela manhã — como não senti nada disso naquele momento, e quão fortemente sinto tudo agora. "Essa é a verdadeira razão pela qual você entrou no corredor de graphic novels?", pergunto enquanto inclino a cabeça para fora do beijo.

"Porque eu queria atrair você para o meu Airstream e beijar você na neve?", ela pergunta, parecendo ofendida. "Com certeza não! Estava apenas cumprindo meu dever cívico ao ajudar uma mulher triste e chorosa numa livraria!"

Estreito um olho para ela, mas ela envolve os braços em volta da minha cintura, me puxando para perto. "Beijar você na neve? É uma pequena vantagem de ser uma boa samaritana. Agora... Vamos para dentro?"

Eu me separo dela por tempo suficiente para que destranque a porta. Uma bola de pelo de cinquenta quilos ataca Jack assim que ela entra. "Sim, meu bebezinho." Ela se agacha para esfregar vigorosamente as orelhas do cachorro. "Eu sei. Deixei você sozinho o dia todo como uma mãe ruim. Quem é um bom menino e não faz cocô no Airstream?"

Ela deixa a porta aberta, e o cachorro corre para o quintal, soltando uma tremenda torrente de xixi antes de cair na neve e rolar para a frente e para trás, tornando o cachorro equivalente a um anjo da neve. "Então, esse é Paul Hollywood."

"Ele é menos respeitável do que parece em *Bake Off*."

"Dizem que você nunca deve conhecer seus heróis."

Ela começa a tirar suas camadas de roupas, e por mais que eu queira encarar, o desejo de inspecionar sua casa tem precedência sobre minha luxúria inesperada. Faço uma avaliação lenta ao redor, observando os detalhes de seus cômodos bagunçados e apertados. Parece um estudo em contradição: ela vive com rodas embaixo dela, sempre inquieta, sempre pronta para se mover, mas esse trailer é um *lar*. Ela está aninhada aqui, acumulou uma vida. Há uma cama desfeita em uma extremidade, uma pilha do que parece ser roupa lavada no canto. Prateleiras no alto da casa, brinquedos para cães e caixas de guloseimas, projetos de macramê semiprontos, potes de conserva com marcas de *cold brew* no fundo.

Do outro lado do trailer há uma quitinete com livros de culinária empilhados em todas as prateleiras, ingredientes a granel em potes de vidro, uma batedeira e uma balança de comida, um pequeno rastro de farinha derramada. Há gravuras nas paredes, suculentas atrás da pia, cheiro de cachorro e de suor, de chá de hortelã e pão recém-saído do forno, sempre pão.

É ao mesmo tempo estável e transitório, inquieto e aterrado, algo sutilmente controlado em meio a um caos desenfreado. Em resumo, é a essência de Jack.

"Não acredito que você vive em um Airstream. É tão..." *Românico*, mas não falo em voz alta.

Paul Hollywood volta para dentro, e Jack fecha a porta. O cachorro dá três voltas e se joga em uma cama fofa no chão cheia de bichos de pelúcia meio mastigados. "Como estão seus pés?", Jack me pergunta.

Solto um gemido. "Ainda congelados e doloridos. Talvez haja uma boa chance de que vários dos meus dedos tenham se soltado e estejam chacoalhando dentro das minhas botas neste momento." Andamos cinco quilômetros para chegar aqui, atravessando a ponte Burnside, onde ela me segurou em seus braços e sussurrou a letra de "White Christmas", depois seguimos pelos bairros do sudeste de Portland. "Como estão os seus?"

Ela encolhe os ombros. "Não estou preocupada com meus pés."

"Ah, sério? Senhorita 'Foda-se a Neve'?"

"Sente-se", ela ordena, apontando para a cama atrás de mim.

Me sento. Em cima da cama. Da cama *dela*.

Espero que alarmes soem no meu cérebro. O sinal que geralmente me diz que é demais, que estou indo rápido demais. O sistema de alerta que me diz para fugir quando as pessoas chegam muito perto antes de eu estar pronta. Esta não sou eu. Não vou para a casa de uma mulher depois de um único dia com ela, mas, por algum motivo, ao longo de algumas horas, sinto como se conhecesse essa mulher melhor do que já conheci qualquer um.

Ela se agacha diante de mim, se ajoelhando para que seu rosto fique na altura do meu torso. Seu sorriso de lado e sua cicatriz branca e suas doces sardas estão muito próximas. Sinto minha pulsação em cada centímetro da pele enquanto ela se inclina para a frente, seu cabelo caindo sobre os olhos. Ela começa a desamarrar os cadarços das minhas botas. "Você quer saber o motivo de eu viver em um Airstream?", ela pergunta baixinho. Bem, baixinho para ela, porque ainda é meio que gritando.

Quero saber tudo sobre ela, e ela precisa perceber isso agora. Passamos o dia trocando informações uma sobre a outra, coletando-as como conchas na costa do Oregon. Meus bolsos estão cheios de pedaços de Jack e quero passar o resto dessa tempestade de neve implorando pelo que falta da história dela, juntando tudo até poder desenhá-la com precisão em uma página de caderno, descobrindo todas as linhas.

"Meus pais tinham uma regra para mim e meu irmão. Enquanto estivéssemos na faculdade, eles continuariam a nos apoiar financeiramente", explica ela, seus dedos ainda trabalhando em meus cadarços. Não falo nada. Mal consigo respirar. Ela tira minhas botas para revelar as meias de lã molhadas por baixo. "Mas eu abandonei a faculdade aos dezenove anos, então meus pais desistiram de mim. E passei alguns meses pulando de sofá em sofá na casa de amigos até conseguir o emprego na Patty's Cakes. Patty cuidou de mim de uma forma que meus pais não podiam naquela época da minha vida. Ela me ensinou a me virar sozinha, sem o dinheiro da família, e me fez sentir como se eu pudesse ser feliz, mesmo sem seguir o plano prescrito para minha vida. O irmão de Patty ia vender esse Airstream, mas ela o convenceu a me vender em parcelas mensais, para que eu tivesse meu próprio lugar. É a primeira coisa que comprei por conta própria, com dinheiro que ganhei. A primeira coisa que realmente foi minha."

De uma maneira cuidadosa e terna, ela tira minhas meias uma de cada vez, seus dedos quentes roçando a pele fria dos meus tornozelos. Fico arrepiada.

"Então, sim", diz ela com outro encolher de ombros. "Moro em um Airstream, porque me lembra todos os dias do que eu mais valorizo. Agora, olha isso", Jack pergunta com sua voz grave demais enquanto se inclina sobre meus pés descalços. "Todos os dedos dos pés ainda estão no lugar."

Ela pega meu pé direito suado e úmido entre as mãos e esfrega, tentando aquecer minha pele. Então aperta meu pé contra a flanela macia de sua camisa claramente amada, pressionando-o em seu coração. É a coisa mais nojenta que alguém já fez por mim.

É a coisa mais romântica que alguém já fez por mim.

"Como se sente?", ela pergunta, massageando minha pele como se sovasse massa crua.

Engulo em seco. "Bem melhor."

Oito

Sábado, 17 de dezembro de 2022

Não acredito que ela está aqui.

Ou talvez eu não acredite que *eu* estou aqui.

Não acredito que, no meio de todas as pessoas que vivem na área metropolitana de Portland, Jack e Andrew são parentes.

Não apenas parentes. *Irmãos.*

A mulher que conheci na véspera do Natal passado está a três metros de distância de mim, do lado de uma mesa de jantar decorada em um maldito chalé de esqui. Por quase um ano, ela viveu exclusivamente em minhas memórias e em meus quadrinhos da webcomic, mas agora ela está *aqui*. A três metros de distância. E tem uma marca do batom laranja da avó dela na minha bochecha.

"Meemaw! Lovey!" Ela puxa suas avós para um abraço entusiasmado. "Feliz Natal!", ela diz com aquela voz. *Aquela*. Grave e áspera, como a sensação de seus dedos calejados na parte de trás do meu pescoço. Altiva, como se ela nunca tivesse medo de ocupar espaço. "Eu trouxe bolinhos de arroz!" Estende uma lata de biscoitos, e as duas avós piram de vez.

Ela ainda não me viu tremendo de nervoso e suando de forma excessiva ao lado de seu irmão, com nossas mãos ainda entrelaçadas. Cinco minutos atrás, eu estava cercada pelo abraço amoroso de três mulheres mais velhas, contemplando satisfeita a possibilidade de me apaixonar por um homem que poderia me deixar fazer parte das tradições de sua família. E, de repente, Jack.

A voz alta de Jack. Os passos pesados de Jack. Jack entrando na minha vida mais uma vez sem aviso. Ela não está usando óculos, e seus olhos brilham tanto que é como se seu olhar fosse capaz de aquecer a pele debaixo de minhas roupas.

Paul Hollywood late três vezes, e quando me viro para encará-lo, ele salta sobre as patas traseiras, pressionando as dianteiras nas minhas coxas e me empurrando de costas para a mesa. Solto a mão de Andrew e tropeço diretamente no arranjo de flores de Katherine.

"Jacqueline, querida. Por favor, controle o seu cachorro."

"Oi, mãe." Jack dá um beijo na bochecha de sua mãe. Depois diz: "Paul Hollywood, senta".

O cachorro imediatamente deixa a bunda cair nos meus pés. Jack olha para cima e percebo seus olhos castanho-escuros passarem pelo meu rosto. Eles mal se estreitam, e o canto de sua boca treme. "O quê...?"

Andrew fica entre nós. "Jacqueline, esta é minha noiva. E esta é minha irmã."

O fogo continua crepitando, e Bing Crosby continua cantando, e a língua de Paul Hollywood continua balançando, mas eu sinto como se o mundo inteiro parasse em meus ossos. Jack está olhando para mim, e eu estou olhando para ela, e estou esperando que ela diga alguma coisa, *qualquer coisa*, para nos entregar.

Há uma faísca de confusão em seu lindo rosto. Daria qualquer coisa para ela ser menos bonita do que me lembro.

"Oi", ela diz estendendo a mão para mim. "Desculpe, acho que não ouvi o seu nome."

O mundo começa a girar novamente, se inclinando, me derrubando de lado com sua força centrípeta. Ela não se lembra de mim?

E se ela não se lembrar de mim?

E se, para Jack, fui apenas uma das muitas mulheres sem nome e sem rosto que ela levou para o Airstream? E se, para ela, o que aconteceu entre nós foi algo rotineiro e banal de que ela havia se esquecido logo que acabou, enquanto eu venho carregando esse sentimento no coração há um ano?

Isso seria... ainda mais humilhante do que o que aconteceu na manhã seguinte.

"É... é Ellie", gaguejo e anseio por um pingo de reconhecimento em suas feições.

"Ellie", Jack repete, como se o nome não significasse nada pra ela. Então sua pele envolve a minha em um aperto de mão. Sua mão está fria e calejada, e não me dou conta de como ela me é familiar. Digo a mim mesma para não sentir nada enquanto estou de pé nesta cabana, apertando a mão dessa mulher que não se lembra de mim.

"E ali está... Dylan", Andrew fala, e largo a mão de Jack. Andrew está gesticulando para alguém que deve ter entrado com ela, mas eu estava distraída demais para perceber. Elu usa botas de bico de aço e o que parece ser uma camiseta antifascista artesanal com uma ilustração de Alexander Hamilton decapitado. Assimilo mais detalhes: alargadores enormes, a barba levemente por fazer ao longo do queixo fino, pelo menos três piercings no rosto e uma tatuagem de uma faca contra a pele marrom do pescoço.

"Ah, olá!", digo a Dylan Montez, melhor amigue de infância de Jack.

Dylan me olha com ceticismo. "Você está bem?", pergunta com uma voz áspera, e eu me pergunto o que é pior: a forma como estou corando ou o tanto que estou suando.

Pressiono as costas da minha mão em minha testa. "Glicemia baixa, eu acho."

Glicemia baixa e o fato de ver o fantasma do meu casinho de uma noite só.

"Não se preocupe. O jantar está quase pronto", Katherine anuncia, correndo para a cozinha com Lovey. Meemaw rapidamente as segue, murmurando algo sobre outra leva de sangria na geladeira.

"Prazer em te conhecer." Estendo minha mão novamente, desta vez em direção a Dylan. "Eu sou Ellie."

Dylan olha para minha mão como se fosse algo grotesco que elu não tocaria sem um equipamento de proteção. Então, lentamente, seus olhos percorrem meu corpo e parece completamente impressionade com o que vê. Ainda assim, se recusa a pegar minha mão, então ela fica pendurada como um peixe morto entre nós.

"Dylan." Jack solta em tom de advertência. "Controle a antipatia escancarada só por um momento."

"O quê?" Dylan ergue as duas mãos para se desculpar, sem realmente parecer que está se desculpando. "Fala sério. Andrew aparece com uma mulher da qual nunca ouvimos falar e devemos agir como se isso fosse normal?"

Andrew suspira. "Eu sabia que você ia agir assim", ele murmura baixinho.

"Você sabia que eu estranharia o fato de você trazer uma *noiva* do nada pra casa? Uau. Que astúcia, Andrew."

"Como eu poderia apresentar vocês dois?" Andrew levanta a voz. "Nós não nos vemos há seis meses!"

Dylan cerra os punhos ao lado do corpo. "E de quem é a culpa?"

Jack levanta as duas mãos como se estivesse pronta para contê-los fisicamente caso se tornasse necessário. "Chega. O que tá rolando com vocês?"

"Nada!", gritam em uníssono. Bem convincente.

Diante do momento constrangedor, Jack se vira para me encarar, para me olhar diretamente pela primeira vez desde que apertamos as mãos. "Eu... gostei da sua camiseta", ela diz em voz alta, desviando o rumo da conversa tensa com a pura força da vontade.

Preciso olhar para baixo, para lembrar o que estou vestindo. Jack está olhando para mim pela primeira vez em um ano, e eu poderia estar nua nesta sala de jantar.

Ah. Certo. Minha camisa da *She-Ra*. "Sim. Obrigada."

Ela ainda está me encarando. "É uma boa série", diz ela, enquanto sustenta meu olhar. Meu cérebro começa a tirar conclusões precipitadas. Ela se lembra que fui eu quem indicou *She-Ra*? Ela assistiu por *minha* causa? E se assistiu, o que diabo isso *significa*?

"Ellie é animadora digital", diz Andrew.

"Hum, é. Isso."

"Bom, eu acho que ela é uma... *aspirante* a animadora", corrige Andrew. "Ou ex-futura-animadora? Eu não sei, meu bem, como você se define?"

Não tenho a menor vontade de definir minha situação, não na frente de Jack, que está me olhando com uma intensidade que não entendo. Não na frente de Dylan, que está me olhando com um ódio que entendo menos ainda. Minha bateria social está se esgotando, mas volto minha atenção para Dylan porque ele parece ser o menor dos meus problemas no momento. "Então, você... dá aulas para o *jardim de infância*?"

"Você parece surpresa", Dylan diz, sem expressão. "Eu mando bem pra caralho com as crianças."

"Sim, essa foi a impressão que a tatuagem da faca passou."

Dylan me encara como se estivesse pensando em se matar. "Às vezes, quando você tem dezoito anos e está puto com o mundo", elu diz secamente, "a única coisa que faz sentido é fazer uma tatuagem de faca no pescoço."

Concordo com a cabeça. "Entendo perfeitamente. Depois que me assumi bissexual para minha mãe, fiz um corte long bob assimétrico."

Sua expressão deixa claro que essas duas escolhas de vida não são comparáveis.

Jack chega com outra mudança de rumo para a conversa. "Então, como vocês dois se conheceram?"

E *claro*, por que não contar para a mulher com quem fiquei um ano atrás a história inventada de como conheci o irmão dela, meu falso noivo? Isso tudo é muito normal. No melhor estilo Norman Rockwell.

"No trabalho", é tudo o que consigo dizer.

Andrew, se lembrando dos nossos cartões de memória, preenche o resto. "Ellie trabalha como barista em uma das minhas propriedades. Três meses atrás, cheguei no final do turno dela e estava chovendo, então me ofereci para dar uma carona para casa. Acabamos pedindo umas bebidas, e o resto vocês já sabem."

Dylan bufa. "Parece o primeiro encontro perfeito."

Não penso sobre duas mãos pegando o mesmo livro.

E então não consigo pensar em mais nada, porque de repente Andrew está pegando meu queixo. Não sei por que o comentário claramente sarcástico de Dylan provocou esse momento de intimidade, mas antes que eu possa entender, ele inclina meu rosto em direção ao dele e me beija. No meio da sala de jantar. Na frente de Jack. Enquanto a porra do Michael Bublé está cantando, Andrew me beija *na boca*.

Beijos na boca não foram incluídos no contrato do guardanapo. A surpresa faz minha boca se abrir em choque, e Andrew parece interpretar isso como um convite para sua língua ocupar aquele espaço, e agora estamos nos beijando *de língua*.

Percebo que uma parte de mim quer que esse seja um bom beijo. Estou sendo beijada por um homem lindo, que é engraçado, charmoso e fofo com sua mãe, e gostaria que isso fosse o suficiente para me fazer sentir algo por ele.

Infelizmente, este é um beijo terrível, e não sinto nada, embora não tenha certeza se o problema é com as habilidades de Andrew, meu pânico passageiro ou o fato de que ele tem gosto de sangria.

Ainda mais lamentável é o meu conhecimento de que Jack beija excepcionalmente bem. Que uma vez ela me beijou assim na neve, e aquilo realmente significou alguma coisa.

Pelo menos para mim tinha significado alguma coisa.

Andrew finalmente se separa do meu rosto, tendo comprovado, através de golpes agressivos de sua língua, que estamos loucamente apaixonados ou algo assim. Espero alguns segundos antes de limpar sua saliva nas costas da minha mão. Dylan não parece ter se convencido. Jack parece, bem...

Na verdade, não consigo suportar a ideia de olhar para Jack, então deixo escapar: "Vou ao banheiro!". Nem espero que Andrew aponte na direção certa antes de partir em ritmo acelerado.

Eu não posso... não dá pra fazer *isso*.

Não posso ficar aqui nesta cabana, fingindo ser a noiva de Andrew, depois de descobrir que ele é *irmão* de Jack.

Este lugar é tão comicamente grande que me viro e, como não preciso de um banheiro, atravesso uma porta dos fundos e me vejo numa das muitas varandas. Dou com um grande pátio coberto, com uma mesa e churrasqueira. Está congelando, mas o ar fresco é bom para queimar meus pulmões. Abaixo da cobertura, do lado oposto de onde fica a banheira de hidromassagem gigante, o Airstream está estacionado na neve, ainda preso à caminhonete de Jack.

A ideia de viver em um Airstream parecia muito romântica naquela noite. Jack se mostrou aventureira e imprevisível, independente e destemida, então parecia natural que levasse a vida sobre rodas. Estar com ela me fazia acreditar que eu podia estar em qualquer lugar.

Mas na manhã seguinte, quando saí do trailer aos prantos, o Airstream me deu a impressão de ser uma metáfora da impermanência de Jack. Não fomos feitas para durar. E fui ingênua por cogitar o contrário.

Agarro a grade da varanda e tento respirar através das ondas de ansiedade que percorrem meu corpo.

"Porra, Dylan!" Ouço a voz de Andrew antes de ver a fonte. A alguns metros de distância, em uma sacada diferente da sala de jantar, vejo Andrew saindo, seguido por Dylan, depois por Jack, depois por Paul Hollywood nos calcanhares de Jack. As luzes da minha varanda estão apagadas e, no escuro, eles não estarão cientes da minha presença.

"Eu só perguntei onde foi que você a conheceu!" Dylan está gritando. "Você fez um casting para garotas brancas genéricas que vão agradar seus pais?"

"Ela é minha noiva!" Andrew grita no meio da noite. "Estamos apaixonados!"

Estremeço. Não tenho certeza de que *estamos apaixonados* é algo que você anuncia com naturalidade quando isso reflete a verdade, mas Andrew parece firme e decidido, posso ver sob o brilho das luzes da varanda. Dylan, na frente dele, está irredutível.

"Ela está grávida?"

Jack quebra o silêncio dela com uma gargalhada. "Claro que ela não tá grávida!"

"Peraí. Que merda, Andrew, ela tá grávida?"

"Não!"

"É um lance tipo *Um amor para recordar*? Ela está em estado terminal?"

"Não, Ellie não está morrendo!"

"Ela precisa de um visto? Ela é canadense?"

"Não!"

"*Você* é secretamente canadense, Andrew?"

"Ninguém aqui é canadense!"

"Então eu simplesmente não entendo!" Dylan joga os braços para cima. "Como assim? Anos fugindo de compromisso e, de repente, você está noivo depois de três meses de namoro?"

"Quando você sabe, você sabe!", Andrew argumenta. "E com Ellie, eu sei!"

A noite se torna quieta, exceto pelo som do meu próprio coração batendo em meus ouvidos.

"O que há de tão especial *nela*?", Dylan finalmente pergunta.

"Dylan tem razão." Jack exala e, escondida na escuridão, vejo a fumaça de sua respiração flutuar ao redor de seu rosto. "Quero dizer, por que ela?"

A incredulidade em sua voz parece uma facada nas minhas costelas. Suspiro, como uma criatura ferida morrendo na selva, e fecho minha mandíbula esperando que nenhum deles tenha ouvido.

É claro que não tenho tanta sorte.

Paul Hollywood se joga em uma cadeira no pátio e começa a latir sem parar em minha direção. Me abaixo atrás de uma grade coberta, prendo a respiração e fico esperando que o latido pare.

Espero mais um pouco, e o silêncio se estende por vários minutos, então me convenço de que todos voltaram para o jantar. Me pergunto o que aconteceria se eu não voltasse mais, se descesse por esta varanda e desaparecesse no meio da noite. Andrew iria atrás de mim? Ou procuraria outra pessoa para garantir a herança?

Não importa, seja como for não tenho como voltar para a cidade. Estamos no alto de uma montanha e, pelo que sei, não há outra casa em quilômetros. Estou definitivamente presa. Saio com cuidado de trás da grade e me preparo para enfrentar a família.

"Ei, e aí?", soa alto na noite uma voz rouca.

Jack ainda está do lado de fora, Paul Hollywood sentado e obediente aos pés dela. Ela se move para o canto da varanda dela, eu estou no limite da minha, e entre nós há apenas cinco metros, uma lacuna de ar e neve.

"Você está bem?", ela pergunta, assim como fez naquele dia na Powell's.

"Ah, tudo bem", digo, tirando a neve da parte de trás do meu jeans. "Eu, hum... não consegui encontrar o banheiro."

"Pode ter certeza de que não é lá fora", ela fala com seu sorriso de canto que mal posso distinguir no escuro. "O que você tá fazendo aqui?"

"Bem", começo, "eu estava procurando o banheiro, como você sabe, e aí acabei do lado de fora, e aí ouvi Dylan perguntando se eu era uma canadense grávida moribunda, e pensei que seria melhor fingir que não ouvi aquilo, então me escondi atrás dessa grade e..."

"Não, Ellie", Jack fala. "O que você está fazendo aqui? Na cabana da minha família? Com o meu irmão?"

Respiro. "Ele é meu... noivo."

"Ellie", ela diz, e aquela sílaba me atravessa como estilhaços. Aquele nome. O meu nome. O nome pelo qual ela me chamou durante aquele dia inteiro. O nome pelo qual ela me chamou quando estávamos emaranhadas nos braços uma da outra. "Não te vi nem ouvi falar de você durante um ano e, do nada, você aparece no Natal como a *noiva do meu irmão?*"

Me afasto dela e olho para o Airstream aninhado no campo de neve. "Achei que você não tinha me reconhecido."

"O quê?"

"Lá dentro. Você agiu como se não me conhecesse. Achei que talvez você tivesse esquecido."

"Você pensou... Que eu tinha esquecido você...?" Olho para trás, através das varandas separadas. Ela também está olhando para longe, seu perfil destacado pelas luzes. "Não esqueci você", ela revela. "Eu só... entrei em pânico. Você estava na minha sala de jantar e eu não sabia o que fazer."

Ela admite isso tão facilmente, sempre entregando a verdade como se não tivesse nada a esconder. Mas tem. Ou tinha, naquela época. Eu é que descobri tarde demais.

"Também entrei em pânico", confesso, sabendo que ela não pode ver meu rosto ficando vermelho.

"Então, você não sabia?", ela pergunta. "Você não sabia que estava noiva do meu irmão mais velho?"

"O quê? Não! Claro que não!", gaguejo. "Você e eu não chegamos exatamente na fase de compartilhar sobrenomes. E Andrew chama você de *Jacqueline*, e não há fotos suas no Instagram dele" — eu *definitivamente* teria notado. "Ele disse que a família passa todos os Natais aqui, sendo que eu sei que não era aqui que você estava no Natal passado."

Tudo isso é verdade. Não havia nada conectando Andrew e Jack antes de ela aparecer aqui. Claro, agora que sou confrontada pela verdade, os sinais parecem mais óbvios. A mesma postura casual. O mesmo jeito de apertar as sobrancelhas com os dedos. A mesma boca carnuda, a mesma estrutura óssea impressionante, os mesmos olhos castanhos lindos e o cabelo preto macio. Os dois parecem nadadores olímpicos. Os dois têm o poder de abrir um sorriso e mudar os rumos da minha vida.

Ela apoia os braços na grade entre nós e se inclina para a frente. "Quais são as chances, hein? Entre todas as pessoas em Portland..." E ri, com aquela gargalhada mais estridente, como se essa fosse a coisa mais engraçada do mundo. Agarro o corrimão da minha varanda também, então nossos corpos são imagens espelhadas um do outro. Mas eu claramente não estou rindo.

"É... é bom ver você de novo, Ellie." Jack emana aquela mesma honestidade explícita. "Achei que nunca mais ia te ver, mas..." Ela estende a mão para afastar uma mecha de cabelo caindo em seus olhos. "Você está ótima. Está tudo bem?"

"Eu..." Quase digo que não, *não* estou ótima. Sou um burrito congelado. Meu plano de dez anos desmoronou e desmoronei junto com ele. Estou tão solitária e desesperada que concordei em me casar por dinheiro. "É. Sim, tudo ótimo."

"Bom." Jack me lança um sorriso, e desvio o olhar de novo. "O que vamos fazer?", ela pergunta, e por um momento parece que estamos no mesmo time novamente. Quase a alcanço antes de me lembrar que há uma queda de cinco metros na neve entre nós.

"Não sei", digo.

Ela se afasta do corrimão. "Acho que não devemos contar a verdade pro Andrew. Sobre nós."

Não tenho certeza do que esperava que ela dissesse, mas não era isso.

"Só iria... machucá-lo, eu acho", Jack compartilha casualmente. "É melhor manter entre nós o que aconteceu no ano passado, tudo bem?"

"Ah, tudo bem", gagueijo ao concordar.

Ela tira o cabelo do rosto novamente. "Foi apenas um dia, certo?", ela diz, seu sorriso de canto parece pálido no escuro. "Não é que tenha significado alguma coisa."

"Certo", digo. "Claro. Não significou nada."

Jack acena com a cabeça uma vez, gira em suas botas e volta para dentro de casa, com Paul Hollywood no encalço. A porta se fecha com um estalo.

Fico olhando para a varanda vazia na minha frente por um bom tempo depois de ela ir embora. Eu já sabia que o que aconteceu entre nós há um ano não tinha significado nada para ela. Mas então por que parece que meu coração está se partindo de novo?

Nove

"Bom, essa foi fácil!", ironizo quando Andrew e eu estamos finalmente sozinhos em nosso quarto compartilhado, sentindo o estômago empanturrado graças às costelinhas preparadas por Katherine e à sangria de Meemaw, com sorrisos falsos distorcendo nossos músculos faciais.

Andrew se recosta na porta fechada e suspira. "Poderia ter sido melhor, eu acho." Ele sorri para mim, como se acreditasse que seu sorriso resolveria todos os nossos problemas.

"Poderia ter sido melhor? Estamos mentindo para suas vovozinhas, e sua irmã tem ume melhor amigue que parece o Sherlock Holmes dos namoros falsos!"

"Mas amanhã é um novo dia", ele diz alegremente. "A boa notícia é que minhas avós e minha mãe engoliram tudo. Elas estão tão desesperadas para que eu sossegue o facho e lhes dê netinhos que viram o que queriam ver: Andrew perdidamente apaixonado. Quanto a Dylan, só precisamos ser mais convincentes."

"E como é que você espera que façamos isso?"

Andrew torce o nariz. Essa é nitidamente a sua expressão de *estou pensando pra caramba*. "Eu poderia te beijar mais", ele sugere.

"Por favor, não."

"Se você insiste." Ele atravessa o quarto e se joga na cama *queen size*.

"Só tem uma cama", eu mostro a ele. "Não vai se oferecer pra dormir no chão?"

Andrew se levanta, pega a mala de rodinhas e tira um nécessaire de couro preto da bolsa da frente. "Não vou, não."

"Nas comédias românticas, o cavalheiro sempre se oferece para dormir no chão em situações como esta."

"Eu não sou um cavalheiro, e isso não é uma comédia romântica. Além do mais, somos dois adultos que já dividiram a cama antes." Ele tira o suéter e o joga dentro de um armário gigante no canto da sala; em seguida se senta de frente para uma pequena penteadeira e dá início a sua rotina noturna de skincare cheia de etapas.

Por um momento, fico ali, sem jeito, observando Andrew passar creme para a região dos olhos, pensando nos abraços das avós e nos jantares caseiros, e em Jack numa varanda se perguntando: *Por que ela?*

"Andrew", resmungo. "Nós não podemos fazer isso."

Ele me olha por cima do ombro no espelho. "Nós não podemos... dividir um quarto? Acho que dormir em camas separadas entregaria nossa mentira."

"Não podemos mentir para sua família."

E não posso mentir pra você sobre Jack. Ou mentir pra Jack sobre você.

"Claro que podemos! Vamos ficar melhores nisso, eu prometo."

"Não tem a ver com a nossa capacidade de mentir. Tem a ver com o princípio moral da mentira!"

"Algumas horas atrás você não parecia ter problema em comprometer sua moral por duzentos mil dólares."

"Isso foi antes de eu conhecer sua família e perceber como todos são amáveis." *E antes de descobrir que dormi com sua irmã.* "E antes de Dylan expressar sua total descrença de que você poderia se casar com uma garota como eu, a menos que eu estivesse com uma doença terminal."

Andrew estremece. "Peraí... você ouviu aquilo?"

Não me incomodo em tentar explicar a mecânica da escuta direto da minha sacada. "Sim. Escutei."

Ele pressiona um rolo de jade na testa. "Eu devia ter imaginado que elu ficaria em alerta com tudo isso."

"Por que você imaginaria isso? O que tá rolando entre você e Dylan?"

"Nada!" Andrew gira em sua cadeira para me encarar, o rolo de jade entre os dedos como um bastão. "Bem, quero dizer, nós quase, meio que... já namoramos?" Andrew adora colocar pontos de interrogação onde não deviam estar porque é óbvio que não tem essa de *quase* ou *meio que* nessa história.

"Todo mundo sabe disso? A *Jack* sabe?

"É... complicado?"

"Não, então. Por que você não me disse que você e Dylan já ficaram *antes* de eu chegar aqui?"

"Realmente não achei que fosse uma informação relevante", Andrew resmunga. "Elu não está aqui como 'ex'. Está aqui como melhor amigue da minha irmã."

"Bem, elu me odeia, e agora estou começando a entender por quê! O que torna essa informação relevante, Andrew!"

Andrew cai em sua cadeira. "Dylan não está com ciúmes, se é isso que você está insinuando."

Para alguém tão bem-sucedido, Andrew também pode ser muito avoado. "Elu *com certeza* está com ciúme."

Andrew aperta as sobrancelhas, mas seus dedos escorregam por causa do óleo de rosas. "Nosso lance foi há um milhão de anos", ele me tranquiliza. "Dylan e eu ficamos durante alguns verões na faculdade. Nós nunca íamos dar certo. Nossos planos eram diferentes."

"Então você está me dizendo que acabou saindo casualmente com a pessoa que é melhor amiga-barra-irmã postiça da sua irmã?"

"Foi quase sempre casual." Andrew morde o lábio inferior antes de finalmente confessar: "E talvez a gente tenha tido uma recaída no último Natal quando Jack não veio para a cabana e estávamos sozinhos".

Balanço meus braços. "Esta é a verdadeira razão pela qual você me trouxe, não é? Estou aqui como um disfarce para o caso de vocês!"

Andrew bate o rolo de jade na penteadeira. "Você não é um disfarce. Todo mundo sabe que minha sexualidade é como um teste de Rorschach."

"O que isso quer dizer, afinal?"

"Que o que você vê quando olha para mim diz muito mais sobre você do que sobre mim."

Eu não tenho tempo ou energia para analisar essa metáfora. "Tanto faz, você me trouxe aqui para ser seu empata-foda!"

"*Não.*" Andrew se senta rigidamente na cadeira. "Você está aqui para me ajudar a conseguir minha herança."

"Nesse caso, podemos falar com Dylan sobre o noivado falso?" Dou um impulso em direção à porta. "Quero dizer, já que estou aqui apenas para ajudar com o dinheiro, não vejo razão alguma para mentir para Dylan."

Andrew salta de sua cadeira e me agarra pelos dois braços antes que eu possa sair da sala. "Tá bom!", ele cede. "Talvez você também esteja aqui para ajudar a impedir que meu pau faça escolhas potencialmente prejudiciais."

"*Andrew!*"

"Desculpa!" Ele massageia meus ombros numa tentativa incerta de perdão. "Mas eu preciso que Dylan pense que estou em um relacionamento, para que a gente não... tenha uma recaída."

Pensei que tinha tropeçado em um triângulo amoroso estranhamente incestuoso, mas, na verdade, isso aqui é quase um trapézio amoroso disfuncional.

"Sinto muito por não ter te contado toda a verdade, mas eu não trouxe você aqui sob falsos pretextos. Isso realmente é por causa da herança. Eu preciso desse dinheiro."

"Por quê?"

Andrew solta as mãos dos meus ombros. "Eu... eu não posso... não importa por quê. Eu só preciso disso."

Sinto necessidade de esfregar a testa para aplacar a dor de cabeça que resulta dessa tensão. "Não entendo. Se você tem esse casinho ioiô com Dylan, por que não pediu para elu aceitar um noivado de mentira?"

"Porque seria muito confuso! Olha, eu sei como Dylan age quando conhece alguém pela primeira vez, mas te juro que elu é como um marshmallow gigante, sabe, daqueles que foram queimados enquanto alguém fazia *s'mores*, então o lado de fora é todo crocante, mas o interior é molenga." Andrew usa as mãos para auxiliá-lo nessa nova metáfora. "Dylan é esse tipo de marshmallow. Elu leva a monogamia a sério, e um noivado falso poderia... Não sei... lhe dar uma ideia errada."

"Por que você não quer um relacionamento real com elu?"

Andrew enfia as mãos no cabelo. "Você ouviu a Meemaw. Sou um pegador. Um rosto bonito com uma boa conta bancária e uma baita queda por festas. Não sou o que Dylan quer ou precisa."

Tenho plena consciência de que Andrew não respondeu à minha pergunta sobre o que *ele* quer, mas depois de tudo o que aconteceu nas últimas seis horas, estou emocionalmente esgotada para insistir.

"Meus pais... eles não têm o melhor dos casamentos", Andrew revela com o mesmo nível de confiança que sua irmã sempre me mostrou. "A vida toda vi meu pai machucar minha mãe. E não quero machucar Dylan assim, ok?"

E *aí está*. O legado de pais de merda, o espectro iminente da genética moralmente questionável. Eu conheço esse medo em meus ossos, e não esperava ver isso gravado de forma tão transparente no rosto bonito do Andrew.

"Você não é como seu pai", digo a ele.

Andrew bufa. "Você não sabe. Você nem o conheceu."

"Você está *aqui*", eu falo. "Não está no escritório. Está aqui pela sua mãe, suas avós. Você apareceu; seu pai, não."

Ele sorri maliciosamente. "Eu sabia que você estava a fim de mim, Oliver", ele brinca, e o engraçado é que, algumas horas atrás, eu realmente estava a fim. Ou, pelo menos, *a fim* de querer ele.

Andrew olha para a cama e seu sorriso se torna devasso. "Vamos fazer isso ou o quê?"

Em vez disso, alcanço sua mão e entrelaço nossos dedos.

"Você sabe que comigo você não precisa ser desse jeito."

Ele faz outra careta confusa. "Que jeito?"

"O cara que só serve pra festas." Eu o puxo para a ponta da cama, para nos sentarmos lado a lado. Andrew fica quieto por um momento enquanto brinca com nossas mãos unidas.

"Sabe", ele diz com voz grossa. "Você até que está se saindo uma ótima noiva falsa."

Aperto sua mão. "Você é medíocre, já que estou sendo honesta", digo, e Andrew sorri novamente. "Mas amanhã é um novo dia."

Para a tristeza de Andrew, eu não pretendo estar aqui amanhã.

Dia de neve

Uma webcomic de Oliverfazarteasvezes
Episódio 2: O jogo da honestidade (véspera de Natal, 11h07)
Publicado em: 31 de dezembro de 2021

Acho que estou prestes a ter um ataque cardíaco na cafeteria da Powell's.

Isto é — pressiono a mão contra meu peito — sim. Isto é definitivamente um ataque cardíaco.

Estou muito consciente do meu coração batendo contra as costelas, e parece que há algo alojado no meu peito, um aperto, um sentimento de opressão. Toda vez que tento respirar, sinto uma dor aguda e lancinante. Seguro minhas costelas e tento inalar devagar, mas não consigo, dói demais.

Provavelmente é chegada a hora. Estou morrendo.

Se bem que... Bom. É estatisticamente improvável que eu vá morrer mesmo de ataque cardíaco justo quando estou na fila para tomar café às onze da manhã.

Tento lembrar a mim mesma de ensaiar minha conversa roteirizada. *Você não está tendo um ataque cardíaco porque, antes de mais nada, você tem vinte e quatro anos, Ellie, e apesar de seu amor por comida de micro-ondas e do seu ódio por exercícios físicos, é improvável que você esteja tendo um problema cardíaco sem nenhum sintoma prévio.*

Em segundo lugar, você já esteve nessa situação, já confundiu um ataque de pânico com outra coisa, foi ao pronto-socorro no meio da noite para fazer eletrocardiogramas que apontaram de forma dolorosa que seus problemas de saúde não estão no peito.

Eu dou minha primeira respiração profunda.

O que estou tendo, na verdade, é um breve ataque de pânico. Um breve lampejo de ansiedade intensa. O tipo que você pode ter quando concorda em seguir uma estranha para algum lugar. Mesmo que esse local seja apenas o café dentro da Powell's.

Dou mais algumas respirações calmantes e purificadoras. A mulher chamada Jack pede nossos cafés e segue na direção de uma mesa vazia ao lado de uma parede de janelas. A maioria das mesas está vazia, na verdade. Lá fora, há pelo menos sete centímetros de neve agora, com carros engarrafados na Burnside e flocos gordos ainda caindo. Jack tira sua jaqueta cáqui, e meu coração aperta por algum motivo. Uma linda mulher com dedos longos abraçados a um mocha de *pralinê* se senta na minha frente, e meu sistema cardiovascular está falhando ao tentar descobrir se isso é algum tipo de encontro.

"Não se preocupe. Isso não é um encontro", ela diz, se recostando em sua cadeira como se tivesse acabado de ler minha mente.

"Ah." Estou aliviada. Estou mesmo aliviada? *Por que não me sinto mais aliviada*? "Ah, certo. Claro que não. Eu não achei que..."

"Isso", ela continua, interrompendo minha divagação, "é uma reunião de responsáveis para discutir a futura criação de nosso livro."

A cópia de *Fun Home* que ela conquistou está apoiada na mesa entre nós, e Jack coloca a mão sobre ela com gravidade.

"E porque isso não é um encontro", Jack continua, "as regras normais de encontros não se aplicam a este momento."

De alguma forma, isso parece *pior*. Pelo menos eu entendo as regras de um encontro e sei o que se espera de mim socialmente falando. É o tipo de coisa sem lei. Debaixo da mesa, Jack balança o pé, e eu o sinto chacoalhar pelos meus ossos. "Regras normais de encontros?", eu finalmente pergunto.

Jack cantarola. "Sim. Em um primeiro encontro normal você não tem permissão para descarregar seus traumas de infância, mas como isso não é um encontro, acho que você deveria me dizer por que estava chorando em uma livraria na véspera de Natal."

Eu me mexo no lugar. "Eu não estava..."

"Não", ela interrompe, levantando um dedo severamente. "Não minta dizendo que não estava chorando. Isso é um mau exemplo para o nosso filho." Ela dá um tapinha no livro. "Nova regra. Nós duas temos que responder honestamente a todas as perguntas que a outra pessoa faz."

"Eu... eu não concordo com esses termos."

Jack empurra os óculos dela para cima do nariz com dois dedos, e há algo tão inesperadamente idiota no gesto que quase não sei como reagir. "Posso começar", ela oferece. "Pergunte-me qualquer coisa."

Um milhão de perguntas tomam conta de minha mente, como uma edição platônica e ansiosa de "36 perguntas para se apaixonar", começando pela mais óbvia. *Por que eu? Por que você quis me pagar um café na véspera de Natal?*

Por que você está sendo tão legal comigo? É porque você sente pena de mim?

Por que você não consegue ficar parada?

Por que você continua me olhando assim?

E o que, exatamente, você vê quando olha para mim?

"Por que você está sozinha no Natal?"

A mulher chamada Jack toma um gole de seu mocha. "Eu... eu precisava de um tempo longe da minha família neste ano."

Encaro sua expressão cautelosa enquanto tomo um gole do meu café preto. "Isso não me soa muito verdadeiro ou dentro dos parâmetros do seu jogo de honestidade."

Ela bagunça o cabelo e me encara. "Sim, bom. Minha família." Ela toma outro gole e se ajeita na cadeira. "Ok. Honestidade? Eu posso ser honesta." Ela respira fundo: "Sou a fodida da família." Jack faz um gesto amplo com a mão, como se estivesse revelando a resposta certa de um gameshow. "Eu sempre fui péssima na escola, o que era difícil para meus pais, porém ainda mais difícil para meus professores racistas, que deram uma olhada no meu sobrenome na lista, perceberam que eu sou coreana por parte de mãe e esperavam que eu fosse algum tipo de gênia. Ou, no mínimo, uma estudante quieta e obediente, não uma relaxada barulhenta e sem rodeios, com TDAH e difícil de ser contrariada."

"Você definitivamente é o tipo de pessoa difícil de contrariar", ressalto.

Ela continua a balançar o pé, e eu luto contra o desejo repentino e compreensível de alcançá-la por debaixo da mesa e colocar a mão em seu joelho. Em vez disso, envolvo meus dedos ao redor da minha caneca quente.

"Então, eu odiava a escola, mesmo com o diagnóstico de TDAH e os remédios certos. As carteiras eram muito pequenas, e passávamos muito tempo sentados, e você devia aprender coisas lendo um livro? Esse é um sistema terrível. Mas meus pais queriam que eu fosse para a faculdade, então consegui as notas que precisava para entrar na Universidade de Oregon, aguentei quase um ano e desisti. Agora tenho vinte e seis anos, trabalho por um salário mínimo e decepciono os meus pais profundamente com cada uma de minhas escolhas de vida. Neste Natal eu só não queria enfrentar os olhares de desaprovação deles."

Ela finalmente faz uma pausa, e me atrapalho tentando encontrar alguma forma de enaltecer a vulnerabilidade que ela me ofereceu. "Pelo menos seus pais se importam o suficiente para ficarem desapontados", tento. Estou ciente de que é algo completamente errado de se dizer.

"É por isso que você estava chorando, porque seus pais não se importam?"

Inspiro lentamente pelo nariz. Ela me deu tanto de si mesma, e não tenho certeza se sei como fazer o mesmo. "É... quase isso."

Ela balança o queixo para tirar o cabelo dos olhos, e sei que não foi suficiente. Alcanço minha bolsa e tiro um lápis, como se segurá-lo me desse segurança. "Honestidade. Faz um mês que me mudei para Portland porque consegui um emprego no Laika Studios, e tem sido um grande desafio, muito mais complicado do que eu supunha. Sempre fui naturalmente talentosa como artista. Quer dizer, me dediquei muito a isso, não me entenda mal, mas não acho que precise pelejar tanto quanto alguns de meus colegas. Isso vem de forma natural para mim. Mas na Laika, tenho que trabalhar *duro*, e tem sido exaustivo.

"Comprei uma passagem de avião para minha mãe para que pudéssemos passar o Natal juntas, porque, com tudo que está acontecendo no trabalho, realmente não queria passar as festas sozinha. Esta manhã, ela me liga para dizer que não entrou no avião. Disse que era por causa da previsão de neve, mas acabou de conhecer um cara novo chamado Ted, então..."

Passo o lápis pelo guardanapo, formando um delineado vago. "Minha mãe tem o costume de priorizar seus relacionamentos com homens e me deixar de lado, então tenho certeza que Ted está na fila para se tornar o marido número quatro. Outro casamento fracassado para adicionar à sua coleção crescente."

"Você acha isso mesmo?", Jack pergunta abruptamente. "Que um relacionamento que não dura para sempre é um fracasso?"

Minha mão faz uma pausa sobre o guardanapo. "Bem, quero dizer, o objetivo do casamento não é ser para sempre?"

A mandíbula de Jack fica tensa, e eu estudo seu perfil enquanto ela se vira para olhar para a neve. É óbvio que eu disse algo errado, mas não tenho certeza do quê. "Acho que casamento tem a ver com prometer amar alguém o máximo que você puder, da melhor maneira possível. Acho que relacionamentos podem ser exatamente o que devem ser", diz ela, ainda com os olhos na neve, "mesmo que durem um ano, ou cinco, ou mesmo um dia. Os bons momentos que você compartilhou com uma pessoa não desaparecem simplesmente porque o relacionamento termina."

"Mas não é exatamente isso que acontece?" Penso em minha mãe se apaixonando uma dúzia de vezes ao longo da minha infância, nos dias em que ela se deitava na cama chorando com o coração partido. Penso no meu único relacionamento sério, durante a graduação, com uma garota chamada Rachel Greenblatt. Mesmo que tenha havido alguns momentos bons com Rachel, agora eles estão ofuscados pela convicção de que eu fodi as coisas entre nós, deixei as coisas desmoronarem, falhei.

"Essa é a única razão pela qual você gosta de arte, então? Por que você é boa nisso?" Jack me assusta com outra mudança repentina na conversa.

"O quê? Não! Eu amo arte porque..." A ansiedade me faz paralisar como se alguém tivesse apertado as teclas Ctrl + Alt + Del, suprimindo tudo o que eu amo sobre arte em meu cérebro, então permaneço apenas sentada do outro lado da mesa, me debatendo. Sou apaixonada por arte porque... era algo por que meus professores me elogiavam, porque nada que eu fazia em casa era reconhecido pelos meus pais, mas desenhar — ser boa em *alguma coisa* — me destacava na escola.

Então continuei fazendo, melhorando, recebendo atenção por isso.

"Ok." Jack se endireita na cadeira, incapaz de esperar pela minha resposta. Seu sorriso se torna travesso. "Jogo da honestidade: qual é o seu álbum favorito da Taylor Swift e por que *evermore*?"

Estou mal equipada para lidar com suas perguntas me chicoteando e gaguejo: "O que te faz pensar que amo *evermore*?".

Ela sacode a mão em minha direção. "Estou captando exatamente a *vibe* de *evermore* aqui."

"Tá, por um lado, é o melhor álbum de Natal já escrito..."

"Não é nem de longe um álbum de Natal."

"Concordo em discordar." Tomo outro gole do meu café.

"Não que você tenha perguntado, mas meu álbum favorito é *Lover*."

Bato minha caneca. "*Lover* não pode ser seu álbum favorito. Isso é uma ofensa a todo o esforço criativo dela."

"É só um monte de músicas alegres ininterruptas, e isso é tudo que eu curto."

Eu a encaro do outro lado da mesa. "Você não parece ser uma *swiftie*..."

"O que é parecer uma *swiftie*?"

"Não sei... Você é meio... descolada?" Suas sobrancelhas se erguem em seu rosto. "E, você sabe, mais... *desfem*."

Ela se inclina sobre a mesa até que nossos rostos estejam próximos e tenta abaixar a voz. "*Desfem* não é um palavrão." Ainda assim seu volume é alto. "Você não precisa sussurrar."

"Você simplesmente não tem cara de quem gosta de música pop."

Ela não se afasta de mim, então posso sentir o cheiro do xarope de *pralinê* em seu hálito quando ela abre a boca. Além disso, vindo de algum ponto em sua pele, o aroma de pão recém-assado. "Fala pra mim: que tipo de música alguém como eu deve curtir?"

Me encolho, fechando os olhos com força. "Desculpa. É claro que você pode ouvir qualquer música... eu não quis dizer..."

"Jogo da honestidade: você já conheceu uma pessoa LGBT antes?"

"Claro que sim", solto na defensiva. "Quer dizer, na verdade, eu sou LGBT." Resisto à vontade de me encolher de novo. "Eu sou bi. É só que... você sabe, Portland é um pouco diferente, e ainda estou me acostumando com isso."

Ela me analisa do outro lado da mesa. "Deixa eu tentar adivinhar: você vem de Iowa."

"Ohio."

"Ah, sim." Ela acena sabiamente. "Todo mundo em Portland é originalmente de Ohio."

"Foi por isso que me mudei para cá", tento explicar. "Peguei um avião para visitar a cidade antes de aceitar o trabalho na Laika e senti como se... fosse um lar. Sempre senti que não me encaixava, mas depois de cinco minutos aqui, eu soube que era o lugar certo. Assim, se fosse para ser eu mesma em qualquer lugar, seria aqui."

"Você é?", ela pergunta.

"Eu sou o quê?"

"Você mesma."

Olho para cima do meu desenho no guardanapo e encontro Jack me encarando novamente. "Só pra constar, eu *só* ouço música pop", diz Jack. "E Taylor Swift é a maior compositora que já existiu. Tenho certeza de que Bob Dylan ouviu *folklore* e imediatamente jogou seu prêmio Nobel de literatura no fogo. Você está desenhando minha mão?"

Olho para o guardanapo à minha frente, onde esbocei dedos longos, juntas sombreadas, unhas quadradas, um calo grosso no dedo indicador. Tento cobrir o desenho com o cotovelo. "Não, eu só estava..."

"Jogo da honestidade!"

Movo meu cotovelo para fora do caminho. "Sim, acho que estou desenhando sua mão. Em minha defesa, você tem mãos muito interessantes. Pelo menos da perspectiva de um artista."

"Você desenhou minha mão", ela repete, soando impressionada em vez de assustada. O que significa algo.

"Eu sinto muito. Está ruim", digo, amassando o guardanapo.

"Espere! Não." Jack estende a mão e a coloca sobre a minha para me impedir. Então ela pega o guardanapo e cuidadosamente o alisa com os dedos calejados. "Porra. Você é muito boa."

"Basicamente eu tenho esse plano de dez anos", explico, porque eu preciso me distrair enquanto ela está estudando meu desenho de guardanapo com um semblante sério. "Eu era a melhor da minha turma na graduação e ganhei uma prestigiosa bolsa de estudos para a pós-graduação, e foi assim que consegui o trabalho na Laika. Sou animadora de personagens agora e provavelmente farei isso por alguns anos antes de virar animadora principal, quando vou poder escrever meus próprios filmes de animação."

"Hum." Jack olha por cima do guardanapo para franzir a testa para mim. "Achei que tinha sentido um cheirinho intenso de pessoa acima da média vindo daquele lado da mesa."

"E que cheiro seria esse?"

Ela se inclina para a frente novamente, ainda mais perto de mim, e respira fundo pelo nariz. "De café velho e perfeccionismo mal resolvido."

"Eu não sou perfeccionista", argumento. "Eu só gosto de planejar." Estou balançando as mãos novamente, e Jack estende a sua por cima da mesa e segura uma das minhas no ar como se estivesse capturando um pássaro nervoso.

"Não entendo como você consegue desenhar a mão de alguém", ela reflete, traçando a ponta do meu polegar, até minha unha redonda. Estou tento que correr de novo, tentando acompanhar suas mudanças de assunto. "Há tantas complexidades na mão humana."

Abro a boca para explicar, mas meu peito parece muito cheio novamente. Tenho quatro costelas extras, três corações e uma plenitude subindo pela garganta enquanto Jack continua a traçar um caminho da inclinação do meu polegar adiante, pela carne macia da minha palma. Se é assim que ela toca a mão de uma mulher, não consigo nem imaginar como deve ser o beijo dela.

Se bem que é claro que eu *posso* imaginar — teria gosto de bombons e chocolate e seria assim, delicado e sem pressa — e o pensamento me leva a apertar os pés dentro das botas, fazendo os dedos arderem como papel queimado.

Isso não acontece comigo. Não me imagino beijando estranhos, e se eu fizer isso, não tem essa de dedos espremidos nas botas.

Afasto minha mão.

"Desculpe." Ela coloca as mãos com as palmas para baixo sobre a mesa. "Deveria ter perguntado antes de tocar em você."

"Não, não é... hum... Assisti a muitos vídeos do YouTube", digo, "para aprender a desenhar mãos. No ensino médio. Foi assim que eu mesma me ensinei a fazer."

Jack abre um sorrisão — não é um sorriso de canto, ou um meio-sorriso, mas algo desprotegido e contagioso e um pouco divertido. "Vamos." Ela se afasta da mesa e pega seu casaco. "A neve está ficando ruim, então provavelmente devemos ir para a nossa próxima parada."

"Qual é a próxima parada?"

Ela encolhe os ombros em sua jaqueta Carhartt. "Não faço ideia. Não tenho um 'plano'." Olho para cima e a encaro sorrindo para mim por um breve momento antes de sua expressão sumir. "Mas olha", ela diz, levantando o mesmo dedo severo, "eu não sou sua *manic pixie dream desfem...*"

"Minha *o quê*?"

"Mas se você quiser, sei lá, passar algumas horas com uma estranha gentil que tem mãos atraentes", ela aponta pra mim de forma agressiva, "nós poderíamos... Não sei... ver até onde esse dia nos leva?"

Pela janela, quase dez centímetros de neve se acumulam na calçada em Burnside. Em um dia de neve, você pode se safar sem ter planos.

Dez

Domingo, 18 de dezembro de 2022

"Isso é uma piada? Você está brincando, né?"

"Por que diabo eu iria brincar com uma coisa dessas?"

"Hum. Por que você é hilária?" Meredith pontua. "Especialmente quando está tentando não ser."

"Ok, primeiro, isso foi rude..."

"Você sabe o que é rude de verdade? O fato de você nunca assistir aos TikToks que eu te mando..."

"E dois..." Elevo minha voz o mais alto que posso através do silêncio da cabana. Todo mundo ainda está dormindo, mas estou acordada há horas, me escondendo na lavanderia no térreo, trabalhando nos quadrinhos do episódio dois de *O acordo*, com título provisório de "A revanche do dia de neve". Assim que desci, às quatro da manhã no meu horário local, enviei uma mensagem curta e grossa para Meredith, dizendo ME LIGA em letras maiúsculas e com vinte pontos de exclamação, e então esperei ansiosamente que ela me ligasse de volta.

"Você não devia fazer pouco caso das minhas lutas", eu a repreendo, embora esteja apenas grata por ver seu rosto.

"Então você não tá zoando com a minha cara? Andrew é irmão da Jack? Jack está aí? Com você? A *Jack*?"

"Não, eu não estou 'zoando'. Ela está aqui."

"Bom." Meredith dá de ombros na tela. "Você definitivamente tem um tipo."

"Te odeio."

"Quero dizer, estatisticamente, você não desenvolve paixões por caras com muita frequência, então faria sentido se você estivesse apaixonada por Andrew porque ele se parece com uma garota com quem você já transou."

"Demais. Eu te odeio demais, *demais*."

Meredith balança a cabeça. "E ela disse para você não contar pro Andrew sobre seu casinho?"

"Sim, ela disse. Porque ela é claramente uma mentirosa nata."

"Uma mentirosa nata *sexy*."

"Esse detalhe é irrelevante para o argumento."

"Me parece pertinente."

Volto pra máquina de lavar. "Não posso ficar aqui! Andrew tem um lance estranho com Dylan, além disso eu transei com a irmã dele, é um trapézio amoroso que vai terminar de forma desastrosa para todos os envolvidos. Então vou encontrar um jeito de voltar para Portland."

"Como assim? Você não pode pular fora. O dinheiro!"

"Eu não posso ficar, Mere! Ela é irmã dele!"

"Você largou o emprego! Você não pode simplesmente voltar para Portland! Onde você vai morar?"

"Onde quer que seja, tem que ser melhor do que ficar aqui!"

Meredith saca a carteirinha de responsabilidade civil e me dá sua total atenção. "Faltam oito dias para o Natal, Ellie. Está me dizendo que não pode sofrer oito dias nessa casa por duzentos mil dólares? São vinte e cinco mil dólares por dia."

"Eu sei, mas..."

"Você sobreviveu com sua família de merda por dezoito anos, e não recebeu um centavo por isso", Meredith pontua. "Pense em como você cresceu. Pense no que essa quantia pode significar."

O problema é que eu sei exatamente o que isso significaria. Dinheiro assim... não resolveria todos os meus problemas, mas, que inferno, resolveria muitos deles.

Nosso FaceTime cai em um silêncio constrangedor, e por um momento eu acho que ela está congelada, seu cabelo ruivo encaracolado emoldurando seu rosto sonolento, um lápis enfiado em seu coque meio caído. Em seguida, ela fala: "Como foi? Vê-la novamente?".

Engulo em seco. "Ela disse que não significou nada, Mere."

"Mas você já sabia que não", ela me diz gentilmente, "e eu pensei que você tivesse dito que tinha superado ela."

"Claramente superei."

Eu claramente não superei. Mas quero demais superar, e isso não é quase a mesma coisa?

"Se você superou Jack, não vejo qual é o grande problema nesse combinado", ela comenta. "Quem se importa se você dormiu com a irmã do seu falso noivo?"

Apesar de a frase soar completamente ridícula, ela tem razão. "Acho que isso realmente não importa..."

Meredith faz uma pausa. "Você *realmente* superou ela, então?"

"Hum", eu solto, o som menos convincente do nosso idioma.

"Ok. Está decidido." Meredith reforça o veredito com firmeza: "Você vai ficar com Andrew na cabana por mais oito dias e fingir ser a noiva dele. Pelo dinheiro. E por todo o conteúdo criativo, francamente. Mal posso esperar para ler o próximo episódio da nova webcomic. Você viu os números no primeiro episódio? As pessoas adoram o clichê de namoro falso. Ou isso tá mais para um casamento por conveniência?".

Deixo pra lá. "Ok", digo, fortalecendo minhas convicções. Jack que se dane. Estamos falando de duzentos mil dólares. Não posso permitir que uma paixão boba arruíne minha chance de ganhar duzentos mil dólares.

Posso superá-la. Mas só por segurança, também posso evitá-la por completo nesta casa gigante pelos próximos oito dias.

O plano "evitar Jack" dura cinco minutos, sendo que quatro deles eu gastei upando o segundo episódio de O acordo, embora seja mais um rascunho desleixado do que um conteúdo finalizado, já que eu o produzi em cinco horas, debruçada sobre uma máquina de lavar. Eu tento não pensar nas pessoas do outro lado da tela, mas Meredith está certa: dezenas de milhares de pessoas leram o primeiro episódio.

Deslizo o iPad de volta para o estojo e desço da máquina de lavar em busca do café da manhã. São quase nove horas, e posso ouvir o barulho de passos vindo da cozinha. Quando subo as escadas, vejo que é ela.

Jack está vestindo um avental sobre uma camiseta "Stop Asian Hate" com AirPods saindo de suas orelhas. Ela está peneirando farinha, a cabeça está abaixada, com uma mecha de cabelo caindo no rosto. Ainda não notou minha presença. Está preocupada em pesar a farinha em uma pequena balança de cozinha, se movendo ao som de uma música que não consigo escutar.

Eu devia aproveitar que ela está alheia e sair da cozinha antes que me veja. Não quero ouvir a rouquidão de sua voz matinal ou ver as olheiras sob seus olhos. Não quero evocar a aparência de quando ela acordou ao meu lado e cogitei, brevemente, que poderia acordar ao meu lado para sempre.

Duzentos mil dólares. Você está fazendo isso por duzentos mil dólares.

Antes que eu possa escapar da cozinha, a cabeça de Jack se levanta e me vê ali, seus olhos castanhos escuros se arregalam. Ela tira um AirPod e ouço três segundos de "Pocketful of Sunshine" tocando em um volume prejudicial, antes de ser interrompida.

"Bom dia", ela diz. Com aquela maldita voz rouca.

"Oi, ahn. Ei...", murmuro, com uma maldita voz nervosa. "Bom dia."

Os olhos dela permanecem em mim por mais uma batida antes de voltá-los à tigela. "Desculpe se acordei você", ela fala. "Sei que posso ser barulhenta."

Sorrio. Chamar Jack de barulhenta é o mesmo que chamá-la de bonitinha: ela invade todos os cômodos, ocupa todo os espaços, exige toda a atenção.

"Você não me acordou", respondo.

A cozinha fica em silêncio, com a concentração de Jack consumida pelo que está preparando, e minha concentração consumida por assistir Jack cozinhar. Eu me pego olhando fixamente para suas mãos por dez longos segundos e tento pensar em algum tipo de distração verbal. Tenho muitas perguntas a respeito do que aconteceu entre nós duas um ano atrás. Perguntas sobre honestidade e desonestidade, sobre confiança, sobre *Claire*. Sobre como me ver de novo pode ser tão *fácil* para ela.

Mas não posso questionar nada disso, então pergunto: "Você sempre traz seu Airstream até a montanha no Natal?".

"Paul Hollywood não tem permissão para dormir dentro de casa porque minha mãe não confia que ele não vai subir em nenhum móvel durante a noite." Jack gesticula para o chão, e eu espio ao redor da bancada da ilha para ver o cachorro enrolado como uma bola em seus pés. "E eu gosto de poder fugir para o meu próprio espaço no final do dia.

Por mais que eu adore passar o Natal com minhas avós e minha mãe, é melhor para minha saúde mental se eu tiver um lugar que seja completamente meu."

Ela me libera essa informação livremente, como se tivéssemos resgatado nosso relacionamento exatamente de onde o estabelecemos na manhã de Natal do ano passado, no meio de uma rodada do jogo da honestidade. Como se não houvesse limites entre nós e nenhum sentimento de mágoa para proteger. Ela entrega a vulnerabilidade como se fosse a coisa mais fácil do mundo, e talvez isso seja normal quando se é Jack Kim-Prescott. Quando você não passou a virada do ano passado cheia de mágoas.

Meu coração se aperta, quase como se estivesse se embrulhando para um futuro mau uso. "O que você está preparando?"

"Waffles." Ela quebra um ovo contra o balcão de granito e desliza gemas e claras pela massa com uma das mãos. Parece incrivelmente legal. "Sempre faço waffles na primeira manhã na cabana. Está dentro do cronograma."

"Do cronograma?"

Jack usa uma colher de pau para apontar na direção de um documento laminado no balcão. É uma planilha do Excel com os próximos oito dias divididos em atividades estruturadas, tarefas como *biscoitos de Natal: seis horas* e *encontrar a árvore de Natal perfeita: três horas*.

Canções de Natal: duas horas.

Viagem de esqui em família: doze horas.

O meu lado perfeccionista se emociona ao ver tamanha glória organizacional. Porém o lado emocional e sentimental está um pouco inquieto pela estrutura ter sido montada de acordo com tempo de dedicação familiar.

"Uau", é o que finalmente digo.

"Sim." Jack acena com a cabeça. "Essa é a minha mãe."

"Uau", repito. No entanto, há algo *fofo* a respeito da programação laminada também. Katherine se preocupa tanto em passar o tempo com sua família que ela deu um jeito de alocar duas horas para uma simples *primeira caminhada familiar pela neve*. Linds não pode arranjar dez minutos para um telefonema a não ser que precise de dinheiro.

Volto a sentir de novo aquela falta nostálgica dos Natais em família que eu nunca conheci.

"Katherine não brinca em serviço quando o tema é atividades familiares obrigatórias", explica Jack. "Apesar de todos morarmos perto, só passamos tempo de qualidade reunidos em família algumas vezes por ano, e o Natal é o favorito da minha mãe."

"E o seu pai?" Eu coloco o cronograma de volta no lugar. "Ele geralmente tem que trabalhar durante os feriados?"

Jack se curva para trás e se inclina para misturar a massa. Isso inclui uma flexão de antebraço bastante obscena.

Você superou essa mulher. Aquilo nunca significou nada. Ela é uma mentirosa nata.

Ouço a voz de Meredith. *Uma mentirosa nata com antebraços excepcionais.*

"Sim", Jack finalmente responde. "Meu pai *trabalha*. Toda noite ele liga pra minha mãe e diz que vem no dia seguinte, depois parte o coração dela quando não aparece de manhã. Ele provavelmente estará aqui no dia de Natal, mas é assim. É a mesma coisa todos os anos."

Eu olho de volta para o cronograma laminado. *Noite de cinema em família: quatro horas.* "Isso é... triste."

Jack para de bater por um momento e olha para mim. Uma sensação quente penetra na hora em meus ossos com o calor do olhar dela. Não é justo. Ela quebrou minha confiança. Ela não deveria ter o poder de me fazer corar mais.

"É triste *mesmo*", ela concorda. "Mas tenho certeza de que Andrew lhe contou tudo sobre nossa família disfuncional."

Andrew claramente não me disse merda nenhuma.

"Eu sei como é ter um pai que não se dá ao trabalho de aparecer nos feriados", eu comento, colocando a agenda de volta no balcão. "Ou nunca."

O rosto e os olhos de Jack suavizam. Na luz da manhã da cozinha, seus olhos brilham uma dúzia de tons de marrom, cada um quente e reconfortante. Como biscoitos de melado. Como café de torra média. Como a lombada de couro gasta de um livro antigo e adorado.

Não, Ellie. Você a superou.

E isso nunca significou nada para ela.

E duzentos mil dólares.

Os olhos de Jack viajam para o iPad debaixo do meu braço. "Então... você trabalha como barista agora?"

Concordo com a cabeça e espero, em vão, que ela não faça mais perguntas.

Mas é claro que ela faz. "Isso significa que você saiu da Laika?" Eu seguro meu computador contra meu corpo como um escudo. Jack me conhecia como a Ellie com sonhos e objetivos, a Ellie que trabalhou por algo toda a sua vida e depois conseguiu. A Ellie que acreditava que a maioria das coisas quase sempre funcionava.

De pé na frente dela agora como esta Ellie — a Ellie que perdeu tudo, a Ellie que fracassou, a Ellie que deixou de acreditar na maioria das coisas — não tenho certeza do que me arrependo mais: minha ingenuidade no passado ou meu cinismo no presente.

"Sim", digo. "Eu saí da Laika."

"Por quê? O que aconteceu?", Jack pergunta sem rodeios. Ela é sempre objetiva, sempre direta, nunca envolve meus sentimentos frágeis em plástico-bolha. Eu amo isso nela e odeio isso nela, e agora eu só queria evitar seus questionamentos.

"Não deu certo."

"O que você quer dizer com 'não deu certo'?", ela solta. "Você se mudou para o outro lado do país para esse trabalho. Era tudo parte do seu plano de dez anos. Você..."

"Simplesmente não deu certo. Eu falhei, e não há mais nada a comentar sobre isso."

"Jogo da honestidade." Jack diz, reflexiva e levianamente. As palavras ficam pairando desajeitadamente entre nós, e só então Jack dá sinais de que se arrependeu de dizê-las. Ela tensiona a mandíbula.

Há uma queimadura para além meus olhos, no meu peito. Parte de mim quer voltar à dinâmica de um ano atrás, voltar a ser a garota que confiou em Jack com todos os pedaços secretos de seu coração. Quando fui demitida da Laika, ela foi a primeira pessoa para quem eu queria contar, porque eu sabia que, se tinha alguém que poderia me fazer sentir melhor sobre minha vida inteira desmoronando, seria ela.

Mas não é tão simples. "Não há mais nada a dizer", repito.

Jack me encara por cima da carnificina de seus preparativos para o café da manhã. "Você mudou", ela finalmente decide, baixando os olhos para a máquina de waffles.

"Você não."

Ela levanta a cabeça novamente, e eu me assusto com a tristeza em seus olhos, com a ponta dos lábios se inclinando para baixo. "Ellie, eu..."

"Bom dia!" Andrew canta atrás de mim. Jack congela no instante em que seu irmão entra na cozinha vestindo um conjunto de pijama de Natal de flanela obviamente escolhido por sua mãe. O que quer que Jack estava prestes a dizer se perdeu nessa intromissão. "Como estão minhas duas meninas favoritas?"

"Nós somos mulheres crescidas", Jack resmunga.

"Desculpe. Como estão minhas duas *mulheres* favoritas?"

Jack balança a cabeça. "Não, para com isso. Ainda é nojento."

Andrew vai até o balcão ao meu lado. "Tá bom. Como está a minha mulher favorita?"

"Hum", resmungo.

Só isso. É só isso que eu digo. Todas as outras sílabas morrem no fundo da minha garganta, assim como o que Jack estava prestes a dizer. *O que Jack estava prestes a dizer?*

Andrew inclina a cabeça em uma performance impecável de um noivo apaixonado e beija minha bochecha. "Bom dia, Oliver."

Há um pouco de questionamento no semblante de Jack e, como ela nunca se segura, diz: "Oliver é um apelido estranho". *O que Jack estava prestes a dizer?*

"É o sobrenome dela", explica Andrew.

Jack estremece com esta informação antes de retornar para seus afazeres.

"Os waffles estão quase prontos?"

Jack olha para o irmão dela. "Achei que agora você só bebia shakes de whey no café da manhã."

Andrew levanta a barra de sua camisa para mostrar seu abdômen trincado para a irmã. "Acho que posso aguentar um único waffle." Ele estende o outro braço sobre o balcão para passar o dedo no chantili.

Ela rebate com o batedor. "Isso é nojento! Não sei onde você andou enfiando os dedos."

"Ah. Qual é, JayJay", ele canta. "Você sabe que me ama." Jack faz uma careta enquanto Andrew lambe dramaticamente o creme em seu dedo.

"Diga, Jacqueline."

"Eu amo você", Jack bufa a contragosto.

Andrew se escora no balcão, cobrindo sua orelha. "Desculpe. Não ouvi você."

Jack levanta a voz. "Eu amo você", e ela acrescenta, com raiva, "Ursinho!"

Andrew sorri e envolve sua irmã em um abraço de lado. "Eu sei que você ama."

"Ai, Deus, quem morreu?" Dylan resmunga enquanto entra na cozinha usando pantufas de coelho. Tem crostas de baba no queixo, furos vazios de alargadores murchos e um brilho assassino nos olhos. Imagino que essa seja sua estética matinal.

"Ah, nosso avô morreu", Jack responde.

Ignorando minha existência, Dylan desliza em uma banqueta ao meu lado. "Sim, há uma semana. Por que vocês estão se abraçando agora?"

Andrew libera a irmã de seus braços. "Às vezes, quando dois irmãos se amam muito...", ele começa a explicar com uma voz paternalista.

"Não tente fazer piadas, Andrew", Dylan brinca. "Você deve manter seus pontos fortes."

"Que são?"

"Levantar coisas pesadas e ser gostoso."

"Ah." Andrew estremece brevemente antes de soltar um sorriso encantador. "Você esqueceu que eu também tenho o dom de ganhar muito dinheiro para pessoas que já têm muito dinheiro."

"Eu nunca poderia esquecer isso, seu porco capitalista."

"Crianças, crianças", Jack chama atenção, passando para Dylan uma xícara gigante de café de uma prensa francesa. Está tão cheio de creme vegetal que se tornou quase amarelo. "Nada de brigas ideológicas antes do café da manhã."

Com os olhos ainda embaçados, Dylan aceita a caneca de bom grado e toma um gole, sendo observado por Andrew por um segundo antes de ele pegar um saco de matcha em pó do armário. Quando a camisa de Andrew desliza pelas costas, enquanto ele estende a mão, Dylan claramente repara. Ambos são ridiculamente óbvios, e esse quarteto amoroso *com certeza* vai arruinar nossas vidas.

"Onde estão as avós?", Dylan pergunta depois de alguns goles de café.

"Dormindo de ressaca", Jack responde, servindo outra caneca de café, preto desta vez, e passando-a para mim, sem pensar. Seguro a caneca quente perto do peito.

"E Katherine?"

Jack lança um olhar para seu irmão antes de responder. "Papai ligou ontem à noite para dizer que ele não virá até terça-feira. Então, se eu tivesse que adivinhar, apostaria que ela provavelmente está chorando em sua bicicleta ergométrica."

"Soa exatamente como um Natal da família Kim-Prescott para mim", diz Dylan.

"Alexa." Jack se vira para o alto-falante circular na ilha. "Toque a playlist de Jack no aleatório."

"See you again", de Miley Cyrus, enche a cozinha, e Jack dá um breve soco na bancada quando ela começa a cantar.

Dylan balança a cabeça em profunda decepção. "Como posso ser amigo de alguém que tem um gosto musical tão deplorável?", elu indaga.

Jack une as mãos como se simulasse um pedido de desculpas. "Sinto muito por não ouvir death metal alemão como toda essa galera descolada."

"O fato de você ter acabado de dizer 'galera descolada' é um nítido lembrete do quão não descolada você é."

"Como vocês dois se tornaram amigues?", pergunto, mudando meu olhar de Jack para Dylan. De fora, eles não parecem os melhores candidatos a uma amizade tão próxima. Jack é aberta, calorosa e gentil. Dylan é... um marshmallow queimado, aparentemente.

Dylan aponta de forma acusadora para Jack enquanto ela pega o que parece ser uma compota caseira de morango da geladeira. "Ela me deu um soco na cara."

"História interessante de início de amizade", observo. "Por que você deu um soco na cara delu?"

"Porque elu estava sendo idiota", Jack responde com naturalidade.

Dylan derruba a caneca. "Ok, antes de tudo, eu tinha sete anos..."

"Crianças de sete anos podem ser idiotas", Jack interrompe.

"E segundo, eu estava passando por algumas coisas pesadas na época..."

Andrew revira os olhos e se vira para mim. "Todos nós nos conhecemos porque nossos pais trabalhavam juntos. E como Lake Oswego é uma cidade predominantemente branca, as poucas crianças racializadas tinham que ficar juntas no parquinho do bairro."

"Foi assim que *nos conhecemos*", esclarece Dylan. "Mas Jack e eu só nos tornamos amigues porque ela me deu um soco na cara no recreio."

Jack parece um pouco inclinada a recorrer à violência. "Elu estava intimidando alguns alunos da primeira série. O que eu devia fazer?"

"Ah, eu definitivamente mereci aquilo. Jack me deu um soco na cara e em seguida me levou para a enfermeira para pegar gelo, se sentou ao meu lado na cama até o sangramento parar, e ali eu soube que amaria sua linda e caótica fuça para o resto dos meus dias. Além do mais", Dylan limpou a garganta, "às vezes preciso de um bom soco na cara. Posso ser um pouco... feroz."

Tomo outro gole de café. "Eu não tinha notado."

"E prepotente", comenta Andrew. "Você também pode ser prepotente."

"E hostil", Jack acrescenta, descolando um waffle da grelha. "E até cruel."

"Ok, isso é suficiente vindo de vocês dois, valeu." Dylan faz uma careta, mas mordeu a isca de ontem à noite. Da sua banqueta, elu gira em minha direção, fazendo com que o encontro de nossos joelhos formasse um ângulo obtuso. "Jack me deu um soco metafórico na cara ontem à noite e deixou claro que eu, hum... te devo um pedido de desculpas. Pelo que você ouviu lá fora."

Dylan coça o pescoço, bem sobre a tinta de sua tatuagem de faca, e solta as próximas palavras como se fossem uma grande angústia física e mental. "Me desculpe." Dylan imediatamente passa seu olhar para Jack. "Isso é um pedido de desculpas aceitável para você?"

"Você vacilou um pouco lá no final, mas..."

"Pontos extras pela prática da humildade", diz Andrew. "Eu sei que é difícil pra você."

Dylan brilha. "Bem-vinda à família, Ellie. Aqui é uma merda."

Tomo um gole do meu delicioso café preto. De fato, não parece ser tão ruim aqui.

"Ah, fala sério." Andrew estende a mão por cima do balcão para empurrar o ombro de Dylan. "Você ama a gente."

Dylan se engasga com um gole de café. Andrew dá vários passos para trás, a mão que estava no ombro de Dylan agora bagunçando seu próprio cabelo. Alexa começa a tocar "Complicated", da Avril.

Muito sutil, Alexa.

E quando eu desvio o olhar de Andrew e Dylan, reparo em Jack olhando para mim do outro lado da cozinha; e rapidamente deixo meu olhar recair sobre o cronograma laminado no balcão.

Interações estranhas entre Jack e Ellie: 192 horas.

Onze

A *Primeira caminhada em família na neve: duas horas* inclui suéteres de Natal combinando.

"Ok!" Katherine bate palmas com entusiasmo enquanto terminamos o brunch. "É a vez de Jacqueline escolher os suéteres de Natal." Katherine lança um olhar cansado para a filha. "E espero que, desta vez, ela tenha levado essa tarefa a sério."

"*Docinho*", Jack faz uma imitação perfeita de Meemaw, "eu levo tudo a sério."

Jack leva muito poucas coisas a sério, o que é meio óbvio considerando as sacolas reutilizáveis da New Season que ela nos entrega, contendo alguns dos suéteres de Natal mais peculiares que já vi. O dela diz "Don We Now Our Gay Apparel", como na música do McFly; o suéter de Andrew é, de algum jeito, sexualmente sugestivo e festivo; o de Katherine é três números maior do que deveria, e o de Lovey tem uma foto de uma árvore de Natal e as palavras "Se liga" no topo. O de Dylan contém uma torre de presentes organizados de forma estratégica para representar um dedo do meio levantado ou um pênis ereto. Independentemente disso, Dylan dedica um aceno de aprovação com o queixo para a melhor amiga. "Isso é demais."

Acabo ficando com o suéter natalino que sobrou, e é uma atrocidade absoluta com enfeites pendurados na cintura, uma franja estranha na gola e duas dúzias de presentes de plástico saindo dos meus seios. Jack disfarça sua risada com uma tossida oportuna. "Isso fica muito bom em você, Ellie", ela consegue dizer.

Eu a encaro. "Isso é algum tipo de trote da família Kim-Prescott?"

Jack arqueia uma sobrancelha e dá de ombros. "Pense nisso mais como um rito de passagem."

"Sério, Jacqueline." Katherine aparenta estar um pouco horrorizada com seu suéter que mais parece uma barraca com a frase "Em um mundo de Grinches, seja Griswold" em fontes extravagantes bem no centro. "É isso que você quer que a gente use no cartão de Natal do ano que vem?"

"Com toda certeza", Jack fala concordando levemente. Neste momento ela está perfeitamente séria. "Acho que o Natal de 2023 vai precisar de alguma leveza."

"Achei perfeito!" Meemaw gira levemente. Seu suéter tem luzes piscando e toca "Jingle Bells" sem parar.

Aparentemente, a primeira caminhada na neve não tem nada a ver com a caminhada em si; é mais uma oportunidade para tirar a foto em família que usam no cartão de Natal do ano seguinte. Isso fica claro quando Katherine entrega a Andrew o tripé para que ele o carregue e começa a mexer no cabelo de Jack. As avós estão segurando garrafas térmicas de inox, e quando Katherine olha de lado para elas, Lovey diz: "É uísque com limão siciliano. Servida?".

"É meio-dia e meia."

"Estamos muito velhas, querida", explica Meemaw. "Precisamos de algo para nos manter aquecidas. Você não gostaria que encontrássemos a morte lá fora."

Katherine ignora as avós. "Primeira tradição de Natal deste ano!" Ela sorri enquanto nos agasalhamos com nossos suéteres ridículos e partimos. Eu me pergunto se Alan Prescott alguma vez usou seu hediondo suéter de Natal ou se Katherine tem que passar Photoshop nele nessas fotos anuais.

A cabana de Kim-Prescott fica em uma extensa propriedade no topo de uma colina íngreme e, pelo jeito, a casa deles é a única em quilômetros. Todos nós nos arrastamos pela neve, passando pelo Airstream e pela caminhonete de Jack, em direção ao bosque de árvores que corre ao longo de um riacho semicongelado. E por uma fração de segundo, esqueço Jack e esqueço Andrew e Dylan. Esqueço meu plano fracassado de dez anos e o dinheiro que poderia me salvar. Esqueço tudo menos *isso*. Neve. A linda magia da *neve*.

A espessa camada de neve recente isola os sons de fora da floresta, o silêncio e a quietude são interrompidos apenas pelo som de nossas botas esmagando os cristais de gelo em uníssono. Tudo é prateado e puro, e meu cinismo se extingue com um gemido. Eu sempre amei isso. A majestosa varredura branca de neve que renova o mundo, que faz tudo parecer devagar e calmo, como se você pudesse se encolher e apenas existir por um momento.

"O que sua família costuma fazer no Natal?", Lovey pergunta, me puxando de volta à realidade.

Minha mão enluvada está entrelaçada com a de Andrew, porque aparentemente dar as mãos é a solução dele para vender nosso relacionamento. "De verdade, eu não sei. Meus pais não estão... presentes?"

Lovey franze a testa, evitando uma pergunta que ela é educada demais para fazer. Jack está fora do alcance de minha voz no momento, caminhando pela neve à frente com Dylan e Paul Hollywood.

"Eles não estão mortos", esclareço. "Eles só não... Eu não sou próxima dos meus pais e não tenho outros parentes", tento explicar. "Quero dizer, eu tenho mais parentes, mas a maioria deles deserdou meus pais por terem engravidado de mim *fora do matrimônio*, e então meus pais guardaram rancor e não me deixaram ver o resto da família durante a infância. O que seria ok, mas meus próprios pais também não queriam me ver muito, então eu ficava muito sozinha quando era criança."

Paro de tagarelar quando Lovey estende a mão para pressionar a mão enluvada na minha bochecha. Talvez ela não esteja tão *ligada* quanto seu suéter recomenda, mas o gesto é reconfortante mesmo assim. Meemaw, exalando uísque e limão, declara: "Manda à merda, docinho".

Me assusto. "Como é?"

"Seus pais que se fodam", diz Meemaw com ainda mais força, me lançando um olhar que não consigo analisar inteiramente. "Desculpe se isso soa rude, mas qualquer pai que ignora seu filho nas festas de fim de ano não merece esse título." Meemaw dá um gole em sua garrafa térmica. "Alguns de nós nascemos em famílias que nos merecem, e alguns de nós temos que passar a vida procurando por eles. Você encontrou Andrew, e isso significa que você faz parte desta família agora."

Andrew aperta minha mão, e, por um breve momento na neve, me permito esquecer que isso não é real.

"Vamos lá, pessoal!", Katherine anuncia quando chegamos ao local perfeito para a foto de família — uma clareira com boa luz e uma árvore derrubada, com galhos cobertos de neve emoldurados perfeitamente ao fundo. "Tirem os casacos! Em seus lugares! Em seus lugares! Vocês todos conhecem o esquema! Dylan, você não vai conseguir evitar esse momento, então me ajude..."

Andrew monta o tripé e Katherine coloca seu iPhone no temporizador. Tento ir para a borda da foto — para o lado mais distante de Andrew, onde serei fácil de cortar no futuro.

"Ellie, querida", Katherine arrulha por trás da câmera. "Entre ali no meio. Sim, bem aí. Entre Andrew e Jack. Perfeito."

Eu me ajusto para que Andrew esteja à minha direita, sua mão ainda segura na minha, enquanto Jack está à minha esquerda, com um suéter de Natal alegre, sorrindo para a mãe dela atrás da câmera. "Sorria, Ellie!" Katherine aponta para as bordas de seu sorriso experiente, e quando eu sorrio, isso acontece com facilidade, sem esforço.

Depois, não consigo parar de pensar em como será impossível me tirar com Photoshop do cartão de Natal do ano que vem, em como estarei lá, no meio dos Kim-Prescott, para sempre.

Eu não deveria me surpreender com o fato de que Meemaw é a primeira a atirar uma bola de neve.

Começa de forma bastante inofensiva. Na caminhada de volta para a cabana, Meemaw faz uma pausa sob o pretexto de consertar os cadarços, e antes que alguém realmente veja o que acontece, uma densa bola de neve colide com um lado do rosto de Katherine.

A mão enluvada de Katherine limpa a neve em seu rosto. "Sério, Barbara", ela diz num tom afetado, antes de se abaixar, pegar na neve e jogá-la em sua sogra. Então Katherine — a elegante e sublime Katherine Kim — começa a *gargalhar*.

É impossível saber quem lança a terceira, a quarta ou a quinta bola de neve, porque não demora muito para que eu esteja desviando de mísseis congelados vindos de todos os lados.

Tento me esconder atrás de Andrew, esperando que ele me proteja de sua família maníaca, mas, em vez disso, ele joga um punhado de neve na parte de trás da minha jaqueta, e é Dylan quem agarra minha mão e me puxa na direção das árvores, para que estejamos longe do ataque. Estou quase convencida de que Dylan está prestes a usar a deixa da guerra de bolinhas de neve como um disfarce para me empalar em um pingente de gelo, mas então Katherine e Lovey correm para as árvores ao nosso lado, e entendo: as linhas de batalha foram traçadas.

"Essas criaturas são implacáveis", resmunga Dylan. "E não podemos vencê-las a menos que estejamos dispostos a jogar sujo também." Elu se volta para mim com uma expressão séria. "Ellie, como é a sua mira?"

"Ahn..."

"Suponho que isso significa ruim", Dylan interrompe. "Tudo bem. Você vai preparar nosso estoque de munição com Lovey enquanto Katherine e eu lideramos o ataque."

Uma versão chapada de Lovey faz uma saudação a Dylan e imediatamente começa a construir bolas de neve para nosso arsenal. Dou uma olhada por entre as árvores, na direção de onde Andrew, Jack e Meemaw estão agachados atrás de um tronco gigante. A garrafa térmica com uísque já foi esquecida há tempos, pois Meemaw aparentemente desenha um plano de ataque na neve usando um galho. Tanto Jack quanto Andrew estão com os braços cruzados sobre o peito e expressões idênticas de pesar em seus rostos.

Eu me entrego a uma gargalhada. Não consigo evitar. Seis adultos envolvidos em uma guerra de bolas de neve como se fosse uma questão de vida ou morte. É fácil imaginar, porém, como essa tradição pode ter começado se você cresceu em uma família como essa. A Jack de sete anos jogando bolas de neve em seu irmão da mesma forma como distribui socos por aí. As avós os incentivando, Katherine seguindo o fluxo. Mantendo a tradição ao longo dos anos da mesma forma que eles se apegaram um ao outro.

Consolidando as estratégias de Dylan, quando chega a hora de começar a jogar bolas de neve novamente, a energia se torna caótica. Katherine e Dylan jogam algumas entre as árvores, e até atingem suas marcas, mas então Meemaw pega uma bola de neve em cada mão e taca diretamente na gente. A partir daí, as equipes se dissolvem e é cada Kim-Prescott por si.

Eu me escondo atrás das árvores por mais alguns segundos antes de pegar uma das minhas bolas de neve pré-fabricadas e tentar arremessá-la em Andrew. Erro, e em vez disso acerto as costas de uma jaqueta cáqui. Jack gira para encontrar a origem do ataque. Seu rosto transmite um breve lampejo de surpresa antes de soltar um grito de guerra épico, reunir um punhado de neve e correr em minha direção.

Com bastante maturidade, grito e fujo para dentro do emaranhado de árvores, segurando a risada que se acumula em minha garganta. Sinto o primeiro golpe contra minhas costas, seguido rapidamente de outro torrão atingindo minha coxa. Paro no caminho para pegar outra bola de neve para meu próprio arsenal, tropeçando um pouco com o impulso da minha corrida, e não percebo que Jack está bem atrás de mim. Ela esbarra em mim, e como já não tenho muito equilíbrio, acabo caindo na neve e torcendo o tornozelo quando minhas pernas cedem.

Jack estende a mão para tentar me segurar, mas tudo o que faço é trazê-la para baixo comigo, e então somos um monte de membros espalhados pela neve.

Jack está estatelada *sobre mim*, com seu peso me prendendo. Mesmo com a dor no tornozelo e a umidade escorrendo pelas minhas roupas, estou rindo. É uma risada profunda, do tipo que te pega de surpresa e não vai embora. Em cima de mim, Jack parece chocada por um segundo, mas logo está rindo também, talvez por causa do som da minha risada. Mas a risada de Jack é ridícula — uma mistura entre o grasnar de um ganso e o guincho de pneus no asfalto molhado — e o som dela só me faz rir ainda mais, até que lágrimas escorrem pelo meu rosto. E então não consigo me lembrar da última vez que me permiti rir assim.

De repente, sou tomada pela realidade do momento. Jack está deitada em cima de mim. Estamos nos tocando em tantos lugares: joelhos, coxas, braços, barrigas, seios.

Suspiro, e os olhos de Jack se arregalam. "Merda, me desculpe..." Ela sai de cima de mim. "Desculpe."

"Não", eu me recomponho no meio da dor e do constrangimento. "É meu pé. Eu... eu acho que torci."

Me ajeito, e ela também se senta, e ficamos lado a lado na neve. "Os perigos da guerra", Jack reflete. "Você acha que consegue chegar à cabana?"

Olho para cima. Estamos longe do caminho agora, onde o restante da família está engajado na guerra de neve, e não consigo ver a cabana por entre as árvores. "Talvez", digo. Agora que Jack não está mais em cima de mim, a dor no tornozelo está consumindo toda a minha atenção. "Talvez não."

"Posso?", ela pergunta, apontando para meu pé. Concordo com a cabeça, e então Jack desamarra lentamente os cadarços da minha bota. Fico lembrando daquela noite no Airstream, ela curvada na minha frente, fazendo a mesma coisa.

Estremeço quando Jack puxa o sapato do meu tornozelo dolorido. Ela imediatamente pega meu pé em suas mãos, embalando-o com cuidado. Para alguém que nunca ouviu falar de intuição, Jack tem uma capacidade surpreendente de ternura.

"Posso tirar sua meia?", pergunta. Posso estar imaginando, mas a voz dela soa mais rouca, arranhando as partes expostas da minha pele de forma agradável. Sei que ela está se forçando para ser educada — que está estabelecendo limites evidentes entre nós —, mas há algo na maneira como ela pede permissão para me tocar que trazem meus sentimentos equivocados de volta à tona.

Você a superou, a voz na minha cabeça grita. *Você precisa superar essa mulher.*

Mas a luxúria soa mais alto do que o grito quando digo "Claro", e Jack puxa minha meia grossa para revelar meu tornozelo pálido. Seu polegar acaricia lentamente a parte de trás do meu calcanhar.

"Eu não sabia que os confeiteiros precisavam de um treinamento de primeiros socorros tão intenso."

Engasgo. Talvez se eu transformar isso em uma piada, possa começar a rir de novo em vez de sentir que partes de mim estão acordando pela primeira vez em um ano.

"Fui conselheira de acampamento todos os verões no ensino médio", ela revela, ainda acariciando meu pé com seus dedos calejados. "E vou repetir pra você o que disse para um monte de crianças de dez anos chorando durante os jogos de pique-bandeira: você acabou de torcer o tornozelo. Provavelmente vai voltar ao normal daqui a uns vinte minutos."

Espero que ela me solte, mas ela ainda segura meu pé em suas mãos.

Há algo surpreendentemente íntimo nisso. Seus dedos ásperos, meu pé frio, pele e pele e pele. Há algo na vulnerabilidade de suas mãos em meu corpo e na neve que nos cerca que me leva de volta àquele dia, ao jogo da honestidade e à abertura que tivemos.

"Fui demitida da Laika", deixo escapar no meio do silêncio da floresta. Assim que falo isso, sinto como se um peso enorme tivesse sido tirado do meu peito, o buraco dentro de mim se enchendo um pouco. Então prossigo. "Não consegui acompanhar o ritmo e fui demitida depois de três meses. Um fiasco total."

Jack não tira os olhos do meu pé, do lugar onde seus dedos ainda estão massageando minha pele distraidamente. "Eu sei o que aquele trabalho significava para você, e eu sinto muito. Mas as pessoas são demitidas, Ellie", ela diz encolhendo os ombros. "O fracasso acontece. Isso não faz de você um fiasco."

Balanço minha cabeça. "Você não entende."

"Ok." Ela soa totalmente casual, despreocupada. "Então me faça entender. Me diz o que aconteceu."

Fecho os olhos e vejo meu supervisor me puxando para seu escritório; ele tinha uma barba espessa que ofuscava sua expressão, e estava vestindo um moletom grosso que cheirava a patchuli e café queimado. Meu estômago parecia um pano de prato torcido porque meu desconforto gastrointestinal sempre descobre antes mesmo do meu cérebro que más notícias estão chegando.

Ao longo do ano evitei pensar naquele dia, tentando bloqueá-lo e ignorá-lo. "É que... foi realmente desafiador", falo com meus olhos ainda fechados e seus dedos ainda sob minha pele. "Eu sempre fui a melhor da minha classe, e nunca parecia ser um... *esforço*. Não assim."

Inspiro lentamente, e o frio arde em minhas narinas. Ao longe, ouvimos uma gargalhada seguida por um grito de falsa angústia. Fecho meus olhos. "Eu trabalhava o tempo todo, fazendo horas extras para tentar recuperar o atraso. Minha ansiedade só piorava — não conseguia dormir, mal conseguia comer e sabia que estava decepcionando as pessoas que me contrataram. Até que, no terceiro mês... houve um corte de orçamento."

Foi por isso que meu supervisor me levou para seu escritório. *Infe-*

lizmente nossos ganhos trimestrais ficaram aquém de nossas projeções, então agora só podemos manter dois dos três novos animadores que contratamos no final do ano passado.

A vergonha se acumulou em minha pele, rolando para cima e para baixo em meus membros através de ondas quentes. Vergonha igualada a horror, como um som que você ouve à noite, meio adormecido, ao acordar de súbito e em pânico.

Sinto muito, mas temos que te desligar.

Meu supervisor continuou falando depois disso, mas eu não consegui ouvir o resto. Houve um baque profundo e pulsante em meus ouvidos, e tudo que eu podia fazer era olhar para os galhos nus das árvores do lado de fora da janela, sem piscar. Porque, se piscasse, choraria. Eu estava sentada em uma cadeira, ouvindo algo do qual sempre suspeitei.

Eu era igual aos meus pais. Não era boa o suficiente. Era um fracasso. Uma fodida.

"Então você não foi demitida", Jack disse depois que contei a ela. "Você foi afetada por um corte de gastos."

Aperto meus olhos fechados. "Eles contrataram três novos animadores, todos recém-saídos da pós-graduação, e fui eu que não consegui acompanhar. Fui eu que eles escolheram dispensar."

Jack não diz nada, não discute comigo sobre a minha interpretação dos acontecimentos. Quando abro os olhos, ela está sentada na neve ao meu lado, olhando para mim do jeito que Jack *olha*, como se ela pudesse ver através de tudo, por entre todos os buracos que ainda mantenho escondidos internamente. "Eu tinha esse plano de dez anos — esse objetivo pelo qual trabalhei toda a minha vida —, e ele desmoronou em um instante."

Falhei, e a pior parte era que todos *saberiam*. Aqueles professores que me elogiaram e os colegas que ficaram impressionados quando consegui um cargo tão cobiçado na Laika logo depois da pós-graduação. Meus pais, que nunca acreditaram nos meus sonhos ou notaram meu talento. Orientadores educacionais e conselheiros que me disseram que eu nunca seria capaz de me sustentar como artista. Meredith. *Todo mundo.*

Respiro fundo novamente e, pela primeira vez em meses, não sinto a pontada nas minhas costelas enquanto inspiro. Parece que alguém desembaraçou um pouco o nó dolorido no meu peito.

"Sinto muito", diz Jack. Meu pé está no colo dela. Seus dedos estão sob minha pele. Em algum lugar do outro lado da floresta, os membros da sua família estão jogando neve uns nos outros. "Mas você gostou de trabalhar na Laika?"

"Claro que sim", respondo automaticamente.

"É que você... você não parecia muito feliz lá atrás, no ano passado." Jack aperta meu pé, distraída. "Você parecia *querer* ser feliz, porque o emprego se encaixava nessa ideia que você tinha da sua vida — nesse plano de dez anos —, mas isso realmente te trouxe alegria?"

Corro a língua por meu lábio inferior, ponderando. O emprego dos seus sonhos *deveria* trazer alegria?

Jack solta meu pé para que ele afunde na neve fria. "Desculpe", diz ela, baixando o olhar também. "Desculpe, isso foi presunçoso. Eu não deveria ter forçado você a se abrir sobre tudo isso."

Pego minha meia descartada. "Você não me forçou."

Jack se levanta de forma desajeitada, suas botas escorregando antes que ela conseguisse se endireitar. "Sim, mas eu só..." Ela tira o gorro, bagunça os cabelos e o joga de volta na cabeça. "Eu só acho que, provavelmente, não devíamos... Seu pé está bem?"

Dói um pouco quando eu o empurro de volta na minha bota, mas confirmo com a cabeça.

Jack acena também. Sua cabeça balançando para cima e para baixo, enfaticamente. "Que bom. Legal. Bom."

Alguém está atravessando a floresta, e nós duas viramos a cabeça para ver Andrew se aproximando com duas bolas de neve. "Solte-a, seu demônio!" E ele lança a neve na direção de sua irmã.

"Eu literalmente não estou tocando nela", Jack diz. "E nós estávamos no mesmo time."

"Oliver, meu mascotinho." Ele brota na minha frente. "Você está bem?"

"Sim, eu só... torci meu tornozelo."

Sem precisar ouvir mais nada, Andrew me pega em seus braços e me leva embora. E tenho que admitir: Dylan não errou. Andrew é muito bom em ser gostoso e levantar coisas pesadas.

Digo a mim mesma para não olhar para a irmã dele na neve.

Mas olho.

Dia de neve

Uma webcomic de Oliverfazarteasvezes
Episódio 3: A outra mulher (véspera de Natal, 13h32)
Publicado em: 7 de janeiro de 2022

"Acho que é hora de te apresentar à mulher mais importante da minha vida", diz Jack. Ela pisa na rua lateral coberta de neve, com suas botas pesadas afundando até os tornozelos. "Elle, esta é a Gillian."

Ela coloca a mão no capô de uma caminhonete antiga. "Gillian", ela diz para o automóvel, "esta é Elle." Ela se aproxima e sussurra para a lataria. "Mas não se preocupe. Você ainda é minha garota número um."

Ponho as mãos em meus quadris. "Você sempre fala com sua caminhonete?"

"Não me venha com esse tom de julgamento. Você conversa com banquinhos aleatórios. Pelo menos Gillian e eu temos um relacionamento estabelecido."

"Sei que você não quer ser um estereótipo ambulante, mas…" Faço um círculo com as mãos, apontando para a frente da caminhonete. "Esta caminhonete vermelha antiga é *muito clichê*. Espera. Gillian? Tipo Gillian Anderson?"

"Existe outra Gillian?"

"Só porque ela é marrom-avermelhada?"

"E porque enquanto alguns argumentam que ela estava no seu auge nos anos 90, eu acho que ela continua melhorando com a idade."

Jack abre a porta do passageiro e as dobradiças soltam um som profano. "Vamos."

"Para onde vamos agora?"

Depois da Powell's, Jack me arrastou pela neve até o Voodoo para experimentar um donut com calda e bacon, insistindo que, mesmo que seja um pouco superestimado, ainda é um programa crucial para todo novo morador de Portland. Enquanto caminhávamos, fizemos o jogo da honestidade. Ela me contou mais sobre seus pais e as expectativas deles para a sua vida, que nunca se encaixavam com quem ela é; sobre visitar parentes distantes em Seul quando criança e sentir que ela também não se encaixava lá; sobre as tortas que mais gosta de fazer (amora e merengue de limão) e as que mais gosta de comer (chocolate com pecã e limão).

E eu contei mais sobre meus pais e sua total falta de expectativas, e como isso nunca combinava com quem eu era como pessoa; sobre meus planos de vida já arquitetados; sobre a solidão ao me mudar para uma nova cidade, mesmo tendo passado a maior parte da minha vida sozinha.

Ela falou sobre seu cachorro e o galinheiro que estava construindo no quintal de ume amigue.

Eu falei sobre Meredith e como eu achava que bacon não caía bem com donuts.

De alguma forma, duas horas se passaram e dois novos centímetros de neve se acumularam ao nosso redor. Estávamos saindo como amigas, apenas como amigas. Mas às vezes eu me virava e via os olhos ardentes de Jack em mim de uma forma que não parecia em nada com amizade.

Agora, Jack está ao lado de sua caminhonete. "Estamos indo para casa."

Meu coração salta na minha garganta. "Eu não posso ir para casa com você", eu digo com menos tranquilidade do que pretendia. "Eu... não costumo ir para a casa de desconhecidos de primeira."

Jack sorri. "Eu vou te levar para a *sua* casa", diz ela, gesticulando em minha direção com as palmas das mãos para cima. "E depois vou para a minha casa. Porque isso aí está claramente se transformando em uma tempestade de neve muito maior do que o previsto, e vamos nos ferrar se não chegarmos em casa logo."

"Ah." Encaro os meus pés submersos na neve. "Desculpe."

"Por que você está se desculpando?"

"Por não querer..."

"Ir para casa com uma estranha que você conheceu três horas atrás em uma cidade em que você mora há apenas um mês?"

Confirmo com a cabeça.

"Isso é ter bom senso para mim", diz ela. "E, honestamente, em circunstâncias normais, eu também não aconselharia você a entrar em um carro com uma desconhecida, mas infelizmente os ônibus já devem ter parado de circular, então eu não acho que você tenha outra opção. Para sua sorte, por acaso sei que não sou uma assassina."

Esses argumentos são plausíveis, e eu finalmente me ajeito no banco do passageiro de sua caminhonete. Ela corre ao redor do carro e sobe no banco do motorista. Antes de fazer qualquer coisa, Jack conecta seu telefone a um cabo auxiliar ligado a um velho isqueiro. O motor não soa melhor do que as portas enferrujadas e engasga algumas vezes quando Jack gira as chaves.

"Espere." Ela coloca a língua para fora da boca enquanto se inclina no volante e tenta novamente. Quando a caminhonete finalmente ganha vida, sua playlist é ativada, tocando "I Do Not Hook Up", de Kelly Clarkson.

"Você cronometrou isso?", pergunto, gesticulando para os alto-falantes.

"Adoraria dizer que sim."

"Esqueci que essa música existe, sério. Esse álbum define a minha quinta série. O quê?" Olho para Jack do outro lado da cabine de sua caminhonete e a pego olhando para mim novamente. Olhando para mim como...

"Isso é bonito", diz ela, estendendo a mão para tocar um único dedo na borda do meu cachecol tricotado à mão. É isso. Um dedo. Nem mesmo me tocando. Tocando meu lenço. No entanto, de alguma forma, aquele dedo é suficiente para me virar do avesso.

"Ah, é, hum. Meredith que fez", digo.

Jack se vira para a frente, empurrando os óculos dela no nariz novamente. "Combina com seus olhos", ela diz enquanto puxa o câmbio para a ré e tira o pé do freio. E... nada acontece. Os pneus giram abaixo de nós, o motor geme, mas Gillian não se mexe.

"Ô-ou."

"O que você quer dizer com ô-ou?"

"Eu vou só..." Ela salta da caminhonete como se fosse diagnosticar a origem do problema, mesmo que o problema esteja bem claro. É a neve. Há carros estacionados ao nosso redor, abandonados, cobertos de neve, e mais à frente há uma linha de tráfego emaranhada na Ninth Street, carros se arrastando e saindo.

Pulo para fora da caminhonete também e sigo Jack até a parte de trás. "Acho que ela está presa", Jack observa. "Nós vamos ter que desenterrá-la. Maldita neve."

Minha ansiedade parece um emaranhado de luzes de Natal de novo — como um nó horrível e inextricável alojado no meu peito, se espalhando pela minha garganta e descendo pelo estômago. "Eles não vão fechar as estradas em breve?", pergunto enquanto Jack se agacha atrás dos pneus traseiros.

"Isso é muito fofo, Ohio, mas não."

"Ok, Portland, por que não?"

Ela começa a limpar a neve com as mãos. "Não temos infraestrutura para neve aqui porque não neva com muita frequência. Na maioria dos invernos só temos cerca de cinco centímetros, mas de tempos em tempos vem uma tempestade enorme como esta, em que todos os supermercados ficam sem couve e ninguém pode ir a lugar nenhum. Quanto aos limpa-neves, eles vão esperar até que a neve pare, então talvez ao meio-dia de amanhã as estradas principais estejam limpas. Sabe, eu provavelmente terminaria isto aqui mais rápido com duas pessoas trabalhando."

Mas isso não nos leva a lugar nenhum, mesmo depois de nós duas passarmos trinta minutos tentando desenterrar o carro. Finalmente Jack se encosta na caminhonete. "Gillian não está se movendo hoje. Acho que podemos estar presas."

Ela parece incrivelmente calma, como se não tivesse acabado de anunciar que estamos presas aqui fora, no meio de uma tempestade de neve, sem ter como chegar em casa. Tento respirar fundo, mas parece que todo o oxigênio foi sugado para fora dos meus pulmões. Estamos presas. Estou presa com uma desconhecida numa cidade que não conheço, longe do conforto e da segurança do meu novo apartamento.

Estou presa na neve, presa, presa, *presa*.

"Ei." A voz de Jack corta minha espiral mental. "Você está bem?"

"Não!" Suspiro, agarrando as laterais das minhas costelas, lutando para respirar através deste novo (e provavelmente falso) ataque cardíaco. "Estamos presas na neve! O que vamos fazer?"

Espero Jack rir da minha reação exagerada, como meus pais costumavam fazer. Espero que ela ative o modo resolução de problemas, como Meredith sempre faz. Espero que ela me diga algo terrivelmente inútil, como *você está bem* ou *vai ficar bem*, mesmo que nada pareça bem e não esteja bem e eu esteja tendo um ataque de pânico no meio da neve.

Mas Jack não diz nada por um longo tempo. Simplesmente desengancha a porta traseira para torná-la um banco, gesticulando até que eu vá me sentar ao lado dela, minhas pernas balançando sobre a borda. Nos sentamos em silêncio, a coxa dela contra a minha, seu ombro logo ali, me lembrando que não estou sozinha com meus pensamentos acelerados.

Minhas mãos estão torcidas sobre o meu colo, e com a mesma gentileza de antes Jack estende a mão esquerda para desembaraçar o ansioso nó em meus dedos. Então ela desliza sua mão quente e calejada pela minha, segurando-a frouxamente. "Está tudo bem?", ela pergunta e, quando confirmo, pressiona meu punho. "Qual é a pior coisa que sua ansiedade está lhe dizendo agora?"

"Nada", eu me controlo. "Está tudo bem. Estou bem."

"Elle", diz ela. Ela começou a fazer isso, começou a me chamar de *Elle* em nossa caminhada para o Voodoo. Uma sílaba, uma única letra. Foco nisso. "Não me faça dizer 'jogo da honestidade' quando você está claramente tendo um ataque de pânico."

"Tudo bem", digo sufocando. "Minha ansiedade está me dizendo que não temos um plano e que vamos ficar presas na neve para sempre. Que nunca chegaremos em casa. Que teremos hipotermia e nossos dedos dos pés vão cair e nós vamos morrer."

"É." Jack suspira. "Isso não seria muito bom."

Estudo seu perfil, as linhas nítidas de seu rosto bonito contra o pano de fundo de tanta neve. "Você não vai me dizer que estou sendo irracional?"

Ela se vira para mim, tão perto que nossos narizes quase se tocam. "Isso é algo que te ajuda quando você está tendo um ataque de pânico? Escutar que você é irracional?"

"Nossa, não."

"Então por que eu diria isso para você?" Sem soltar minha mão, Jack tira o telefone do bolso do casaco. "Minha mãe tem transtorno de ansiedade generalizada, e se eu dissesse a ela que ela estava sendo irracional durante um de seus ataques de pânico, tenho certeza de que ela iria arrancar meus olhos. E eu ia merecer isso."

"O que você está fazendo?", pergunto enquanto a vejo espetar o polegar contra a tela do telefone desajeitadamente com uma mão.

"Estou bolando um plano. Ok. Eu moro em Stark perto do Mount Tabor Park, que é... a uma hora e vinte minutos a pé daqui. Uma caminhada totalmente possível. Onde você mora?"

"Do lado de Belmont, perto da avenida 34."

"Ainda mais perto. Perfeito. Podemos deixar Gillian aqui, e voltarei para buscá-la quando a neve baixar. Parece um bom plano pra você?"

Pela primeira vez em cinco minutos, sou capaz de recuperar o fôlego. "Sim. Sim, eu acho... que isso funciona."

Ela salta da porta traseira e, como um resultado natural de nosso distanciamento, nossas mãos se soltam. A ausência de sua proximidade é notável no lado direito do meu corpo, em todos os lugares que o ar frio pode alcançar agora que ela não está colada em mim.

Ela sacode os flocos de neve de seu cabelo antes de se virar para mim. "Você acha que pode confiar em mim para levá-la para casa, Elle?", pergunta com aquele sorriso de lado suavizando os ângulos de seu rosto.

E duas convicções me atingem ao mesmo tempo.

Primeiro: que eu, de forma inexplicável, confio nessa mulher que conheci há apenas algumas horas.

E segundo: que eu quero demais segurar a mão dela outra vez.

Doze

Segunda-feira, 19 de dezembro de 2022

Jack está me evitando.

No começo, eu pensei que estava apenas dando uma de emocionada — vendo coisas que não existiam no nosso relacionamento, como fiz no ano passado.

Quando voltamos para a cabana após a guerra de bolas de neve, todos se separaram para fazer suas próprias coisas. As avós foram se aquecer na banheira de hidromassagem, Katherine desapareceu na cozinha para preparar o filé mignon para o *bibimbap* que estava fazendo para o jantar, e Andrew foi para um lugar chamado "sala de ginástica", porque aparentemente manter seu corpo quente exigia várias horas de pesos e cardio todos os dias. Dylan e eu decidimos ficar na sala de estar — eu trabalhando no próximo episódio da história em quadrinhos, elu planejando as aulas para depois das férias de inverno. E Jack... ficou sem jeito por alguns minutos antes de resmungar alguma desculpa incompreensível para poder fugir para o Airstream.

E eu pensei: *Claro, quem é que não precisa de um tempo sozinho para recarregar as energias?*

Mas a situação ficou mais estranha.

Para a noite de filmes, Meemaw fez pipoca e Moscow mules de mirtilo, e Andrew e eu, em uma inabalável demonstração de nossa relação, nos aconchegamos sob uma colcha no sofá em formato de L. Jack ficou sentada em uma cadeira estofada do outro lado da sala e continuava inquieta. Ela só aguentou até a primeira cena de *Um duende em Nova York* antes de pular da cadeira e anunciar que ia correr.

Às oito horas da noite.

Na neve.

Quando acordamos esta manhã, Katherine anunciou que, apesar do que o cronograma dizia, não iríamos buscar a árvore de Natal hoje, já que ela queria esperar até Alan chegar no dia seguinte. Em vez disso, Jack fez panquecas para o café da manhã... e depois não comeu, alegando que ainda estava satisfeita com o jantar da noite anterior.

Quando Jack perguntou a Dylan se elu queria levar Paul Hollywood para um passeio com ela, e Andrew e eu decidimos ir também, Jack abruptamente decidiu que "ficaria de fora dessa vez".

E toda vez que eu entrei em um cômodo ao longo do dia, Jack prontamente saiu dele. Durante as últimas vinte e quatro horas, Jack se recusou a olhar para mim, se recusou a falar comigo e mal saiu do Airstream.

Eu devia estar aliviada. Não estou aqui por causa dela; estou aqui para convencer a todos que estou apaixonada por Andrew, e por causa dos duzentos mil dólares.

Por que não estou mais aliviada?

Infelizmente para Jack, a agenda da tarde inclui *biscoitos natalinos: seis horas*, e como ela é residente especialista em confeitaria, não pode se safar dessa atividade.

Pessoalmente falando, faz cinco minutos que começamos o processo, e já estou confusa com toda a mecânica. "Tem mesmo tanta especiaria numa receita de biscoito?"

Dylan, enrolando um baseado impressionantemente grande, ergue a vista. "Você costuma fazer biscoitos natalinos sóbria?", elu pergunta, parecendo horrorizade.

Olho ao redor da cozinha, para os ingredientes que Jack dividiu cuidadosamente nos balcões, para a família vestindo seus aventais vermelhos combinando, com a frase "Equipe de Cookies Natalinos", com seus nomes costurados à mão no topo. Judy Garland está cantando "Have Yourself a Merry Little Christmas".

"Nunca fiz nada disso antes", admito.

A família toda vira a cabeça para mim em choque. "Você nunca fez biscoitos de Natal?", Meemaw pergunta.

Katherine, que não se incomoda com a erva no balcão ao lado das gotas de chocolate, bate palmas. "Ah, isso é tão emocionante!"

"Então você definitivamente vai querer ficar chapada", Dylan rosna, leva o papel enrolado à boca e lambe a ponta. Quando elu desliza o baseado entre seus lábios, Andrew se inclina para acender sem avisar. Ele coloca a mão em concha perto da boca de Dylan até que pegue, e eu observo enquanto Dylan olha para Andrew através de seus cílios, inalando com força.

Andrew dá um passo para trás. Dylan esfrega sua nuca antes de passar o baseado para ele.

O resto da família parece estar alheio a esta cena carregada de tensão sexual. Katherine está distraída pegando um avental para mim. Ela escreveu meu nome com canetinha em um pedaço de fita adesiva e posicionou em cima do que imagino ser o nome de Alan. Antes que eu perceba, estou usando um avental, e o baseado já percorreu toda a cozinha até mim. Eu o encaro entre meus dedos por um momento antes de decidir levá-lo à minha boca. Sinceramente, não me lembro da última vez que alguém me ofereceu um baseado. Talvez na graduação?

Minha inspiração é superficial, deixando apenas um pouco de fumaça em meus pulmões antes de expirar. Ainda assim, faz tanto tempo que sinto um fluxo imediato de sangue na minha cabeça, seguido por uma lenta descompressão em meus membros, como se eu fosse um móvel da Ikea e alguém tivesse usado uma chave inglesa em todos os meus parafusos para soltá-los um pouco. O baseado percorreu todos na cozinha, menos Jack. Eu me viro para encará-la.

Pela primeira vez em vinte e quatro horas, ela direciona os olhos para mim enquanto eu estico o baseado em sua direção. Ela levanta as duas mãos. "Não, obrigada. Alguém nesta cozinha precisa estar atenta. Ok, família!" Jack declara no volume máximo. "Vamos começar. Este ano, estamos fazendo biscoitos em forminhas, *fudge* de manteiga de amendoim e *dasik*."

Devo ter feito involuntariamente uma cara de confusão porque Jack acrescenta: "*Dasik* é um biscoito coreano prensado. A gente costumava preparar para o Ano-Novo Lunar quando éramos crianças, mas agora geralmente fazemos no Natal. Este ano, estamos fazendo metade com sementes de gergelim e metade com chá verde".

Aceno como se entendesse alguma coisa de confeitaria. De repente, sou cativada pela maneira como Jack se encarrega da cozinha, atribuindo diferentes tarefas para todos os familiares, mandando Katherine ir para o fogão aquecer as frigideiras para o *dasik* e Meemaw preparar a cobertura dos biscoitos na batedeira. A visão de Jack em seu avental vermelho, as cordas amarradas ao redor de sua cintura. Ela está usando óculos, o que a torna *mais* atraente, tipo uma arquiteta lésbica gostosa. As mangas de sua blusa quadriculada estão enroladas até os cotovelos, revelando redemoinhos pretos de tinta de tatuagem em seus braços, aqueles gloriosos tendões que flexionam quando ela prepara o café da manhã, aqueles dedos que se mexem... *Merda*.

Um pouquinho de maconha, e meu cérebro já está obcecado.

"Jack é uma confeiteira incrível", Meemaw diz, quando me pega olhando para sua neta.

"Humm", solto em resposta, tentando me concentrar na massa que Andrew e eu vamos abrir, e não no jeito como Jack parece misturar a manteiga de amendoim com o açúcar e a manteiga derretida.

"Ela trabalha em uma loja na Division, mas está abrindo sua própria padaria", Meemaw continua orgulhosa.

Toda a minha atenção está de volta em Jack, observando suas bochechas sardentas ficarem levemente rosadas sob seus olhos. "Pera aí, isso é sério?"

Jack dá de ombros e afasta o cabelo do rosto. "Sim, é verdade. Estou abrindo minha própria padaria, nada de mais."

Olho para o monte de massa no papel-manteiga na minha frente. Memórias tentam me dominar, mas as empurro de volta, sem querer pensar naquele dia ou naquele lugar — no prédio que ela me mostrou quando me contou sobre seu sonho. Então Andrew me passa o baseado pela segunda vez, e aceito.

"E Jacqueline está abrindo a padaria sozinha, sem qualquer ajuda financeira", Katherine observa enquanto assa meticulosamente as sementes de gergelim.

"*Mãe*", Jack diz, em um tom que sugere que o comentário de Katherine é algo mais do que uma observação casual. "Está tudo indo muito bem. Peguei um empréstimo comercial e tenho o dinheiro..."

"Mas você tem que pagar o empréstimo de volta, e se a padaria não der lucro... Só não entendo por que você está disposta a assumir esse risco financeiro quando a empresa de seu pai poderia investir..."

"Eu não quero que seja um negócio da Investimentos Prescott", Jack a corta. "Quero que seja o *meu* negócio."

Ao meu lado, o corpo de Andrew está tenso, todo encolhido. "Então suas avós podem ajudar", Katherine persiste.

Meemaw balança a cabeça enquanto trava a batedeira no lugar. "Eu disse que ficaria feliz em dar algum dinheiro inicial a você, apenas para colocar tudo de pé até que a padaria comece a lucrar."

Por um momento, a cozinha está silenciosa, exceto pelo som da batedeira misturando a cobertura.

"Obrigado, Meemaw", Jack finalmente diz entredentes. "Mas eu posso fazer isso sozinha. Posso abrir minha própria padaria sem a ajuda de familiares."

"Sim, mas por que você *faria isso*?" A pequena explosão de Katherine é recebida com um olhar de Jack.

"Talvez eu não queira depender do nome Prescott para realizar meu sonho", ela dispara.

Lovey estende a mão para alcançar suavemente o cotovelo de Jack. "Sua mãe está apenas preocupada com você. Ela não quer ver você frustrada."

Jack fecha os olhos com força. Lembro-me dela sentada no café da Powell's, me dizendo *Eu sou a fodida da família*. "Bom, vocês podem relaxar", Jack diz amargurada. "Se eu falhar, terei o fundo fiduciário do vovô para me ajudar, ok?"

Eu me encolho quando o punho de Andrew colide com a bola de massa na frente dele. Ele puxa a mão, e há uma pequena marca de seus dedos.

"Andrew!" Lovey repreende com voz baixa. "O que aconteceu aí?"

"Desculpe", ele resmunga, evitando o olhar de sua avó. "Desculpe, eu só preciso de um pouco de ar."

Ele se move ao redor da bancada, e estou vagamente ciente de que, como sua noiva, eu provavelmente deveria segui-lo, mas antes que meus membros soltos possam se mover, Dylan está abandonando o chocolate. "Vou ver o que está acontecendo com ele."

Há uma forte tensão no ar quando Andrew e Dylan saem. Michael Bublé está cantando "Holly Jolly Christmas", mas não parece haver nada de alegre no processo de assar biscoitos. Katherine pressiona os dedos bem cuidados nas têmporas. "Estou com dor de cabeça." Ela se retrai, tentando ser convincente. "E-eu preciso me deitar."

A batedeira ainda está girando, e Jack estende a mão para desligar. "Obrigada, Jacqueline, docinho." Meemaw sorri. "Sabe, eu realmente não sou boa nesse negócio de confeitaria doméstica..."

"Vai." Jack dá de ombros. "Está tudo sob controle. Você também, Lovey."

E assim, a cozinha cavernosa está vazia, exceto por mim e Jack e um monte de ingredientes para biscoitos.

Jack pega o resto do baseado que Dylan deixou no porta-colher de cerâmica perto do fogão. "Isso acontece todos os anos", ela diz enquanto o leva aos lábios.

"Sua família te chama de fracassada e tenta fazer com que você pegue dinheiro toda vez que assam biscoitos natalinos?", pergunto com ceticismo.

O sorriso de canto surge em seu rosto, e Jack se recosta no balcão atrás dela. Ela pareceria tão relaxada, tão indiferente, se não fosse pelo jeito que balança o pé com meia, um cruzado sobre o outro. "Não. Eles me abandonam na cozinha todos os anos e me deixam fazer todo o resto. Minha família gosta da ideia de fazer biscoitos de Natal juntos, mas sempre esquecem que é um trabalho real e acabam fugindo na primeira hora."

Jack empurra os óculos dela para o nariz com aqueles dois dedos, e meu coração parece açúcar de confeiteiro dentro do meu peito. Volto para a minha massa e finalmente pego um rolo.

"Você não tem que fazer isso", Jack diz rapidamente. "Vá encontrar Andrew. Ou se juntar às vovós na banheira de hidromassagem. Eu posso fazer todos os biscoitos."

"Não me importo em ajudar." Pressiono o rolo na massa, mas em vez de achatar, a massa simplesmente gruda no pino.

"Aqui", uma voz diz baixo no meu ouvido, e lá está Jack, parada bem atrás de mim, se posicionando ao meu redor para pegar o rolo. "Vamos usar farinha pra não grudar."

Ela pega um punhado de farinha de um recipiente de vidro no balcão e espalha sobre meu rolo e o papel-manteiga. Ela está tão perto de mim que posso sentir aquele cheiro surreal de pão recém-assado que parece subsistir nas suas roupas. Posso sentir o calor de seu corpo e a tensão em seus músculos, resultantes da discussão recente com sua família.

"Pressione de maneira uniforme", Jack ordena, e eu não sei por que essas palavras fazem meus dedos do pé se curvarem contra o piso frio de ladrilhos. "E não deixe o pino bater no balcão. Apenas role até a borda e pare."

Ela ainda está de pé atrás de mim, sua presença é como uma sombra palpável. Uma sombra quente e reconfortante, na qual quero me apoiar. Agarro as alças do rolo e sigo as ordens. A massa começa a se espalhar diante de mim formando uma bela e fina camada.

"Perfeito." Jack enfatiza no meu pescoço. "Desse jeito."

É claro que nem passa pela minha cabeça ela dizendo essas palavras — *perfeito, assim mesmo* — em um contexto muito diferente, com sua voz rouca e seus doces gemidos de prazer. Mas então, sem querer, arqueio as costas e sinto a solidez de seu corpo contra o meu. Por um segundo, sinto tecido áspero, músculos e calor.

E então Jack está do outro lado da cozinha, o mais longe possível de mim, mexendo o *fudge* novamente.

"Continue", diz ela, com os olhos fixos na panela. Continuo estendendo a massa até cobrir a bancada, esperando que ela não perceba que parte de mim tentou se esfregar nela como um gato no cio.

"Então...", observo a massa se espalhar diante de mim. "Você está abrindo uma padaria."

A única resposta de Jack é o som de sua colher batendo acidentalmente na borda da panela. Engulo em seco. Não deveria ter perguntado. Não é meu lugar. Talvez uma vez, quando éramos outra coisa uma para a outra, mas agora...

"Sim, estou", ela confirma. "Quero dizer, *vou* abrir uma padaria se conseguir resolver tudo antes da abertura, planejada para acontecer daqui a dois meses. Assinei o contrato e garanti o empréstimo que preciso, mas as reformas foram um pesadelo. Não tem sido fácil fazer isso sozinha."

"Você está fazendo tudo *sozinha*?"

Jack assente. "Há um monte de merda chata envolvida nessa coisa de começar um negócio. O que é péssimo, porque fico entediada com muita facilidade. Além disso, minhas finanças estão meio fodidas desde que reduzi horas no Patty's para passar mais tempo tirando o novo lugar do chão."

"Mas você não vai aceitar a ajuda de nenhum dos milionários da sua família porque...?"

"Porque não!", Jack diz, sacudindo a colher. "Pegar dinheiro da família é complicado."

Eu me viro para encará-la de pé ao lado do fogão, tão inabalável, segura. "É porque, se você aceitar a ajuda de outras pessoas, você deixa de ser uma mulher forte, independente e autossuficiente?"

"Porque, se eu pegar o dinheiro da minha família", ela corrige, na defensiva, "significa que acredito nas ideias deles sobre sucesso e fracasso."

"E se você pegar o dinheiro deles e seu negócio ainda não der certo..."

"Então vou provar ao meu pai que sou a preguiçosa fodida que ele pensa que eu sou", Jack finaliza, misturando a manteiga de amendoim agora de um jeito bastante violento. Logo ela está raspando o glacê das laterais da tigela da batedeira e tostando sementes de gergelim em uma frigideira. De alguma forma, Jack consegue estar em todos os lugares ao mesmo tempo, como um borrão por toda a cozinha, seu cérebro trabalhando no piloto automático. Ela está focada em cada tarefa, nada de inquietação ou impaciência.

Jack cozinha como eu desenho, com tudo de si. É como assistir a um milagre. Toda aquela energia inquieta canalizada em um belo propósito. "E vou te dizer o que você me diria se nossas posições fossem invertidas", eu falo, observando-a voar através de cada etapa do processo como se estivesse tudo gravado em seus ossos: "Não tem como sua padaria dar errado".

"Acredite, pode dar. É um mercado muito saturado."

"Não vai dar errado", digo com mais força, tentando usar as próprias palavras de Jack contra ela, "porque, mesmo que nunca dê lucro e mesmo que feche no primeiro ano, você *tentou*. Você se arriscou pra cacete. Pessoas que assumem riscos ousados para correr atrás de seus sonhos nunca são fracassadas."

"Merda." Jack parece horrorizada. "Eu fico sempre assim parecendo um pôster motivacional brega pendurado no escritório de um orientador do ensino médio indisponível?"

"Literalmente *sempre*."

Jack me mostra seu sorriso cheio, pateta e contagiante, e é como se *isso* estivesse gravado em meus ossos. Seu sorriso está registrado em cada terminação nervosa do meu corpo. *Duzentos mil dólares.* Eu canto as palavras na minha cabeça. *Estou aqui por duzentos mil dólares.*

Estou aqui pela chance de reconstruir minha vida. Não estou aqui para olhar para os antebraços de Jack enquanto ela mistura gotas de chocolate meio amargo no leite quente. E definitivamente não estou aqui para reacender algo que só me queimou na primeira vez.

A massa é desenrolada com sucesso na minha frente, e eu abro o tupperware de forminhas de biscoito em forma de renas e árvores de Natal e bonecos de neve. Há um molde de floco de neve na parte inferior, e eu pressiono as bordas afiadas dele na massa. Quando eu me afasto, um perfeito floco de neve de biscoito se afasta com ele.

"Olhe para isso", diz Jack. Ela está às minhas costas novamente, com seu calor e sua solidez e seu cheiro de pão. Ela me entrega uma assadeira, e eu apoio meu floco de neve nela.

Não estou pensando em Jack com flocos de neve no cabelo.

Treze

Terça-feira, 20 de dezembro de 2022

Durante a maior parte da minha infância, respondi à disfunção e à negligência de meus pais me fechando, me tornando quieta e insignificante. Meus pais bebiam demais e gritavam um com o outro na cozinha até que um deles quebrasse um copo, e eu me escondia no meu quarto por horas, desaparecendo dentro dos meus desenhos e do mundo fictício da minha arte, construindo um lar melhor dentro de um espaço imaginário onde pessoas como eu triunfavam, onde éramos celebrados, onde éramos amados.

Meu pai sumia por semanas de vez em sempre, e eu tirava as melhores notas no colégio.

Minha mãe era demitida de outro emprego, e eu me inscrevia em outro curso preparatório para a faculdade.

Nem sempre tinha comida na geladeira ou um adulto em casa, mas nunca me comportei mal nas aulas, nunca tive problemas ou criei relações doentias com minhas professoras de inglês. Quando percebi que minhas ilustrações me davam o tipo de atenção positiva que nunca recebi em casa, construí toda a minha identidade em torno de ser Ellie, a Garota dos Desenhos.

Na maior parte do tempo, eu era a filha perfeita para os pais mais imperfeitos do mundo. Porém, por um breve período na sétima série, tudo que eu queria fazer era gritar com minha mãe. Gritava por causa das suas festas constantes. Por causa das contas não pagas. Por causa dos homens estranhos que ela trazia para casa.

E Linds, sendo Linds, sempre gritava de volta. Eu chutava e batia portas, mas quase sempre era Linds que dizia as coisas mais cruéis, sempre em tom cortante. Me ignorava por dias a fio em nossa própria casa, se recusava a falar comigo enquanto eu comia cereal no jantar ou lavava minha própria roupa. Às vezes, ela simplesmente não voltava para casa por noites seguidas, e eu ficava imaginando se ela voltaria algum dia.

A fase de brigar com minha mãe durou pouco quando percebi que não tinha garantia alguma de que Linds não iria desaparecer como Jed. O que vários terapeutas consideram um tipo de apego inseguro significa que agora evito discutir com minha mãe a todo custo. Isso também significa que, depois da discussão do biscoito natalino, me sinto ansiosa questionando se as coisas entre os Kim-Prescott seguirão tensas.

Em vez disso... não ficam.

Andrew e Dylan voltam para dentro para me ajudar a decorar os biscoitos recortados com glacê e granulado, e a dor de cabeça de Katherine desaparece na hora de pressionar os biscoitos *dasik* usando as formas que pertenciam a sua *halmoni*. Quando são cinco da tarde, Meemaw pega uma jarra de sangria da geladeira e coloca uma música natalina de Kacey Musgraves. A cozinha está um desastre, então jogamos sobras de costela e filé mignon sobre tigelas de arroz e comemos no balcão enquanto terminamos de decorar. Comemos, principalmente, biscoitos no jantar, porque estamos todos um pouco chapados. O desentendimento sobre dinheiro é totalmente esquecido.

Acho que talvez seja assim que funciona em famílias que se amam incondicionalmente: você pode brigar sem medo de perdê-los e ser honesto sem consequências ou repercussões.

Alan prometeu que estaria aqui na terça de manhã para escolher uma árvore de Natal.

Ele não está, e nós não vamos.

Em vez disso, passamos o dia trabalhando em um quebra-cabeça gigante de Natal. Entramos em salas separadas para embrulhar presentes um para o outro antes de colocar debaixo da árvore hipotética. Acompanho Andrew e assisto à carnificina de suas tentativas de embrulhar presentes — a quantidade de fita que ele usa deveria ser considerada um crime —, até que ele finalmente cede e me deixa embrulhar o pacote. Lovey faz lasanha vegana para o jantar, e todos comemos juntos, fingindo não notar a cadeira visivelmente vazia na cabeceira da mesa. Todo mundo parece um pouco rabugento à medida que avançamos para o evento da noite.

Canções de Natal: duas horas.

Às sete em ponto, Katherine conduz toda a família da cozinha para a sala. Essa atividade não envolve cantar para outras pessoas como costumam fazer na cidade, já que estamos isolados em uma cabana nas montanhas sem ninguém para quem cantar. Há um piano vertical enfiado no canto da sala de estar, e todos nos reunimos em um semicírculo ao redor dele. Meemaw serve a sangria e Dylan sai correndo para buscar o violão.

"Quem vai primeiro este ano?", Katherine pergunta alegremente.

Meemaw se vira para mim e Andrew sentados lado a lado em um divã. "Por que os pombinhos não fazem um dueto?" Ela balança as sobrancelhas para nós.

Minha voz cantando é horrível, mas Meemaw precisa ouvir Andrew e eu cantando um dueto para acreditar em nosso relacionamento, então vou até o piano.

"Ah", Andrew diz, tenso. "Um dueto. Quero dizer, Dylan e eu geralmente..."

"O dueto de Dylan e Andrew é uma tradição", diz Katherine, e sua declaração é definitiva nisso e em todas as coisas. O pedido de Meemaw é esquecido quando Andrew se levanta do divã e desliza seu corpo no banco do piano. Ele se senta atrás das chaves como se tivesse nascido lá. Dylan esfrega a nuca com a mão que não está segurando o violão.

"É, você tem certeza...?", elu me olha. "Quero dizer, é uma tradição, mas... você não se importa se nós..."

Eu aceno com a mão e tomo um gole da minha sangria. Se meu falso noivo quer fazer uma serenata para seu ex-rolo-secreto na frente de seus familiares, quem sou eu para protestar?

Dylan puxa uma cadeira ao lado de Andrew no banco do piano. Ambos parecem rígidos e desconfortáveis com a proximidade, mas então Andrew começa a tocar as notas iniciais de uma música, e todo o constrangimento entre eles se dissolve.

A música em questão é "Baby, It's Cold Outside", e embora eu tenha vários problemas com essa escolha, esqueço a maioria deles quando Dylan começa a dedilhar seu violão. Então a voz de Andrew se eleva sobre os instrumentos, e eu me *apaixono* por essa música estúpida. Não posso evitar. A voz de Andrew é de uma doçura intensa, transformando a primeira linha da música em algo delicioso e encantador. Quando Dylan responde com um "but, baby, it's cold outside", combina perfeitamente com a de Andrew. Suas vozes circulam e se cruzam em perfeita harmonia.

No sofá, Meemaw filma em seu telefone, Lovey acena com um isqueiro e Katherine sorri com orgulho. Meu olhar encontra Jack do outro lado da sala, encostada na lareira em vez de sentar com o restante de nós. Ela sorri torto enquanto observa seu irmão e sue melhor amigue cantarem este dueto ensaiado.

Quando as vozes de Andrew e Dylan se entrelaçam para o final "oh, but it's cold outside", Jack coloca dois dedos em sua boca e assobia. Andrew se vira no banco do piano, sorrindo quase timidamente. Dylan posiciona o violão de lado e esfrega a nuca novamente, sem olhar para Andrew. Andrew está olhando muito incisivamente para Dylan.

Por alguma razão, Meemaw está olhando para mim.

"Jack, assuma aqui", Andrew diz enquanto se levanta. "Vou preparar alguns coquetéis de verdade."

Aparentemente, ambos os irmãos tiveram doze anos de aulas de piano, então Jack dobra seu corpo avantajado atrás do piano enquanto Andrew vai para a cozinha. Meemaw canta em seguida e performa uma versão atrevida e desafinada de "Santa Baby", então Lovey, chapada, canta "Grandma Got Run Over by a Reindeer", me fazendo rir tanto que a sangria sai pelo meu nariz. Andrew finalmente traz uma bandeja de bebidas a tempo de Katherine ficar ao lado do piano enquanto Jack toca "I'll Be Home for Christmas", seguindo a partitura na frente dela.

O coquetel de Andrew é uma variação da gemada de uísque, e assim que o gosto chega à minha língua, estou de volta lá, sentada em um bar escuro com Jack na véspera de Natal, bebendo gemada temperada enquanto nossos joelhos roçam. Estou no degrau de metal do Airstream, sentindo o gosto de gemada na boca de Jack.

"If only in my dreams...", Katherine canta e, quando a música chega ao seu belo final, ela se vira para mim. "Ok. É a vez de Ellie!"

De repente, não há álcool suficiente no mundo para fazer minhas pernas desgrudarem dos móveis. "Ah. Não. Eu não acho que..."

"Vamos, docinho. Nós não julgamos ninguém. Só queremos nos divertir."

Acredito em Meemaw, mas a decência geral dos Kim-Prescott não parece ser justificativa suficiente para me humilhar. Andrew claramente discorda, e ele me levanta do sofá. "Vamos, Oliver. Você é da família agora. Você tem que cantar."

"Sim, vamos lá", Dylan concorda. "Você precisa", e eu não confio nem por um minuto que Dylan não vá me julgar.

Andrew me posiciona ao lado do piano. Jack ainda está no banco, seus dedos longos e calejados repousando sob teclas brancas. Ela olha para mim, sacudindo o queixo para tirar o cabelo dos olhos. "O que você quer cantar?"

"Nada." Coloco minha gemada em um porta-copos em cima do piano. "E-eu não conheço muitas canções de Natal."

Jack abaixa a cabeça, e eu olho para a mecha de cabelo que cai para a frente de novo. Meu cérebro regado de gemada de uísque quer tanto colocar esse cabelo para o lado.

"Que tal esta?" Os dedos longos de Jack dançam os compassos de abertura de "Holly Jolly Christmas". Ouvimos essa música meia dúzia de vezes nos últimos dois dias.

"Todo mundo conhece essa música." Jack sorri de canto para mim, e minhas entranhas se tornam um copo de gemada escorrendo. Percebo o momento em que deveria começar a cantar, mas as palavras ficam presas na minha garganta, escondidas debaixo das memórias daquele sorriso e daqueles dedos.

Jack volta a música ao começo, a fim de me dar a deixa para começar de novo, mas estou congelada. Paralisada pela ideia de me envergonhar.

Ela repete a música novamente. "Estamos de boa", Jack sussurra — sussurra de verdade —, então nem mesmo Katherine, que está por perto pode ouvir. "Sem pressa. Cante apenas quando estiver pronta."

Penso em Jack sentada no porta-malas de Gillian. *Nós vamos ficar bem*.

E então, quando eu não canto de novo, quem canta o começo da música é ela mesma. E a voz de Jack é *ensurdecedoramente* intragável. Como um tambor profundo de uma voz que sempre soa meio musical de alguma forma, mas que não se torna uma música real. É estridente e fora do tom e não está alinhada com a música que ela está tocando no piano.

No entanto, aqui está ela, cantando de qualquer maneira. Então, quando ela chega ao refrão, eu me junto em "kiss her once for me". *Beije-a uma vez por mim*. Nossas vozes se misturam mais ou menos como as de Andrew e Dylan, só que a união deles era suave como melaço, enquanto a nossa é como crocante de amendoim. Dentro de um triturador de lixo.

Enquanto tentamos nos harmonizar, nós duas estamos sorrindo através das palavras, meio que rindo de nós mesmas pelo quão horrível nós soamos. Jack olha para mim, e ela está olhando para mim como ela fez naquele dia. Como se eu fosse uma pessoa que ocupa espaço neste mundo.

Aquilo nunca significou nada.

Você inventou tudo na sua cabeça.

Duzentos mil dólares.

Mas ela está cantando essa música para mim, e eu estou literalmente derretida dentro de um macacão. E me sinto mais bêbada do que estou — tão bêbada que posso fazer algo estúpido.

Poderia flutuar para longe.

Poderia tocar seu cabelo.

Poderia beijá-la, uma vez, por mim. Só uma vez, para lembrar de como me senti.

A música termina, e preciso me afastar do olhar caloroso de Jack. Pressiono meus dedos nas cavidades das minhas bochechas e sinto o rubor irradiando da minha pele.

"Casas de gengibre!" Meemaw grita sobre os aplausos estridentes da família. "Deveríamos fazer casinhas de gengibre!"

"Barbara." Katherine estala a língua. "São nove da noite."

Mas todo mundo está meio bêbado e/ou drogado, então a exigência de Meemaw de que sejamos anfitriões do concurso da casa de gengibre *agora* é tratada com um grau surpreendente de seriedade.

"Jack. Você tem os suprimentos?" Dylan pergunta com a mesma intensidade que elu trouxe para a guerra de bolas de neve. Exceto que agora elu está deitade de costas em um tapete, balançando o copo de gemada enquanto todos cantarolam "Santa Claus Is Coming to Town".

"Sim, estão no Airstream", diz ela, "mas está ficando tarde, e acho que talvez devêssemos relaxar, não aumentar nossa ingestão de açúcar."

"Não seja uma estraga-prazeres, Jacqueline", diz Meemaw. "Vá buscar as mercadorias! Vou limpar o quebra-cabeça da mesa da sala de jantar!"

Jack parece, ao mesmo tempo, se irritar e se divertir com as travessuras de sua família, porém levanta as mãos e se rende: "Tudo bem! Dylan, me ajuda a buscar tudo".

"Dylan é incapaz de andar até tão longe", responde Dylan do tapete. "Deixa para lá." Jack retrocede. "Andrew, vem ajudar..."

"Eu não vou sair", Andrew solta. "Está frio. Convença Ellie a fazer isso."

"Você vai fazer sua noiva sair no frio porque você não quer?", pergunto, esperando que Andrew perceba a ótica ruim da situação e mude de ideia.

Ele não faz isso, e cinco minutos depois, estou fechando o zíper da minha jaqueta bufante e enfiando os pés dentro das botas enquanto Jack e Paul Hollywood esperam por mim na porta dos fundos. Saímos para um pátio escuro e descemos as escadas até a neve. Não é uma longa caminhada da cabine até o Airstream, mas no silêncio entre nós parece tão longa quanto a caminhada da Powell's até o sudeste de Portland. Alguns minutos atrás estávamos cantando juntas, e agora tudo parece muito contido.

Chegamos ao Airstream, e ela põe um pé no degrau de metal. Há uma pequena pausa antes que ela abra a porta, e a sigo para dentro sem questionar como será entrar neste lugar novamente. É como entrar em um túnel do tempo. Diretamente para o *nosso* passado.

Lá estão os armários da cozinha contra os quais ela me empurrou. Lá estão os livros de receitas que eu derrubei quando ela me colocou naqueles balcões. Tem a cama onde Jack me envolveu em seu corpo. O cheiro de chá de hortelã e pão de fermentação natural. Eu, chorando com as botas debaixo do braço, fugindo do Airstream o mais rápido que podia.

Jack me pega olhando para sua cama desarrumada. "Isto... não mudou muito desde que você esteve aqui pela última vez."

"Não", digo baixinho. "Não mudou."

Jack faz várias tentativas falhas de interação, como se houvesse algo que ela quer dizer e não pode, mas quando ela finalmente diz uma palavra, é "Alexa!" para a pequena echo em seu balcão. "Coloque a playlist de Jack no aleatório."

É "Big Girls Don't Cry", de Fergie, que corta o silêncio constrangedor entre nós.

"Você sabe que as pessoas continuaram a fazer música depois dos anos 2000, certo?", pergunto a ela.

Jack sorri, e um pouco da tensão diminui. "Suprimentos para casas de gengibre", ela diz e pega uma sacola debaixo da mesa da cozinha. "Faz um favor e pega meus pacotes extras de confeitar. Estão na gaveta de baixo."

Giro em direção às gavetas estreitas embutidas na parede entre a mesa da cozinha e a porta do banheiro.

"Espere, não, gaveta errada", Jack grita quando abro a gaveta de baixo, assim como ela disse. Não há pacotes de confeitaria. É uma gaveta cheia de roupas de inverno — gorros, cachecóis e luvas —, e bem em cima há um cachecol azul-ciano tricotado à mão que reconheço imediatamente. Meu coração bêbado dispara em meu peito.

"O quê? Por quê? Por que você tem isso?"

"Você... você deixou aqui", Jack começa, mas já estou pegando o cachecol da gaveta. É mais pesado do que deveria, e algo cai das dobras do cachecol que Meredith tricotou para mim. É uma cópia de *Fun Home*, e cai no chão com um baque sinistro.

Jack Kim-Prescott mantém a cópia de *Fun Home* que ela comprou na véspera de Natal embrulhada no meu cachecol. "Por que você tem isso?", pergunto novamente, porque não sei mais o que devo dizer.

Jack não fala nada, e pego o livro do chão. Seguro a graphic novel entre minhas mãos. A lombada ainda está nítida e parece não lida, mas há um pequeno marcador saindo do meio. Abro na página, e lá está o desenho que fiz da mão de Jack na cafeteria Powell's.

"Elle..."

"Por que você tem uma gaveta com as minhas coisas?"

"Bom, tecnicamente, só o cachecol é seu", ela diz casualmente, "porque eu comprei o livro e você me deu o desenho."

"Esse é o seu ponto de vista." Sacudo o livro na direção dela, tentando entender. "Por que você guardou essas coisas?"

"Por que eu não as guardaria?", Jack questiona.

Porque não significava nada. Porque o que tivemos naquele dia não significou nada para ela, então por que ela tem uma gaveta de lembranças da mesma forma que eu tenho uma pasta de desenhos? Olho para cima, e Jack coloca a bolsa de volta para baixo. Ela está encostada na mesa com aquele mesmo descuido indiferente do nosso primeiro encontro na Powell's, mas agora o desinteresse parece mais ensaiado do que genuíno. Ela parece estar se esforçando muito para parecer que não se importa.

"Podemos não fazer isso?", ela pergunta, sacudindo o queixo para tirar o cabelo do rosto. Ela precisa de um grampo. Ou de alguém que esteja sempre ao lado dela, afastando seu cabelo dos olhos.

"Não fazer o quê?"

Jack encolhe um ombro. Será que sua indiferença sempre foi mal interpretada assim, e eu simplesmente não tinha sido capaz de ver além de sua frieza ensaiada? "É vergonhoso, Elle", Jack solta.

"Não entendo. Vergonhoso *como*?"

Jack se endireita. "Olha, você foi embora enquanto eu estava no chuveiro, ok? E tá tudo bem. Tanto faz. Eu pensei que nosso dia juntas tivesse significado outra coisa, mas não tinha, e sei lá."

Eu balanço minha cabeça. *Não*. Não, não foi isso que aconteceu...

"Foi um caso de uma noite só, relaxa", ela diz, mas não há nada "relaxado" nela agora, e no jeito que ela está soltando as palavras como em uma corrida frenética. Como se isso significasse algo naquela época e ainda significasse algo e ela estivesse se esforçando muito para se proteger.

Mas isso não está certo. Porque fui *eu* que pensei que significava alguma coisa. Fui eu que tive meu coração partido. Não Jack.

"E agora, entre todas as pessoas possíveis, você está noiva do meu irmão." Jack está divagando. "E não tem sentido relembrar o passado ou o que aconteceu ou por que você foi embora. Então, sim. É uma vergonha ter guardado esse seu cachecol estúpido."

O cachecol estúpido em questão está pendurado no meu braço direito, e solto *Fun Home* para pegar o cachecol com as duas mãos. Eu estava com tanta pressa de sair naquela manhã, chorando e pegando minhas coisas ao redor do Airstream, que esqueci o cachecol. Eu o tirei antes de dormirmos juntas, coloquei no balcão da cozinha ao lado da farinha. Agora o cachecol tem o cheiro dela.

"Não foi assim que aconteceu", digo finalmente. Eu não posso olhar para Jack enquanto meus dedos se enrolam mais fundo no fio. "Isso... não foi isso que aconteceu naquela manhã. Eu... eu não saí de fininho pra fugir de você. Fui embora porque..."

"Porque o quê?", Jack pergunta quando travo. Ela dá um passo à frente e, no aperto do Airstream, apenas um passo é capaz de trazê-la para tão perto de mim que posso sentir o cheiro da gemada de uísque, do passado batendo no presente, e é tudo demais pra mim. "Por que você foi embora naquela manhã? O que eu fiz errado?"

A voz de Jack falha com a pergunta, e não há escudo de indiferença para mantê-la segura. Também não há nada para me manter segura.

Jack se importa, mas não foi isso que aconteceu entre nós. Essa não é a história que conto a mim mesma desde o ano passado. Essa não é a versão dos eventos que imortalizei na minha webcomic.

"Não importa", Jack diz de repente, colocando um limite entre nós novamente. "Nós não deveríamos... você está noiva do meu irmão, e eu não posso..."

Jack pega a sacola de suprimentos para as casas de gengibre e, antes que eu possa abrir a boca para falar, ela está de volta na neve. Sou deixada para trás no Airstream, nesta cápsula do tempo perfeitamente preservada de um dos piores dias da minha vida, tentando juntar todas as peças.

Há um cachecol em minhas mãos e uma gaveta com minhas coisas, e Jack se importa, e nada disso está alinhado com a versão dos eventos daquela manhã. Eu revivi aquela manhã uma centena de vezes. Me lembro de cada detalhe — como Jack e eu nos separamos tão rápido quanto nos reunimos. E, pela primeira vez, o fracasso não teve nada a ver comigo.

Dia de neve

Uma webcomic de Oliverfazarteasvezes
Episódio 10: A patroa (Natal, 10h02)
Publicado em: 25 de fevereiro de 2022

"Jogo da honestidade: há quanto tempo você está me observando dormir?"

Ela estica os braços sobre a cabeça em um longo espreguiçar matinal.

"Não muito", eu digo.

"Mentirosa." Sua voz é especialmente áspera logo de manhã, grossa de sono e rouca de outras coisas, e ela está... *foda*.

A primeira coisa que Jack é de manhã é *foda*.

Seu cabelo preto está emaranhado na parte de trás, com a frente espetada em uma onda gordurosa sobre a testa, e ela está descaradamente nua. Ao acordar, ela não faz nenhum esforço para esconder o corpo sob os cobertores. Posso ver os braços tatuados, os pelos escuros das axilas, a barriga macia e as coxas fortes, as pernas musculosas esticadas ao lado de Paul Hollywood, que subiu na cama em algum momento da noite.

Enterro meu sorriso no meu travesseiro. "Não muito é subjetivo."

"Esquisita. Eu trouxe uma stalker esquisita para casa." Ela me bate com um travesseiro extra. "Você conseguiu dormir?"

Balanço a cabeça. Parecia que, se eu fechasse meus olhos, iria acordar e descobrir que a neve havia derretido junto com a magia que havia entre nós. "Não muito", digo.

Ela rola para o lado e me encara. "Como está se sentindo?"

Sei o que ela está me perguntando. *Você se arrepende disso? Você faria isso de novo?* E me senti assim apenas com uma outra pessoa, e levei *meses* para me sentir segura e confortável com minha namorada da faculdade. Nós éramos amigas há quase dois anos antes mesmo de nos beijarmos, mas aqui estou eu, nua com essa pessoa que conheço há um dia. E eu nunca me senti mais segura a respeito de nada como estou me sentindo a respeito do que quer que seja isso aqui.

"Estou me sentindo ótima", digo a ela.

É a vez de ela esconder o sorriso no travesseiro. Sob os cobertores, ela desliza as mãos em minha direção, seus dedos pairando meia polegada acima da minha barriga nua, passando por minha pele em algum tipo de sussurro tentador. É quase melhor do que quando ela me tocou na noite passada, quando ela me tocou em todos os lugares, reivindicando para si cada canto desconhecido de mim.

"Está com fome?", pergunta.

"*Morrendo de fome.*"

Ela se inclina e morde levemente meu ombro antes de alisar a marca com um beijo. "Vou tomar banho, e depois vou fazer biscoitos e calda."

"Isso não é exatamente o que eu tinha em mente..."

"Bem, você ainda não experimentou meus biscoitos caseiros."

"Eu gostaria muito de e*xperimentar seus biscoitos.*"

Jack ri, gritando ainda mais alto, com voz grogue e gutural: "Sua esquisita!". Eu a alcanço. Ela se entrega sem esforço, rola em cima de mim, se acomodando entre minhas pernas, beijando meu pescoço, minha orelha, minha boca. Beijos doces e sem pressa, como se não tivéssemos nada além de tempo, como se a neve lá fora nunca fosse derreter e fôssemos viver nesta pequena bolha para sempre.

"Ok, ok", ela exala contra minha clavícula alguns minutos depois. "Eu realmente preciso tomar banho."

Eu envolvo minhas pernas ao redor de seu torso para grudá-la em mim. Não tenho nenhuma intenção de deixá-la ir, nem mesmo por causa biscoitos caseiros. "Temo que, se você se levantar, você não vai voltar", confesso em seu ombro.

E aí está o lado bom dessa coisa de jogo da honestidade: torna mais fácil dizer a verdade, mesmo quando ela não está exigindo isso.

"Bem, é o meu Airstream, e o banheiro é anexo, então..."

"Tenho medo de que, se você se levantar", esclareço, segurando-a com força, "isso vá acabar."

Ela puxa a cabeça para trás apenas o suficiente para que sua boca possa encontrar minha têmpora. "Não sou uma abóbora, Elle", ela sussurra. "E realmente gostaria de fazer o café da manhã para você."

"Não é uma abóbora", repito, querendo acreditar.

"Mas eu tenho que tomar banho primeiro", ela insiste. "Meu cabelo está um desastre."

"Amo o seu cabelo desastroso", digo, passando uma mão por ele.

Apoiada em seus cotovelos acima de mim, Jack inspira de forma afiada, com seu contato visual queimando por todo o meu corpo. "Eu amo o seu cabelo também", ela responde, tocando o que sobrou da minha trança do dia anterior.

Eu a solto, e ela sai da cama. Ela se escora — realmente se escora — até o banheiro minúsculo, ainda sem desculpas, e eu a observo até a porta se fechar entre nós. O chuveiro liga, sendo seguido pelo som do telefone dela tocando uma música de Jordin Sparks que eu esqueci que existia. Claro que Jack não pode tomar banho sem música. Sorrio para mim mesma e me sento na cama, pressionando a palma de minha mão aberta contra a sensação de excesso no meu peito.

Há uma batida na porta do Airstream, e Paul Hollywood acorda sobressaltado, latindo loucamente. Eu me arrasto para fora da cama, procurando minha calcinha. "Jack!", tento gritar sobre o som do chuveiro. "Tem alguém aqui!"

Ela não parece me ouvir debaixo do chuveiro, sem contar a música e os latidos, e eu rapidamente deslizo meus braços nas mangas de sua camisa de flanela e a abotoo contra mim. Parece um vestido. Um vestido muito curto, mas aceitável para atender a porta às nove da manhã de Natal. Eu bato meu dedo do pé na beirada de um armário enquanto tropeço até a porta, Paul Hollywood latindo loucamente aos meus pés.

Quando abro a porta, fico temporariamente cega pela neve iridescente e pela luz da manhã refletida em cada superfície. Levanto a mão para proteger meus olhos entreabertos, e é então que noto a mulher parada abaixo de mim. Ela é baixa, com o cabelo magenta cortado até os ombros, meio coberto por um gorro preto, o resto coberto por um moletom. "Oi", eu a cumprimento de forma desajeitada enquanto Paul Hollywood salta para fora e corre em círculos ao redor dos pés da mulher.

Ela olha minhas pernas nuas, então olha para o meu rosto. "Oi", ela responde. "Quem é você?"

Puxo a bainha da camisa de Jack. "Hum. Ellie? Eu sou... amiga de Jack. Quem é você?"

"Eu sou Claire", a mulher com o cabelo magenta diz. "Sou a esposa de Jack."

A sensação de aperto no meu peito recua, se esvazia, até que estou ali sentindo como se um buraco negro de vazio absoluto tivesse substituído minha caixa torácica. "Desculpa." Eu pisco para esta mulher. "Quem?"

Claire sorri e inclina o quadril. "Ela não te contou sobre mim?"

Tento respirar, mas não há nada além de vazio onde meus pulmões deveriam estar.

"Não se preocupe", Claire ri. Estou ali seminua, com a roupa de uma estranha, e Claire está rindo de mim. "Não estou chateada nem nada. Temos um acordo. Na verdade, eu disse a Jack para sair e ter um casinho de uma noite só. Só não achei que ela realmente faria isso."

Um casinho de uma noite só.

Um casinho de uma noite só.

Uma noite.

Claire me olha de cima a baixo novamente. "E eu definitivamente não achei que você fizesse o tipo dela, mas que bom pra ela, eu acho. Desculpe estar me intrometendo." A mulher... Claire... A esposa de Jack... dá um passo para trás. "Eu disse a ela que não viria esta manhã, mas estava na rua, na cafeteria favorita dela, e comprei *pralinê*..." Claire balança a xícara de café em sua mão. "Quer saber, na verdade, não diga a ela que eu estive aqui. Não quero interromper sua manhã especial. Este pode ser o nosso segredinho, né, Ellie?"

Ela meio que se vira na neve, ignorando Paul Hollywood em seus calcanhares. "Vou voltar mais tarde para desejar a ela um Feliz Natal. Você já terá ido embora, certo?"

E vou embora antes mesmo de Jack sair do chuveiro.

Catorze

Quarta-feira, 21 de dezembro de 2022

Uma noite.

Não passou de uma noite. Foi o que Claire disse enquanto estava na neve do lado de fora do Airstream. Como uma tola ingênua, deixei razão, lógica e planos futuros de lado. Me deixei apaixonar por uma mulher que mal conhecia com base na magia da neve. E na manhã seguinte, a *esposa dela* apareceu para me lembrar que não existe mágica. Que se apaixonar por uma mulher em um único dia é irracional, você não conhece uma pessoa depois de apenas vinte e quatro horas com ela.

Eu não sabia que Jack era casada ou que eu era apenas uma experiência que a esposa dela queria que ela tivesse. Nada disso jamais significou nada para Jack.

Me senti tão estúpida ao desabotoar os botões de sua camisa de flanela, enquanto procurava minhas leggings em meio ao caos de nossas roupas espalhadas pelo chão. Paul Hollywood latiu e pulou em cima de mim, e chorei enquanto colocava minhas meias de lã ainda úmidas nos pés. Ouvi o som do chuveiro sendo desligado e entrei em pânico, não queria que ela me visse com lágrimas escorrendo pelo rosto. Enfiei as botas debaixo do braço e fugi para a neve, deixando o cachecol para trás.

Mas Jack guardou o cachecol.

Que diabo eu devo fazer com *essa informação?*

Não consigo dormir. É uma da manhã, e me reviro debaixo de lençóis caros ao lado de Andrew, que está roncando; penso no cachecol, no desenho e no exemplar de *Fun Home*. Pensando na maneira como Jack fingiu indiferença e como ela soou quando perguntou: *O que eu fiz de errado?* Tão descontente, tão magoada.

Saí enquanto ela estava no chuveiro porque não queria me humilhar comendo biscoitos e calda, fingindo que não sabia que ela queria que eu saísse para que pudesse voltar para sua vida. Voltar para Claire.

E agora estou questionando *todos* os fatos que já tinha aceitado.

É tarde demais para ligar para Meredith, então tento processar isso através da minha arte. Desço as escadas para a lavanderia e desenho apenas com a ajuda da luz do meu iPad. Não destilo isso em alguns quadrinhos discretos. Não ficcionalizo ou disfarço. As imagens são desleixadas e ásperas, apenas linhas e fundos indefinidos, recapitulando o que aconteceu no Airstream na noite passada, voltando ao Airstream no ano passado, movendo-se entre o passado e o presente sem uma indicação da passagem do tempo. Não estou desenhando para que outra pessoa entenda; estou desenhando para mim.

Quando termino, não posto no Drawn2. Não faz parte de *Desgosto perpétuo* ou *O acordo*, embora existam milhares de seguidores esperando por essa história. Espero que ver tudo exposto diante de mim forneça algum tipo de clareza, mas quando olho para as peças, de certa forma, faz ainda menos sentido.

Encontrar a árvore de Natal perfeita: três horas.

Na manhã de quarta-feira, Alan ainda não chegou à cabana e, durante um café da manhã com torradas, Katherine solta num humor raro: "Foda-se. Vamos garantir a árvore sem esse idiota".

Como em todas as tradições de Natal da família Kim-Prescott, esta me confunde imediatamente. Pelas minhas estimativas, há aproximadamente cinco mil árvores na propriedade da família, e poderíamos facilmente pegar um machado (será?), ir para o quintal e cortar qualquer uma das árvores próximas da cabana.

Em vez disso, depois da torrada francesa, Katherine nos coloca em dois carros para nos dirigirmos a algum lugar onde abetos nobres crescem, porque aparentemente essas são as únicas espécies aceitáveis de árvore de Natal. Jack voltou a me evitar, então ela e Dylan irão na caminhonete dela, e eu acabo espremida entre as vovós no banco de trás do Lincoln Navigator de Katherine. Embora eu saiba que deva interagir com as avós, minha ansiedade social supera os bons modos. Ponho meus fones de ouvido de qualquer maneira e coloco "'Tis the Damn Season" no repeat para que eu possa desligar meu cérebro um pouco.

Usando Taylor Swift para fazer matemática, é necessário escutar essa música dezessete vezes para percorrer cerca de dezesseis quilômetros nas estradas traiçoeiras da montanha até uma área com um pequeno estacionamento, onde outras famílias se amontoam em minivans em sua busca para matar uma árvore que invariavelmente soltará agulhas de pinheiro e minará tudo dentro de suas casas. Talvez eu esteja com um humor estranho e antinatalino hoje.

Minha mente está em outro lugar enquanto caminhamos pela floresta em busca da árvore perfeita. Me desligo enquanto as vovós cantam canções de Natal e Katherine critica as proporções de ramificações por mais de uma hora. Quando ela encontra um abeto nobre de três metros que atende às suas especificações, Andrew o corta (com uma serra), e ele e Jack o puxam para fora da floresta. Dylan sacode uma lona na caçamba da caminhonete de Jack, e os irmãos ajudam a prendê-la com corda, a ponta da árvore caindo sobre a cabine e o toco pendurado na porta traseira.

"Por que você não volta na caminhonete comigo?"

Estou desorientada, então demoro um pouco para perceber que Jack dirigiu essa pergunta a mim. Que ela está fazendo contato visual intencional comigo pela primeira vez desde o Incidente do Cachecol.

"Espera. *Eu?*"

Jack assente. "Sim. Volta comigo." Isso agora tem a intenção de um comando, não um pedido. Depois da noite passada, a ideia de ficar presa em uma caminhonete com Jack com "'Tis the Damn Season" tocando dezessete vezes seguidas me enche de pavor, e eu me viro em pânico para Andrew.

"Parece uma ótima ideia", meu noivo traidor diz. "Vocês duas podem criar laços."

"Eu não sou assim", digo. "Não crio laços."

"Você criou laços comigo", Andrew sorri. "Além disso, vocês vão ser irmãs em breve. Poderiam muito bem tirar algum tempo de qualidade só para as garotas."

Jack parece vagamente doente com essa declaração, e não tenho certeza se é a parte do *só para as garotas* ou a ideia de nos tornarmos irmãs que provoca isso. Antes que eu possa discutir com Jack ou Andrew, o resto da família está se amontoando no Lincoln, deixando-me para trás com ela.

A caminhonete é tão grande quanto me lembro. Quando Jack abre a porta do lado do passageiro para mim e as dobradiças rangem como a playlist daquela época, suspiro, me dou por vencida e subo para a parte de dentro do automóvel.

"Paul Hollywood, para baixo!", Jack resmunga. O cachorro imediatamente pula no meu colo, lambendo meu rosto e abanando o rabo agressivamente. Eu o acaricio enquanto Jack corre para o lado do motorista. A caminhonete parece pequena demais assim que ela entra. Ombros e braços e coxas. Uma confeiteira de um metro e oitenta no corpo de uma atleta da natação.

Ela está muito perto.

"Escuta", Jack diz com aquele tom de voz severo que ela usa às vezes, aquele que não provoca absolutamente nada em minha pressão arterial. "Estive pensando sobre isso desde ontem à noite. Somos duas mulheres LGBT e vamos usar o caminho de volta para a cabana para fazer exatamente o que mulheres LGBT fazem."

Pressão arterial: subindo. "E, hum... o que é isso exatamente?"

"Vamos falar sobre nossos sentimentos."

Bom. Isso é pior do que eu imaginava.

"Nós precisamos mesmo disso?"

Jack acena com a cabeça. "Sim. Parece que tivemos algum tipo de falha de comunicação a respeito do que aconteceu no ano passado. Falhas de comunicação são para os héteros", diz ela com indignação hipócrita. "*Nós* vamos conversar sobre aquilo."

Jack liga o carro. Antes de sair do estacionamento, liga o modo auxiliar para selecionar a sua playlist. Annie Lennox começa: "Walking on Broken Glass".

Eu me mexo de forma desajeitada no assento enquanto o cachorro se enrola como uma bola no meu colo. "Impressão minha ou você não queria falar sobre o que aconteceu porque estou com Andrew agora?" Não vou deixar de usar Andrew como um escudo para me proteger dessa conversa inacabada.

Jack me lança um olhar enquanto nos conduz de volta à estrada principal. "Eu mudei de ideia. Não há exatamente um guia para o que você deve fazer quando seu irmão fica noivo da sua ex", Jack explica, e constato que ela disse *ex*, não *casinho de uma noite só*, "mas acho que precisamos esclarecer as coisas entre a gente para que possamos seguir em frente e começar a agir como..." Ela engole em seco, o que faz sua garganta tremer. "Cunhadas."

Jack não está usando seus óculos, mas dois dedos sobem até a ponta de seu nariz para empurrá-los para cima por hábito. "Me conta o que aconteceu no último Natal."

Penso na magia da neve e no choro com as botas debaixo do braço.

"Você era casada", digo.

O caminhão fica em silêncio, exceto por Annie Lennox. Quando arrisco olhar brevemente para o perfil de Jack, sua mandíbula está tensa e suas mãos estão estrangulando o volante. Até que ela diz, finalmente: "O quê?".

"Claire." É um nome tão bonito. Por que sua esposa tinha que ter um nome tão bonito? "Enquanto você estava no chuveiro, Claire veio para o Airstream. Ela nunca te contou?"

Jack não tira a mão do volante, mas balança a cabeça.

"Bom, a Claire veio", continuo, e estou impressionada com o quão comedidas minhas palavras são, com o quão bem estou fingindo indiferença neste momento. Acho que ela me ensinou direitinho. "Ela me disse que vocês duas tinham algum tipo de acordo, e ela deu a entender que queria que você saísse e passasse a noite com alguém. Então, eu saí porque..." *Porque me senti uma boba por te amar rápido demais.* "Porque eu não queria ser aquele casinho estranho e pegajoso de uma noite, que acaba ficando mais do que o esperado. Era Natal, e imaginei que você gostaria de passar com sua esposa."

Jack ainda está quieta do outro lado do banco enquanto Annie chora pelos alto-falantes. Um impulso nervoso me diz para preencher o espaço. "Sua família não mencionou Claire, então eu não tenho certeza se vocês ainda estão juntas, se vocês passam as férias separadas, ou se vocês estão saindo com outras pessoas... Quero dizer, seu casamento não é da minha conta, mas..."

O caminhão bate em um pedaço de gelo e, por um segundo, meu estômago desafia as leis da gravidade enquanto a caminhonete se mexe de um lado para o outro. Jack rapidamente recupera o controle do carro. "Não", ela diz. "Claire e eu não estamos juntas."

A caminhonete fica em silêncio, e espero Jack se abrir do jeito que ela sempre faz comigo.

"Claire e eu nos conhecemos depois que eu larguei a faculdade, quando voltei para Portland", Jack começa. "Minha família tinha acabado de me deixar sem grana, e eu estava desesperada para sentir que pertencia a algum lugar, a alguém. Nos casamos aos vinte e dois anos. Claire e eu..."

Jack passa os polegares pela costura do volante, os olhos fixos na estrada à sua frente. Noto a saliência de seu pulso, tão surpreendentemente delicada em comparação com o resto dela. "Nós não nos conhecíamos o suficiente para mesclar nossas vidas para sempre. Dois anos depois do nosso casamento, Claire percebeu que era não monogâmica. E, na época, fazia sentido para mim testar o poliamor", Jack continua. Acaricio a orelha de Paul Hollywood para me acalmar. Parece que ainda estamos ziguezagueando.

"A monogamia parecia um vestígio patriarcal que eu deveria odiar, e a maioria de nossos amigos defendia o poliamor. Eu não tinha interesse em sair com outras pessoas, mas Claire começou a ter relacionamentos fora do nosso casamento e, por um tempo, funcionou. Claire estava mais feliz, o que significava que eu estava mais feliz."

Jack faz uma pausa, e eu olho para os músculos em seu pescoço enquanto ela trabalha a mandíbula, na elevação do músculo sob sua pele. Ela ainda não está olhando para mim. É quase como se ela estivesse contando essa história para si mesma, do jeito que eu contei nossa história para mim em uma série confusa de quadrinhos.

"Infelizmente", Jack exala ironicamente, "acontece que eu gosto desses vestígios patriarcais, e tive dificuldade ao ver Claire saindo com outras pessoas. E então me senti uma merda por ter dificuldade com isso, porque eu sentia que deveria ser evoluída o suficiente para não ficar com ciúmes. Eu não queria ser monogâmica. Mas não sei... Acho que gosto da ideia de ter essa única pessoa que será sua pelo resto da vida. Talvez isso seja... retrógrado."

"Isso não é retrógrado", digo sem pensar, meus dedos acariciando a pele macia das orelhas de Paul Hollywood. "Isso é... legítimo."

De perfil, vejo um pequeno vislumbre de um sorriso de canto em sua boca. "Claire não mentiu para você naquela manhã", Jack diz, suspirando. "Ela estava me pressionando para passar a noite com alguém, porque ela pensou que eu me sentiria melhor a respeito de seus encontros casuais se eu começasse a sair com outras pessoas também. Mas não foi por isso que dormi com você. No dia em que nos conhecemos..."

O motor solta um gemido medonho quando atingimos outro pedaço de gelo. Gillian ziguezagueia novamente, com a caçamba do caminhão balançando atrás de nós. Jack segura o volante com a mão esquerda, completamente calma, apesar do caminhão na pista ao nosso lado enquanto somos lançadas para a frente e para trás. Ela reduz a marcha com a mão direita e o carro se endireita. Muito confiante e segura.

"Naquele dia em que te conheci na Powell's", ela repete, "meu casamento já estava acabado. Claire queria passar as festas com sua nova namorada, e eu fiquei em Portland sozinha porque não queria explicar para minha família por que minha esposa não estava vindo para a cabana comigo. Não queria que eles pensassem que falhei no casamento como falhei em todo o resto."

Estou tremendo no banco do passageiro, meus dentes tilitando enquanto tento processar o que ela está dizendo, o que tudo isso significa no contexto da história que tenho contado para mim mesma ao longo do ano. "Por que você não me disse que era casada? Passamos um dia inteiro juntas fazendo o jogo da honestidade, e você não mencionou Claire em momento *algum*."

Jack solta uma mão do volante e empurra seu cabelo para trás. "Porque eu não queria que você me julgasse por me divorciar aos vinte e seis. E porque eu *realmente* gostei de você." A voz de Jack se parte novamente, e me sinto partir também. O cachecol e o desenho e *Fun Home*. O jeito que ela sorriu para mim na neve e o jeito que ela segurou meu pé em seu peito e o jeito que ela tentou me tranquilizar. *Eu não sou uma abóbora.*

Por que eu não confiei nela? Por que aceitei tão rápido que tinha entendido errado cada toque, cada afirmação, cada momento compartilhado na neve?

"Olha, eu sei que isso não muda nada entre nós." Ela agarra um punhado de seu cabelo agora, e digo a mim mesma para não olhar para seu perfil, para não observar o modo como o crepúsculo crescente do lado de fora da caminhonete a pinta de roxo pálido. "Você está com Andrew, mas eu senti que precisávamos esclarecer as coisas. Quero dizer, estou muito feliz que você e Andrew se encontraram, por mais estranho que seja. Você merece... você merece o melhor. Ah, merda. Você está tremendo."

Não consigo fazer meu corpo parar de se debater. Envolvo meus braços em torno de Paul Hollywood para me aquecer, mas é inútil, porque não é o frio que está me fazendo tremer assim. É todo o resto.

É o fato de Jack realmente ter *gostado de mim*. É o fato de Jack guardar o meu cachecol. O fato de Jack estar aqui, neste carro, cheirando a pão e me contando sobre o divórcio dela. Ela encosta na beira da estrada e pega minha mão. "Aqui, esta é a única saída de calor que funciona. Vamos te aquecer."

Seus dedos circundam meu pulso enquanto ela puxa minha mão para mais perto da saída de ar, e a sensação de sua pele contra a minha acende minhas terminações nervosas, inunda minhas entranhas vazias com um enxame esmagador de sentimentos. Jack me toca, e a dor no meu peito se enche de calor. Em sua *totalidade*.

Jack olha para o lugar onde sua pele está tocando a minha. Depois olha para cima, e vejo as sardas. E a cicatriz branca. Na luz baixa da caminhonete, percebo aquela mecha estúpida de cabelo que quero tirar do rosto dela. Ela está perto o suficiente para que eu só tenha que me mover alguns centímetros para pressionar meus lábios nos dela.

E eu quero. Odeio querer beijá-la novamente, mas quero. Eu quero cometer todos os mesmos erros que cometi há um ano, aqui, agora, com essa linda mulher que gostava muito de mim.

Penso em nosso primeiro beijo na neve, nosso primeiro-quase-beijo debaixo de um aquecedor como este.

Eu poderia beijá-la. Isso me custaria duzentos mil dólares, mas eu poderia beijá-la.

Paul Hollywood se assusta no meu colo, e o momento é interrompido. Jack solta minha mão rapidamente, deixando que eu me aqueça na única saída de ar que funciona.

"Me desculpa", Jack diz, mas ela não diz pelo que está se desculpando. "Acabei de... Eu realmente espero que, apesar de tudo, possamos encontrar uma maneira de ser amigas, Elle."

Aperto meus olhos fechados. "Sim", sussurro de volta. "Amigas."

Dia de neve

Uma webcomic de Oliverfazarteasvezes
Episódio 4: O banheiro (véspera de Natal, 16h13)
Publicado em: 14 de janeiro de 2022

"O trenó *não* fazia parte do plano."

Olho para Jack do outro lado do banheiro do Burgerville, mas tudo o que ela faz é me dirigir aquele sorriso ridículo. "Ok, mas admita: você se divertiu."

Tínhamos um *plano*. Íamos atravessar direto a ponte Burnside para chegar em casa antes que a neve piorasse. Mas então ouvimos o som de crianças rindo, e Jack teve que seguir o som, precisava rastrear a fonte daquela alegria desenfreada.

Me lembro dos adolescentes que alegremente nos emprestaram seus tobogãs verde-limão; de sentar no topo da colina naquele pátio da escola primária com um baita frio na barriga; de voar colina abaixo com Jack gritando ao meu lado até que ambas tombamos para o lado e caímos na neve em um emaranhado de membros semiferidos. Da maneira como ela segurou minha mão enquanto subíamos o tobogã de volta para a colina para descer novamente.

Reviro os olhos. "Acho que foi um pouco divertido."

"Acho que o que você quer dizer é: *obrigada, Jack, por me mostrar que desviar dos meus planos inflexíveis pode me levar a uma alegria inesperada.*"

"Vamos só não nos deixar levar." Eu me abaixo e tento encaixar meu cabelo molhado sob o secador de mãos elétrico. Andar de trenó *foi* divertido, com o efeito colateral de ser uma diversão bem molhada. Embora eu tenha certeza de que ficar doente de frio é mentira, forcei Jack a vir ao banheiro do fast food mais próximo para que pudéssemos nos secar mesmo assim.

"Jogo da honestidade", Jack diz enquanto enfia toalhas de papel amassadas dentro de suas botas molhadas. "Por que você sempre está tão obcecada com ter um plano para tudo?"

Eu espremo minha trança grossa, e uma pequena poça de água se forma no chão do banheiro. "Se eu tenho um plano", explico simplesmente, "então não posso falhar."

Jack analisa. "Soa como uma falácia lógica para mim. Nunca planejei nada na minha vida e falho o tempo todo."

"Não conheço muitos preguiçosos que dizem coisas como *falácia lógica*."

"Eu não disse que não sou inteligente. Mas que o sistema educacional é mal projetado. É uma distinção importante." Ela começa a desabotoar os botões de sua camisa xadrez, um de cada vez, movendo-se de cima para baixo. O calor do secador de ar lambe minha nuca. Abaixo meu olhar.

"Meus pais foram desastres humanos a minha vida inteira", digo a ela enquanto olho para a poça de água no chão. "Então trabalhei duro na escola. Encontrei algo em que sou muito boa. Fiz todas as aulas preparatórias e tirei notas perfeitas. Peguei empréstimos para graduação e consegui a bolsa que precisava para a pós-graduação, e escolhi uma carreira sensata e estável que incorpora meu amor pela arte, porque não quero ser como eles quando crescer."

Ergo o olhar do chão, e de repente há muita informação dela. Meus olhos não sabem o que fazer com tudo isso. As clavículas visíveis sob sua camiseta branca com decote em V. O contorno de um sutiã esportivo, o volume modesto de seus seios, mamilos duros por causa do frio através de duas camadas de tecido. Minha barriga se contrai inesperadamente, mas não de forma desagradável.

"E-eu, hum, você está, tipo, quase nua", gaguejo sem jeito. Por causa dos mamilos.

"Na verdade, não estou", Jack diz, olhando para sua camiseta. "Sabe, não conheço muitos jovens de vinte e quatro anos que são literalmente paralisados pelo medo do fracasso."

"Eu não sou paralisada por nada", digo. *Exceto mamilos*, aparentemente. Jack tira sua camiseta branca. Do delicado osso do pulso até a omoplata larga, ela está coberta de tatuagens, talvez centenas delas, tinta em tons de cinza contra a pele marrom-clara. Identifico o Monte Hood, uma arraia, pinheiros alinhados, uma bússola, uma cena desértica com cactos florescendo.

Jack é arte viva. A história de uma vida inteira estampada em sua pele.

Tenho um impulso repentino e irracional de ter *minha* arte no corpo de Jack; eu quero reivindicar um pequeno pedaço de sua pele para um desenho.

Você conhece essa mulher há seis horas, eu me lembro. *Se situa, porra.*

"Eu nunca poderia fazer isso", murmuro, abaixando a cabeça novamente. "Fazer uma tatuagem, quero dizer."

"Você poderia", diz ela, se aproximando de mim com um passo, uma das mãos segurando sua camiseta mais perto do secador de ar. "*Nós* poderíamos se você quisesse. Quero dizer, tenho certeza de que a maioria dos lugares fechou por causa da neve, mas conheço algumas pessoas e..."

"Jack." Ela vira a cabeça para olhar para mim. "Não vou fazer uma tatuagem hoje."

Ela está perto o suficiente para que eu possa sentir o cheiro da umidade nela, do suor e do frio, mas por baixo de tudo isso, mesmo depois de tudo, há o cheiro de pão recém-assado. Jack cheira a algo que eu quero comer. "Nem mesmo aqui?" Ela pressiona dois dedos frios na pele exposta da minha clavícula. "Nem mesmo onde ninguém veria? Seu cardigã esconderia a tatuagem."

Sinto novamente um embrulho no estômago, reagindo àqueles dois dedos, à sua proximidade e ao cheiro de sua pele. Ao pensamento dela escolhendo um desenho que viveria em meu corpo para sempre.

"Qual é a história por trás de suas tatuagens?"

Jack dá um passo para trás e examina seus próprios braços. "O que, de todas elas?"

"Suas favoritas."

Ela aponta para o antebraço, onde há três ondas paralelas. "Essa foi a primeira que fiz. Eu tinha dezessete anos, mas um amigo meu tinha um irmão que fez para mim. Eu estava na equipe de natação no ensino médio. Era praticamente a única razão para eu ir à escola, competir. Ah, e essa..." Ela se vira para mostrar a tatuagem do Monte Hood em seu bíceps. "Esta foi minha primeira tatuagem legal. Morei no noroeste do Pacífico a minha vida inteira, e não há literalmente nada melhor do que um dia ensolarado em Portland, quando a montanha está à vista. E esta."

Ela se vira novamente, me permitindo uma visão desobstruída de seu pescoço longo e magro, do músculo tenso entre a mandíbula e o ombro. "Eu fiz essa quando tinha vinte e um anos, logo depois que saí do armário." Ela está apontando para um porta-retrato com duas mulheres se beijando dentro dele.

"Espere. Você não se assumiu até os vinte e um anos?"

Jack recua em direção ao secador de ar. "Não."

"Ah. Acho que presumi que, tendo crescido em Portland, deveria ter sido mais fácil..."

"Acho que sair do armário deve ser difícil seja lá onde você mora", ela diz, encolhendo os ombros. "E tecnicamente, eu cresci em Lake Oswego, que é como o Orange County de Portland."

Encaro a história em sua pele, a história que quero ler e memorizar de cor. "Foi difícil porque seus pais eram rígidos?"

"Não. Meus pais não se importam que eu seja gay. Meu avô foi bem babaca a respeito disso, mas ele geralmente é um idiota com tudo, então eu não me importo com a opinião dele. Só é difícil descobrir as coisas, sabe?" Ela encolhe um ombro, as tatuagens dançando em sua pele. "Olha, eu pratiquei muitos esportes, cortei todo o meu cabelo e insistia em ser chamada de Jack desde muito jovem, então eu sabia que as pessoas estavam especulando sobre minha sexualidade pelas minhas costas. No segundo ano do ensino médio, forcei meu melhor amigo a assistir *The L Word* comigo, porque pensei que seria o momento em que tudo se encaixaria."

De alguma forma, ela se aproxima ainda mais de mim, então sinto o calor de seu corpo ainda mais do que o calor do secador de ar. "Mas ninguém naquele programa realmente se parecia comigo, e basicamente todos os personagens pensavam e falavam sobre sexo, então depois de alguns episódios eu estava convencida de que não poderia ser lésbica, porque eu nem pensava em sexo no ensino médio. Eu só pensava em nadar e fumar maconha e descobrir como fumar mais maconha sem prejudicar meus tempos de natação. Sabia que não gostava de garotos, mas também não tinha certeza se gostava de garotas. Eu só me apaixonei pela primeira vez aos vinte anos. Isso é..." Ela finalmente abaixa a voz para se acomodar à sua proximidade, o quase sussurro das palavras piscando contra minha garganta. "Isso é honesto demais?"

"Não!" Eu digo, muito alto, com muito entusiasmo — sendo total e completamente incapaz de me conter. Era possível ter um buraco dentro de você, traçado no formato de uma pessoa que você ainda não conhecia? Porque foi assim que me senti quando falei com Jack. Não tínhamos nada em comum e ao mesmo tempo éramos tão parecidas e... "Não, de jeito nenhum! Você nunca vai ser honesta demais comigo."

Os olhos ardentes de Jack brilham na luz fluorescente do banheiro. "Acho que essa é a regra do jogo..." Ela levanta a mão direita, como se pudesse alcançar a ponta da minha trança, mas a deixa cair antes de nos tocarmos.

E eu, ousada, faço o que quero o dia todo. Empurro a mecha de cabelo molhado de sua testa. Sua pele está pegajosa sob meus dedos, mas ela se inclina para o toque. Percebo, de repente, que nenhuma das últimas seis horas pareceu amizade. Jack está *bem aqui*, perto o suficiente para quase sentir o gosto dela, e Jack não é um banquinho. Ela não é apenas uma pessoa que está sendo legal comigo porque estou tendo uma péssima véspera de Natal.

"Você é... Quero dizer, você já considerou...?"

"Se eu sou arromântica ou assexual?", ela completa para mim, com seu sorriso se alargando. Seu corpo arqueia, e nossos quadris se alinham paralelamente sob o secador de ar, mas sem se tocar. "Eu cogitei. Mas acho que só tive um despertar tardio."

Ela está perto, tão perto, que eu mal teria que me mover para beijá-la. E ela mal teria que se mover se quisesse me beijar. Seus dedos sobem para envolver uma mecha solta de cabelo que escapa da minha trança. "Eu sou demi", digo. Então, estupidamente, esclareço: "Sexual. Não demirromântica. Ou demigirl. Ou chamada Demi."

Ela não se afasta de mim, mas solta meu cabelo. "Eu não achei que você ia confessar que mentiu sobre seu nome."

"Desculpe, nem sempre sei o que as outras pessoas sabem sobre o espectro assexual. Eu não sinto atração sexual como a maioria das pessoas, mas eu queria te dizer porque..." Porque você parece que está prestes a me beijar, e eu quero que você faça isso, quero tanto que dói. E estou apavorada com o que isso significa, tão rápido. *Foram apenas seis horas.*

"Porque apesar de realmente querer te beijar agora", eu me forço a admitir, "eu também não quero te beijar. Ainda não."

Jack revela seu sorriso de canto. "Eu também não quero te beijar neste banheiro de Burgerville."

Recuo, dando três passos gigantes para trás até bater contra a parede oposta. "Merda. Isso foi presunçoso. Só estamos passando o dia juntas como amigas e..."

"Elle." Essa sílaba, uma letra, rola de sua língua como uma invocação. "Pare." Sua voz é um grunhido. "Não estou interessada em ser apenas sua amiga."

Engulo. "Você... hum, você não está?"

Jack balança a cabeça e avança como uma pantera, diminuindo a distância que coloquei entre nós. "E eu realmente quero te beijar. Só não acho banheiros públicos particularmente sensuais."

"Ah." Não há nada além do tecido de seu sutiã esportivo entre mim e o resto de sua pele e, por algum motivo, é a única coisa em que consigo pensar. "Mas eu também não me importo de esperar para te beijar até que você esteja pronta", ela diz com outro encolher de ombros. "Na verdade..."

Ela coloca sua camiseta de volta, e por um segundo sua expressão desaparece. Quando ela emerge novamente, ela está sorrindo para mim.

"Acho que vou gostar de esperar."

Quinze

Amigas.
    Estou presa em uma cabana com Jack Kim-Prescott por mais cinco dias, e ela quer ser minha *amiga*.
    Assim que voltamos para casa, fujo para o banheiro mais próximo para chorar no vaso sanitário por causa disso.
    Este é, pelo menos, um bom banheiro para chorar. Do tipo com espelho dourado, sabonetes caros e vasos cheios de pedras decorativas. Me sento na tampa abaixada do vaso e apoio a cabeça nas mãos, deixando as lágrimas escorrerem entre meus dedos enquanto tento recuperar o fôlego.
    Eu nem sei por que estou chorando. Não vai mudar nada.
    Isso muda alguma coisa?
    Claro, Jack *realmente gostava* de mim. Ela guardava as coisas que remetiam a mim em uma gaveta. Só que agora ela pensa que estou noiva do irmão dela. Com Andrew, tenho a garantia de duzentos mil dólares. Com Jack... não há garantia alguma.
    Tento ligar para Meredith, mas ela não atende, então por um minuto olho para a tela do meu telefone, sem saber com quem devo falar agora. Minha péssima mãe? Minha péssima terapeuta?
    Batem na porta do banheiro, e logo alguém diz *Docinho, deixe-me entrar.*
    Hesito um momento antes de estender a mão para destrancar a porta do banheiro. Meemaw entra em cena, usando um vestido de veludo vermelho até o chão que a faz parecer uma cantora de salão num especial de Natal. Ela está carregando duas canecas de algo que alcança meu olfato. "Você está doente? Ou você está evitando o jantar porque sabe que é minha noite de cozinhar, o que significa taquitos e minipizzas congeladas?"

Espiro e solto um pouco de meleca. "Na verdade, minipizzas congeladas são gourmet para os meus padrões."

"Querida." Meemaw para na pia quando vê minhas lágrimas. "Qual é o problema?"

Desenrolo um maço de papel higiênico para enxugar meus olhos. "Nada. Não é nada. Me desculpe."

"Desculpar?" Ela se senta na beirada da banheira e me passa uma caneca. "Não vou tolerar desculpas neste banheiro, e especialmente não vou tolerar desculpas por ter emoções."

Bufo novamente. Passei a maior parte da minha infância pedindo desculpas à minha mãe exatamente por esse motivo.

"Me desculpe por estar aqui chorando quando eu deveria estar lá decorando a árvore de Natal com todo mundo", esclareço. "Está dentro do cronograma."

Meemaw bate sua caneca contra a minha. "Querida, sempre podemos separar um tempo para um bom choro. Tome um gole de vinho quente. Vai fazer você se sentir melhor."

Olho desconfiada para a caneca de líquido vermelho escuro.

Ela estende a mão para dar um tapinha na minha coxa. "Conte seus problemas para mim."

Tomo um gole cauteloso do vinho. Tem gosto de removedor de esmalte quente e Natal. "Não há nada a dizer. Só estou chateada com algo bobo."

Meemaw agita sua bebida e estala a língua. "Algo bobo como... o fato de você ter transado com minha neta no Natal passado?"

Engasgo no meio de um gole de vinho quente, então prontamente reproduzo um cuspe de desenho animado. Uma fina névoa sai da minha boca e cai na frente do meu jeans como gotas de sangue. "O quê? Não!" Luto sobre como abordar essa declaração inesperada e me acomodo na ignorância no meio da sílaba "Eu... eu não sei do que você está falando."

"Docinho." Meemaw cruza as pernas na altura dos tornozelos e me encara. "Posso parecer uma meretriz sulista, mas tenho bom senso o suficiente para saber que algo não está certo com toda essa situação entre você e meu neto." Ela bate uma unha laqueada na têmpora para indicar sua inteligência. "Quero dizer, meu ex-marido idiota acrescenta uma cláusula exposta apenas a Andrew, dizendo que ele tem que se casar para garantir sua herança, e então Andrew aparece no Natal com uma noiva surpresa?"

Engulo o ácido subindo na minha garganta. "Você... você sabe disso?"

"É isso que estou lhe dizendo. Eu sei *de tudo*. Entretanto, sei disso principalmente porque Lovey me contou."

"Lovey também sabe? Sobre o testamento?"

Minha mente gira a partir dessa revelação, tentando descobrir se devo me desculpar, implorar para ela não contar ou me debulhar em lágrimas novamente. Duzentos mil dólares se esvaindo em um instante. E pior, se Meemaw contar a verdade para todo mundo, terei que voltar para meu apartamento, voltar para minha antiga vida, onde não há avós bêbadas, mães que mexem em seu cabelo, nem horários plastificados com tempo de união familiar. Nem Jack.

"Espere. Se você sabe que Andrew e eu estamos fingindo nosso relacionamento, por que você foi tão gentil comigo? Por que me fez sentir como se fosse parte da família?"

"Por que não faria isso?", Meemaw pergunta, como se fosse simples assim. "A maioria das pessoas que Andrew trouxe para casa ao longo dos anos só estava interessada em seu dinheiro ou seu traseiro. Pelo menos ele sabe que é isso que você está fazendo neste caso." Ela me olha por cima de sua caneca. "Você está recebendo dinheiro como parte deste acordo, sim? Ou... o traseiro, se é disso que você gosta."

"Dinheiro", eu respondo. "Dez por cento do que ele receber."

"Bom." Ela me oferece um sorriso satisfeito.

"Você não acha que eu sou horrível por me casar com alguém por dinheiro?"

"De jeito nenhum. Eu respeito empreendedores. E eu sabia que uma doce garota que não tinha para onde ir no Natal devia ter suas razões para concordar com esse esquema maluco que meu neto inventou."

"Eu tenho", sussurro. "E juro, não tenho intenção de machucar sua família."

"Sei que não." Ela bate na têmpora novamente. "Posso dizer. É por isso que não contei e não pretendo contar nada ao resto da família sobre a herança. Ah, Lovey sabe sobre a cláusula, mas ela não associou o resto. Deus abençoe seu coração, mas ela está bêbada como um gambá na maior parte dos dias. Aquela cirurgia no quadril realmente a deixou fora de si. Este é um segredo seu e de Andrew, e você decide se e quando quer revelá-lo."

Tomo outro gole de vinho quente e tento descobrir o que fiz para merecer a confiança de Meemaw. E também... "Desculpe, mas o que você disse mais cedo, sobre mim e... Jack...?"

"Ah." Ela pisca para mim da borda da banheira. "Essa é uma história engraçada. No Natal passado, minha neta me ligou para me contar tudo sobre uma garota chamada Ellie que partiu seu coração depois que ficaram presas na neve. E neste Natal, uma garota chamada Ellie aparece em nossa cabana agindo de forma estranha perto da minha Jack. Não era preciso ser uma gênia para juntar tudo. Você quer me dizer por que você abandonou minha neta no Natal passado?"

Não quero, não. "A Jack sabe que você já juntou as peças? Que eu sou a Ellie do ano passado?"

Meemaw faz que não.

"Então por que você está me contando agora?"

"Por que você está chorando no banheiro?", Meemaw retruca.

Olho para a minha bebida novamente. Eu poderia mentir para Meemaw, mas ela é a única pessoa na cabana que sabe de tudo, a única que pode entender por que meu corpo parece estar sendo rasgado em uma dúzia de direções diferentes. "Porque eu não sabia a verdade sobre Claire até uma hora atrás", digo, e conto a ela sobre a conversa com Jack.

"Ah. Entendo. Então, minha passarinha", Meemaw bate na minha perna quando eu termino, "parece que você está em apuros. Por um lado, você tem meu neto e o dinheiro. E por outro lado, você tem minha neta. O que você vai escolher?"

Eu olho para os meus dedos em volta de uma caneca de vinho quente enquanto estou sentada em um vaso sanitário, com lágrimas que ainda nem secaram direito no meu rosto. "Eu não acho que haja uma escolha a ser feita, Meemaw."

Só porque nosso relacionamento significou algo para Jack um ano atrás, isso não muda o fato de que eu a machuquei naquela época e ela me machucou. Isso não muda o fato de que Jack pensa que estou apaixonada pelo irmão dela, ou que concordei em ajudar Andrew a conseguir sua herança e não posso desistir agora.

E nada poderia mudar o fato de que duzentos mil dólares é uma quantia de dinheiro capaz de mudar a minha vida.

Eu não tenho escolha.

* * *

Dada a sua riqueza, espero que a cerimônia de decoração de árvores de Kim-Prescott seja um exercício tanto de decadência quanto de contenção. Espero ornamentos coordenados por cores e luzes perfeitamente organizadas. Espero algo no estilo perfeito de revistas e um tanto emocionalmente vago.

Não espero encontrar Dylan e Andrew amarrando luzes de arco-íris cintilantes ao redor da base da árvore de três metros. Pego um prato de minipizzas, e Lovey dá o play em "Glittery", de Kacey Musgraves e Troye Sivan. Katherine está sentada em um pufe gigante no meio da sala, e Jack coloca sacolas de enfeites de Natal em seus pés.

"Oliver", Andrew solta quando me vê, "venha segurar essas luzes para mim."

Os Kim-Prescott amam suas tradições de Natal. Esta aqui inclui Katherine puxando um enfeite das sacolas bem organizadas — cada enfeite personalizado e único e definitivamente não separado por cores — e alguém na sala compartilhando uma memória associada ao enfeite. Uma anedota, uma piada interna, um sentimento.

Katherine pega o primeiro. É um Mickey Mouse com uma cartola azul prateada segurando um "50" dourado.

"Passeio na Disneylândia em 2005", Andrew diz imediatamente. "Jay-Jay, lembra como você vomitou na Space Mountain?"

"E ainda fui mais seis vezes", Jack assente solenemente.

Os irmãos fazem um *high-five* para comemorar essa vitória do desconforto gastrointestinal.

Uma rena de palito de picolé. "Um dos meus alunos fez isso durante minha aula e me deu, e foi a primeira vez que senti que estava na carreira certa", diz Dylan com uma dose de nostalgia. Elu também está vestindo uma camiseta que diz: "Feliz Corrupção Capitalista de um Feriado de Fertilidade Pagão". Porque não há nada que Dylan Montez ame mais do que frases irônicas com duplo sentido.

Uma esfera brilhante de arco-íris. "Você se lembra da Parada Gay naquele ano quando estávamos bêbados e tentamos contrabandear sorvetes para aquele show de drags, e as bolas derreteram todas na pochete de Dylan?"

Uma taça de martíni gigante. "Richard nunca me deixou pendurar isso na árvore quando nos casamos, que Deus tenha sua alma rabugenta."

"Eu não consigo acreditar que vocês colocaram meu rosto numa bola gigante."

"Lembre-se, Dolly Parton precisa ir na frente e no centro."

"Quem escondeu meu enfeite de kombucha?"

Me sento no sofá com Paul Hollywood aconchegado ao meu lado, tomando taças de vinho quente que magicamente se enchem novamente toda vez que Meemaw se levanta. Não sou parte das memórias, mas também não estou totalmente alheia a elas, vendo a família se perder em suas lembranças compartilhadas com amor.

Me sinto... um pouco bêbada graças ao vinho quente, na verdade. E estou tentando muito não pensar na conversa com Jack na caminhonete ou na conversa com Meemaw no banheiro.

"Certo", declara Katherine, olhando para a árvore de Natal com um olhar enevoado. "Está pronta."

É, francamente, a árvore de Natal mais feia que já vi. Há enfeites incompatíveis pendurados e aglomerados de maneira descuidada, luzes de arco-íris retorcidas e festões vomitados nos galhos.

É perfeita.

Uma música de Natal da Ariana Grande começa, e Meemaw pega a mão de Lovey e a puxa para o centro da sala para dançar. Andrew faz o mesmo com Jack, puxando sua irmã em seus braços e forçando-a a fazer uma cópia do Charleston. Ela se encolhe de vergonha, mas também está sorrindo, aquele sorriso de lado que transforma seu rosto em algo arrebatador e travesso. Jack sorri para o irmão como se amá-lo fosse a coisa mais fácil que ela já fez.

Andrew gira para longe de sua irmã e encontra Dylan amuado no sofá. Observo o momento se desenvolver. Andrew estende a mão, levanta Dylan, e elu simula protestos por um minuto antes de sucumbir aos inegáveis encantos de meu noivo, se movendo alegremente. E Jack... Jack se vira para mim e estende a mão.

Amigas.

Pego a mão dela. Ela não me puxa para perto, como fez naquela noite na ponte Burnside. Em vez disso, ela me mantém a uma distância segura, apenas sua mão esquerda tocando a minha direita, nossos corpos separados o suficiente para deixar espaço para o Espírito Santo, assim como os fantasmas do Natal passado, presente e futuro. "Santa Tell Me" desaparece e uma nova música de Ariana vem pelo sistema de alto-falantes.

É "Last Christmas".

Jack para de se mover e encontra meu olhar. Não tenho certeza do que espero ver em seu rosto desprotegido, mas quando o falsete ofegante de Ariana começa, o sorriso de Jack se alarga até seus olhos enrugarem nos cantos. E então ela começa a rir, e eu também estou rindo, porque é tudo tão ridículo. O Natal passado e o Natal deste ano e o absurdo absoluto de toda a nossa situação.

Nós duas rimos da piada interna contida na letra dessa música, até Dylan perguntar: "O que é tão engraçado?", o que só faz Jack rir ainda mais, buzinando e grunhindo. É uma risada terrível. Estou obcecada.

Ela se aproxima, ainda rindo, para que eu possa sentir seu hálito morno em meu pescoço, sentir o cheiro de canela e cravo de seu vinho quente. Uma onda de calor viaja do topo da minha cabeça até o meu estômago. O corpo e a respiração de Jack. Por um momento, tudo desaparece. A música e as risadas das vovós e o resto da família se dissolvem, e sinto que Jack e eu estamos de volta ao nosso globo de neve construído para duas.

Mas não estamos. Estamos aqui, na cabana da família dela. Meu noivo está a três metros de distância.

Eu largo a mão de Jack.

"Acho que o vinho quente subiu direto para a minha cabeça." Sem os dedos de Jack para me ancorar, estou instável em minhas tentativas de permanecer em pé. "Talvez seja hora de eu ir para a cama."

Estou perfeitamente ciente do fato de que são sete e meia da noite, mas não tenho certeza se consigo aguentar mais um minuto perto de outras pessoas. Tropeço na direção das escadas, e Jack dá um passo junto comigo. Ela parece preocupada com a possibilidade de isso resultar em uma queda.

Estou preocupada com a possibilidade de uma queda também. A queda que eu tenho por ela e pareço incapaz de superar. Minha mão procura apoio no arco que leva às escadas.

Jack se aproxima. Posso sentir o calor de seu corpo novamente, o calor do fogo irradiando de sua pele.

"Visco", Meemaw diz do outro lado da sala.

"Não, essa é 'Only Thing I Ever Get for Christmas'", Andrew a corrige, apontando para a lista de reprodução, em que vamos direto para uma coleção de músicas de Justin Bieber.

"Não. *Um visco.*" Meemaw aponta para algum lugar acima da minha cabeça, e olho para ver um alqueire de folhas verdes embrulhadas em fita vermelha presa ao arco. Eu não sabia que as pessoas realmente penduravam viscos em suas casas até ver a cabana dos Kim-Prescott.

"Isso é fofo", digo. Então eu me viro para as escadas novamente.

"Espere aí!", Meemaw estala, vindo até nós e trazendo o resto da família com ela. "Você e Jack estão debaixo do visco. Você conhece as regras."

Olho para Meemaw, mas ela apenas sorri maliciosamente e toma outro gole de sua bebida. "Eu não vou beijar a noiva do meu irmão", Jack diz antes que eu possa formular um argumento para nos poupar dessa tortura cruel de Meemaw.

"Eu honestamente não me importo." Andrew sorri e apoia o queixo timidamente em cima do punho fechado. "É um visco, afinal."

"Isso parece inapropriado..."

"Beija! Beija! Beija!" Meemaw começa um canto bêbado, e logo todos os outros se juntam, até Katherine. Meu corpo está sintonizado com a forma como o corpo de Jack fica tenso, mudando. Ela não está tão firme em seus pés agora, balançando para longe de mim, estabelecendo espaço entre nós.

Beija! Beija! Beija!

"Ok, tudo bem! Seus monstros!", Jack finalmente grita, e ela finge muito bem. Eu realmente acredito que esse beijo no visco não vai significar nada para ela.

Preciso que isso não signifique nada para mim também.

"Um beijo rápido", Jack diz a sua família, e então ela está totalmente de frente para mim. "Tudo bem por você?", ela sussurra apenas para nós duas.

Não, não está tudo bem. Nada nesta situação está certo.

"Sim", digo.

E então, Jack fecha os olhos e inclina o rosto para o meu. Eu a encontro no meio do caminho, e não é nada mais do que um raspão. Lábios rachados e um selinho. Sua boca é surpreendentemente suave, embora o beijo em si pareça firme e imóvel.

Jack começa a se afastar, para acabar com essa brincadeira de beijo de visco, mas algum estímulo em mim segue ali, caindo para a frente enquanto ela recua, enquanto meus lábios ainda pressionam os dela. E então sua mão está na minha cintura, para me manter de pé. Apenas uma mão, através das camadas do meu cardigã e da minha camisa, mas é o suficiente. O suficiente para atrair sentimentos em meus ossos insensíveis, para iluminar meus membros como os fios de luzes de Natal na árvore, para enviar calor pulsando entre minhas pernas, para o lugar onde minha outra dor solitária vive.

A mão de Jack está na minha cintura, sua boca está na minha boca, e ela inclina o queixo apenas o suficiente para eu sentir o arrastar de seus lábios. Quero abrir minha boca para ela. Quero abrir *tudo* para ela, ser aquela versão aberta de mim mesma que me tornei com ela na neve no ano passado.

E então eu me lembro do nosso público. E a solto, matando a sinfonia de desejo dentro do meu peito. Há um flash assustado de olhos arregalados na minha visão antes de Jack baixar o olhar dela.

Atrás de nós, a família está gritando e assobiando tão entusiasticamente quanto durante as canções de Natal, alheios à tensão persistente entre nós.

Ela pressiona dois dedos no lábio inferior, então deixa cair a mão quando me pega observando sua boca. Eu quero beijá-la novamente. E de novo. E de novo e de novo.

Ainda bem que ninguém está me pedindo para escolher entre Jack Kim-Prescott e duzentos mil dólares. Porque neste momento, tomada por vinho quente e beijos de visco, acho que sei qual escolheria.

Dia de neve

Uma webcomic de Oliverfazarteasvezes
Episódio 5: O sonho (véspera de Natal, 15h54)
Publicado em: 21 de janeiro de 2022

"Então você está planejando me matar?"

Jack estica seu lindo pescoço para me lançar um olhar. "Sim. Sempre passo um dia inteiro flertando com minhas vítimas antes de colher seus órgãos."

"Espere. Você *estava* flertando comigo o dia todo?"

Com a mão que não está enroscada na minha, Jack aperta as sobrancelhas. "Sim, Elle. Eu estava. E quando eu for para casa esta noite, vou refletir seriamente sobre minha total falta de traquejo romântico. Agora, vem."

Ela aperta minha mão e me puxa. Estávamos assim desde que saímos do banheiro do Burgerville: de mãos dadas. Andando pela neve com os dedos entrelaçados como o ponto-cruz do meu cachecol. Saímos da pista novamente, vagando na direção oposta da ponte que nos levará de volta para casa.

E agora estamos em uma esquina deserta em frente a um prédio abandonado. "Está escurecendo", digo. "Faria sentido que você quisesse esperar até o anoitecer para me atrair de volta para o seu covil de assassinato."

"Isso não é um covil de assassinato", ela diz, gesticulando com uma mão em direção ao armazém quadrado com janelas fechadas e grafite cobrindo cada centímetro. Tem todos os detalhes de um covil de assassinato. "Feche os olhos."

"Para você poder me *esfaquear*? Eu não acho uma boa ideia."

"Por favor, Elle. Vamos lá. Quero te mostrar uma coisa."

"Como você vai me mostrar se meus olhos estarão fechados?", resmungo, mas já estou fechando, fazendo exatamente o que ela disse.

"Agora. Imagina só", diz Jack. "Existem janelas de verdade, e o lado de fora foi pintado de branco. Talvez com um mural do lado direito. As janelas deixam entrar a luz do sol matinal desse lado direito... *não abra os olhos*! Os pisos são de madeira descascada, as paredes são pintadas de lavanda, e há mesas compridas naquele estilo comunitário. A cozinha fica exposta atrás do balcão, e há uma vitrine gigante com cupcakes, tortinhas, bolinhos e mais tortas; as melhores tortas que você já teve o prazer de experimentar!"

Abro um olho e capto um olhar de admiração descarada no rosto de Jack enquanto ela evoca essa imagem gloriosa. "É uma padaria", digo.

Jack assente. "Sim."

"É a...." Olho para o prédio em ruínas, depois de volta para ela. "É a sua padaria? Você quer abrir uma padaria?"

Jack solta minha mão para que ela possa enfiar os dois punhos nos bolsos do casaco. "Acho que, talvez, algum dia. É só uma ideia com a qual flerto casualmente de vez em quando, assim...", ela dá de ombros com perfeita indiferença, "...a vida inteira."

A excitação desperta o melhor de mim, e dou um soco no braço dela. "Isso é incrível! Você tem que fazer acontecer!"

Jack recua um pouco. Uma ponta de sorriso começa a se desenhar em seu rosto, mas ela tenta contê-lo. "Calma aí. Você está esquecendo que planejamento não é exatamente o meu forte. Não tenho a concentração necessária para programar os *presets* de rádio na minha caminhonete e ouço a mesma playlist do Spotify há dez anos. Não tenho certeza de como eu aprenderia sobre negócios, empréstimos, licenças e todos os detalhes meticulosos e chatos associados à administração de um negócio."

"Você pode contar com uma ajuda."

Ela faz uma careta, como se *ajuda* fosse uma palavra nojenta, mas um minuto atrás seu rosto se iluminou como o de uma criança na manhã de Natal. "Por que confeitaria?"

Jack levanta os ombros dela até as orelhas defensivamente. "O que você quer dizer?"

"Quero dizer, por que confeitar? Como você entrou nisso?"

Ela não parece segura de responder a essa pergunta em uma esquina abandonada enquanto o crepúsculo começa a cair ao nosso redor. "Ah. Bom, eu costumava ajudar minha mãe na cozinha o tempo todo quando era criança. Foi algo que começamos a fazer juntas por volta da terceira série, quando comecei a não dar a mínima para a escola. Minha mãe pensou que isso me ajudaria a desenvolver habilidades de concentração ou algo assim, essa coisa de ter que seguir receitas e medir tudo. Eu não dava tanta bola assim para aprender a cozinhar *miyeok guk*, mas teve um lugar que descobrimos quando passamos verões na França..."

Reviro os olhos, e ela sorri autodepreciativa, e acrescenta: "Sim, viajávamos para a França no verão. Os meus pais têm uma casa em Saint-Macaire, uma pequena aldeia perto de Bordeaux, onde uma das minhas avós nasceu. Na maioria das vezes, meu pai ficava dentro de casa e trabalhava o tempo todo, e minha mãe levava meu irmão e eu para explorar as cidades próximas. Mas todas as manhãs, meus pais entregavam ao meu irmão um punhado de euros e nós íamos para esta *patisserie*".

Jack sorri levemente com a lembrança, sua cicatriz branca se transformando em um anzol novamente. Dou um passo para mais perto dela na calçada. "Quem comandava a confeitaria era uma mulher desfeminilizada, que me lembrava a sra. Trunchbull, de *Matilda*, pela forma como gritava com a gente por causa da nossa péssima pronúncia em francês, mas ela também era capaz de preparar as sobremesas mais delicadas que poderiam existir. Tortas de frutas e croissants de chocolate e macarons, e foi a primeira vez que vi alguém que se parecia comigo criando coisas tão lindas e delicadas. Aquilo me deu a sensação de que eu poderia, sim, me preocupar em fazer coisas admiráveis e ainda ser *eu*, e fiquei obcecada por cozinhar depois disso. E o que é que você tá fazendo?"

Eu me aproximei ainda mais dela, me sentindo atraída por suas palavras vulneráveis e por aquela cicatriz que me faz sentir como se uma corda estivesse amarrada em minhas entranhas, me ligando a ela. Ela é tão bonita, e não apenas por causa de seu cabelo e das suas sardas e de seus olhos — não apenas por causa de seus membros longos e suas coxas fortes e seu lindo pescoço —, mas por causa desse formato bagunçado de seu coração, que bate loucamente por causa de macarons e tortas.

E preciso muito beijá-la.

Inclino meu rosto em direção ao dela, e Jack entende. Sua mão vem até meu queixo, dedos frios contra o rubor ardente da minha pele. Preciso de algo para me segurar. Encontro a cintura estreita de Jack sob sua jaqueta cáqui e então fecho meus olhos.

A boca de Jack é mais suave do que eu esperava. Doce. O gosto persistente de seu mocha de *pralinê* e seu donut de bacon. Mas suas mãos são tão fortes quanto imaginei, me ancorando até que me sinta firme. Meus pés estão profundamente enraizados embaixo de mim, sólidos e imóveis, mas quando sua língua pressiona suavemente contra a abertura dos meus lábios, me sinto inteiramente capaz de flutuar no vento de inverno como os flocos que pairam ao nosso redor. A ponta de sua língua pressiona meus lábios até que eu os abra para ela, como me abri para ela o dia todo.

É como se minha pele fosse feita de fogo e meus ossos, de água, no instante em que sinto a boca de Jack e a respiração de Jack e o corpo de Jack se arqueando de desejo sob meu toque. Esse ciclone barulhento e impetuoso em forma de mulher fica quieto e imóvel em meus braços, me beijando como se isso importasse demais.

Nós nos separamos para respirar, e nossos óculos ficam presos um no outro até que os separamos de forma cuidadosa. Então desatamos a rir. "Você não me fez esperar muito", Jack diz, sua voz de alguma forma áspera e terna. Tenho vontade de abrir o Clip Studio e encontrar a cor certa para capturar a sensação que a voz de Jack me traz. Talvez ciano como meu cachecol. Ou marrom-queimado como seus olhos.

Balanço a cabeça, maravilhada com os flocos de neve em seu cabelo. "Não, eu não poderia. Como vai se chamar?"

Jack me olha. "O beijo?"

"A sua padaria."

"Ah." Suas mãos fortes ainda estão no meu corpo. "Hum. Estou pensando em chamá-la de... Pastel de Desfem?" Ela semicerra um olho e morde o lábio inferior. "É um nome estúpido?"

"Claro que não."

"É pra ser um trocadilho, tipo pastel de belém."

"Eu captei, Jack."

Ela pressiona sua testa na minha. Estamos nos tocando em tantos lugares. Tocar nunca foi tão fácil para mim. "Desfem e Belém rimam, mas não sei se as pessoas vão entender logo."

Envolvo meus braços ao redor de sua cintura até meus dedos se juntarem em suas costas. Sua tensão não tem nada a ver com o nome. "Você é capaz de fazer isso, sabe. Você pode transformar este lugar em algo especial de verdade."

Ela se ajeita mais perto, até que somos duas peças perfeitamente alinhadas, encaixadas na neve. "Eu não sou como você, Elle. Não faço planos de dez anos. Não tenho um diário cheio de objetivos de vida para ficar verificando um por um. Como eu poderia abrir uma padaria sozinha?"

Alcanço sua mão, costurando nossos dedos novamente. "Talvez você não precise fazer tudo sozinha."

Dezesseis

Quinta-feira, 22 de dezembro de 2022

"Por que eu soube do noivado da minha filha pelo Instagram?"

Acordo com um cheiro persistente de cravo e canela no cabelo, o zumbido do telefone na mesa de cabeceira e a voz áspera da minha mãe no ouvido. "Olá, Linds", resmungo, um pouco adormecida e bastante irritada.

"Não me venha com esse seu *olá*", ela reclama. "Você tem evitado minhas ligações. Não ia me contar que vai se casar?"

"É... Não?"

Minha mãe zomba, e me sento na cama, recostando o corpo na cabeceira de madeira esculpida, já me preparando para o chilique que vem por aí. A luz do meio da manhã invade o quarto, e Andrew não está na cama, seus lençóis já estão frios ao meu toque. Não tenho tempo para me perguntar onde ele está, por causa de *Linds*.

"Você está falando sério, Elena?", ela grita. "Você não ia me dizer que tem um noivo? Eu sei que nem sempre fui a melhor mãe", Linds começa a protestar, "mas a ideia de que minha única filha ficou noiva sem me contar — e que eu tive que descobrir por fotos postadas na internet — me faz sentir como uma completa inútil, Elena Jane."

"Estava brincando, mãe", minto. "É claro que ia te contar, né?" Me encolho com a minha própria covardia, mas prossigo mesmo assim: "O anúncio oficial do noivado chegou pelo correio?".

"Não, mas estou ficando na casa de uma amiga em Tempe", ela diz, seu humor parecendo muito melhor já. "Então, me conte tudo! Como vocês se conheceram? Como ele fez o pedido?"

Não quero ter essa conversa com ela, especialmente não às — afasto o celular do rosto para verificar a hora — nove da manhã, depois de uma noite de vinho quente e escolhas quase questionáveis.

Arrisco uma mudança de assunto. "Como está Ted?"

"Que Ted?"

"Ted... seu *marido*...?" *O homem com quem você se casou apenas um mês depois de se conhecerem.* Tal mãe, tal filha.

"Ah, aquele idiota. Ele está é longe pra caralho. Foi um livramento. Está tudo bem. Não me importo", ela insiste. Parece que se importa muito, mas não vou discutir com minha mãe sobre sua vida amorosa. Lindsey Oliver é um lembrete exemplar de que todos os relacionamentos estão fadados ao fracasso. Provavelmente fadados a durar apenas o tempo de um calendário anual. "Estou dispensando homens por um tempo. De verdade desta vez, Elena. Porra, estou cansada de todos eles. Talvez eu dê uma chance para mulheres, como você fez."

"Eu não 'dei uma chance para mulheres', mãe. Eu sou bissexual."

"Não mais, aparentemente. Agora você vai se casar!"

Checo a hora novamente. O que foi isso — Linds conseguiu ficar três minutos inteiros sem dizer algo bifóbico? "Não é assim que a bissexualidade funciona. Sempre serei bissexual, mesmo que me case com um homem. Mesmo que eu só namore homens!"

Linds não está interessada em uma lição sobre apagamento bissexual. "Me fala sobre o seu homem! Ele parece bem rico nessas fotos do Instagram. Sabe, agora que Ted e eu terminamos, seria bom ter um pouco de dinheiro para conseguir minha própria casa e..."

Mas é claro. Ela não ligou para me parabenizar pelo noivado. Ligou porque viu os mocassins Gucci do meu noivo em uma foto e achou que poderia tirar mais do que algumas centenas de dólares de mim. "Olha, mãe, eu tenho que ir..."

"Não ouse desligar na minha cara. Quando é a festa?"

"Não vai ter festa. Seremos apenas eu e Andrew no cartório."

"E eu, porque sou sua mãe."

Apenas biologicamente. "Você teria que viajar para Portland, e eu sei que você odeia ir para qualquer lugar úmido."

"Posso suportar todo o frizz no cabelo para ver minha filhinha subir ao altar."

Cerro os dentes e tento não pensar no último Natal, quando ela me deixou sozinha. Agora, entretanto, ela pretende pegar um avião.

"Me manda os detalhes do casamento", minha mãe exige. Tudo o que ela sabe fazer é exigir.

"Ok", concordo, porque é o que eu sempre faço também. "Tchau, Linds."

"Espera! Queria falar sobre o dinheiro que você me mandou..."

Eu dei duzentos dólares a ela na semana passada. Minha conta corrente não tem nem catorze agora. "O que tem o dinheiro?"

"Bom, é que a bateria do Corolla acabou e, como não tenho um carro funcionando, não consegui ir ao trabalho, então vou precisar de mais quinhentos para consertar o carro."

"Não tenho quinhentos dólares agora."

Uma pausa. "Mas esse seu novo namorado parece que tem dinheiro..."

"Não vou pedir dinheiro para o Andrew."

Ela funga, induzindo as lágrimas falsas que serviram como trilha sonora traiçoeira da minha infância. "Você vai me deixar ser demitida? Eu não tenho carro, Elena!"

Sinto aquela pontada de culpa, aquela obrigação com a única parente que tenho. Gostaria de ter uma mãe como Katherine, tão desesperada para passar um tempo comigo que planeja isso em uma planilha Excel. E um irmão que me chamasse por apelidos estúpidos. E uma avó que me chamasse de docinho e só se importasse com a minha felicidade. Mas não tenho.

Tenho um pai com quem não falo há três anos e tenho Linds.

E claro: Linds só liga quando quer alguma coisa, mas pelo menos liga.

"Estou... em um novo emprego, digamos assim", digo a ela. "Vou receber algum dinheiro em breve, e aí pago pela nova bateria."

As lágrimas falsas cessam. "Bom. Fico feliz em ouvir isso. Me faça a transferência quando puder. Amo você."

Linds desliga, e jogo meu iPhone no travesseiro vazio de Andrew. O *amo você* é uma resposta automática; sei que não é resultado de algum afeto maternal verdadeiro, mas ainda assim, me agarro a ele. Desejo que signifique alguma coisa.

Tudo o que significa, porém, é que não posso fazer nada que comprometa esse dinheiro.

Duzentos mil dólares. A dívida da minha mãe. A minha dívida. O meu futuro.

Não há tempo para cravo, canela, visco.

Mas logo estou pensando no beijo de ontem à noite e, *ah*, ainda sinto aquele beijo em cada centímetro do meu corpo. Ainda posso sentir a pressão fantasmagórica de sua boca macia, o doce deslizar de seus dedos. Porque as coisas são assim com Jack — seu toque é sempre tão surpreendentemente delicado quanto seu pulso, tão gentil quanto suas palavras quando estou em pânico, tão hesitante quanto seus sonhos. Jack é como cavalos selvagens e tempestades e a sensação de dirigir com o braço para fora da janela em um dia quente. Mas ela também pode ser reconfortante como momentos de silêncio: como a sua primeira xícara de café da manhã; ou assistir àquela tempestade através de uma janela, e se embrulhar em seu cobertor favorito.

Quase me esqueço de sua capacidade de me fazer sentir, ao mesmo tempo, imprudente e segura; como seu toque é, ao mesmo tempo, um para-raios e um pedaço de pão quente.

Arqueio as costas contra a cabeceira da cama e deixo meus dedos deslizarem por minha barriga macia no lugar onde a minha camiseta enganchou sobre a pele nua. E então eu a deixo ir mais para baixo, até a barra do pijama. Passando pela bainha. Tomo cuidado, não sei onde Andrew está ou quando vai voltar, e meus dedos vão viajando pelo algodão da calcinha. Penso em Jack, na primeira vez que a vi: dedos longos e aquele pulso incrivelmente frágil. São aqueles dedos que imagino percorrendo meu corpo, e meu corpo se contrai com o pensamento.

Penso em Jack na primeira vez que ela sorriu, com um lampejo de dentes brancos prendendo aquele sorriso de canto no lugar. E pressiono a palma da mão com mais força, liberando um gemido silencioso enquanto sinto redemoinhos na barriga. Jack no banheiro do Burgerville, a primeira vez que vi sua pele, os tendões de seu pescoço, os traços em seus braços me dizendo que ela adoraria esperar. Me pressiono de novo e de novo, e sussurro o nome dela no quarto, só para sentir o som do *K* forte no fundo da minha garganta enquanto estou quase chegando lá.

Jack na neve, Jack no Airstream, Jack em meus braços. Jack...
Jack ouvindo "Toxic", da Britney Spears, às nove da manhã?

Minha mão para dentro do meu pijama enquanto as notas de abertura do clássico da Britney batem contra a janela do segundo andar vindo de algum lugar do lado de fora. Apenas um membro do clã Kim-Prescott tocaria essa música a essa hora específica do dia.

Solto um suspiro sexualmente frustrado, saio da cama e vou até a janela, abrindo as cortinas para ver o quintal da casa, o campo de neve e o Airstream brilhando no meio dele. A porta da frente do trailer está escancarada, e Jack está do lado de fora, jogando bolas de neve contra a lateral do trailer ao som caótico de "Toxic". Paul Hollywood está correndo em volta dos pés dela, quase perfeitamente sincronizado com a música.

Saio na varanda e grito o nome dela, mas ela não me ouve, ou escolhe não se virar. Por um minuto, fico parada no frio observando a energia frenética de seu corpo enquanto ela levanta o braço e joga cada pedaço de neve com intensidade e força. Não demora e estou enfiando os pés dentro das botas, sem me incomodar com os cadarços enquanto desço as escadas e saio correndo.

"Jack!", grito de novo enquanto me arrasto pela neve para mais perto dela e do alto-falante portátil tocando Britney num volume que poderia causar uma avalanche. O frio corta as camadas frágeis do meu pijama enquanto chamo seu nome novamente. "Jack!"

Ela não me reconhece até que eu a alcance, e mesmo assim, seu rosto está vermelho-brilhante por causa do frio e do esforço de jogar pedaços de neve contra sua casa.

"O que aconteceu?", pergunto enquanto a música continua a sair da caixinha.

Jack se abaixa para pegar outro punhado de neve. "Nada."

"Você está tocando Britney na maior altura e jogando bolas de neve na sua casa. Eu não acredito em você", grito acima da música. Em seguida, dou mais alguns passos em direção ao alto-falante portátil apoiado no degrau da frente do Airstream e o desligo. Paul Hollywood late algumas vezes, indignado com a ausência da voz de Britney.

O silêncio se instala ao longo da manhã. Silêncio, o som da respiração pesada de Jack e as patas de Paul Hollywood esmagando a neve. "Meu pai chegou tarde ontem à noite", Jack finalmente começa a explicar.

"Ah." De repente, os arremessos agressivos ao som de Britney fazem todo o sentido.

"E adivinhe quanto tempo ele levou para começar a apontar dedos para mim?" Ela levanta o braço e lança outra bola de neve. Este deve ter gelo no meio, porque atinge o lado do trailer com uma pancada violenta.

"Jack..."

"Sei que não deveria me importar com o que ele pensa de mim, e digo a mim mesma que não deveria, mas ele é a porra do meu pai, e seria bom se, sei lá..." Ela se agacha para coletar mais neve, e talvez para esconder seu rosto enquanto enxuga algumas lágrimas insistentes. "Sei que minha mãe coloca muita pressão em mim, mas é só porque ela quer que eu tenha a melhor vida possível. Meu pai não pode nem fingir que gosta de mim. Além do mais eu não sou o Andrew, então por que ele se incomodaria, não é?"

"Jack...", tento novamente.

"E eu sei, eu sei..." Ela solta outra rajada contra o trailer. "Andrew tem sua própria cruz para carregar. Sei que ser o menino de ouro não o isentou das expectativas autoritárias de nosso pai, mas pelo menos ele não foi um alvo de escárnio para o meu pai a vida inteira."

"Jack..."

"Meu Deus, você está certa!" Ela levanta um braço enquanto outra lágrima passa furtivamente por suas defesas. "A presença dele significa muito para minha mãe, e eu deveria estar feliz por ele estar aqui, mas..."

"*Jack*! Para de me interromper! Você não sabe o que vou dizer!"

Jack larga a bola de neve que ia jogar, deixando-a cair de seus dedos em direção aos pés. "Ok. O que você ia dizer?"

Pela primeira vez desde que essa interação começou, ela está totalmente de frente para mim, seu corpo está virado na minha direção. "Sinto muito", digo, hipnotizada pela visão daquelas sardas no frio da manhã. Eu a beijei ontem à noite. E por um minuto, sob o visco, acho que ela me beijou de volta. "Pelo seu pai. Sinto muito pelo seu pai. Você não merece ser tratada assim."

Uma baforada de hálito branco escapa de seus lábios. "Tem certeza? Porque tenho vinte e sete anos de dados para sustentar que é *exatamente* assim que uma filha fodida dos prestigiados Prescott merece ser tratada." Ela começa a pegar mais neve.

"Bem, o Airstream não merece ser tratado dessa forma, então pelo menos pare de abusar dele! Você ama este trailer!"

"O quê?", Jack solta uma risada sem humor enquanto se vira de volta para mim. "Você acha que eu amo viver em um Airstream?"

"Você não ama?"

"Não! Eu odeio essa coisa maldita!" Ela joga outra bola de neve. "Tenho um metro e oitenta de altura! É como ser uma truta em uma lata de sardinha!"

Estou dolorosamente ciente do fato de que estamos discutindo sobre o trailer dela e não sobre o fato de que nos beijamos ontem à noite. O que está ok. Estou bem com isso. Podemos seguir em frente e fingir que isso nunca aconteceu também.

"Você definitivamente me fez acreditar que ama seu Airstream."

"Sabe o que eu ia amar?", ela pergunta de maneira amarga. "Uma casa no subúrbio com um grande quintal pro Paul Hollywood. Uma cozinha enorme com espaço de verdade no balcão. Espaço e raízes e nada de rodas."

"Então por que você mora em um Airstream?"

Jack joga os braços no ar descontroladamente. "Porque sou teimosa, Elle! Porque esse pedaço de metal caro se tornou um símbolo da minha liberdade da família Prescott", ela levanta a perna como se quisesse chutar o trailer, mas está a uns bons cinco metros de distância, "e porque me recuso a admitir que quero a vida normal que meus pais escolheriam para mim. Porque tenho vinte e sete anos e ainda baseio todas as minhas decisões de vida em agradar e/ou irritar meus pais."

"Ah." Eu me abaixo e esfrego as orelhas de Paul Hollywood, porque isso me impede de dizer ou fazer algo estúpido depois de toda essa declaração emocionada. Algo tipo tentar beijá-la novamente.

Suas bochechas estão ainda mais rosadas agora, suas orelhas ficam vermelhas abaixo da borda do gorro. Jack pode até ver o Airstream como um símbolo de sua independência, mas também é uma gaiola brilhante. É uma caixa de sardinhas que a mantém segura e separada do resto de sua família, talvez até do resto do mundo. Durante toda a sua vida, seu pai a fez se sentir um lixo; todo mundo a fez se sentir insuficiente, exagerada, mas nada disso pode atingi-la dentro de sua brilhante casa sobre rodas. Nada pode machucá-la se ela estiver sempre em movimento.

No entanto, o que ela mais deseja é se estabelecer. E por um dia no ano passado senti que ela me deixou ver por trás da máscara de indiferença e do exterior frio de alumínio.

Absolutamente nada de bom pode vir de imaginar aquela vida cheia de raízes e rotinas com ela.

"Olha, seu pai parece mesmo dar trabalho", digo em reforço, "mas não deixe que isso diminua o que você alcançou, Jack. Você está prestes a abrir uma porra de uma padaria!"

"Eu só..." Jack se levanta como se fosse iniciar outro discurso, mas ela acaba caindo, seus joelhos se dobrando na direção da neve. Suas pernas ficam na frente do corpo formando um ângulo estranho, que a faz parecer muito mais jovem do que alguém de vinte e sete anos. "Eu não teria feito isso sem você." Ela solta um suspiro resignado e lança outro sopro de ar.

Me jogo na neve ao lado dela, minha calça do pijama fica imediatamente encharcada. "O quê?"

Jack chuta uma vala profunda na neve com a ponta da bota. "O Pastel de Desfem. Eu... eu não teria decidido fazer isso se você não tivesse acreditado em mim naquele dia. Pensei que era rancor, na verdade." Jack sorri um pouco, mas meu corpo inteiro está coberto de pedrinhas de gelo e terra, sou incapaz de me mover, mesmo que tudo que eu queira fazer seja me aproximar dessa mulher que está a um braço de distância. "Fiquei tão magoada quando você fugiu enquanto eu estava no chuveiro que, por algum motivo, transformei isso em *vou abrir minha padaria sozinha e vou provar pra ela que consigo.*"

"Meu Deus, você é mesmo teimosa", digo. Mesmo com resquícios de gelo e terra se espalhando pelo meu coração, meu cérebro ainda luta para se ajustar a essa nova versão de nossa história compartilhada. A versão onde eu dei um *ghosting* nela. A versão em que ela guardou meu cachecol.

Jack acena com a cabeça e olha para os nossos pés. Nossas pernas estão esticadas na neve, quatro linhas paralelas que deliberadamente não se tocam. "Mas de verdade, aquele momento em frente ao armazém, aquela foi a primeira vez que senti que alguém realmente acreditou que eu poderia fazer isso. Quer dizer, Dylan me apoia, mas elu também conhece toda a minha história de falsos começos e sonhos abandonados.

Mas você só... *acreditou*. E agora você está aqui, me dizendo para ignorar as críticas do meu pai — é tudo muito ligado para mim."

Jack inclina o pé esquerdo dela para bater no meu direito. "Acho que essa sou eu dizendo obrigada ou algo do tipo."

"Ou algo do tipo", repito, batendo nas costas dela. Deixamos os pés assim, inclinados um para o outro, se tocando. Bota a bota, perna a perna. "Sinto muito que tenha começado com rancor, no entanto. Me... me desculpa por ter te deixado lá. Eu deveria ter dito isso ontem à noite."

"Sinto muito que minha esposa tenha aparecido na manhã de Natal."

Olho para o lugar onde nossos corpos se sobrepõem através da borracha de nossos sapatos, e do absoluto nada me sinto pronta para jogar duzentos mil dólares fora, pronta para mandar minha mãe se foder, pronta para fazer o que for preciso para estar um pouco mais perto dela.

"Você acha que se...", Jack começa.

"Por que diabo você colocou Britney no máximo às nove da manhã?" Nós duas nos viramos e damos com Dylan pisando na neve. Jack recolhe as pernas, até que esteja sentada de pernas cruzadas quando Dylan chega até nós. Não estamos nos tocando. Elu está vestindo o casaco espinha de peixe de Andrew sobre um pijama de futebol, olha com um semblante irritado para Jack, depois para mim, e então para a amiga de novo.

"E por que diabo vocês duas estão sentadas na neve?"

Olho para Jack e me pergunto se poderia arrancar o resto da frase de sua boca. *Você acha que se... o quê?*

Se eu acho que, se Claire nunca tivesse aparecido, as coisas teriam sido diferentes?

Se acho que, se eu não tivesse ido embora, se tivesse dado a Jack a chance de se explicar, poderíamos ter descoberto uma maneira de estender a magia para além de um único dia de neve?

Se acho que, se não estivesse noiva do irmão dela, *talvez nós...?*

Mas não consigo fazer Jack terminar seu raciocínio; em vez disso, ela sorri para sue melhor amigue e diz: "Alan Prescott é o motivo de estarmos sentadas na neve".

"É claro que tinha que ser ele", Dylan diz, e então cai na neve ao nosso lado.

Dezessete

Alan Prescott realmente dá trabalho.

Nos primeiros dez minutos após me conhecer, ele insulta meu jeans, meu trabalho e meus pais, e mesmo que os dois últimos mereçam, isso ainda parece atitude de um babaca.

Ele critica as omeletes deliciosas que Jack fez para o café da manhã e, em seguida, começa uma palestra ofensiva e habilidosa sobre como a filha poderia ter sido mais bem-sucedida na vida se ela simplesmente não usasse seu TDAH como desculpa. Ele oscila entre repreender Andrew (pela maneira como se veste, pela maneira como come, pela maneira como se senta em uma cadeira) e querer falar de negócios com ele. Ele se supera no momento em que insulta o cronograma laminado de Katherine e se recusa a participar das atividades em família. Isso resulta no adiamento da noite de jogos para que Katherine e Alan estejam livres para subir as escadas e gritar um com o outro.

Nesse ponto, Meemaw entrega seu cartão de crédito a Andrew e nos diz para sair de casa por um tempo, agindo como uma irmã mais velha mandando as crianças tomarem sorvete enquanto mamãe e papai brigam.

Tanto faz. Eu amo sorvete e odeio brigar, então aceito alegremente a sugestão de Meemaw.

"Quer saber?", Dylan diz uns trinta minutos depois, do banco de trás do Tesla de Andrew. "Eu odeio o seu pai."

Pela primeira vez, a raiva de Dylan parece direcionada ao motivo certo.

Não vamos tomar sorvete. Andrew nos leva a um bar — apropriadamente chamado de Bar da Montanha — que é mais um boteco na rodovia, na verdade, próximo a um posto de gasolina chamado Gasolina e um

pequeno mercado chamado Mercado. Assim como a cabana dos Kim-
-Prescott, o bar foi projetado para ser como uma cabana à moda antiga,
mas, ao contrário da cabana dos Prescott, o Bar da Montanha é mais bem-
-sucedido nesse sentido. É feito de troncos interligados, com teto de vigas
de madeira que ganha uma aparência úmida com o passar dos anos, piso
de madeira desgastado, janelas de uma só folha e uma vasta coleção de
letreiros de neon originais para Budweiser e Coors Light. A multidão é
formada por uma mistura de moradores grisalhos, instrutores de esqui
e turistas que passam os feriados na montanha.

Andrew tem a aparência de um turista, mas age como um morador
local, pedindo dois jarros de cerveja para o grupo e nos guiando até uma
mesa mal iluminada nos fundos. Andrew e eu deslizamos em um dos
sofás booth; Dylan e Jack ficam no outro. Debaixo da mesa, o joelho de
Jack roça o meu, e eu sei que vou precisar de uma bebida caso...

Não, eu decido quando um garçom barbudo coloca as jarras e os
copos embaçados em cima da mesa. Aqui estamos nós, os membros deste
trapézio amoroso, isolados juntos em um estabelecimento cheio de álcool.
Talvez seja melhor se eu tentar me aproximar de Jack estando sóbria pelo
menos uma vez. Algumas horas atrás, ela tocou meu pé com o sapato, e
eu estava pronta para abrir mão de duzentos mil dólares por ela.

Estar sóbria é minha melhor jogada.

Peço uma ginger ale e então sento em um silêncio desconfortável
enquanto os outros rapidamente batem seu primeiro copo de cerveja
barata. Não tenho certeza se é porque Dylan está apaixonade por Andrew,
que está noivo de mim, ou se é porque estou secretamente apaixonada
pela irmã do meu falso noivo, ou se é porque beijei a irmã do meu noivo
ontem à noite sob o visco, mas tudo parece bem estranho em nosso canto
enquanto os outros só batem papo. Ninguém no bar dá a mínima para o
estranho trapézio amoroso no canto do salão.

Finalmente, Jack diz algo interessante o suficiente para nos distrair
de nosso sofrimento. "Dyl, por que não atualizamos o seu perfil naquele
aplicativo de namoro?"

E então tudo fica consideravelmente *mais* estranho. "Ah, hum, não",
Dylan gagueja, coçando a parte de trás de seu pescoço e evitando olhar
para Andrew. "Não quero pensar em apps de namoro agora."

"Vamos lá." Jack estende a mão para exigir o telefone de Dylan. "Não existe tempo melhor do que o presente."

Andrew, que bebeu seu segundo copo de cerveja nos últimos noventa segundos, desembucha. "Eu pensei que você estava saindo com alguém. Allie ou Amy ou..."

"Alice", Dylan resmunga. "E nós terminamos."

"Elu não estava à sua altura", Jack diz ferozmente, uma mão no ombro de Dylan. "E foi ume imbecil por ter terminado tudo."

"Alice não era imbecil. Só não queria compromisso. Tipo, você sabe..." Dylan toma um gole de sua cerveja e lança a Andrew um olhar sobre a borda do copo. "Bem o meu tipo."

Jack, de alguma forma completamente alheia à dinâmica Andrew-Dylan, continua: "Seu tipo são monogâmicos em série que carregam suas beterrabas na feira, e tenho certeza de que você pode conhecer uma dessas pessoas no Hinge".

Contemplo brevemente a possibilidade de que *Jack* esteja nesse aplicativo chamado Hinge, encontrando mulheres gostosas para carregar suas beterrabas e, com um gesto frenético, alcanço minha bebida assim que tenho esse pensamento. Porém é refrigerante, e um gole dele não surte o efeito desejado.

Dylan olha para Jack. "Odeio aplicativos de namoro."

"Infelizmente, é assim que você conhece as pessoas hoje em dia. Você não vai ter um encontro fofo no Cathedral Park."

Ou na Livraria Powell's. Tomo outro gole de refrigerante.

"Ser bissexual nos aplicativos de namoro já é difícil o suficiente, mas adicione o fato de ser não branco, não binário e monogâmico? Em *Portland*? Você sabe quão branca e poliamorosa é a cena de namoro LGBT de Portland?"

"Eu odiava o fato de ser bissexual em aplicativos também", tento lamentar.

Debaixo da mesa, Jack pressiona seu joelho contra o meu, jeans contra jeans. Não tenho certeza se isso é acidental ou intencional, mas eu, sem querer querendo, esfrego meu joelho contra o dela. A sobriedade é, aparentemente, um escudo fraco quando os joelhos de Jack estão envolvidos.

"Perfil no Hinge", Jack ordena. "Agora."

Com tristeza, Dylan deixa sua cabeça cair sobre a mesa grudenta, mas empurra o telefone na direção de Jack ao mesmo tempo.

"Um fato sobre mim que surpreende as pessoas...", Jack diz, lendo no perfil do aplicativo.

"Que apesar da tatuagem no pescoço, eu ainda tenho que dormir com uma luz acesa à noite", Andrew completa. Dylan mantém a cabeça grudada na mesa, mas levanta o dedo médio em resposta.

"Me dou melhor com pessoas que..."

"Me dão um soco na cara quando eu mereço?", sugiro.

"Que podem dizer que minha casca grossa é apenas encenação", Andrew responde sem esforço. Diante disso, Dylan tira a cabeça da mesa apenas um pouquinho.

"Estou procurando por...."

"Monogamia, casamento, hipoteca, todas essas idiotices embaraçosas", Dylan diz com um aceno preguiçoso de mão.

"Todas essas coisas tradicionais", eu digo. Jack ergue seu olhar do telefone, e seus olhos se fixam nos meus. Debaixo da mesa, meu joelho ainda está pressionado contra o dela.

"Estou procurando alguém para me amar mesmo sendo completamente insuportável", Andrew resmunga no meio da sua terceira caneca de cerveja. Dylan se senta durante sua fala e encara Andrew através da fraca iluminação do bar. E mesmo que eu não possa ver meu próprio rosto, imagino que estou exatamente *da mesma forma*. Eu olho para Jack do jeito que Dylan olha para Andrew.

E sinto que não consigo mais fazer isso.

"Temos que contar pra eles."

"Contar o que pra eles?", Andrew pergunta enquanto se inclina sobre o bar para pedir outra jarra — uma Breakside IPA desta vez, para Jack.

"Contar *tudo* pra eles!", eu assobio. Por cima do meu ombro, vejo Dylan e Jack em nossa cabine, ambos parecendo tensos e desconfortáveis. "Não posso mais fazer isso. Não quero ser uma empata-foda. Quero contar a verdade para Dylan." Não importa o fato de que eu também queira contar a verdade a Jack. Que quero saber o que tinha no final da frase dela.

Você acha que se...

"Por que você quer contar a Dylan?"

"Porque você está apaixonado por elu!", digo em um volume que não condiz com o sigilo desta conversa. Andrew quase deixa cair uma jarra inteira e superfaturada de IPA. Controlo meu sussurro. "Você está apaixonado por elu, e elu está apaixonade por você, e essa coisa toda está começando a parecer ridícula."

"Não estou apaixonado por Dylan", ele diz calmamente.

"Andrew." Apoio uma mão em seu braço. "Você está, sim."

"Dylan quer que alguém carregue suas beterrabas no mercado da fazenda e, embora eu seja ótimo em levantar coisas e parecer gostoso, não sei nada sobre estar em um relacionamento a longo prazo." Andrew parece envergonhado, e percebo que estou cansada. Estou cansada de mentir e dissimular e não falar sobre as coisas. Por um ano, fingi que não estava machucada quando pensava que nosso dia juntas não tinha significado nada para Jack. Por um ano, disse a mim mesma que seria patético manter qualquer sentimento por ela.

Mas eu *estava* magoada, e ainda tenho sentimentos por ela, e não posso deixar Andrew repetir os mesmos erros idiotas que eu. "Mas, ainda assim, você quer? Um relacionamento de longo prazo?"

Em choque, ele escancara sua boca perpetuamente aberta, fechando-a logo depois. "Não importa o que eu quero. Não vou ter essa conversa com você em um bar. Nós vamos nos casar. Você assinou um contrato de guardanapo."

Uma garçonete com um piercing no lábio e asas de anjo tatuadas no decote levanta as sobrancelhas para nós. Andrew abaixa a voz. "Nada disso tem a ver com amor, Ellie. É um acordo. É *o dinheiro* que está em jogo. E preciso dele."

"Por quê?", falo em tom de exigência. "Por que você precisa tanto desse dinheiro? Você dirige um Tesla! Você veste Tom Ford! Por favor, me explica por que vale a pena ignorar seus próprios desejos e enganar toda a sua família por causa dessa herança."

Andrew me agarra pelo cotovelo e me puxa ainda mais para o fundo do bar, mais longe do alcance da voz. "Estou fazendo isso pela minha família."

"Isso não faz nenhum sentido. Sua família é ridiculamente rica."

Ele coloca a jarra no canto do bar, serve-se de um copo e toma um gole demorado. "Estou fazendo isso pela Jack", ele finalmente confessa, com seu ombro cedendo em demonstração de alívio.

Olho para o V de tensão se formando entre as sobrancelhas elegantes de Andrew. "Pela... *Jack?*"

"O dinheiro. Jack, ela..." Ele toma outro gole e balança a cabeça. "Eu deveria ter te contado tudo desde o início, mas estou profundamente envergonhado da minha família. O dinheiro... Minha irmã... a herança..."

Andrew se atrapalha por um segundo antes de encontrar sua capacidade verbal. "Você sabe como minha irmã está abrindo uma padaria? Bom, ela pegou um grande empréstimo comercial para fazer isso, principalmente porque acreditava que tinha esse fundo fiduciário para se assegurar."

"A herança que seu avô deixou pra você", digo, lembrando da conversa sobre biscoitos de Natal.

Andrew assente devagar. "Sim. Nós dois deveríamos herdar um milhão de dólares quando ele morreu..."

"Mas sua herança é de dois milhões", corrijo, quando a verdade se torna transparente. É claro. "Seu avô tirou Jack do testamento e deixou todo o dinheiro para você."

"Aquele filho da puta", Andrew cospe. "Ele costumava fazer esses discursos sobre como Jack desperdiçava o dinheiro dela, costumava tentar manipular minha irmã para voltar para a faculdade, mas isso nunca funcionou. Quando ele percebeu que ela estava contente trabalhando em uma padaria, ele a tirou de vez do testamento. Acho que ele não contou a ninguém, nem mesmo a Lovey. Só descobri quando o executor me ligou para me informar sobre a nova estipulação antes de enviar o testamento ao tribunal de sucessões."

Pego Andrew olhando na direção de sua irmã. É difícil vê-la de tão longe no bar escuro e nebuloso. Apenas o comprimento de seu pescoço e o contorno de seus ombros são visíveis. Ela balança o queixo, e sinto um puxão forte no peito. Seu avô a excluiu de seu testamento porque ela não correspondeu às expectativas dele para o nome da família.

"Demora cerca de quatro meses para o tribunal executar um testamento, então ninguém mais da minha família sabe a respeito disso até agora", Andrew explica, em voz baixa e urgente. "E minha irmã nunca terá que saber a verdade se eu puder herdar os dois milhões imediatamente e dar a metade para ela."

Pela primeira vez desde que Andrew, bêbado, colocou as duas mãos sobre a mesa e perguntou se eu me casaria com ele, todo esse esquema absurdo faz sentido. "Você quer proteger sua irmã, para que ela não saiba o que seu avô fez."

"Sim." Ele exala, seus olhos arregalados e vidrados e com amor pra caralho. Andrew está disposto a se casar com uma total desconhecida não por si mesmo, mas por sua irmã. Ele está desistindo do que pode ou não ter com Dylan por causa de sua irmã.

E isso me quebra. Não tem nada a ver comigo nem com os duzentos mil dólares. Se eu contar a verdade a Jack — se eu corresponder a esses sentimentos, mesmo que por um segundo —, estou tirando um milhão de dólares dela.

Me viro para a atendente com o piercing labial. "É, eu vou precisar de um Moscow mule."

Dezoito

Nova meta para a noite: não beijar Jack novamente.

Estou *arrasando* nesse objetivo. Depois do meu primeiro Moscow mule, quando Dylan insiste para que joguemos uma partida de sinuca, não tento beijar Jack quando ela me mostra a forma correta de segurar um taco, como se estivéssemos em uma música de Carrie Underwood. E quando Dylan fica tão bêbade que faz um discurso retórico em espanhol sobre Phoebe Bridgers e preconceito e jeans skinny (segundo entendo com meu pouco espanhol), não olho para a bunda de Jack quando ela se inclina sobre a mesa para dar sua tacada. Nem mesmo por um segundo.

Quando Andrew muda para doses baratas de uísque Fireball (seu pedido de sempre, pelo visto) e pisca para a bartender para que ela toque uma playlist de Natal, não encosto nos quadris de Jack assim que eles fazem um trenzinho para dançar "Rockin' Around the Christmas Tree". Também não me inclino nas costas dela nem pressiono minha bochecha no tecido áspero de sua jaqueta. Quando Andrew e Dylan ficam bêbades o suficiente para entreter o bar inteiro com uma versão de "All I Want for Christmas" sem máquina de karaokê, não observo Jack se movendo ao sabor da música, nem lambendo a espuma de cerveja que ficou em seus lábios depois de cada gole, nem sacudindo o queixo para tirar o cabelo do rosto.

E quando Jack vai até o bar para pedir outra bebida, digo a mim mesma para não seguir seus passos. Mas é óbvio que faço isso.

"Parece que você está se divertindo!", grito mais alto que a música natalina. Andrew e Dylan já empurraram mesas o suficiente para formar uma pista de dança. O dono do bar parece totalmente imperturbável com esse desenrolar de acontecimentos, já que turistas e moradores locais caem sob o feitiço hipnótico do charme de Andrew, reunindo-se no meio do bar para acompanhar sua alegria natalina.

"Estou", Jack sorri para mim, com seu cabelo suado e grudado na testa. Ela se apoia no balcão com os dois cotovelos, e não a beijo. Estou impressionada com meu autocontrole. "Eu precisava disso. Desta noite", Jack diz. "Estava precisando ficar longe daquela casa, de todos os..." Ela interrompe o pensamento, observo seu rosto sabendo que sua mente foi para algum lugar aonde não posso acompanhá-la.

A atendente com piercing labial se aproxima. "Pra você o que vai ser?"

Jack volta a si e pede outra cerveja. Contrariando minhas melhores intenções, peço outro drinque. Jack me observa, há algo distraído em sua expressão. "Em algum momento nós vamos falar daquilo?", ela pergunta, e estou lutando para conectar os pontos em meio aos saltos que seu cérebro bêbado parece estar dando.

"Falar do quê?"

"Do beijo", Jack provoca, com seus olhos confusos. Ela está definitivamente muito bêbada para essa conversa. E estou muito sóbria para isso. "Nós não vamos conversar sobre o fato de que você me beijou?"

"Bem, eu acho que nós nos beijamos", argumento. "E nós só fizemos isso por causa do visco e de seus familiares bêbados."

Jack estala a língua contra o céu da boca. Não olho para sua língua *nem* para sua boca. "Tentei me afastar", ela me corrige, sacudindo o queixo para tirar o cabelo do rosto, mas os fios estão grudados com suor, e nada acontece. "Você me segurou. Você continuou me beijando."

Meu coração calcifica dentro do meu peito em humilhação. *Ela se afastou. Eu a segurei.*

"Me desculpa", digo, porque não tenho certeza do que mais posso dizer em uma situação como essa. Não posso admitir que a segurei porque me arrependo de tê-la deixado escapar tão facilmente da última vez.

"Por que você está se casando com ele?", Jack praticamente grita quando a atendente deposita nossas bebidas em nossa frente. Ao que tudo indica, chegou o momento da noite em que colocamos todos os problemas na mesa.

Tomo um gole do meu drinque. "Jack..."

"Não entendo." Ela balança a cabeça, sua expressão quase zangada. "Eu *quero* entender. Quero apoiar, mas o que é que vocês dois têm em comum?"

Recuo da mulher bêbada ocupando muito espaço a minha frente. "O quê? Porque Andrew é bem-sucedido e bonito e rico, e eu sou uma bagunça?"

As mãos de Jack escorregam em sua bebida suada. "Você sabe que não foi isso que eu quis dizer. Claro que ele escolheria você, Elle. Você é... merda, você é tão..." Ela balança a cabeça. "Você é tão linda. Você é ainda mais bonita do que meu irmão. O que é, e eu estou percebendo agora, uma coisa meio estranha de se dizer." Jack faz uma pausa, e, mais uma vez, não sei como não a beijo.

Ela falha de novo ao tentar alcançar sua bebida, e não consigo desviar o olhar de toda a loucura do momento. "Mas por que você está escolhendo ele?", Jack me pergunta, seu olhar me queimando com a intensidade de um lança-chamas. E então ela me faz aquela pergunta. A pior pergunta que ela poderia me fazer neste bar. "Você o ama?"

Sei que tenho que mentir. Não tenho outra escolha. Um milhão de dólares e contratos de guardanapo, e sei que tenho que dizer isso. Tenho que dizer a essa mulher de coração inquieto e cabelo grudado no rosto que estou apaixonada pelo irmão dela.

Abro a boca para falar — *é só falar, Ellie.*

Jack me direciona um olhar confuso, de acusação e com uma lasquinha de esperança, acho, bem ali no canto de sua boca. É a esperança que me pega. "Eu...", tento falar.

E então me viro e corro na direção do banheiro mais próximo.

Minha tentativa de fuga é malsucedida por vários fatores.

Um: o chão pegajoso me segura.

Dois: as pernas de Jack são mais longas que as minhas.

E três: é um banheiro com várias cabines e porta vaivém que eu esqueço de trancar. Jack entra no banheiro atrás de mim com a mesma segurança com a qual transita por todos os espaços, me encontra encostada na pia e me encara. "Você ama o Andrew?", ela me pergunta novamente, a porta se fechando atrás dela.

"Por que você se importa?" É um argumento fraco para me proteger, mas é a única defesa que tenho no momento, a única maneira de me impedir de dizer a verdade a ela.

"Por que me importo se você está realmente apaixonada pelo meu irmão, o homem com quem você deveria se casar?" Ela cruza os braços sobre o peito.

Cruzo os meus também, espelhando sua postura fechada. "Honestamente, nosso relacionamento não é da sua conta."

Jack ri de mim e sacode seu queixo, e não tenho certeza se vou beijar seu rosto ou socá-lo. Ela parece tão teimosa e hipócrita e suada. "Apenas responda à pergunta, Elle. Você ama o Andrew ou não?"

E eu estou cansada. Estou tão, tão *cansada*.

"Jogo da honestidade", Jack exige.

"Nem vem!", grito com ela. "Não, eu não o amo!"

O banheiro fica silencioso e sufocante assim que essas palavras saem da minha boca. Jack está ali com os braços cruzados, os pés plantados. Estou definitivamente desmoronando com as costas contra a pia. À distância, podemos ouvir o batuque baixo da festa com a dança improvisada de Andrew. Mal consigo entender as palavras de "Last Christmas". Essa maldita música.

A verdade oscila entre nós, e eu gostaria de poder trazê-la de volta. "Não amo ele", repito, em vez disso, solidificando a verdade até que se torne uma coisa tangível entre nós. Jack está imóvel na minha frente, rígida e furiosa, e ainda assim tudo que eu quero fazer é beijá-la.

Espero que ela grite comigo por me casar com alguém que não amo. Espero que ela saia do banheiro. Espero que ela faça alguma coisa.

"Elle", Jack diz com uma voz tão próxima de um sussurro que quase não a ouço sob a voz de George Michael tentando se salvar das lágrimas. Então toda a tensão deixa o corpo de Jack, como se alguém cortasse suas cordas, como se ela fosse desabar no chão do banheiro, assim como ela caiu na neve mais cedo. Quero ir até ela, abraçá-la, segurá-la. Quero tanto beijá-la, é como uma sede evidente, um estalo seco no fundo da minha garganta.

Antes que eu possa quebrar minha promessa da noite, Jack se endireita. E dá três passos decididos pelo banheiro até chegar na minha frente na pia. Acho que ela vai me sacudir.

Acho que posso beijá-la.

Mas não a beijo, porque Jack segura os dois lados de meu rosto e de repente é ela quem está me beijando.

Dezenove

Tecnicamente, isso não é uma violação da meta da noite.

Afinal, é Jack quem está me beijando, e tem gosto de fogo, agitação e esperança. Jack está me beijando, um beijo como um ponto de interrogação. Sua boca está hesitante contra a minha, e sei que deveria me afastar. Essa é a regra, esse foi o trato que fiz comigo mesma. *Nada de beijar Jack*. Por ela.

Mas é que estou tão cansada. Estou me sentindo tão solitária. E aqui está a mulher que me faz sentir tão *completa*. O encaixe para a forminha de biscoitos no meu peito.

Respondo à pergunta em seus lábios com *sim* e *por favor* e *mais*. Eu a beijo de volta porque tudo na minha vida é uma merda, exceto isso.

E me entrego, prendendo minhas mãos em seu cabelo, e a beijo sabendo que isso vai doer mais tarde. Eu a beijo como se não me importasse. Sinto como se estivesse de volta à neve de um ano atrás, saboreando-a pela primeira vez, me familiarizando com a pressão de sua boca e a segurança de suas mãos e a solidez de seu corpo. Já faz exatamente um ano desde que fizemos isso, mas é como se estivéssemos lembrando de coreografias antigas. É a memória muscular, a maneira como meus braços circulam sua cintura, a maneira como seus dedos se entrelaçam em seu cabelo, como nossos queixos se inclinam, como nos arqueamos uma para a outra.

Ela repousa suavemente uma das mãos em minha cintura, apoia dois dedos na lateral do meu pescoço, e ela ainda está me beijando com cuidado. Abro minha boca apenas o suficiente para pressionar minha língua naquela cicatriz branca, e Jack solta um som suave do fundo de sua garganta, porque ela é secretamente muito delicada. Nós duas somos.

Minhas mãos procuram aquela suavidade, a gordura macia sobre os ossos do seu quadril, debaixo da camiseta. De repente, não quero tomar cuidado. Quero beijar Jack enquanto for possível. Antes que eu a perca novamente.

Eu a puxo para mais perto de mim, até minhas costas afundarem na pia, até que ela esteja prendendo meu corpo no lugar. Reivindico sua boca aberta e passo a ponta da língua pelo céu da sua boca do jeito que ela gosta. Ela amolece em meus braços, uma das mãos enrolando minha trança até que ela puxa, expondo a lateral do meu pescoço. Ela me beija ali, com os dentes. Com sua língua. Não há nada de cuidado nisso.

Jack me beija como um nó que só ela pode desembaraçar. Ela curva seu corpo sobre o meu, e o tempo encolhe, até que o último Natal parece ter sido ontem, como se estivéssemos retomando as coisas exatamente de onde paramos. Não estamos nos beijando no banheiro nojento de um bar. Estamos do lado de fora do Pastel de Desfem, nos beijando na neve. Estamos em um bar vazio, nos beijando no escuro com gemada temperada. Estamos no Airstream dela, nos beijando como se tivéssemos todo o tempo do mundo.

Ela tira meu cardigã em algum momento. Tiro sua camiseta.

Jack me levanta e me coloca na beirada da pia, então dá um passo para trás e me *olha*. Ela fica entre minhas pernas abertas e olha e olha e olha. "Tão linda", Jack diz, com seu sussurro que ainda é alto o suficiente para ser escutado por cima da música. E eu sei que esse elogio vem graças a várias cervejas e à péssima iluminação do banheiro, mas eu não me importo.

Eu a alcanço e tiro aquela mecha de cabelo suada de seus olhos, e a encaro de volta. Na bela inclinação de sua mandíbula, na torção de sua boca carnuda, no sutil brilho de esperança em seus olhos. É a esperança que me mata toda vez.

Como fui capaz de estragar tudo isso no ano passado? Como faço para não estragar tudo de novo?

Tiro a camisa. Essa é uma ótima maneira de estragar isso, mas os olhos de Jack ficam ainda mais escuros. Ela se aproxima de mim, suas mãos traçam seu caminho do meu estômago macio até a frente do meu sutiã nude, e então ela está me beijando novamente. Beijos profundos e selvagens. Beijos que geram ondas em seu corpo enquanto ela se esfrega em mim, a costura do meu jeans contra seu osso do quadril, sua boca na minha boca, meu ombro, minha clavícula, a parte superior dos meus seios.

"Você é tão bonita." Ela respira essas palavras contra a minha pele, enfiando-as em todos os meus lugares macios e frágeis. "Graças a Deus você não vai se casar com ele, Elle", ela geme. "Você não pode se casar com ele. Eu... eu não sei o que faria se você se casasse com ele."

Congelo na beira da pia.

Por um momento, a boca de Jack fica imóvel contra a minha pele. Então ela se afasta.

Ela me encara novamente. Estou sem camisa, com tesão, e correndo um baita risco após beijá-la. Totalmente em pânico. "Você..." Jack lambe seus lábios salientes. "Você ainda vai se casar com ele, não é?"

"Jack..."

Isso é tudo o que consigo dizer antes que a esperança se desvaneça dela. Ela pisca, e então está dando outro passo para trás, pegando sua camiseta no chão pegajoso. "Sinto muito", diz, sem olhar para mim. "Merda. Eu sinto muito."

"Jack, eu posso explicar."

"Isso foi um erro." Jack pega minha camisa e a estende para mim. Pego, coloco na frente do meu corpo como se pudesse me proteger deste momento. "Podemos fingir que isso nunca aconteceu?"

Sua voz está dura como pedra, seu rosto está virado para longe de mim. Fisicamente, ela ainda está aqui neste banheiro, mas emocionalmente ela já se escondeu em seu Airstream, já recuou para trás de seu escudo de alumínio.

"Não, Jack, escuta..."

Mas não há nada que eu possa dizer, e em todo caso Jack não fica para ouvir. Ela sai do banheiro e me sento na beira da pia, ouvindo o som de seus passos se afastando ao longe, se misturando com outra música de Natal.

É horrível ser a pessoa que fica para trás.

Dia de neve

Uma webcomic de Oliverfazarteasvezes
Episódio 6: The L-Word (véspera de Natal, 18h57)
Publicado em: 28 de janeiro de 2022

"Jogo da honestidade: sinto que te conheço desde sempre."

"Tá, não é assim que o jogo da honestidade funciona. Você deveria dizer *jogo da honestidade* e depois fazer uma pergunta para a qual deseja uma resposta honesta."

"O jogo existe há, tipo, dez horas. E como sua criadora, acho que posso mudar as regras de acordo com a minha vontade."

"Então por que ter regras?"

"Ok. Então me pergunte se eu sinto que te conheço desde sempre."

Suspiro. "Jogo da honestidade: você sente que me conhece desde sempre?"

Jack abre um sorriso de canto que me faz sentir completamente tonta. "Sinto. Ah, nachos!"

O dono do bar deixa cair um prato montanhoso de nachos na mesa e nos dirige um grunhido. "Que tipo de idiotas ficam fora o dia todo no meio de uma tempestade de neve colossal?"

"Nosso tipo de idiotas", Jack responde com um tom simpático enquanto puxa um nacho do meio da pilha, com um *jalapeño* caindo em sua camiseta enquanto ela tenta enfiar as tortilhas na boca.

"Bem, os nachos são por conta da casa. Não quero o peso das suas mortes na minha consciência."

Estamos sentadas em um canto escuro de um bar escuro, joelhos e panturrilhas e cotovelos, todos se tocando. O bar está quase vazio, exceto por alguns frequentadores que moram nos apartamentos do outro lado da rua e um grupo de pessoas desabrigadas que o barman convidou para sair do frio. A maioria dos lugares fechou, mas encontramos um bar onde o dono mora no andar de cima e não tem motivos para não ficar aberto para quem precisa de calor. Ou qualquer idiota que precise de jantar.

E nós *somos* idiotas.

Ainda não cruzamos a ponte que nos levará ao sudeste de Portland, a ponte que nos levará para casa. Nós não discutimos isso, mas a ponte simboliza o abismo entre as pessoas que somos hoje e as pessoas que seremos amanhã, ou daqui a alguns dias quando a neve derreter, quando essa bolha estranha, mágica e desafiadora do tempo estourar.

Falamos que a fome foi a razão pela qual saímos do caminho desta vez, mas eu sei que para mim, pelo menos, foi parcialmente medo. Medo do que vem a seguir. Medo de como isso vai acabar.

Meu medo deveria ser chegar em casa, mas o dono está fazendo outra leva de gemada temperada, e Jack está me beijando entre mordidas de nachos em nossa mesa de canto, e eu não consigo me importar. Joelhos e panturrilhas e cotovelos e mãos. Beijos picantes e doces.

"Jogo da honestidade: me conta sobre todas as pessoas que você já amou", Jack sussurra entre meu cabelo.

Me permito estender a mão e tocar a cicatriz branca em seu lábio superior. "Eu amo minha melhor amiga, Meredith."

"E você agindo como se *eu* fosse um clichê LGBT."

"Não, quero dizer, eu amo de forma *platônica*. Nunca amei ninguém do jeito romântico." Os dedos de Jack ainda estão em meu cabelo. "Achei que amava minha namorada da faculdade, mas acho que simplesmente amei o que ela me ensinou sobre minha sexualidade e sobre mim mesma. Isso é estranho? Que eu nunca tenha me apaixonado?"

Jack dá de ombros. "Todas as formas de amar são *amor*."

Beijo sua cicatriz.

"Todos nós sentimos atração de formas diferentes", ela continua, pressionando sua boca na pele macia atrás da minha orelha. "Alguns de nós se apaixonam e desapaixonam facilmente. Alguns de nós não experimentam o amor romântico. Alguns de nós têm que lutar para se permitir ser vulneráveis o suficiente para se apaixonar." Ela beija meu pescoço. "Alguns de nós têm que persistir para deixar que outras pessoas os amem."

Ela beija meu ombro, um pequeno pedaço da minha pele que estava coberto pelo meu lenço azul o dia todo. "Alguns de nós precisam de intimidade emocional para sentir atração sexual." Ela me acaricia até eu rir da sensação de seu nariz contra a minha pele. "Todo amor e todas as formas de amar são amor, Elle." É apenas uma sílaba. Uma letra. Elle.

No entanto, de alguma forma, sinto que as placas tectônicas estão mudando dentro de mim, como se meu interior estivesse em subducção, empurrando sentimentos adormecidos para a superfície.

É *isso*. Jack em um bar escuro. Um jalapeño em sua camisa e gemada temperada em sua língua. Ver e ser visto. Isso parece *amor* real.

Isso parece algo enorme e confuso, algo muito desajeitado para eu decifrar no meu cérebro e no meu peito, e só se passaram nove horas.

Existem regras. Planos a seguir. Horários e estruturas. Você não deveria se apaixonar por uma pessoa em um único dia, mas talvez possa, quando neva.

Talvez em um dia de neve você possa ignorar a voz irritante na parte de trás de sua cabeça que diz que isso não vai durar porque nada dura, porque as pessoas em sua vida não ficam por perto. Talvez você possa confiar. Pelo menos, talvez você possa confiar nela.

"Jogo da honestidade", digo, e minha voz treme um pouco. "Também sinto como se te conhecesse desde sempre."

Vinte

Sexta-feira, 23 de dezembro de 2022

"Eu não sabia que você estava fazendo parte *desse tipo* de comédia romântica." Meredith solta um assobio baixo através da tela do meu celular.

"Não. Está. Ajudando."

"Olha, agora que você beijou a irmã do seu noivo duas vezes, não tenho certeza do que você acha que vai te ajudar. Não há nenhum discurso motivacional da Judy Greer sendo direcionado a você."

Me agacho na máquina de lavar, olhando para Meredith na luz azul do esconderijo da lavanderia às três da manhã. "Ok, o primeiro beijo não foi minha culpa. Tinha um visco e vovós bêbadas envolvidas nesse esquema. E o segundo beijo... sim, tudo bem, eu assumo total responsabilidade nesse."

"Acho que você está em uma daquelas comédias românticas moralmente ambíguas. Como O *casamento do meu melhor amigo* ou *Quatro casamentos e um funeral.*"

"Quem eu sou?", pergunto, muito certa de que não quero ouvir a resposta. "Julia Roberts ou Andie MacDowell?"

"Você é Dermot Mulroney", Meredith responde. "Você é o idiota que se casa com Cameron Diaz, mas continua flertando abertamente com Julia Roberts. Porque Jack acha que você está se casando com o irmão dela *de verdade*, e ela acabou de beijar *a noiva do irmão.*"

"Mas eu não quero ser Dermot Mulroney", lamento.

"Tópico difícil." Aparentemente, a capacidade de empatia de Meredith não é ativada até que ela tenha tomado seu café. "Se você não quer ser Dermot Mulroney, então você precisa ser sincera com a Jack."

"Não posso! Por causa do dinheiro!"

Meredith já sabe de tudo isso. Assim que o trapézio amoroso chegou em casa depois do Bar da Montanha (Meemaw e Lovey tiveram que ir nos buscar, e sim, essa foi a viagem de carro mais estranha da minha vida), fingi ir para a cama, mas fugi com meus aparelhos eletrônicos para desenhar até uma hora menos cruel para ligar para Meredith. Os quadrinhos estavam desleixados, com uma narrativa sem foco e muita compaixão, mas eu não tinha intenção de publicá-los, de qualquer maneira. Não tinha postado mais nenhum episódio de O acordo no Drawn2 desde que tudo começou a parecer muito pessoal e particular. Mas isso não impediu que o número de visualizações e curtidas crescesse nos primeiros episódios, nem que minhas assinaturas quadruplicassem e que minha caixa de entrada transbordasse de mensagens não lidas. Até mesmo os números dos antigos episódios de Dia de neve aumentaram, graças aos novos leitores que migraram em massa, e me sinto um pouco inquieta sabendo que essa história é uma versão mal disfarçada da minha história com Jack. Pelo menos, a versão da história tal como a conhecia na época.

Como eram cinco horas da manhã no horário de Meredith, decidi que era já aceitável para, em circunstâncias como essa, ligar para uma amiga. E contei tudo a ela.

"Olha, aconselhei você a entrar nesse esquema de casamento falso no começo, mas isso foi quando eu pensei que tinha alguma chance de você se apaixonar pelo Andrew, antes de descobrirmos que Jack é irmã dele. Agora a coisa está muito complicada. Como sua advogada não oficial, tenho que sugerir que você saia dessa e evite problemas futuros."

"Não é tão simples assim. Fiz uma promessa a Andrew, e esse não é o meu segredo, não tem mais a ver comigo. Tem a ver com a Jack."

Meredith esfrega os olhos, completamente imperturbável. "Você está mentindo para a Jack por causa da Jack?"

"Você não entende porque nunca teve que lidar com o fracasso." Meredith bufa; eu a ignoro educadamente. "Mas Jack está correndo um grande risco ao abrir a padaria. E você está sugerindo que eu faça o quê? Confesse meu amor por ela?"

"Sim", Meredith diz, séria. "Isso é exatamente o que estou te dizendo para fazer."

"Não posso! É ridículo! Você não pode se apaixonar por alguém que você conhece por um total de...", conto nos dedos, porque são três da manhã e meu cérebro não é nada além do que algumas células pulverizadas. "Sete dias? Você não pode se apaixonar por alguém que você conhece pelo equivalente a uma única semana!"

"*Quem* disse?". Meredith, que passou os últimos sete anos estudando direito, que adora regras, diretrizes e planos meticulosos quase tanto quanto eu, claramente perdeu a cabeça.

"*Todo mundo* disse. Sabe quem se apaixona tão rápido? Adolescentes. Como Romeu e Julieta. E olha só como isso acabou."

"Eu não sei, não, eles deram certo em algum momento, então não foi de todo ruim."

"Não quero acabar bebendo veneno sobre o corpo não morto de Jack, Meredith!"

"Interessante que você se veja como Romeu neste cenário", ela observa calmamente. "Você está tendo uma espiral de pensamentos agora? Parece que você está ansiosa."

"Claro que estou ansiosa! Estou apaixonada por uma mulher que conheço há apenas sete dias!"

Estou.

E não deveria estar.

Não é coerente.

Me apaixonei por ela ao longo de um único dia e nunca me desapaixonei, e aqui estou, trocando beijos com ela num banheiro e estragando o resto da sua vida. "O que há de errado comigo, Mere?"

Meredith inspira lenta e profundamente, quem sabe contemplando as inúmeras maneiras de responder a essa pergunta. *Você é um fracasso e você é uma pessoa ruim*, ambos vêm a minha mente.

Você é um burrito congelado.

Ou *Você tem transtorno de ansiedade generalizada não tratado e provavelmente deveria estar tomando remédios.*

Ou *Você deixa sua mãe abusar de você.*

Mas o que Meredith realmente diz é: "E se não houver nada de errado com você?".

"Parece lorota, mas me explica."

Meredith prepara a boca. "Olha. Esse ano foi uma grande merda. Você foi demitida do seu emprego dos sonhos, sua mãe tem sido mais sanguessuga do que nunca, e você estagnou. Então, quando essa oportunidade caiu no seu colo, eu pensei que era a sua chance de ganhar algum dinheiro, e talvez Andrew pudesse finalmente te ajudar a esquecer a garota que partiu seu coração no Natal passado. Mas o que aconteceu em vez disso?"

Meredith faz uma pausa significativa.

"Você quer que eu responda ou...?"

"Aconteceu que a garota que partiu seu coração no Natal passado é a *porra da irmã* dele." Meredith bate um punho em sua palma fechada. "Quais são as *chances*? Quer dizer, eu não sei, Ellie... meio que parece destino."

"Você não acredita em destino."

"Não acredito que a gente deva abrir mão de nosso livre-arbítrio por achar que as coisas *eram pra ser*", ela esclarece. "Mas acredito, sim, que algumas pessoas devem estar em nossas vidas. Você se lembra de como nos conhecemos?"

"Dã. Quando te impedi de cometer um crime." Meredith e eu éramos vizinhas de dormitório na faculdade em nosso primeiro ano. Nós duas tínhamos colegas de quarto chamadas Ashley, que achavam que eram legais demais para nós, mas não andávamos juntas nos primeiros meses. Nós duas estávamos muito ocupadas estudando e trabalhando trinta horas por semana para nos preocupar em fazer amigos. Meredith estava namorando um certo engenheiro mecânico chamado Spencer Yang, que conheceu no ensino médio, e pouco antes das férias de inverno voltou para seu dormitório depois de uma reunião da Sociedade de Direito Empresarial e deparou com seu namorado e sua Ashley em uma posição sexual bem chocante para os nossos padrões de dezoito anos.

Eu a encontrei no banheiro no meio de um típico ataque de fúria ariano, prestes a cometer algum crime oriundo de rivalidade feminina ao derramar água sanitária no frasco de shampoo da Ashley.

Em vez disso, inspiradas por *Gilmore Girls*, decidimos jogar ovos no Miata de Spencer, o amado carro dele, mas nós nem chegamos perto da cozinha do dormitório. Passamos horas bebendo vodca com suco de limão e rindo loucamente enquanto tentávamos — e falhávamos miseravelmente — fazer ovos cozidos, e Meredith esqueceu sua raiva mais ou menos quando "I Knew You Were Trouble" estava tocando pela décima quarta vez. E foi isso.

Eu a vi em seu pior estado absoluto, seu momento mais caótico e, de alguma forma, ela se tornou a única pessoa para quem eu poderia mostrar minha versão bagunçada em troca.

"Você é minha alma gêmea platônica", Meredith diz. Encaro minha melhor amiga na tela do telefone. Acordada às cinco da manhã dela para conversar comigo no meio de uma crise de ansiedade, com seu cabelo ruivo selvagem preso por um único lápis. Ela é a tinta a óleo perfeita para a minha timidez de aquarela, o fogo para minha água, o signo de Áries que completa o meu Peixes. "Você é minha alma gêmea platônica também", respondo.

"Talvez Jack seja sua alma gêmea romântica..."

Bufo, mas estou pensando no molde de biscoitos com formato de Jack que surgiu dentro de mim. Sobre as pessoas que viram minha versão mais caótica e me amaram mesmo assim.

"O fato de que essa mulher voltou à sua vida depois de um ano... Não sei. Parece mágica para mim."

"Você não acredita em magia, Mere."

"Não", Meredith suspira. "Mas você acredita. Ou, pelo menos, alguma versão de você acreditava."

Olho para os quadrinhos esboçados no Clip Studio no iPad. Nada disso parece mágica.

Viagem de esqui em família: dez horas.

Está escrito com clareza na agenda, com fonte com serifa tamanho doze e tinta preta, cuidadosamente laminada. A véspera da véspera de Natal é o dia em que os Kim-Prescott se amontoam em dois carros para dirigir pelas estradas perigosas e cobertas de neve, a fim de passar um dia inteiro na área de esqui de Timberline Lodge. Não há nada que eu tenha menos vontade de fazer do que esta viagem de esqui em família.

A crença é aprofundada quando entro na cozinha às seis da manhã, depois de não ter dormido, e descubro que toda a família não só está acordada, como cheia de energia. Meemaw está com a prancha de snowboard no ombro, Lovey está fazendo alongamentos de quadriciclo, e Dylan e Andrew estão debruçados sobre um mapa das pistas de Timberline, como se tudo entre elus estivesse perfeitamente normal. Esses idiotas nem parecem de ressaca. Jack está vestida com roupas de esqui, preparando sanduíches que embrulha em papel manteiga para o café da manhã. Ela se recusa a olhar para mim quando entro na sala.

A vergonha percorre meus membros. Eu a *beijei*. Deixei que *ela me* beijasse. E quando ela me perguntou se eu ainda ia me casar com o irmão dela, eu fiquei *quieta*.

Estou cansada demais para passar um dia em Timberline tentando evitar a Jack e a minha culpa. Além disso, não tenho a menor ideia de como esquiar. Estou prestes a dizer que estou doente, até que Jack olha por trás do fogão. "Onde está o meu pai? Tenho que preparar um sanduíche pra ele?"

Katherine, que está arrumando o próprio equipamento na ilha de cozinha, faz uma pausa. "Seu pai não vai com a gente hoje", ela diz com indiferença razoável. Me pergunto se foi com ela que Jack aprendeu. "Ele estará aqui quando chegarmos em casa. Disse que vai preparar bolo de carne para o nosso jantar."

A casa fica em silêncio. E *merda*. Não posso desistir hoje, não quando Alan está decepcionando Katherine mais uma vez. Essas tradições significam o mundo inteiro para ela.

Pressão materna é, obviamente, a razão pela qual acabo vestindo uma roupa de neve emprestada, espremida entre as vovós no banco de trás do Lincoln Navigator, comendo meu sanduíche de café da manhã. Timberline Lodge é um chalé de esqui de verdade — um lindo chalé na montanha em meio a picos nevados, bonito o suficiente para fazer você esquecer que serviu como cenário para as cenas externas de *O iluminado*. Por um momento, a visão da vasta paisagem branca me faz esquecer todos os problemas.

Meus problemas voltam em dobro quando saímos do carro.

"Andrew e eu vamos formar uma dupla, já que nós praticamos snowboard", Dylan anuncia enquanto todos estamos em um semicírculo no estacionamento. Andrew parece um pouco perplexo com essa declaração e com a repentina autoridade de Dylan no dia de esqui em família.

"Vamos subir a Magic Mile e começar na pista de Coffel. E Katherine, você e as avós provavelmente estão planejando ficar no Molly's, certo?"

Não faço ideia do que essas palavras significam, mas Katherine olha para as avós e assente.

"Beleza. Ellie disse que nunca esquiou antes", Dylan continua, "então alguém precisa ajudar a pegar o equipamento e ensiná-la a usar. Jack?"

Jack está parada a alguns metros de distância, atrás da porta traseira de Gillian. Seus esquis estão na vertical, e ela está encostada neles. "Eu não tenho certeza de que é uma boa ideia", Jack tenta vagamente.

"Por que não?", Dylan pergunta. "Você esquia e, de todo modo, sempre fica nas trilhas para iniciantes e intermediários." Jack franze a testa, mas não tenta mais nada.

"Ok, pessoal!", Katherine chama a família, e Meemaw me abandona para se juntar ao grupo. "Vamos nos encontrar no Blue Ox Bar ao meio-dia para o almoço. A previsão diz que vai começar a nevar esta tarde. Não deve se intensificar até a noite, mas vamos sair às quatro, no máximo, para evitar as más condições da estrada."

Andrew e Dylan pegam suas pranchas de snowboard e seguem em direção a um dos teleféricos. Katherine e as avós caminham na direção oposta. E Jack e eu ficamos sozinhas entre nosso silêncio constrangedor e olhares que tentam se evitar, de repente... "Você vai me empurrar da montanha?"

Jack finalmente olha para mim. Está com olheiras, e sua boca é uma linha fina e pálida. "Estou pensando."

"Acho que eu mereço. Jack, olha, será que nós podemos..."

"Estava muito bêbada ontem à noite", ela diz rapidamente. Volta a me evitar. "Nós duas estávamos."

Verdade, mas parece que não vale a pena pontuar.

"Cometemos um grande erro, mas não vai acontecer de novo."

"Hum, certo. É claro."

Jack se afasta de mim, então estou olhando para o perfil solene de seu rosto. "No futuro, provavelmente será melhor se nós..." Ela ajusta o gorro. "Se não passarmos muito tempo juntas. Quer dizer, nenhum tempo juntas."

Inspiro bruscamente e digo a mim mesma que é por causa do frio, e não pelas lágrimas, que meus olhos ardem. "Hum-hum."

"Mas, por enquanto, só temos que passar por hoje. Então vamos pegar seus esquis."

Jack gira na neve, e eu não tenho escolha a não ser segui-la de forma silenciosa e desgraçada pelo caminho até o chalé. Na locadora, um homem atraente com um inexplicável bronzeado em dezembro no meio do Noroeste do Pacífico mede meu pé (enorme), depois o comprimento da minha perna (longa) e por fim me amarra em um par de botas e bastões assassinos.

"Eu não consigo fazer isso", digo ao cara fortão com uma voz trêmula.

"Claro que consegue", Jack responde, parecendo entediada.

"Eu *realmente* não consigo fazer isso", repito quando o homem me pede para ficar de pé em meus esquis para testar o ajuste.

"Tenho fé total em você", Jack diz em um tom monótono, como uma coach apática. Nem Jack, nem o homem respeitam meus protestos, e tão logo ela entrega o cartão de crédito de Katherine eu estou do lado de fora, na neve, em meus esquis. Jack me diz para me mover, para não bloquearmos o caminho principal.

Se por "mover" ela quer dizer balançar e agitar meus braços como um personagem de desenho animado escorregando como uma casca de banana, então atendo às demandas muito bem. Antes de cair na neve, o braço livre de Jack se estende para me firmar. Não percebo o quão perto ela está até que seu braço esteja forte, quente e pressionado em volta da minha cintura.

"Isso é perigoso", digo a ela. Com "isso", me refiro a esquiar. Obviamente esquiar.

Jack solta minha cintura imediatamente. "Esqui é superseguro."

"Não é seguro", respondo, sacudindo os postes de metal com as pontas. "Acho que você quer me ver empalada."

Jack dá de ombros. "Se você ficar empalada, vai acabar resolvendo alguns dos meus problemas, mas também vai criar vários novos e, no final das contas, não acho que valeria a pena."

"As pessoas *morrem* esquiando o tempo todo", insisto. "Natasha Richardson morreu enquanto esquiava! Por que alguém iria querer participar de uma atividade que acabou com o mundo de Natasha Richardson?"

Minha ansiedade está crescendo um pouco, e provavelmente não tem nada a ver com esquiar ou com Natasha Richardson, e é possível que esteja ligada ao que aconteceu há vinte minutos, quando Jack disse que deveríamos nos evitar. Ou doze horas atrás, quando ela me beijou como se nossas vidas dependessem disso.

De forma impaciente, Jack enfia os punhos nos bolsos do casaco. "Prometo que você não vai morrer esquiando hoje."

"Você não pode prometer isso."

"Bem, não acho que você vai se arriscar numa corrida de nível avançado em sua primeira excursão de esqui, então, sim, eu meio que posso. Além disso, você tem esse capacete superfofo." Ela bate três vezes no meu capacete preto gigante.

"E se eu cair?"

"Você vai cair. É provável que muitas vezes. E honestamente vou me divertir assistindo." Um breve indício de um sorriso se curva no canto da boca de Jack. Acho que vou cair agora.

"Todo mundo cai na primeira vez", ela constata. "Nossa, até eu vou cair pelo menos uma vez hoje, e esquio desde pequena."

"Por que alguém ia querer fazer algo que já sabe que vai dar ruim?"

"Eu disse que vou cair, não que vai dar ruim. É literalmente impossível errar no esqui."

"A menos que você morra", digo.

"A menos que você não *tente*."

"Uau. Sempre com a essência de um pôster motivacional ambulante."

Seu sorriso se alarga, apenas por um segundo, antes que ela se lembre que está furiosa comigo e o reprima. Então ela suspira, claramente angustiada ao me ver segurando esses bastões de esqui. "Vou mesmo ter que ajudar, né?"

"Estou odiando você agora", ela diz, mas não demora para que esteja ao meu lado, mostrando o que fazer, com uma das mãos na parte inferior das minhas costas. "Assim. E depois você vai empurrar assim."

Tudo parece muito perigoso outra vez.

"Você quer que eu mexa pernas e braços *ao mesmo tempo*?"

Jack solta aquela risada terrível, adorável e involuntária. "Sim, é uma experiência de corpo inteiro."

Ajusto os óculos de ski por cima dos óculos de grau. "E agora? Vamos para o teleférico?"

"Não. Você tem que engatinhar antes de poder andar."

Torço para ela não ter dito isso literalmente, mas de fato passo duas horas rastejando sobre meus esquis. Jack nos leva a uma clareira com uma pequena colina onde as crianças estão aprendendo a se mover em seus esquis pela primeira vez. Crianças e *eu*.

Jack é uma professora irritantemente incrível, mesmo que ela me odeie agora. Mesmo que, depois de hoje, tenhamos que parar de passar tempo juntas. Ela gasta apenas trinta minutos para me ajudar a mover meus esquis e os bastões ao mesmo tempo, depois mais uma hora me ensinando como parar, como virar, como cair graciosamente no instante em que cair é a única opção. Quando estamos prontas para esquiar de verdade, não nos dirigimos ao teleférico, mas a uma trilha tranquila com um declínio constante chamada West Leg Road.

Devagar ou não, ainda me encontro um pouco horrorizada quando estamos na beira de uma pequena ladeira descendente. Claro, há pré-adolescentes aqui, entusiasmados e voando em suas pranchas de snowboard. Os pais estão ajudando seus filhos. E depois tem eu, apavorada aos vinte e cinco anos, porque tudo que posso fazer é *confiar* na gravidade?

Posso voar. Cair. E não tenho ideia de como me proteger se me esborrachar e tiver meu coração espalhado por toda parte. Ou se meu corpo for jogado contra o tronco de uma árvore. Ao lado da trilha há uma placa que diz: "Esteja sempre no controle".

"Não consigo fazer isso."

"Só tem como descer agora", diz ela. Certamente isso não é verdade. Deve haver uma saída secreta da montanha, uma saída para os covardes. Posso simplesmente pegar meus esquis e correr de volta para o carro. "E honestamente, isso é mais... *atravessar* do que descer. Nós podemos fazer isso", Jack insiste.

Nós. Por pelo menos mais um dia, somos um *nós*. "E, querendo ou não, estarei do seu lado o tempo todo." Respiro fundo. Voar ou cair.

"Devemos contar até três? Um... dois..."

Empurro meus bastões no *dois* e deixo o impulso me levar para a frente enquanto meus esquis se inclinam na encosta modesta. E estou voando, embora a uma velocidade bastante baixa. Mal tenho que mover minhas pernas — a montanha me move, vento e frio me carregam enquanto deslizo por tudo. Passando por árvores, crianças, por Jack, até. O mundo de alguma forma se desfoca e se torna mais nítido ao mesmo tempo, e isso é novo.

Isso é *incrível*. Me agacho, usando meus bastões para me mover mais rápido, para deixar meu corpo existir dessa nova maneira. Ele protesta levemente, desacostumado ao movimento real, mas mesmo quando meus músculos doem, meu corpo também canta. Estou congelada há tanto tempo e sinto que estou saindo dos meus confinamentos glaciais para redescobrir que o mundo não é tão terrível quanto eu lembrava.

Viro minha cabeça para a esquerda e vejo Jack lá, onde ela disse que estaria, bem ao meu lado. Olhando para mim também. E me pergunto quanto tempo mais eu tenho que olhar para ela.

É enquanto estou olhando para ela que não percebo um pequeno monte de neve densamente compactada. E bato direto nele; meu esqui direito voa para cima, e o esquerdo, para o lado. Se não me engano, abro as pernas no ar antes de cair firmemente de bunda e rolar várias vezes até parar no meio da trilha.

"Porra, porra, porra!" Ouço Jack gritar enquanto estaciona ao meu lado. Ela cai de joelhos e arranca os óculos. "Você tá bem? Elle, diga alguma coisa!"

Explodo numa gargalhada.

"Merda." Jack muda de posição para que não fique mais inclinada sobre mim como se estivesse prestes a fazer RCP. "Achei que você tinha quebrado sua coluna ou algo assim."

"Achei que você tinha dito que que ia gostar de me ver cair?"

"Ah, foda-se." Mas ela está sorrindo. Eu estou sorrindo. Acabei de esquiar pela primeira vez. "Consegue se levantar?"

Aceno, mas minha bunda dolorida implora pelo contrário. Jack estende a mão para mim. Em uma manobra sem esforço, ela me levanta do chão. Não é nada sexy. O riso não fica preso na minha garganta nessa demonstração de força.

"Quer continuar?", ela pergunta.

Com certeza quero. Se este é o último dia que posso passar com Jack, quero passar voando montanha abaixo ao lado dela.

Vinte e um

Começa a nevar um pouco antes do meio-dia, e é quase hora de fazer a pausa para o almoço quando enfim chegamos ao ponto onde a West Leg Road cruza com o teleférico Stormin' Norman, que nos levará mais acima na montanha. Jack insiste que há vistas espetaculares e um percurso para iniciantes que podemos fazer no caminho de volta para o alojamento. Mas não tem uma maneira de voltar para a pousada na hora do almoço. Jack envia uma mensagem de texto no grupo da família para avisar que devem começar sem nós. Timberline, felizmente, tem uma boa área de serviço.

"Isso não tem cara de ser seguro", digo quando vejo o banco em que vamos subir a montanha.

"Te garanto que é."

Mesmo que o teleférico seja grande o suficiente para três, nós nos sentamos juntas e espremidas, com ombros e coxas se tocando através de nossas enormes camadas de tecido. O mundo parece inacreditavelmente grande daqui de cima, um cume escarpado coberto de neve à frente, com extensões infinitas de branco ao redor. Árvores cobertas de neve, uma expansiva e inegável sensação de magia. De algo muito além do comum, o tipo de mundo lindo e mágico que eu tentava criar com minha arte quando eu era uma criança solitária fugindo da minha vida em cadernos de desenho.

Penso em Meredith, me lembrando que houve uma época em que eu acreditava em magia. Eu penso na mulher espremida ao meu lado. "Jack", digo, e ela se vira para mim. Estamos a centímetros de distância, perto o suficiente para que eu possa contar os flocos de neve pálidos que pousam nas suas sardas escuras.

Estamos tão próximas que sinto o aroma do sanduíche que ela comeu no café da manhã, tão perto que não paro de pensar naquele beijo no banheiro, cuja presença é tão forte na minha memória que passo a língua nos meus lábios na esperança de encontrar o gosto dela ali.

"O quê?", Jack pergunta assim que o teleférico para, e nós duas somos lançadas para a frente. Não estamos muito longe do topo agora, mas paramos completamente.

"Alguém deve ter caído ao entrar", Jack diz distraída. "Isso acontece o tempo todo."

Me viro para encará-la. Estamos presas. Em um teleférico. Há mil coisas não ditas pairando entre nós, e agora temos um momento silencioso e ininterrupto para dizê-las antes que Jack comece a me ignorar completamente.

"Jack", tento novamente.

"É o Andrew", ela interrompe.

"Eu sei que você está se sentindo culpada por..."

"Não." Ela aponta para um homem com calças de neve amarelo-brilhante parado a cerca de dez metros de distância, onde o teleférico termina no topo. É Andrew — essas calças são muito chamativas, e ele parece incrivelmente atraente mesmo nesta distância.

Ele deveria estar almoçando com a família, mas é claro que está aqui. Até mesmo agora, durante nosso momento épico presas em um teleférico, o fantasma de Andrew está nos assombrando.

Andrew é a razão pela qual estou com os Kim-Prescott. Andrew é a razão pela qual Jack será capaz de realizar seu sonho. Ele é a razão pela qual eu serei capaz de salvar minha vida de um naufrágio usando duzentos mil dólares.

A neve não tem magia. Andrew tem magia.

Jack e eu observamos enquanto uma figura mais baixa, de preto da cabeça aos pés (Dylan, óbvio), desliza para perto de Andrew em uma prancha de snowboard. Elus ficam lado a lado por um momento, hesitando antes de começar sua corrida pela trilha paralela ao teleférico. Andrew se aproxima de Dylan. A neve está começando a pegar, distorcendo tudo em um filme preto e branco mudo, então no começo é difícil ver o que Andrew e Dylan estão fazendo. De um jeito irônico, é como tentar identificar uma forma distorcida em um teste psicológico, mas Jack logo percebe o que está acontecendo porque inspira profundamente, e percebo o que está acontecendo, porque ao mesmo tempo bufo.

Dylan e Andrew estão se beijando na neve. Andrew está curvado, segurando o rosto de Dylan, e Dylan está se curvando para ele, enrolando-se em seu corpo como um gato.

Meu primeiro pensamento é: *que bom para elus.*

Mas meu segundo pensamento é: *que merda.*

"Por favor, me diga que acabei de alucinar com meu irmão beijando minhe melhor amigue."

Minha contribuição é um inútil "hum".

"Elle", Jack ofega meu nome, então agarra minha perna. "Você está...? Merda. Isso acabou de acontecer. Você está bem?"

Jack tropeça nas palavras e gagueja, porque, até onde ela sabe, acabei de testemunhar meu noivo beijando outra pessoa. Eu me viro, mas Andrew e Dylan se foram, misturando-se aos borrões de pessoas que agora estão passando por nós lá embaixo. "Elle", Jack diz novamente. "Estou meio que surtando agora, mas você não parece muito surpresa com essa revelação. Você já... você sabia que Dylan e Andrew estavam se pegando?"

Balanço a cabeça. "Não, mas eu... Sabia que elus costumavam, hum... ficar."

Os dedos de Jack cavam mais fundo a minha perna através das camadas da roupa de esqui. "Elus *o quê? Meu irmão? E Dylan?"*

"Hum..."

"Sei que você disse que seu relacionamento com Andrew não é da minha conta, mas *que porra é essa?*" Jack exige do alto do teleférico parado no topo da montanha.

Conte a verdade pra ela, grita uma voz na minha cabeça. É a voz de Meredith. É minha voz. *Conte pra ela.* Apenas conte tudo.

Mas então o teleférico avança, e nós duas caímos de lado enquanto terminamos nossa curta viagem até o topo. E eu contaria a verdade no topo, mas uma sinalização foi colocada no terminal para Stormin' Norman. A neve está chegando mais cedo e mais rápido do que o esperado, e a visibilidade diminuiu a tal ponto que eles estão fechando a maioria dos teleféricos mais cedo. Um esquiador experiente nos diz que as estradas devem piorar rapidamente e nos avisa para voltarmos ao estacionamento.

"Eu devia ligar pra minha mãe", Jack diz, e todos os pensamentos relacionados a Andrew são deixados de lado por um momento.

"Estava tentando ligar para você", a voz de Katherine grita alto o suficiente para que eu ouça quando a ligação é conectada. Jack ouve o que ela diz em seguida, acena com a cabeça, uma ruga aparecendo entre suas sobrancelhas.

"Ok, tá... é claro. Voltaremos o mais rápido que pudermos. Não, vimos Andrew e Dylan... você falou com eles? Bom. Se eles voltarem ao estacionamento antes de nós, podem ficar à vontade para ir sem a gente. Não, mãe, está tudo bem. Não esperem por nós duas. Temos a caminhonete... Não se preocupe com a gente. Consigo dirigir na neve... Sim... Eu vou... Amo você também."

Quando Jack desliga o telefone, meu rosto está tão tenso quanto o dela. "Katherine está surtando?"

"Sim, de leve." Jack me olha, e sei que ela está pensando no meu noivo beijando outra pessoa, mas ela pergunta: "Você está surtando?".

"Sim, de leve."

"Então vamos."

Não há um atalho de volta para o estacionamento, mas entramos na trilha de retorno da pousada e avançamos com nossos bastões o mais ferozmente que podemos. Ainda tenho a mesma sensação de voar, mas é maculada pelo fato de que mal consigo ver meio metro à minha frente na neve densa. Olho para a parte de trás da jaqueta verde de Jack e sigo seus movimentos com a maior precisão possível.

Não tenho certeza de quanto tempo levamos para voltar ao chalé — perco a noção do tempo enquanto desligo meu cérebro e entro em pânico automaticamente —, mas quando chegamos, é óbvio que a maioria das pessoas já saiu. O Lincoln se foi, o que espero que signifique que o resto dos Kim-Prescott conseguiram escapar antes que o tempo piorasse. Jack dispara uma mensagem rápida enquanto ainda estamos ao alcance do serviço de celular de Timberline para informar à família que estamos seguras e indo para casa.

Tudo parece acelerado e terrível enquanto corro para devolver meu equipamento, depois encontro Jack de volta na caminhonete. Há um pequeno acúmulo de neve atrás dos pneus traseiros de Gillian, mas felizmente Jack aprendeu essa lição da maneira mais difícil, e agora ela carrega equipamentos de emergência na traseira. Ela pega uma pá e abre o caminho necessário para sairmos do estacionamento.

Assim que ela consegue nos desenterrar, a neve começa a cair mais e mais rápido. A estrada de volta à rodovia é escorregadia, mas a pousada Timberline estava cheia, e carros suficientes passaram pela estrada para que possamos voltar à rodovia com segurança.

A estrada em si é uma história completamente diferente; carros se arrastam a quinze quilômetros por hora, e os limpadores de para-brisa de Gillian não estão à altura da tarefa de limpar a neve rápido o suficiente para Jack realmente conseguir enxergar. Ela abaixa a janela do lado do motorista e coloca a cabeça para fora a cada poucos segundos só para ter certeza de que não estamos prestes a despencar do acostamento. Está fazendo maravilhas para minha ansiedade.

"Vai dar tudo certo", ela se esforça para me tranquilizar a cada poucos segundos. "Estamos indo muito bem."

E ela estava certa. Estávamos bem, até a saída para a cabana, quando Gillian fica imediatamente presa em um banco de neve. Os pneus giram até que a traseira se inclina e Jack pisa no freio. "Nós vamos ficar bem", ela se apressa em dizer. "Só espera aí. Eu vou desenterrar a gente. Fica aqui."

E salta do carro. Enquanto fico esperando que ela volte, tento aquecer minhas mãos na única saída de ar que funciona. Quando volta, dez minutos depois, seu rosto está corado e claramente infeliz. "Funcionou?"

"Hum", diz ela, acenando com a cabeça, meio carrancuda, sem me convencer de que vamos nos mover novamente. Ela tira as luvas e segura o volante. Passa a marcha da primeira para a segunda, e Gillian balança na neve, ganhando terreno e escorregando para trás. A estrada até a cabana é íngreme e, apesar do esforço exaustivo que Jack faz para ganhar terreno, acabamos voltando para o ponto de partida. A mão direita de Jack massageia a alavanca de câmbio de volta para a primeira marcha, com os tendões se esticando contra a pele. Tenho que bater palmas para os irmãos Kim-Prescott. Ambos têm o talento antinatural de fazer com que estar no volante seja um ato levemente obsceno.

Ela limpa a garganta, flexionando os músculos da mandíbula. (Igualmente obsceno.) "Eu não quero te assustar, mas..."

"Nós vamos morrer."

"Provavelmente não."

"*Provavelmente?*"

"É bem improvável que esse seja nosso destino. Mas acho que não podemos concluir o resto do caminho para casa."

"Mas assim: estamos presas na neve e sem nenhuma visibilidade, e eu meio que adivinhei isso. A que distância estamos da cabana?"

"Hum. Talvez três quilômetros ou algo assim."

"Três quilômetros! Com certeza a gente vai morrer!" Já está escurecendo e, com as condições de nevasca, vamos acabar perdidas na floresta.

Mas (minha ansiedade grita comigo) também não podemos ficar na caminhonete — não com o fraco aquecimento dela que ainda por cima vai esgotar toda a gasolina. "Meu Deus, eu sabia que isso ia acontecer!"

Jack me lança um olhar que de alguma forma consegue ser condescendente apesar de nossas mortes iminentes. "Você sabia que a gente ia ficar presa na neve, no caminho de volta para casa?"

"Sei que você e eu não temos um bom histórico quando o assunto é neve."

De perfil, vejo um resquício daquele seu sorriso de canto se formar em sua boca. "Tá certo. Vamos fazer o seguinte: nossos amigos, os Singh, têm uma cabana a cerca de oitocentos metros da estrada", ela revela, assumindo o controle da situação como fez da última vez que ficamos presas na neve. Ela lidera, sabendo que eu seguirei suas ordens. "Acho que podemos ir até lá. Espero que eles estejam em casa, já que costumam vir nos feriados. Acredito que meu pai não possa descer a colina nessas condições, então teremos que ficar com os Singh até que as estradas sejam limpas e a gente possa voltar para buscar Gillian pela manhã. Isso parece um bom plano?"

"Sim", digo batendo os dentes. Porque eu a seguiria pra qualquer lugar.

Vinte e dois

"Isso sim é uma cabana."

A construção se torna visível através da neve pesada e das cores suaves do início da noite. De acordo com Jack, os Singh são um casal mais velho, ambos anestesistas da Universidade de Saúde e Ciência de Oregon, que costumam passar as férias lendo romances de mistério em uma cabana aconchegante enquanto observam a neve cair. Sendo os únicos vizinhos, os Kim-Prescott costumam convidá-los para jantar na véspera de Natal, e por isso se tornaram mais ou menos próximos.

A cabana dos Singh é uma pequena casa quadrada de madeira encolhida na neve. Tem uma chaminé de pedra, uma varanda estreita e escuridão absoluta. Nem uma única janela está acesa. É óbvio que ninguém está em casa.

O pensamento faz lágrimas surgirem nos meus olhos. Depois de passar o dia caindo ao esquiar e de caminhar quase um quilômetro pela neve, meu corpo todo dói. A umidade se infiltra pelas meias, e o frio se aloja no fundo dos ossos. Tudo que quero é me sentar, tirar essas roupas e me enrolar num milhão de cobertores. Mas nosso abrigo está vazio, e se não pudermos passar a noite aqui, eu definitivamente vou ter um colapso na frente de Jack.

Ela avança e bate na porta da frente. Sem resposta. Estou alguns passos atrás, tremendo por causa da noite gelada e do meu esforço para não chorar. "Eles não estão em casa."

Jack desce a varanda e espia pela escuridão das janelas. "Jack", resmungo, batendo os dentes. "Eles não estão aqui. O que nós vamos fazer?"

Jack olha por outra janela em vão. Então, sem nenhum aviso, remove a tela da janela.

"O quê...?", ensaio perguntar, mas o que ela está fazendo fica óbvio assim que começa a empurrar a janela do lado de fora.

"Essas cabanas velhas geralmente não têm janelas com trava", comenta enquanto desliza uma folha da janela para cima, o suficiente para que seu corpo longo e magro passe.

"Estamos arrombando e invadindo?"

"Você tem uma ideia melhor?"

Não. "Quero dizer, não ser presa parece uma boa ideia."

"Ninguém vai nos prender. Não tem ninguém por perto." Ela agarra o topo da janela e desliza uma perna para dentro. "Além disso, os Singh são bons amigos. Eles vão entender."

Não posso discutir com esse tipo de lógica e, sinceramente, nem quero. Jack se espreme através da janela escura. Esse gesto é seguido por um baque alto e xingamentos descarados vindos do interior da casa. Um sorriso involuntário abre caminho em meu rosto, mas eu o domino em submissão antes de Jack abrir a porta da frente. Ela acendeu todas as luzes, então a cabana agora brilha como um farol. Ela está banhada em dourado dramático, como uma maldita deusa grega.

"Você vem?", ela pergunta com uma jogada de quadril arrogante. "Ou está planejando dormir na neve?"

Faço um breve balanço do que está acontecendo: Jack e eu estamos sozinhas; Jack e eu encontramos uma cabana vazia no meio da floresta; *Jack e eu vamos passar a noite aqui juntas.*

É muita informação pra quem não ia mais passar nenhum tempo juntas.

Ainda assim, o alívio toma conta de mim quando entro na cabine. E o alívio dura pouco.

"Puta que me pariu! Está muito frio aqui!"

"Sim, eles não vêm aqui há algum tempo e não deixaram o aquecimento ligado", Jack diz, indo em direção a um termostato. "Além disso, *puta que me pariu?*"

"Fiquei emocionalmente traumatizada pelo fato de estar mais frio aqui dentro do que lá fora, e não posso ser responsabilizada pelo que saiu da minha boca no momento."

Jack sorri enquanto ajusta o termostato. A cabine se enche com o silvo e o gemido de um aquecedor. Nós duas olhamos ao redor da sala até que nossos olhos pousam simultaneamente no menor e mais antigo radiador do mundo. Não teremos calor tão cedo.

Antes de dizer qualquer coisa para me humilhar, decido fazer um balanço silencioso de nossa situação atual. O lugar é tão pequeno que eu poderia levar tudo que está aqui de uma vez só. É uma cabana dos anos 70 com um só cômodo, perfeitamente preservada. Painéis de madeira e carpete felpudo dominam a estética geral. Há uma pequena cozinha com eletrodomésticos desatualizados, armários de madeira desbastados por anos de manuseio e uma pequena mesa frágil posicionada embaixo de uma janela. A sala de estar é uma cápsula do tempo anacrônica, com um toca-discos construído dentro de uma cristaleira gigante. Vejo um tapete de retalhos, uma estante cheia de romances de Dean Koontz e um sofá de dois lugares saído da sala de estar de uma avó. O único ponto brilhante é um grande fogão a lenha.

Contra a parede oposta há uma cama. Apenas uma. Com uma colcha fina jogada por cima.

Aparentemente, os Singh sentem prazer em nos ferrar no maior estilo *Os pioneiros*.

"Talvez a gente possa tomar banho para se aquecer enquanto esperamos o aquecedor esquentar", Jack sugere com um leve toque de pânico na voz.

Ela marcha rapidamente até a pia da cozinha e a liga. Há um baque *oco* vindo de dentro da parede, mas nenhuma água sai de lá como resultado desse ato. "A não ser que eles tenham desligado água", Jack resmunga. "Acho que eles não planejaram mesmo vir para a cabana neste inverno."

Não digo nada em resposta a esse cenário deplorável. Estou ocupada tremendo de frio enquanto olho para a cama.

"Ok." Jack se vira resolutamente no modo solução de problemas. "Vou ligar para eles e ver como ligar a água."

Ela pesca seu celular das profundezas de suas calças de neve, e sua feição se esvai assim que ela olha para a tela. "Sem serviço, mas tenho certeza de que tem wi-fi."

Não tem wi-fi, mas meio que escondido por uma pilha de exemplares da *National Geographic* dos anos 90 tem um telefone antigo de discar.

Ligamos para Katherine, que passa uns bons cinco minutos chorando nossas possíveis mortes, antes de Jack garantir a ela que estamos seguras e pedir o número de telefone dos Singh.

Os Singh, é claro, não atendem.

"Katherine está certa", digo. "A morte parece ser a única conclusão natural para esta noite."

Os ombros de Jack murcham, e ela deixa a cabeça cair entre as mãos. Está claro que ela não tem mais como tentar distorcer isso. Está congelando, estamos morrendo de fome, temos muito pouco calor, nenhuma água e (o que, de alguma forma, é a menor de nossas preocupações) apenas uma merda de cama. Até um monge ficaria perturbado em circunstâncias parecidas.

Jack está desmoronando, mas por algum motivo, sinto uma súbita onda de calma. Estabilizo a respiração. Essa não é a pior coisa que já me aconteceu. Não é nem a pior coisa que me aconteceu essa semana. Podemos lidar com isso. "Tem uma lareira", digo sabiamente, "e isso significa que deve haver lenha."

E é assim que chegamos, cinco minutos depois, a poucos metros da varanda dos fundos. Estou parada segurando a lanterna do meu celular, Jack está segurando um machado, com uma cunha de madeira apoiada na nossa frente. Há uma pilha de madeira na lateral da casa, coberta com uma lona. São pedaços grandes e pesados, não do tipo que temos oitenta por cento de certeza que poderia pegar fogo, mas pelo menos nenhuma de nós sabe ao certo.

"Como você nunca cortou madeira antes?", pergunto enquanto ela segura o machado com uma falta de confiança incomum.

"Quando eu teria cortado madeira?", ela praticamente grita. Seu pânico ainda não desapareceu, apesar do meu plano genial de acender a lareira. "Tive uma educação muito privilegiada!"

"Mas você vive de camisa xadrez."

"Todo mundo usa camisa xadrez! Isso aqui é Portland!"

"E jaqueta de lenhador."

"Qual é o seu problema com a minha jaqueta?"

"E ouvi aquele seu papo sobre a construção de um galinheiro."

"Com uma *serra de mesa*." Ela brande o machado em minha direção. "E por que sou eu quem tem que cortar a madeira?"

"Porque *você* é esse tipo de lésbica."

Ela me encara. "Isso é tudo que eu sou para você, não é? Um estereótipo ambulante."

"Não, você é muito complexa e multifacetada, mas os músculos do seu braço são obviamente maiores que os meus, então você vai ter que bancar o estereótipo aqui."

"Ok, ok", ela murmura, se animando. Ela abaixa o machado por um minuto e tira sua jaqueta de esqui volumosa para que tenha uma melhor amplitude de movimento. Isso revela a camisa xadrez estereotipada que ela usa por baixo. "Ah, vai se foder", ela diz antes que eu possa comentar, então ela levanta o machado acima da cabeça.

"Espere!" Eu chamo. "Suas mãos! Acho que você deveria espaçá-las, como em um taco de beisebol. Já vi isso antes."

Jack reposiciona as mãos no cabo do machado, depois levanta os braços novamente. Dou um passo para trás e observo o arco vigoroso do machado colidindo com o pedaço de madeira.

E *nossa. Ai, meu Deus.*

Minha mão livre agarra minha garganta. De repente esse estilo lenhador faz todo o sentido porque *santo Deus*. Ver Jack cortar aquele pedaço de madeira ao meio é a coisa mais excitante que meu cérebro demissexual já testemunhou. Mesmo que seus músculos não sejam visíveis através de sua camisa xadrez, posso de alguma forma sentir a maneira como ondulam, com os tendões no pescoço esticando e suas mãos flexionando contra o cabo do machado. Algum instinto primitivo em mim diz: *Ela seria capaz de construir um abrigo para você.*

Pressiono minhas pernas juntas e limpo minha garganta. "Isso foi... bom."

Ela revira os ombros, e sufoco um gemido. Esta noite definitivamente terminará com a minha morte.

Ela chuta para o lado os dois pedaços de madeira recém-cortados e pega outro da pilha. Digo a mim mesma para não assistir, mas é claro que assisto. Ela se move com tanto propósito e determinação enquanto alinha a madeira e levanta o machado. Não tenho certeza se a quero ou se quero ser ela, e acho que pode ser um pouco dos dois enquanto ela corta outro tronco.

O machado cai no chão quando as duas metades se dividem, e Jack a agarra pelo ombro e estremece.

"Você está bem? O que há de errado?"

"Nada." Ela cerra os dentes. "Eu tenho uma lesão antiga no ombro por causa do movimento de amassar massas, e às vezes inflama."

Não consigo me segurar ao ouvir aquilo. "De tanto amassar massa, é?"

"Vai. Se. Foder."

"Desculpa, mas é de tanto bater uma... massa."

"Você é o pior ser humano possível", ela ferve. "Por que sempre fico presa na neve com você?"

Não tenho certeza de quão genuíno é esse ódio (acho que pelo menos metade é, dadas as circunstâncias atuais), mas sorrio para ela de qualquer maneira. "Aqui." Entrego o celular a ela e pego o machado. Há uma quantidade escassa de luz da varanda chegando até nós, e ela imediatamente aponta o telefone para onde o machado está frouxamente agarrado a minha mão. Jack coloca outro pedaço de madeira no cepo, e me engasgo ao ver o tamanho do cabo.

O machado é mais pesado do que eu esperava, e parece pesado em minhas mãos. Estou muito mais impressionada agora com a maneira como Jack conseguiu numa única tentativa. Levanto, ou tento, o machado acima da cabeça, mas o peso é demais para mim e me desequilibro. A mão firme de Jack aparece na minha cintura, me prendendo no lugar.

"Arrume a postura", ela ordena, mas de forma gentil, com cuidado, do jeito que ela fez quando estava me ensinando a esquiar. Sua mão ainda está descansando logo acima do meu osso do quadril. Dou um passo e redistribuo meu peso corporal enquanto me inclino sobre o cepo. "Agora levante o machado de novo."

A mão dela *ainda* está na minha cintura, como se ela tivesse esquecido a parte em que eu a beijei no banheiro e meu plano de me casar com o irmão dela. Ela está perto o suficiente para que eu possa sentir o cheiro forte de seu suor e, por baixo disso, sempre, sempre, o calor do pão recém--assado em sua pele. "Você deveria ir pra trás", eu digo. "Não quero te machucar."

"Você não vai", Jack diz, sua voz confiante e calma, como se tivéssemos combinado quem faria a neurótica e quem faria a apaziguadora.

"Vou sim. Nunca usei um machado antes. Provavelmente vou foder com tudo."

"Você não vai", diz ela novamente. Sua mão está lá, me aterrando, e quando levanto o machado, quase parece que estamos levantando juntas. Fecho os olhos, com medo de nos matar.

"Abra seus olhos, Elle", Jack sussurra. Sua voz é quente na minha bochecha. Abro os olhos, e ela mantém uma mão forte na minha cintura enquanto deixo o impulso do machado me levar. O instrumento colide com a madeira e a divide, mas não ao meio. Não mirei bem, e o golpe pegou de lado, estilhaçando um pequeno pedaço da tora. Ainda assim, é extremamente gratificante saber que fiz isso. Meu ombro direito dói, mas é o tipo de dor boa. O esforço de um músculo que não uso há algum tempo.

"Isso vai dar um graveto perfeito", diz ela, como se eu tivesse cortado a madeira de propósito. Ela chuta para o lado o pequeno pedaço e deixa o resto no bloco, e ela faz tudo isso sem nunca me soltar.

"Pronta para tentar de novo?"

Dia de neve

Uma webcomic de Oliverfazarteasvezes
Episódio 9: O Airstream (Natal, 1h12)
Publicado em: 18 de fevereiro de 2022

De alguma forma, suas mãos nunca param de tocar o meu corpo. Nem mesmo quando ela nos direciona de volta para os armários da cozinha do Airstream, e eles chacoalham nas minhas costas. Nem quando ela me levanta até a bancada, com minhas leggings varrendo todo aquele rastro de farinha. Nem quando sua boca faz uma bagunça em mim, enquanto ela sorri torto em meio a beijos desleixados. Nem quando minhas mãos fazem uma bagunça nela.

Corro os dedos por seu cabelo, pelas costas de sua camisa, pelas costuras de seu jeans, procurando por pele e doçura e talvez a fonte daquele cheiro de pão recém-assado.

Mas suas mãos não abandonam minha cintura, continuam me segurando no lugar. Me mantendo aqui com ela.

Destorço meu cachecol atado e o deixo cair no balcão da cozinha ao meu lado, porque não quero nada além dos lábios dessa mulher no meu pescoço, sua boca no lóbulo da minha orelha, sua língua em cada centímetro da minha pele. Jack entende o código secreto da remoção do meu lenço azul, e ela abaixa a cabeça para beijar a dobradiça da minha mandíbula, a curva da minha orelha. O hálito quente e os toques cuidadosos e as suas mãos não se distanciam de meu corpo.

Eu nunca me senti assim antes. Cuidada. Admirada. Seus beijos são uma combinação mágica de ternura e ferocidade, que me fazem sentir, ao mesmo tempo, deliciosamente desprotegida e, de alguma forma, inacreditavelmente segura.

Como se ela pudesse me empurrar de um penhasco, mas fosse segurar minha mão o tempo todo. Como se eu pudesse confiar nela, não importa o quê. É seguro se sentir assim, meu cérebro diz ao meu corpo. E por isso o meu corpo *sente*.

"Nós não temos que fazer isso", Jack fala enquanto traça a ponta do nariz pelo comprimento da minha garganta, causando uma cascata de arrepios em meu corpo.

"Eu sei", digo tremendo, tremendo.

"Nós não temos que fazer nada que você não esteja confortável de fazer."

"Isso é... hum, legal", me esforço para dizer enquanto seus beijos ficam molhados, enquanto sua boca encontra novos lugares para pousar — minha clavícula, onde ela queria fazer uma tatuagem; o topo do meu tórax; a lateral dos meus seios na minha camiseta enorme.

"Sério", Jack insiste. Suas mãos nunca param de tocar minha cintura. Como uma âncora. Um colete salva-vidas. "Esperar também é sensual."

"Uh-hum."

"E..." Seus dedos apertam a carne macia da minha cintura, e por alguma razão, não me sinto constrangida como me senti com outras pessoas, quando elas seguravam essa parte do meu corpo que eu ainda estou aprendendo a amar. *Confia nela*, meu cérebro diz. *Confia*, meu corpo ecoa. *Se joga*.

"E", Jack tenta novamente, com boca e língua e dentes, "quero que você queira como eu quero, e se você ainda não estiver nesse nível, ou se você precisar de mais tempo, ou se você apenas quiser..."

"Jack." Ela olha para cima, e eu pressiono minha testa na testa dela, meu nariz no nariz dela. "Eu quero."

Ela engole em seco. "Mas... foi apenas um dia."

Meus dedos encontram os lados de seu lindo pescoço. "Pensei que tínhamos decidido que faz toda uma vida."

Ela finalmente solta as mãos da minha cintura. Jack vira o corpo, e observo a torção dos músculos em seu abdômen, em seu pescoço, enquanto ela estende a mão sobre o balcão e começa a mexer no *trackpad* de um notebook. Abre uma playlist do Spotify e aperta o play, mas comicamente quebra a magia do momento com... "'Call Me Maybe'? Sério? Essa música não é nada sexy."

Jack se vira para me encarar, com um sorriso no canto de sua boca inchada de beijos. "Quem disse que estou tentando ser sexy?"

E então suas mãos estão de volta em mim.

Vinte e três

Parece que acender o fogo é um problema à parte.

Não esperávamos ter que fazer tantas tentativas para botar fogo em nossas toras recém-cortadas, especialmente porque temos certeza de que existem métodos diferentes de organizar as toras, mas não temos a menor ideia de quais são. Amaldiçoamos nossas mães e suas respectivas razões para nos manter fora dos grupos de escoteiras.

Minha mãe: falta de dinheiro, falta de interesse, falta de sobriedade.

Mãe de Jack: agenda lotada de aulas de piano, práticas de natação, recitais de ballet.

"Recitais de ballet?" Fico chocada.

Jack me lança um olhar confuso, meio escondido enquanto se inclina para atiçar o fogo. "Eu era foda para caramba no ballet."

Depois de trinta minutos soprando em míseras chamas e rezando para que os troncos maiores já queimassem, eles finalmente pegam fogo, e nós duas nos sentamos no tapete, perto de nosso fogo suado, quatro mãos estendidas tentando descongelar.

E então, quando alcançamos o objetivo mútuo de iniciar o fogo, parece que nos lembramos de todo o resto: o beijo no banheiro, eu prestes a me casar com o irmão dela, Andrew beijando Dylan, ela me odiando, talvez de verdade.

São seis horas da tarde, e estamos presas juntas nessa pequena cabana em ruínas pelas próximas doze horas, no mínimo, e meu Deus: que diabo eu deveria dizer?

Felizmente, Jack começa a falar primeiro. "Nós temos que, hum..." Jack parece nervosa. Jack *nunca* está nervosa. "Temos que tirar nossas roupas molhadas."

Quero encontrar uma maneira de transformar essa declaração em uma piada, mas minha boca ficou tão seca quanto minhas roupas estão úmidas.

Jack escala o tapete e vai em direção à cômoda antiga ao lado de uma cama. Descobrimos que os Singh foram para Cornell e acharam uma boa ideia anunciar o fato em suas camisetas e conjuntos de moletom. Também descobrimos que ambos são notoriamente menores do que nós, mas não temos outras opções. Nossas roupas nunca vão secar em nossos corpos, e meus dentes estão batendo há tanto tempo que meu maxilar dói.

Jack me entrega uma pilha de roupas, e então ficamos ali, olhando uma para a outra com incerteza. Sem combinar, lentamente viramos as costas como vaqueiros em duelo. O que é bem ridículo. Já nos vimos nuas antes.

Embora talvez vermos uma à outra nua agora pudesse complicar as coisas.

Ouço o movimento da camiseta quadriculada molhada caindo e posso imaginar a tatuagens de seus braços aparecendo.

Mas não tenho o direito de imaginar isso, então me contenho imediatamente e me troco. É um processo lento, tirar a jaqueta e a roupa de neve e as ceroulas e o sutiã e a calcinha. O sutiã eu tiro, mas deixo a calcinha. A calça de moletom da sra. Singh vai até a metade da minha canela, já a blusa tem uma vibe melhor, parece um cropped, mas tem um par de meias de lã para manter meus pés aquecidos, e eu já me sinto mil vezes melhor.

Jack espera até que eu diga "Pronto" para se virar. Para meu consolo, ela parece igualmente hilária, com suas calças cinza curtas e seu moletom que deixa a barriga de fora. Os olhos dela deslizam pelo meu corpo e ficam visivelmente presos ao redor dos meus seios, que estão em evidência nessas roupas muito apertadas.

Não sou abençoada com seios pequenos que me permitam sair por aí sem sutiã, como a minha mãe, peituda, que usava uma camisa do Cleveland Browns sem sutiã em todas as minhas festas do pijama do ensino fundamental. "Desculpe, mas meu sutiã estava molhado", eu resmungo.

"É claro." A voz de Jack é rouca, e ela limpa a garganta. "De boa."

De boa. Nada nessa reviravolta está de boa. Voltamos a ficar de pé de forma desajeitada na frente uma da outra. Estou tentando não olhar para o pedaço de barriga revelado acima da calça de cintura baixa que ela pegou emprestada.

Estou fazendo um trabalho inacreditavelmente ruim de tentar não olhar para aquele pedaço da sua barriga.

"Está com fome?" Jack pergunta, levando meus olhos de volta para sua boca. Na verdade, isso não melhora nada. Não consigo parar de pensar em todos os lugares do meu corpo em que aquela boca esteve.

São apenas mais três metros do "quarto" até a "cozinha", e a geladeira está vazia, como esperado. Os armários, por outro lado, então cheios de produtos secos, e pegamos toda e qualquer comida que encontramos para fazer um inventário de nossas opções. Sem água corrente, nos contentamos com uma lata de sopa de macarrão de galinha, um pacote de salgadinhos e alguns biscoitos recheados meio velhos para a sobremesa. "Eu esperava um paladar mais refinado vindo dos Cornell."

"Acho que eles têm prioridades diferentes", Jack comenta enquanto ela pega uma garrafa marrom de um armário alto. "Você sabe o que é isso?"

"Álcool?", me arrisco.

"Álcool *caro*." A garrafa está coberta por uma fina camada de poeira, que ela esfrega na barriga de seu moletom. "É um uísque escocês Macallan de vinte e cinco anos. A garrafa custa trezentos dólares."

Concordo com a cabeça distraidamente enquanto pego uma panela de um armário inferior e a coloco no fogão para a nossa sopa.

"A gente devia beber um pouco."

"De jeito nenhum", eu a corrijo, mas ela já está abrindo o lacre enquanto eu retiro as tampas da lata de sopa.

"Por que não?"

"Em primeiro lugar, porque não é nosso. A gente invadiu a casa deles e está comendo a comida deles. Não precisa roubar o uísque caro como se estivesse brincando de 'Cachinhos Dourados'."

"Eu vou repor." Jack procura dois copos limpos. "O que mais vamos fazer durante a noite se não bebermos isso?"

"Sentar em completo silêncio enquanto contemplamos a porra cósmica que nos colocou nessa posição?"

"Exatamente." Ela gesticula. "Em vez disso, vamos beber um pouco de uísque e fazer aquela coisa que mulheres LGBT fazem."

Eu me concentro em mexer a sopa, e não em pensar em como eu gostaria que *a coisa que mulheres LGBT fazem* significasse outra coisa. "Sobre o que, hum, precisamos conversar?"

"Elle." Jack empurra um copo com três dedos de uísque em minhas mãos. "Vamos lá."

"Tá bom. Eu sei que temos muito o que conversar, mas podemos comer primeiro?"

Jack apoia o corpo dela contra o balcão e se inclina, maldita seja. "Sim, podemos comer primeiro."

Levamos nossa sopa gourmet, que é estranhamente muito salgada e muito sem graça — e bolachas que contêm o mesmo padrão de sabores inexplicáveis — para a lareira, para comermos no chão, perto do calor. "Posso te perguntar uma coisa?", Jack começa, engolindo a sopa com um gole de uísque.

Eu também tomo um gole de uísque. Tem gosto de removedor de esmalte queimado e sobe direto para a minha cabeça. Por que alguém bebe destilados *puros*? "Ainda não terminei de comer", argumento, usando os restos da minha sopa como escudo para uma conversa que não quero ter.

Jack pergunta de qualquer maneira, que se dane a sopa demorada. "Você acha que algum dia a minha mãe vai se separar do meu pai?"

"Ah." Não era o que eu esperava, então tomo outro gole do meu uísque, embora o despreze. "Não sei o suficiente sobre o casamento deles para opinar. Relações são complexas."

Jack descansa sobre os cotovelos, suas longas pernas esticadas na frente dela, pés balançando para cima e para baixo em uma batida inédita. Olho para as tatuagens visíveis, a partir de onde ela empurrou o moletom até os cotovelos. E as pessoas estão sempre fazendo barulho sobre antebraços masculinos, o que com certeza é legal, mas essas pessoas nunca viram os antebraços tatuados de uma lésbica desfeminilizada? A linha esguia e alongada do úmero, a saliência acentuada do osso do pulso, a inclinação vulnerável da parte interna do cotovelo, o contraste de força e suavidade. Os músculos magros de Jack e seus pulsos delicados.

"Me preocupa que ela se mantenha em um relacionamento que não a faz feliz porque é seguro", Jack comenta, olhando diretamente para mim. Porque não estamos falando de Katherine. Três dedos de uísque não seriam suficientes para essa conversa, então pego a garrafa e dou mais um gole por nós duas.

"Você não parecia surpresa", Jack comenta, "ao ver seu noivo beijando outra pessoa."

"Bem", digo estupidamente. "Beijei outra pessoa na noite passada, então..."

"Então você não está apaixonada por Andrew, e você não parece se importar que ele tenha beijado outra pessoa..." O olhar de Jack faz um lado do meu rosto queimar. "Por que está se casando, afinal?"

De repente está muito quente perto do fogo, e vou com meu uísque para o toca-discos no canto da sala. Me sentando sobre as pernas, examino a extensa coleção de vinis dos Singh, porque qualquer coisa é melhor do que admitir algo para Jack no momento presente.

Sinceramente, nunca vi tanto de Creedence Clearwater Revival em um só lugar.

Tomo outro gole maior do meu uísque. Está começando a ficar mais gostoso. Com gosto de nozes, grama e riqueza. Ou talvez eu só esteja mais bêbada.

Há um farfalhar quando Jack se levanta e atravessa a sala para se sentar de pernas cruzadas no chão ao meu lado. Ela se inclina para pressionar a ponta do dedo nas mangas finas dos álbuns. Ela está sentada muito perto.

Seus antebraços estão bem ali. E Deus, ela é tão cheirosa.

"Meu Deus, você é tão cheirosa."

Aparentemente, seis dedos de uísque são suficientes para acabar com minhas inibições.

Jack endurece ao meu lado. "Tenho cheiro de quê?"

"Pão recém-assado."

Jack acha engraçado. "Definitivamente não tenho cheiro de pão. Não faço pão há dias. Provavelmente estou cheirando a suor e sabonete orgânico dos Singh."

Balanço a cabeça. "Não. Não, você sempre cheira a pão. É inerente à sua pele, de alguma forma."

Jack ri quando os dedos dela param de bater nas bordas dos discos. Ela encontrou o que quer. Pega Dolly Parton da prateleira, e o disco desliza para fora do estojo e para o player com facilidade, seus dedos quadrados ajustando a agulha até que "Here You Come Again" enche a sala. Jack se inclina para trás, se apoiando nos cotovelos, porque é claro que ela faria essa pose.

"Caiu como uma luva, né?" Aponto para o toca-discos, me referindo à letra da música que se encaixa perfeitamente ao que sinto.

Jack toma um gole de seu uísque. "Eu não tenho ideia do que você quer dizer com isso."

"Me desculpa", digo finalmente. "Por te beijar no banheiro ontem à noite. Por colocar você em uma posição terrível com seu irmão, que eu sei que você ama. Eu... merda. Sou uma pessoa egoísta e terrível."

Ela agita o copo incansavelmente algumas vezes, observando o líquido marrom criar um redemoinho. "A parte mais confusa de tudo isso é que eu sei que você não é uma pessoa terrível. Mesmo quando você sumiu no ano passado, eu não achei que você fosse uma pessoa terrível. Conheci você."

Mordo a unha do meu polegar. Jack suspira.

"Então, por que você está se casando com um homem que você não ama?"

Conte a verdade. "Porque..."

"Porque... *por quê?*"

"Porque sim!" *Conte a verdade, conte a verdade, conte a verdade pra ela.* "Porque minha vida estava uma bagunça antes de conhecer o Andrew!" Confesso, porque é pelo menos uma parte da verdade. "Porque eu tinha chegado ao fundo do poço e tudo estava uma merda. Fui demitida da Laika e tive que trabalhar para um chefe que me intimidava. Eu não tinha amigos e nunca saía do meu apartamento, não estava indo a lugar nenhum com meu plano de dez anos. E ia ser despejada! Minha mãe só ligava quando precisava de dinheiro e eu ia passar o Natal sozinha."

"E é por isso que você está se casando com meu irmão?", Jack repete. "Porque você está sozinha?"

"Não." *Sim?*

Talvez eu pensasse que precisava mesmo era do dinheiro, mas o que eu realmente queria era uma família no Natal. Uma mãe que faz planos o tempo todo pra todo mundo e uma avó que me ama incondicionalmente e *amigos*. Talvez apenas por um Natal eu quisesse todas as coisas que nunca tive.

No toca-discos, Dolly fica quieta, girando em silêncio.

"Vamos ouvir algo menos melancólico", Jack declara, se sentando para que possa folhear os discos novamente. Quando ela reposiciona a agulha, a sala se enche com um piano sinistro e algo com cordas. Leva um segundo para que eu reconheça. E então: "Céline Dion? Sério?".

Jack assente solenemente. "Amo essa música."

"Você ama 'It's All Coming Back to Me Now'?"

"Você parece surpresa, como se ainda não conhecesse meu gosto musical." Ela se levanta, e suas meias de lã deslizam pelo piso de madeira. Antes que eu tenha tempo de processar completamente o que está acontecendo, Jack começa a dançar, balançar. É inebriante de assistir, mas também estou simplesmente intoxicada, então me levanto e me junto ao baile de uma pessoa só, balançando ao lado dela. Muito séria, com olhos fechados e ambas as mãos fechadas em punhos apertados contra o peito, Jack canta a primeira estrofe em um perfeito tom de soprano ofegante de Céline, só que o som é horrível.

A gargalhada explode em mim com uma força inesperada, como um alívio, e abraço minha barriga exposta. Toda a tensão deixa meu corpo enquanto rio sem parar. Jack não se intimida e continua colocando todo o seu coração e toda sua alma nessa performance, e sabe cada maldita linha da música melodramática.

Ela também interpreta os backing vocals.

"*I finished crying in the instant that you left*. Canta comigo! Não aja como se não conhecesse a letra!"

A música chega no refrão, e ela está certa. Conheço a letra. Não penso nela há anos, mas tudo está voltando agora.

E, foda-se: é uma boa música.

Danço e danço e danço bêbada, e a música sobe e desce e sobe novamente, até que Jack e eu estamos gritando a letra. Me esqueço de Andrew, do dinheiro, dos sonhos fracassados. Giro na ponta das minhas meias, e quando me viro para encará-la, vejo que seus olhos estão em mim, queimando como chamas. Ela está me vendo dançar, e mesmo quando eu a flagro, ela não desvia o olhar. Ela continua assistindo, e continuo dançando.

Talvez eu goste da sensação de seus olhos em mim. É quase como se ela estivesse me tocando, e minha pele formigando e queimando em todos os lugares em que seu olhar pousa. Minha garganta, meu estômago, meus pulsos, meus tornozelos.

Talvez eu nunca devesse ingerir álcool.

Mas consumi álcool, então quando a música cai de novo, descendo até a estrofe final, faço algo inegavelmente estúpido. Toco nela da seguinte maneira: duas mãos nos ossos do quadril imitando as dancinhas da escola. E seguro nela assim: puxando-a para perto, até que ela coloque as duas mãos em meus ombros e nós possamos balançar e balançar.

É uma brincadeira. Estamos brincando de dançar juntas, como na escola. Exageramos nos movimentos e murmuramos palavras, e lembro a mim mesma que é apenas uma brincadeira. Mas ela tem um cheiro picante e doce, e movo as mãos para que elas se aconcheguem em seus flancos macios, diminuindo um pouco o espaço entre nós. Eu a puxo para mais perto, o mais perto que ela me permite. Ela me deixa descansar a bochecha contra seu ombro, então faço isso, sentindo o tecido macio de um moletom da Cornell e a borda dura de seus músculos e ossos por baixo. Mas obviamente é apenas uma brincadeira.

Jack sussurra as linhas finais da música, e sinto o jeito que elas atingem minha têmpora como uma brisa leve. A música se acalma lentamente, mas não paramos de balançar nos braços uma do outra, e não é mais uma brincadeira, mas também não sei o que acontece agora. O jantar patético e o excesso de uísque estão girando em meu estômago, e Jack está me deixando tocá-la e abraçá-la, e eu não sei o que devo fazer em seguida.

Sei o que quero fazer agora: quero me aproximar e enrolar meus dedos em seu cabelo. Quero ficar na ponta dos pés e abocanhar seus lábios. Quero degustá-la. Quero *devorá-la*. Tenho um buraco enorme, dolorido e solitário dentro do peito, e a memória de como ela o preencheu uma vez, como alisou as farpas que os outros deixaram dentro de mim ao longo dos anos.

Não quero ser amiga de Jack Kim-Prescott, e definitivamente não quero ser sua cunhada. O que eu quero, *tudo que eu desejo*, é ser dela.

Porém ela já está se afastando. A música terminou, e agora Jack balança a cabeça e ri alegremente como se quisesse enfatizar que era só uma brincadeira o tempo todo, que nunca deixou de ser uma brincadeira.

Faço o mesmo, soltando meus quadris e rindo, então ela nunca vai saber que por um minuto, dançando com ela nessa cabana que invadimos, pensei que tudo fosse real.

Jack se recompõe e adota uma postura rígida de novo. Ela se distrai com a coleção de discos. Meu corpo vibra com ansiedade por causa de um quase beijo, e acho que nós duas vamos fingir que aquele momento entre nós nunca aconteceu. Vamos deixá-lo flutuar em uma névoa de uísque e Céline Dion. Mas então Jack escolhe outra música no toca-discos, e "Holly Jolly Christmas" preenche a sala.

Ela se vira para mim. "Nada pode acontecer entre nós esta noite", ela diz por cima do som de Burl Ives. "Você ainda está com meu irmão, e eu não posso traí-lo assim, mesmo que ele tenha traído você com Dylan."

"Eu sei. Entendo", digo, embora não entenda. Estamos a meio metro de distância, perto o suficiente para nos tocar em um monte de lugares diferentes, mas sem nos tocar em nenhum.

"Por que você me beijou no banheiro ontem à noite?", pergunto.

"Elle, não vamos..."

"Jogo da honestidade."

Desamparada, Jack olha para a capa do disco em seus dedos como se pudesse protegê-la. Bufa. "Eu te beijei no banheiro porque eu queria. Porque eu literalmente sempre quero beijar você. Porque ver você com meu irmão não mudou em *nada* esses sentimentos, não importa o quanto eu tenha torcido para que eles mudassem."

Tento respirar fundo, mas tenho muitas costelas, muitos sentimentos. Jack me encara a dois metros de distância. Não, ela encara a minha boca. Involuntariamente, passo a língua em meu lábio inferior.

"Elle", Jack diz meu nome com tanta delicadeza que mal consigo suportar. "Por que você me beijou no banheiro?"

Mordo meu lábio inferior.

"Jogo de honestidade", Jack diz.

"Porque eu queria." Respiro as palavras. "Porque não superei você. Percebi que nunca superei você quando te vi na cabana, porque você é tudo no que eu penso, porque estar com Andrew nunca poderia mudar isso, porque..."

Jack se torna um borrão em movimento, suas mãos estão no meu rosto, seu corpo está contra o meu, e desta vez não importa se ela me beijou ou se eu a beijei: nós estamos nos beijando.

Vinte e quatro

Há algo incrivelmente mágico em saber que Jack está me beijando porque *ela quer*.

Seus dedos estão no meu cabelo, sua boca está na minha. E *ah. Ah*, tem o gosto de seus lábios de uísque, a doçura dela, a solidez e força de seu corpo segurando o meu.

Isso é ainda melhor do que ontem à noite. Ela me beija lenta e penetrantemente, como se estivesse reconstruindo algo entre nós com cada movimento suave de seus lábios. Seus polegares acariciam minhas maçãs do rosto, e eu me derreto nela. Vou continuar derretendo nela enquanto ela me permitir, saboreando cada beijo como se ela fosse a melhor fatia de torta do mundo.

Deixo dois dedos acariciarem seu antebraço nu até que ela estremeça sob meu toque, gema em minha boca e se abra para mim. Minha língua desliza ao longo de seu lábio inferior, e a indomável e segura Jack Kim-Prescott geme em meus braços.

Meu cérebro explode como bolas de chiclete, e estou caindo fatalmente de cabeça nesse beijo, não estou segurando nada, quero lhe mostrar o que eu quero, o que eu desejo. Que eu quero e desejo *ela*.

Quando Jack leva sua cabeça para trás, interrompendo o beijo, caio sobre meus calcanhares. "Elle", diz ela, e sua voz é ríspida. "Nós não podemos... Não posso fazer isso com Andrew. Eu *quero*", ela arrasta uma mão pelo meu braço como se não pudesse se conter. "Puta merda, como quero. Mas que tipo de monstro fica com a noiva de seu irmão?"

Olho para a expressão de tortura em seu rosto. Penso nos duzentos mil dólares. Nas mãos dela ainda em concha no meu rosto. Penso no sonho de Jack e nos meus. E foda-se... Andrew é capaz de encontrar outra pessoa para seu casamento de mentira. "Não vou me casar com ele", digo a ela.

Percebo como uma leve mudança ocorre no rosto de Jack, com sua boca implorando para se levantar no canto. "Você não vai?", ela pergunta, esperançosa. É a maldita *esperança*.

Balanço a cabeça. "Não posso me casar com ele sentindo tudo isso por você."

E então Jack abre seu sorriso maravilhoso. Suas mãos caem na minha cintura, e ela me empurra com urgência até que minhas costas estejam contra a parede da cabana, me prendendo no lugar. Ela não me beija imediatamente. Não, por um longo minuto, Jack apenas me encara, e a encaro de volta. Olhos castanhos e sardas e a pequena cicatriz branca. Ela está pairando na minha frente, perto o suficiente para que eu possa ver todas as suas imperfeições. As cicatrizes de acne em seu queixo, as linhas de expressão entre as sobrancelhas e os poros ao longo da ponta de seu nariz. Ela é tão linda que chega a doer.

Jack desliza um joelho entre minhas pernas e me beija de novo, e estes são os melhores duzentos mil dólares que já perdi.

Estamos nos beijando com nossos corpos inteiros agora, Jack me pressiona com mais força contra a parede, nossos corpos se alinhando como peças de quebra-cabeça que só fazem sentido encaixadas. A pequena elevação de seus seios sob os meus. Seus ombros largos e quadris estreitos; meus quadris largos e ombros estreitos. Ossos do quadril e ossos pélvicos, harmonia e atrito.

Aprofundo o beijo, e Jack me segue, sua boca encontra o ponto de pulsação na base do meu pescoço e chupa. Deslizo minha mão sob seu moletom, e sua barriga está quente. Exploro os centímetros dela, espalho minha mão em suas costas e a seguro o mais perto que posso, a seguro até que eu tenha todo o seu corpo entre minhas pernas.

Nosso beijo se torna desleixado. Língua e dentes e seu polegar no meu lábio inferior, a outra mão segurando a frente do meu moletom enquanto ela se esfrega na minha coxa, e eu me movo contra seu quadril, e parece que nós duas estamos vestindo roupas de mais.

Quando encaixo minhas mãos nas curvas que prendem sua bunda, ela para em minha boca. "Jack", eu ofego. "Posso, por favor, tirar suas roupas?"

Ela dá um passo para trás de mim. Abro os olhos e *porra*. Sua boca está rosada e saliente, seus olhos praticamente pretos.

"Elle", ela diz, hesitante.

"Sinto muito", rapidamente peço desculpas. "Nós não precisamos... Estou de acordo com beijos apenas. Se você quiser esperar até que Andrew e eu possamos terminar as coisas oficialmente, ou..."

Sua mandíbula fica tensa enquanto pondera. "Ah, foda-se", ela solta, e quando me beija de novo, ainda está sorrindo. Sorrio também. Calor e mãos, e quando ela se move contra mim, meu estômago aperta, puxando toda a energia dentro de mim para o meu núcleo até que me sinto tonta com a necessidade de mais de seu toque, mais de sua pele. Nos levo pela sala de estar até chegarmos ao sofá, e Jack cai de costas nele, e eu, meio que em cima dela.

Ela me deixa tirar seu moletom, e há algo muito vulnerável no ato de despir outra pessoa. Ela não está usando sutiã, então basta apenas um puxão para que a pele marrom-clara de Jack se destaque na luz cintilante do fogo da sala de estar. Reparo em seus seios pequenos, no ponto alto de seus mamilos entumecidos, que fazem minha língua parecer grossa dentro da minha boca. Nas estrias delicadas na pele macia acima dos quadris, na pele enrugada ao redor do umbigo, as tatuagens.

Nas *tatuagens*. As imagens que contam sua história assim como os painéis de uma webcomic fazem, com registro de tempo e lugar. De um momento único na vida dessa pessoa. Minha boca tem que percorrer tudo isso, e pela primeira vez na semana não há nada que possa me impedir.

Quero beijá-la, então eu a beijo. Subo nela e beijo as curvas duras de seu colo, beijo a tatuagem de Mount Hood, beijo a pele deliciosamente macia de sua barriga. "Você é tão perfeita", digo a ela enquanto deslizo para fora do sofá e para o chão para que eu possa puxar a calça para baixo de seus quadris para revelar uma cueca boxer unissex com um cós de arco-íris e, porra, aquelas coxas.

As pernas de Jack são uma obra de arte erótica. Longas e musculosas, suas canelas são cobertas por pelos castanhos macios, com três sardas acima do joelho esquerdo. Suas coxas grossas se esticam quando ela se arqueia para fora do sofá para me ajudar com as calças, e penso naquelas coxas debaixo de mim, ao meu redor, se contorcendo sob minhas mãos enquanto eu a devorava no último Natal.

Subo em seu colo novamente, com a parte saliente dela pressionada entre minhas pernas. "Você é perfeita pra caralho."

Acaricio seus seios com meus polegares. Traço sua carne, toco e recuo, a provoco com meus dedos ao longo da parte inferior de seus seios pequenos. Jack se arqueia para trás, geme em meu vaivém, até que ela implora com uma única palavra: "Elle".

Isto é o que eu sei sobre Jack: ela gosta de estar no comando, gosta de liderar; ela gosta de ser a pessoa que doa ao outro, aquela que alimenta e estimula, aquela que faz você se sentir segura e protegida e tão preciosa que seu coração quase explode. Mas uma vez, em seu Airstream, ela me deixou cuidar dela, e aprendi que ela também gosta de abrir mão desse controle às vezes. Ela gosta de se sentir impotente, gosta de ser provocada, gosta de implorar pelo que quer e não ser atendida, até que a tensão, a promessa e o adiamento da satisfação a façam se contorcer.

E amo ser a pessoa que a faz se sentir assim. Porra, amo estar no controle.

Então aproximo meus lábios de seu mamilo como se fosse colocá-lo na boca, mas apenas sopro ar frio em sua pele antes de me mover para beijar sua garganta. Jack ofega e faz todos os tipos de sons desesperados enquanto beijo o pescoço, o ombro, a clavícula. Beijo a crista de seu seio direito até que ela implore novamente com apenas a sílaba do meu nome, e então pego seu mamilo entre os dentes e puxo, apenas por um segundo, fazendo Jack relaxar com alívio antes de recuar com desejo.

Ter esse poder é sensual pra cacete, poder deixá-la de joelhos fracos e querendo mais. Estou molhada e impaciente com meu próprio jogo, então me coloco de joelhos para obter um ângulo melhor e coloco minha mão entre suas pernas. Gentilmente, pressiono minha palma contra ela, com meu dedo médio desaparecendo entre suas pernas. "Posso?"

Jack rosna, "Deve", e acho que passo por um leve desmaio. Quando recupero a consciência, levo dois dedos à boca e chupo até ficarem escorregadios com minha saliva. Jack me observa, sua língua rosa saindo da boca para lamber a cicatriz branca.

Minha mão passa pelo cós de sua calcinha, meus dedos escorregadios a encontram molhada e quente, esperando. Sou preenchida por algo potente ao saber que é para mim, todos esses sentimentos selvagens são para mim. Faz tanto tempo desde que estive tão perto de outra pessoa, e ela é a única de quem quero estar perto. Me recuso a questionar o que estamos fazendo, o que isso significa, o que faremos amanhã.

Passo o dedo ao redor dela, pra cima e pra baixo, até que ela cerra os dentes e não os abre. "Maldita seja", Jack rosna. "Por favor. Eu não vou implorar."

Mas ela implora. Ela implora até eu segurar seu cabelo grosso e pressionar seu clitóris inchado com meus dois dedos. Sou recebida com um *sim* e um *obrigada* e um *ah, meu Deus*. Um *sim* e *por favor* e *sim, assim*. Porque é claro que me lembro de como ela gosta de ser tocada.

Lembro de cada coisinha daquela noite.

"Sim, Elle, puta merda." Ela agarra meu quadril para se equilibrar, se arqueia sob a pressão dos meus dedos e se fode contra a minha mão. Seus movimentos são quentes, desordenados e rápidos, mas consigo observá-la o tempo todo. E posso ver a indiferença fingida desaparecer. Não há Airstream brilhante para se esconder. Somos apenas ela e eu, com imperfeições perfeitas nesse sofá surrado.

Seu lábio inferior preso sob dentes brancos; a agitação de seus cílios grossos quando ela fecha os olhos e joga a cabeça para trás; a forma como seu cabelo cai na testa e o jeito como o calor sobe por sua garganta e a maneira como sua boca se abre com gemidos súbitos e guturais. Ela é tão bonita. "Linda pra caralho."

E *barulhenta* pra caralho também. Amo cada som que ela faz enquanto agarra mais forte meu quadril e se move em meus dedos, com rastros de beijos sendo deixados ao longo de sua linha do cabelo.

Enquanto ela ofega, sufoca e xinga um pouco mais, olho para as sardas e a cicatriz, para todos os pedaços dela que memorizei da última vez. Ela pressiona a testa no meu ombro e passa os braços em volta da minha cintura; enlaço os braços em volta de seu pescoço, arranhando de leve os cabelos curtos dali. Ficamos assim por vários minutos — ela tentando recuperar o fôlego, eu tentando lembrar cada mínimo detalhe deste momento também.

Vinte e cinco

"Bom." Jack ri em meu ombro. "Aquilo foi... inesperado."

Suspiro. "Não, não foi."

Ela olha para mim e estreita um olho timidamente. "Tá bom. Concordo que não foi. Eu praticamente torcia para que você fizesse isso a cada minuto de cada dia desde que Paul Hollywood te lançou contra a mesa da minha mãe."

"Jogo da honestidade", digo, envolvendo meus braços mais apertados ao redor dela, segurando-a contra mim. "Desejei fazer isso a cada minuto de todos os dias desde o último Natal."

Posso sentir Jack prendendo a respiração. "Não é..." Ela tosse. "Não é assim que o jogo da honestidade funciona."

Rimos, e seu peito nu fica vibrando contra mim até que ela recupera o fôlego. Ela olha para mim. Não estamos nos beijando nem conversando, e de alguma forma isso parece mais íntimo do que antes. Levanto um dedo para traçar o crescente de sua cicatriz. "De onde vem isso?"

Jack estremece levemente quando minha unha toca seu lábio. "Não é uma história interessante. Bati na quina de uma mesa de centro quando tinha quatro anos e quebrei a boca."

"Tudo relacionado a você é interessante", digo baixinho. E percorro com o dedo o caminho daquela cicatriz branca até suas sardas escuras, que enchem suas bochechas de pontos como num mapa, como se eu pudesse traçar um novo destino que os conecta diretamente, como se houvesse um novo plano de dez anos a ser descoberto na distância entre nossos dois pontos. Deixo meu dedo vagar pelo redemoinho de sardas e imagino todas as coisas que eu poderia desenhar a partir delas. Por alguns minutos, ela me deixa. Jack me deixa criar arte com a ponta do dedo e os pontos do rosto dela.

Isso me afeta ferozmente. Eu a amo. Nunca deixei de amá-la. Não sou melhor do que aquele idiota do Romeu. Eu sei que não parece coerente, mas me apaixonei por uma mulher em vinte e quatro horas, porque nessas vinte e quatro horas ela fez o impossível: ela me fez sentir segura e protegida; ela me fez sentir confiante e capaz de confiar. Com um jogo de honestidade e vulnerabilidade emocional, ela me fez me abrir de uma maneira que eu não tinha feito antes. Ela me deixou ser confusa. Ela me deixou ser verdadeira. Como não amar alguém assim?

Eu a amo, e tenho que encontrar uma maneira de mantê-la comigo. Quero ela comigo mesmo depois do Natal. Quero conhecer Jack em cada uma das estações.

Na primavera, quando a montanha está visível, quando ela usar uma camisa de manga curta aberta por cima de uma camiseta branca, com as tatuagens em seus antebraços nus chamando atenção enquanto ela caminha com Paul Hollywood pelo Mount Tabor Park, ou pega uma cerveja em um pátio ao ar livre em Alberta.

Quero Jack do verão, com óculos de sol gigantes e um sorriso despreocupado, segurando um pegador ao lado de um churrasco, assando marshmallows na fogueira. Jack com um picolé derretido pingando entre os dedos, Jack se esparramando na grama macia.

Quero descobrir quem Jack se torna no outono, quando os dias ficam mais curtos, frios e cinzentos. Como a selvagem e inquieta Jack se prepara para o inverno, prestes a se tornar a versão que conheci na Powell's? O que ela faz com esses últimos suspiros de sol? Quero resolver esse mistério e todos os enigmas que Jack Kim-Prescott possui, em todos os dias de todos os meses.

"No que você está pensando agora?", ela pergunta baixinho no meu ombro.

Traço um dedo pela sua coluna até que ela estremeça. "Estou pensando em como você fica de shorts no verão."

Ela olha para mim novamente, e é tão imprudentemente sincera. "Por favor", Jack implora, sua voz suave e doce, mesmo quando seus dentes beliscam o lóbulo da minha orelha, "por favor, me deixa foder você."

Quero dizer sim. Mesmo que, pra mim, a intimidade de receber prazer seja sempre mais complicada do que dar prazer, com Jack, eu sempre, *sempre* quero dizer sim. As mãos de Jack percorrem a curva da minha bunda através da minha calça de moletom, e concordo com a cabeça.

"Posso te foder na cama?", ela pergunta abertamente. Como se eu fosse capaz de recusar tal pedido. Em vez disso, eu a beijo, profunda e desesperadamente, até que nós duas esquecemos por um instante da nossa missão. Quando nos lembramos, estamos ambas com os olhos enevoados e a boca saliente, nossas mãos unidas quando levantamos do sofá. Não tenho certeza qual de nós está liderando e qual está seguindo, mas acabamos na beirada de uma cama, e é claramente Jack quem me abaixa. É Jack que cai de joelhos na minha frente.

É Jack quem começa a me despir, a tirar minhas roupas emprestadas para revelar o corpo com o qual minha mãe nunca esteve satisfeita. Alto demais, cheinho demais, pálido demais. "Você é perfeita pra caralho", sussurra Jack. Ela tenta *muito* sussurrar.

Fecho os olhos e tento me convencer de que isso vai durar.

Ela passa a ponta de um dedo pelo interior da minha coxa e morde meu lábio inferior. Sua boca encontra seu dedo, na parte interna da minha coxa, deixando um rastro de beijos e a pressão ocasional de sua língua na minha carne. Respiro bruscamente. Ela se levanta um pouco para poder deixar um beijo na dobra do meu quadril antes de levar minha perna esquerda para cima de seu ombro e exalar um hálito quente no meu corpo latejante. "Elle", diz ela, sua voz quase severa. *Foda-se* a voz severa. "Você vai me dizer o que você quer? O que faz você se sentir bem?"

"Tudo. Nada." Eu me mexo na cama. "Só me toque, por favor."

Ela pressiona a ponta do polegar contra meu clitóris, leve no início, me massageando em círculos suaves até que sou forçada a fazer o que ela quer, forçada a dizer a ela o que eu quero. "Mais rápido", exijo. Jack pressiona mais forte e mais rápido, mudando os padrões com tanta velocidade que a sala começa a girar. Começo minha própria sequência de maldições, meus *sins* e *por favores* e *obrigadas*.

E então sua língua substitui o polegar. É uma lambida, a ponta de sua língua ao longo da fissura do meu corpo, e estou pronta para sacudir minha pele e voar pra cima da cama. "Ellie", diz ela timidamente. "Por favor, me diga o que você quer."

Sua voz rouca arranha meu corpo, enviando um arrepio pela minha espinha, atingindo meus dedos dos pés descalços. "Quero que você faça isso de novo."

Jack pressiona a mão na parte inferior do meu estômago, prendendo-me na cama com força, enquanto da cintura para baixo espero. Jack abaixa a cabeça e planta um beijo casto no meu clitóris. É recatado, quase como um cavalheiro em um romance da época da Regência, beijando a mão enluvada de uma duquesa, e isso me deixa nada menos que maluca. É um jogo para ela. Tudo é um jogo para Jack.

"Eu vou te *matar* se você não..."

Sua língua dura me pressiona, e quaisquer ameaças são substituídas por outras objeções e protestos menos articulados. Tipo, *espere, como isso pode ser tão bom?* E *meu Deus, você está tentando me matar?*

Jack me lambe até que meus dois punhos agarrem a colcha, até que eu esteja convulsionando na cama de estranhos, até que eu me choque contra o colchão assim como a força de um oceano contra uma costa rochosa, ou algum outro clichê melhorado para um orgasmo. Não consigo pensar nisso no momento, porque *estou ocupada tendo orgasmos*.

Mesmo quando minha cabeça derrete de volta na cama, meus ossos se dissolvendo como gosma quente, outra parte de mim fica tensa com a atenção contínua de Jack. Minha mão esquerda agarra o edredom enquanto a direita segura o cabelo dela. Ambos são salva-vidas me sustentando através do ataque de uma dúzia de lindos tremores secundários.

Estou... estou sentindo demais, e esses sentimentos... são imprudentes e perigosos e incríveis pra caralho.

Faz tanto tempo que eu não me permito sentir qualquer coisa, medo da ausência que eu sentiria depois, de deixar o buraco dentro do peito aumentar, e de repente Jack me destrói com sua língua, e não fujo imaginando como vou desenhá-la mais tarde. Só sinto. Ancorada e aterrada pela língua e pelos dedos e por ela. Estou *transcendendo*.

Jack responde aos sons como se estivéssemos conectadas por um fio de seda, quanto mais eu sinto, mais ela sente. "Elle", ela choraminga enquanto me lambe lentamente, provocando esses sentimentos persistentes, meu nome em sua boca como um sacramento. "Elle."

Digo o nome dela de volta. Parece chocolate escuro derretendo na minha língua, como biscoitos personalizados com cobertura caseira, como waffles com chantilly. *Jack. Jack Jack Jack.*

"Vem aqui, por favor", eu imploro, e Jack obedece, subindo na cama, em mim, até nossos corpos nus se dobrarem juntos, como lençóis engomados. É aqui que eu a quero mais. Ela beija minha boca, e ela tem o meu gosto, e ela tem gosto dela, e eu a beijo de volta como se tivesse esquecido como me proteger da dor.

Ambas as mãos em seu cabelo, pressionando-a firmemente contra mim. Envolvo minhas duas pernas ao redor de sua cintura e a prendo em meu corpo. Seus mamilos duros deslizam pela minha pele, e explodo em arrepios e desejo renovado. Ela se esfrega contra mim, nossos corpos se movendo em um belo ritmo de prazer enquanto ela paira sobre mim, observando meu rosto.

"Estou muito feliz por ter te encontrado de novo", Jack fala.

Praticamente gritando.

Acordo sob uma colcha que pinica e com o braço de Jack em volta do meu ombro e a perna de Jack sobre as minhas pernas. Leva um minuto para eu lembrar onde estamos e como acabamos assim, mas, por um momento, eu me deleito com seu corpo, seu calor, seu batimento cardíaco contra minhas costas.

Depois: esqui, neve, Gillian, a cabana dos Singh, seis dedos de uísque, Céline Dion, sexo. Tudo volta, e um suor frio irrompe de minha pele nua. Me sinto presa pelo corpo de Jack, incapaz de mover meus membros. Meu batimento cardíaco sai do ritmo com o dela.

Isso não é um ataque cardíaco, eu rapidamente canto para mim mesma enquanto saio de baixo de Jack. *Você não está tendo um ataque cardíaco sem precedentes.*

"Oqueéque...?" Jack junta algumas sílabas incompreensíveis enquanto deslizo para fora da cama. Ela pisca para mim com olhos sonolentos e por um segundo me perco em seu olhar, em sua intensidade de fogo, mesmo que esteja meio adormecida. Ela tenta de novo. "O que você está fazendo? Você está bem?"

Não estou bem, mas não sei por que não estou bem. Me sinto agitada e em pânico, como se tivesse uma coceira dentro de meus órgãos internos que nunca serei capaz de coçar. E por quê, por quê? Acabei de ter o melhor sexo da minha (não tão agitada) vida. Eu beijei Jack sem culpa. Acordei nos braços dela. O som de sua voz rasgando contra minha pele. *Estou muito feliz por ter te encontrado de novo.*

Como aquela linda noite poderia levar a esses sentimentos horríveis se contorcendo dentro de mim?

"Nós... devemos voltar pra casa", digo. Agora sou eu quem está praticamente gritando.

"Temos que verificar a situação da neve primeiro", Jack diz cuidadosamente da cama, ainda está nua, sem nem tentar esconder o quão nua está.

Enquanto isso, estou procurando minhas roupas, sutiã e calcinha. "Acabei de... Só acho que é véspera de Natal, e nós provavelmente devíamos..."

"Elle." Sua voz é abrupta, severa. "São sete horas da manhã. Ainda nem clareou lá fora. O que tá acontecendo?"

Tropeço e caio de volta sob minhas roupas de esqui. "Nada está acontecendo." Minha voz é um grito profano de pânico, e Jack teria que ser uma idiota para acreditar em mim. "Tenho certeza que sua família está preocupada com a gente. Precisamos voltar para..."

Jack não é idiota. "Para Andrew?", ela pergunta.

Olho para ela na cama. Ela está sentada, a colcha em volta de sua cintura e os seios expostos ao ar frio da manhã. Nosso fogo se apagou em algum momento da noite.

"Elle, não faça isso."

"Eu não estou fazendo nada", hesito.

"Você está...?" Jack passa a mão pelo cabelo oleoso da manhã. "Você está arrependida do que aconteceu entre a gente?"

"Não", digo. E não estou. Arrependida? Por que eu estou formigando em todos os lugares? "Só preciso de um minuto para, você sabe... pensar. Recalcular."

"Elle." Ela continua dizendo meu nome como se fosse uma corda me amarrando de volta a ela. "Não faz isso. Não surta."

"Não estou surtando."

Com certeza estou surtando. Um ano atrás fui para casa com essa mulher e acabei com o coração partido. Dez dias atrás, assinei um contrato de guardanapo porque achava que dinheiro era a única coisa que poderia consertar minha vida. Há um buraco no meu peito e uma família a três quilômetros de distância que nunca vai me perdoar quando descobrir a verdade. Andrew é uma garantia, Jack não é e eu...

Na cama, Jack diz entredentes: "Você vai voltar pra ele?".

"Pra quem?"

"O que você quer dizer com *quem*?", e ela solta: "Com *Andrew*. Você vai se casar com ele?".

"Eu não posso me casar com Andrew." Mesmo que ele *seja* uma garantia, sei que não posso.

Jack desce da cama. "Então o que rolou? Por que você está se afastando de mim?"

"Isso..." Balanço uma mão para a frente e para trás entre seu corpo nu e o meu meio coberto. "Nós... nós... vamos dar errado."

"O que você tá falando?"

"Já nos machucamos uma vez e vamos desmoronar de novo, e eu não posso. Não posso passar por isso de novo." Há lágrimas me impedindo de vê-la, o que, para falar a verdade, é uma grande ajuda. Se não posso vê-la, é um pouco mais fácil dizer isso a ela. Para ser honesta.

Ela pega meu rosto com aquelas mãos grandes, com os dedos calejados e amassando pão. "Por que você acha que vamos dar errado?"

Coloco minhas mãos por cima das dela contra minhas bochechas. "Porque..."

"Porque você acha que vai fracassar", ela responde por mim. Ela me alcança, me puxa para perto de seu peito, então seu corpo está apertando o meu com força, sem deixar espaço para o ataque de pânico. "Mas você nunca fracassou."

"Fracassei, sim. Fui demitida da Laika porque não consegui dar conta, e..."

"Elle." Jack me solta de seu abraço, me segurando cuidadosamente à distância de um braço. "Vou dizer algo que sei que você não quer ouvir, mas é a verdade absoluta: você não fracassou na missão de ser uma animadora. Você desistiu."

"Eu não..."

Nua em pelo, Jack levanta as duas mãos, me pedindo para esperar com um único gesto. "O que você ama na arte? E a resposta não pode ser que você é boa nisso."

"Eu claramente não sou boa nisso", respondo, mas a expressão de Jack é tão séria que enrijeço. Há uma corrente maçante de ansiedade correndo por mim, mas respondo a ela. "Bem, eu me apaixonei pela arte porque... porque costumava ser uma maneira de escapar. Meus pais brigavam, e eu me escondia no quarto, criando esses mundos coloridos onde tudo era melhor do que minha realidade. E então eu costumava compartilhar minha arte com outras crianças da classe e isso lhes trazia alegria também, e era como... como se eu pudesse fazer algo bom, mesmo que tudo que meus pais tocassem se tornasse lixo."

Jack acena com a cabeça, como se estivéssemos chegando perto da conclusão aonde ela quer que eu chegue. "E quando você se desapaixonou pela arte?"

Penso na graduação na Ohio State, quando eu ficava escondida no meu dormitório, aprendendo Photoshop e InDesign para tarefas que eu odiava, criando fan art às quatro da manhã porque era o único momento que eu tinha para fazer algo por mim; na pós, certificando-me de nunca falhar no meu plano de dez anos, nunca perder tempo com rabiscos ou histórias bobas na minha cabeça; na Laika, realmente me esforçando pela primeira vez e sem saber quem eu seria se não fosse a melhor, se não fosse a Ellie Artista. Nada jamais poderia ser um rascunho.

"É só... que se tornou a minha identidade", digo a Jack. "Senti que tinha que ser perfeita nisso o tempo todo, por causa de quem eu era, e de repente eu não era perfeita, e minha arte e minha identidade estavam tão emaranhadas uma na outra que simplesmente..." *Desisti.*

Não digo isso. Não dou esse gostinho à Jack Nua. Mas ela está certa. Fui demitida da Laika e desisti de tentar. Mas ela está errada sobre isso não me tornar um fracasso total.

A Jack Nua se senta na beirada da cama, e a estrutura da cama geme. "Já te contei a história de por que eu abandonei a faculdade?"

"Estou meio que tendo um ataque de pânico aqui, uma crise existencial..."

"Está relacionado. Prometo."

"Está bem." Cruzo os braços sobre o peito, ainda na metade do processo de vestir uma camisa. "Me conte a história, então."

"Você sabe como a escola não era minha praia, mas era muito importante para meus pais que eu fosse para a faculdade, então me matriculei na Universidade de Oregon de qualquer maneira e me declarei uma especialista em administração. E lembra que sou muito boa em seguir o fluxo", explica ela, "em me encaixar. Qualquer um que me visse no primeiro ano pensaria que eu estava tendo a melhor época da minha vida, mas eu estava miseravelmente infeliz. Eu *odiava* a faculdade. Era como se tivesse uma inquietação dentro de mim o tempo todo, um vazio. Acordava no meio da noite com tanta energia que era capaz de correr dez quilômetros. Ou de entrar no meu carro e dirigir até a costa ou o meio da floresta, para desaparecer numa cidadezinha onde ninguém soubesse meu nome. Eu ficava bêbada em festas da fraternidade ou comia cogumelos com estranhos. Tentei de tudo para preencher esse vazio em mim, mas nada ajudava."

Jack esfrega as mãos para cima e para baixo nas coxas, como se ela estivesse tentando se aquecer, e *merda*. Ela provavelmente está congelando. Vou até a cama e coloco a colcha sobre seus ombros nus. Ela me olha com muita ternura, e é como se eu agasalhasse minhas próprias inquietações internas do lado de fora.

"A única vez que o vazio realmente foi embora foi quando eu estava assando biscoitos para todos no meu andar na cozinha horrorosa do dormitório", ela continua a narrar. "Essa foi a única coisa que me trouxe alegria real. E acabei descobrindo que aquele vazio era a ausência de mim mesma. Eu estava me esvaziando para me tornar a pessoa que meu pai queria que eu fosse, e continuei procurando por todas as coisas erradas para me preencher de volta. Não podia continuar vivendo daquele jeito, então desisti."

Ela engole em seco, aquele tendão tenso espetando do lado de seu pescoço. "Tive a mesma sensação quando estava com Claire, no final do relacionamento. O vazio voltou, porque eu estava consumindo pouco a pouco quem eu realmente sou para satisfazer a ideia de outra pessoa sobre quem eu deveria ser."

Engulo em seco de novo. Ouvindo Jack falar sobre o vazio... parece muito com a minha dor, como aquele buraco que existe no fundo das minhas costelas, o buraco que eu pensava ser a solidão. Mas e se a dor não for a ausência de outras pessoas? E se a coisa que falta dentro de mim for... eu mesma? É um pensamento aterrorizante, porque significa que esse buraco dentro do meu peito não pode ser preenchido por duzentos mil dólares ou uma mulher com sardas e um sorriso de canto.

"No dia em que nos encontramos na Powell's, eu estava mais inquieta do que nunca antes", Jack continua. "Sabia que a neve ia piorar, mas o pensamento de ficar presa no Airstream o dia todo me deixou doente. Então fui na livraria por impulso e acabei encontrando você chorando naquele corredor", a voz de Jack está cheia de memória e afeto. E saudade. "E você era tão..."

Meu coração vai pular da boca.

"... confusa", ela diz, e meu coração despenca novamente. "Você era uma *confusão* ansiosa e solitária, e tinha muco no seu rosto todo."

"Essa conversa tomou um rumo inesperado."

"Não!" Jack abre um sorriso completo. "Você estava linda, Elle, mesmo com todo aquele muco. Achei você maravilhosa por ser apenas *você*, e por um dia você me fazer sentir como se eu pudesse ser apenas *eu*. E isso seria suficiente. E esse sentimento é algo pelo que estou disposta a lutar."

"O que isso tem a ver comigo desistindo da arte?"

"Não sei." Jack tira o cabelo do rosto. "O arco narrativo ficou meio confuso lá no meio, mas o ponto é", ela estende a mão e pega a minha: "nos meus momentos bons e saudáveis, eu sei que não sou uma fodida. Sou só alguém que passou muito tempo tentando ser algo que não queria ser. E você também não é fodida, Elle. Você não vai foder com tudo."

Nossos dedos estão entrelaçados no colo de Jack, e ela não tem ideia do quanto eu já estraguei tudo. Eu dormi com ela, e ela nem sabe que o noivado é *falso*. "E talvez, quando você estiver em pânico, você possa me *contar* sobre o que te deixa assim, em vez de tentar ignorar e se afastar."

Olho para ela. "Não estou familiarizada com esse conceito."

Sinto o sorriso de Jack enquanto ela se inclina perto da minha bochecha. "Por exemplo, quando sua mente começa a girar em torno do fracasso, você pode respirar fundo e tentar me dizer algo como", ela adota uma voz estridente para me imitar: "*Opa, Jack, estou me sentindo emocionalmente vulnerável agora e estou com medo de me arriscar novamente com você*".

"Isso está *longe* de ser uma representação precisa de mim."

"E então eu diria: 'Obrigado por se abrir, Elle, porque honestamente eu também estou com medo. Quero dizer, você ainda está noiva do meu irmão, e temos muitas coisas para resolver e descobrir. Talvez a gente só deva viver um dia de cada vez'."

"Uau. Essa é a tal comunicação entre mulheres LGBT de que você tanto fala?"

"Ouvi por aí que é possível que as pessoas apenas... *conversem sobre as coisas*."

Ela está sentada ali completamente nua em todos os sentidos da palavra, um cobertor sobre os ombros, seu rosto desprovido de apatia. Ela se importa tanto, sua expressão é crua e fácil de ler. Amor e medo e mágoa e esperança.

É a esperança que me pega, todas as vezes. Ela senta lá, sem um pingo de roupa, e é tudo tão simples. Só preciso deixá-la me amar.

"Jack", digo, apertando sua mão. "Estou me sentindo emocionalmente vulnerável agora, e estou com medo de me arriscar com você."

"Eu também." Jack beija minha testa, meu queixo, cada uma das minhas maçãs do rosto, no padrão do sinal da cruz que me lembro da minha infância. "Talvez a gente só deva viver um dia de cada vez."

Ela nos puxa para a cama, me segurando apertado contra o peito, até que eu esteja convencida de que nada vai desmoronar ao meu redor. "O que nós vamos fazer?", pergunto a ela.

"Você quer dizer agora?", ela pergunta do meio dos meus cabelos. "Ou você quer dizer a longo prazo, tipo como contar a Andrew e meus pais sobre nós?"

"Vamos começar com o que faremos hoje."

"Hum..." Ela pressiona a ponta do nariz na pele atrás da minha orelha, até eu formigar em todos os lugares que nossa pele está tocando. Ou seja: todos os lugares. "Precisamos do café da manhã."

Ela beija aquele pedaço macio de pele.

"Precisamos descobrir as condições da neve." Ela morde a pele.

"Precisamos descobrir como chegar em casa. Mas..." Sua boca desliza para cima até que seus lábios estejam no lóbulo da minha orelha novamente.

"Mas sem pressa", digo.

Vinte e seis

"Você fez panquecas com calda pra mim?"

"Essa é uma cópia barata das minhas panquecas com calda", ela rosna fazendo careta. "Faço as minhas do zero usando uma receita que levou oito anos para ser aperfeiçoada, e nunca..."

"Você fez panquecas com calda pra mim", repito.

Ela me estende um prato. "Fiz. Claro que as panquecas são uma mistura de massa de panqueca com neve derretida e a calda vem de uma lata que acho que já venceu há vários anos."

Coloco o prato de lado e a puxo em meus braços para beijá-la profundamente.

As panquecas e a calda têm gosto de papelão e água suja, mas ainda são a melhor coisa que já comi. Queria que pudéssemos ficar aqui para sempre, nesta pequena cabana, vivendo nossa versão de *Os pioneiros*, mas é véspera de Natal. Katherine está esperando por nós.

Andrew e Dylan estão esperando por nós.

A verdade está esperando por nós.

Caíram quase trinta centímetros de neve durante a noite, então cavar ao redor de Gillian não é uma opção. Em vez disso, encontramos as raquetes de neve dos Singh na varanda dos fundos ao lado da lenha. De forma lenta e relutante, deixamos a cabana como estava quando a encontramos. Trocamos nossas roupas de Cornell pelas roupas de esqui com as quais chegamos na noite passada. Jack deixa uma nota detalhada, junto com seus dados, para que os Singh possam pedir de volta o valor de tudo o que roubamos. Traremos as raquetes de neve de volta depois de desenterrar Gillian.

Ligamos para Katherine para avisar que estamos a caminho, e então nos encaramos do outro lado do tapete da sala onde dançamos ao som de Céline Dion. Faço esforço para me lembrar do jeito que ela me segurou aqui, quero manter essa lembrança comigo, não importa como a próxima etapa seja.

Saímos. Nenhuma de nós fala durante o primeiro quilômetro e meio percorrido na neve nesta manhã silenciosa, meus pés desajeitados em raquetes de neve pela primeira vez. Parece que estou saindo de algum tipo de sonho, e tenho o mesmo medo que tive no ano passado. O que acontecerá quando a neve derreter? O que acontecerá quando voltarmos para Portland?

Mas Jack está ao meu lado, me estendendo a mão, lendo minha mente. "Vai ser difícil", diz ela. "O que vier a seguir, com minha família. Não vai ser fácil. Mas estou dentro. Estou totalmente dentro."

Ela está bem aqui, e sua expressão está desprotegida novamente, e quero contar tudo a ela. Sobre Andrew, o dinheiro e a confiança — sobre o motivo de eu ter concordado com o esquema e todas as razões pelas quais continuo concordando com o esquema. Mas ainda há um último motivo preso ao meu tornozelo e me prendendo à minha desonestidade. E esse motivo é *Jack*.

Jack, que está correndo um grande risco ao abrir sua própria padaria. Jack, que não terá nada para se apoiar se fracassar.

Não, Andrew e eu vamos descobrir um jeito. Daremos um jeito de ele conseguir o dinheiro, e assim que Jack o tiver, assim que eu souber que a Pastel de Desfem não vai falhar ou desmoronar, aí sim vou confessar tudo.

"Estou dentro", digo de volta.

Jack se inclina para a frente e me beija, como se estivéssemos selando uma promessa.

Sinto meu celular vibrar no bolso do casaco e deixo a mão dela cair para pegá-lo. "Não sei como tenho serviço agora... Estamos perto do alcance do wi-fi da casa?"

Esfrego a neve da tela rachada para ver a notificação do Gmail. É de um nome que não reconheço — Samantha Clark —, mas não é o nome que me faz parar de andar. É o assunto: "Interesse em Webcomics Drawn2".

"Está tudo bem?", Jack pergunta.

"Acho que sim." Eu me atrapalho para abrir o e-mail. *Prezada srta. Oliver*, o e-mail começa, e meu cérebro está girando. *Como, por quê?* Escaneio mentalmente o resto do e-mail, procurando a piada, esperando o que há ali de terrível, mas não tem nada. Leio o e-mail uma segunda vez enquanto Jack me pergunta várias vezes se estou bem.

Prezada srta. Oliver,

Desculpe lhe enviar um e-mail na véspera de Natal, mas não queria esperar e perder a chance de me conectar com você. Sou editora da Timber Press, um selo da Simon & Schuster, e estou entrando em contato porque, como muitas pessoas na semana passada, deparei com sua nova série de webcomic, O acordo, *no Drawn2. Me senti imediatamente atraída pela dinâmica entre seus personagens, Lucy, Joe, Sam e Ricky, e essa história serviu como o antídoto perfeito para passar o fim de ano com minha família. Como eu esperava ansiosamente por mais episódios, também descobri sua primeira série,* Dia de neve. *Seu trabalho artístico é cativante, mas é sua compreensão de contar histórias e sua voz que realmente impulsionaram a leitura.*

Demorei um pouco para rastrear seu endereço de e-mail e espero que você me perdoe por ser tão direta. Como editora, estou sempre procurando trabalhar com novos autores e artistas, e estou especialmente interessada na possibilidade de ver seu trabalho como um projeto maior. Acho que o mercado está maduro para uma comédia romântica adulta em forma de graphic novel. Não tenho certeza se Desgosto perpétuo *tem o tom que estamos procurando, mas* O acordo *e* Dia de neve *podem ser romances incríveis (desde que possamos dar aos personagens o final feliz que merecem). Eu adoraria marcar um horário para conversar mais com você.*

Você já tem um agente? Nesse caso, ficaria feliz em me conectar com elu daqui para a frente. Se você ainda não tem, posso ajudar a encontrar alguém que seja uma boa opção. Estou animada para falar com você (e saber o que acontece com Lucy e Joe).

Atenciosamente,
Samantha Clark

"Puta merda!" Coloco a mão na boca e olho para o meu celular, lendo o e-mail pela terceira vez.

"Você está me assustando um pouco", Jack diz, apertando meu ombro. "O que está acontecendo?"

"É... é um e-mail de uma editora! Ela encontrou minha websérie no Drawn2 e ela adora!"

"Sua o quê?"

"E-eu..." Não estou pensando direito, não estou pensando em nada. "Comecei a criar webcomics depois que fui demitida da Laika, e essa editora leu *O acordo* e ela... ela quer publicar. Ela perguntou se eu tenho um agente. Não tenho ideia do que um agente faz! Ai, meu Deus, eu deveria pesquisar no Google!"

Nem sei o que estou dizendo, o que estou pensando. Essa bagunça — essa webcomic absolutamente bagunçada que fiz só para mim... essa coisa que realmente me trouxe alegria. "Ela amou o meu trabalho! O *meu* trabalho!"

"Claro que amou!", Jack me puxa para um abraço, me levanta do chão e me gira até que eu esteja quente e felpuda novamente. "Você é incrível, Elle! Isto é incrível! Ai, meu Deus! Como Alison Bechdel!"

"Eu sei!" Olho para o meu celular novamente, mordendo meu lábio inferior enquanto uma dúvida me invade. "Bem, talvez. Quero dizer, tenho certeza que não é uma garantia ou algo assim. Ela está apenas expressando interesse."

"Ainda assim! É um grande passo!"

O pensamento de responder ao e-mail transforma a esperança borbulhando dentro do meu peito em algo que beira o pânico. Jack dá um empurrão brincalhão no meu braço. "Vamos comemorar isso", diz ela. "Antes de começarmos a entrar em pânico sobre o que isso significa e o que vem a seguir, vamos apenas existir neste momento e celebrar!"

Sinto-me tonta, tonta e esperançosa. "Sim! Sim, temos que comemorar!"

"Mas primeiro..." Jack aponta para a frente, para onde a cabana é visível através de um afloramento de árvores.

Primeiro, temos que lidar com os Kim-Prescott.

"Vocês estão a salvo!" Katherine abre os braços e começa a chorar no segundo em que entramos pela porta da frente.

"Sim, mãe, estamos seguras." Jack se permite ser puxada para um abraço e beijada excessivamente no rosto, então faço o mesmo, secretamente amando os beijos de Katherine. Paul Hollywood se joga em Jack em seguida, pulando para cima e para baixo e lambendo cada centímetro de sua pele exposta.

"Feliz véspera de Natal!", Lovey emana. "Nós pensamos que vocês duas podiam estar mortas!"

"Não estamos", Jack esclarece.

"Eu não achei que vocês duas tivessem morrido", Meemaw diz, me cutucando com o cotovelo e piscando. Alan espreita na parte de trás do pequeno semicírculo que está se formando, oferecendo um comentário contínuo sobre as deficiências da caminhonete de Jack, suas habilidades de condução e o estado decrépito da cabine dos Singh.

"Oliver!" Alguém grita do outro lado da casa, e então sou violentamente abordada por Andrew enquanto ele me puxa em seus braços. Enquanto meu noivo apaixonado parece surpreendentemente genuíno ao me abraçar forte, acabo presumindo que não passa de performance. "Ficamos tão assustados quando vocês não voltaram."

Dylan também está lá, vestindo seu suéter de Natal de pênis/dedo médio. "Você está bem?", elu pergunta a Jack. E então Andrew está abraçando Jack e Dylan está me abraçando, e percebo que a preocupação de ambos é genuína.

"Estamos." Então, mais calmamente, digo a Andrew: "Posso falar com você em particular por um momento?".

Lanço a Jack um olhar que tenta transmitir *Não se preocupe, estou dentro*. Então eu o puxo para o andar de cima. Antes mesmo de eu fechar a porta do quarto, ele deixa escapar: "Transei com Dylan!". Sendo apenas ele, franzindo o rosto, apertando as sobrancelhas com os dedos e me olhando com a boca entreaberta.

"É", digo. "Imaginei."

"Você... imaginou?"

"Jack e eu vimos vocês dois. Na Timberline. Nós vimos vocês se beijando."

Ele pega minhas duas mãos, como se fôssemos uma noiva e um noivo em pé no altar, prestes a dizer nossos votos. "Merda. Me desculpe. Estraguei tudo, né?"

"Bem, hum, eu também, na verdade..." Respiro longa e firmemente e me preparo para a verdade. "Eu dormi com sua irmã."

O franzido se aprofunda. "Bem, claro, vocês estavam presas na cabana dos Singh no meio da neve. Presumi que vocês dormiram em algum momento."

"Não, seu bobo! Por que eu diria a você que tivemos uma festa do pijama? *Não*. Estou apaixonada por Jack e *dormimos* juntas ontem à noite."

Andrew solta minhas mãos. "Você não está apaixonada pela minha irmã."

"Na verdade, eu meio que estou."

"Você nem conhece minha irmã."

"Na verdade, conheço." Outra respiração estabilizadora. Imagino que sou como Jack, firme como um carvalho, confiante e segura. "Você se lembra do nosso estranho não primeiro encontro, quando eu lhe contei sobre a mulher do Natal passado? Aquela que conheci na Powell's e com quem passei o dia inteiro?"

"A do desenho do guardanapo?" Ele concorda com a cabeça, e eu lhe dou um minuto para chegar lá. Ele chega lá. "Espere, você está dizendo que era Jacqueline? Jacqueline era sua garota da neve?" Andrew dá um grande passo para trás, se afastando de mim. "Você andou perseguindo minha irmã?"

"Andrew, *não*! Eu não tinha ideia de que você e Jack eram parentes!"

"Quer dizer que você e minha irmã já se conheciam e não disseram nada a respeito a semana inteira? Minha irmã escondeu um *segredo* de mim?"

"Você também escondeu um grande segredo dela, meu chapa."

Ele olha para mim, a boca totalmente aberta. "E você... transou... com minha irmã?"

"E você transou com Dylan, melhor amigue dela. Estamos envolvidos nesse trapézio amoroso bagunçado."

"Como diabo isso aconteceu?"

Atravesso o quarto para me sentar ao lado dele na cama. Todas essas notícias parecem estar sendo um choque para seu pequeno sistema, e coloco uma mão reconfortante em seu ombro. "Bem, acho que nós dois entramos nesse relacionamento falso porque estávamos tentando fugir de sentimentos reais que tínhamos por outras pessoas. E essas pessoas por acaso estavam conosco nessa cabana. Então foi assim que aconteceu."

Andrew geme. "Sentimentos reais são uma merda."

"Eu sei."

"Você... e minha irmã?" Ele me olha de lado. "É por isso que você queria esclarecer tudo na outra noite?"

Eu concordo. "Você contou a verdade? Para Dylan, quero dizer?"

O olhar tímido em seu rosto diz que não. "Eu queria. Eu queria contar tudo pra elu. Assim que estávamos só nós na montanha, Dylan me confrontou sobre por que eu estava me casando com você, e eu disse que estava com dúvidas, e então elu simplesmente... me beijou."

Bom saber que Dylan não tem nenhum respeito por mim e meu relacionamento falso.

"Eu realmente queria contar tudo pra elu!" Andrew deixa cair a cabeça no meu ombro. "Mas há esse sentimento no meu peito, esse... medo, eu acho. De que eu vá estragar tudo ou decepcionar elu. Que, se eu contar a verdade, então não haverá mais onde me esconder e vou ter que... permitir que elu me ame." Andrew deixa o peso dessa decisão assentar em minha pele. "Não consegui nem dizer a Dylan que estou apaixonado por elu."

Percebo que usei essa palavra com A em relação a Jack com Meredith e novamente agora com Andrew, mas nem de longe ousei cruzar aquela ponte com Jack. Talvez porque eu tenha medo de que ela não diga de volta.

Ou talvez porque eu tenha medo de que ela a diga.

"Espere. Você não contou a Jacqueline a verdade? Sobre nosso noivado ser falso?"

"Não. E não acho que deveria contar um segredo que não era meu."

Andrew se afasta de mim e se levanta da cama. "Espere, você está me dizendo que Jack não sabe que nosso relacionamento é falso? Você dormiu com ela, mas ela não tem ideia sobre o fundo fiduciário?"

Balanço a cabeça. "Não, você me disse que eu não podia..."

"Ok, por um lado estou muito magoado que minha irmã seja capaz de dormir com alguém que ela achava que era minha noiva, mas por outro, muito maior e mais importante", os olhos castanhos de Andrew ficam arregalados no rosto bonito, "minha irmã... é uma filha da puta teimosa e hipócrita. Você deveria ter contado a verdade a ela."

O pavor escorre pelas minhas entranhas como gotas de suor, acumulando-se no meu intestino. "Mas o dinheiro. A Pastel de Desfem. Você disse..."

"Você ama minha irmã?", Andrew exige saber.

"S-sim, e-eu acho que sim..."

Andrew estende a mão para a minha. "Então precisamos esclarecer agora."

É aparentemente pertinente que a gente corra em vez de andar pelos corredores e escada abaixo, Andrew me arrastando de volta para a família, mas mesmo correndo já é tarde demais.

Assim que entramos na sala, ainda de mãos dadas, todos olham para nós. Há uma quietude cobrindo o local, uma sensação assustadora de erro. Absorvo a postura da família e tento compreender. Jack está sentada no sofá com o notebook aberto e as vovós, uma de cada lado como estátuas de pedra. Meemaw parece culpada enquanto bebe sua sangria. Lovey parece furiosa enquanto olha para o neto. Dylan está sentade no braço do sofá, mastigando a pele ao redor da unha do polegar. Katherine está a alguns metros de distância, andando de um lado para o outro no tapete, e Alan está atrás do sofá, olhando para a tela do computador por cima do ombro de Jack.

Alan nos vê, vê nossas mãos unidas e olha carrancudo.

"Pessoal, Ellie e eu temos algo para dizer", Andrew começa.

"O que aconteceu?", pergunto antes que Andrew possa dizer mais alguma coisa. Porque é claro que *algo* aconteceu.

Jack olha para mim, e seu rosto está diferente. Trancada, escondida, completamente desprovida do amor e carinho que ela me mostrou nas últimas vinte e quatro horas. Quero entender o que aconteceu, o que mudou, mas acho que no fundo já sei antes mesmo dela falar.

"Eu contei a novidade sobre sua história em quadrinhos", ela diz, em uma voz que não soa nada como uma lixa, ou como um tambor. É oca e monótona e absolutamente devastadora. "Você sabe", ela põe pra fora, "aquela sobre a garota que finge um noivado por dinheiro e mente para uma família inteira no Natal."

Vinte e sete

Posso sentir minha garganta começando a fechar, mas forço as palavras de qualquer maneira. "Eu... posso explicar", digo. Todos na sala estão olhando para mim, mas só consigo ver Jack e o queixo duro dela e a frieza de sua expressão vazia. "Por favor, deixe-me explicar."

Mas não é Jack quem me responde. É Alan. "Você vai explicar como entrou na minha casa com a intenção de roubar parte do dinheiro do meu pai?"

"Eu não estava tentando roubar nada. Andrew concordou em..."

"É disso que trata a sua história em quadrinhos?", Jack pergunta cortante. "É sobre como você enganou nossa família? Como você *me* enganou?"

"Não é... é... ficção."

Jack fecha o notebook. "Parece bastante fiel à vida pelo que eu vi."

"Quero dizer, sim, sim... sim...", gaguejo. "É baseado na minha vida, mas não vim aqui para enganar ninguém. Não queria enganar ninguém! Eu só... eu precisava do dinheiro e não esperava me apaixonar por todos vocês."

Os braços de Katherine estão cruzados sobre o peito, sua expressão como um punho fechado. "Eu te tratei com hospitalidade. Como uma filha. E isso..."

"Mãe..." Andrew tenta, mas sou eu quem tem que fazer Katherine entender.

"Eu sei, Katherine. Eu sei! E sinto muito. Você não entende o que isso significou para mim. Cada momento em família. Tudo que eu sempre quis era uma mãe como você."

Katherine desvia o olhar de mim, e fica claro pelo seu silêncio que nunca vou ter uma mãe como ela.

Me viro para Lovey, mas Lovey apenas balança a cabeça e se levanta lentamente do sofá. "Eu... eu acho que preciso de um baseado."

Finalmente me viro para Meemaw, que está segurando sua sangria e me lançando um olhar de pena. "Ouçam, pessoal, não vamos reagir de forma exagerada a um pequeno engano", Meemaw tenta. "Se alguém é culpado por todo esse atoleiro, é meu ex-marido idiota. Sem ofensa, Lovey."

"Sem problemas. Onde está meu isqueiro?"

"Foi Richard quem impediu Andrew de receber sua herança sem se casar", continua Meemaw. "Ele praticamente forçou o pobre menino a esta situação."

Alan se volta para sua mãe. "Então é verdade? O que essa garota diz no seu desenho tolo? E você sabia, mãe? Sobre essa exigência?"

Meemaw toma um gole de sua sangria matinal.

"É *tudo* verdade, então? As coisas sobre... sobre os personagens Sam e Ricky...?" Alan divide o olhar entre Andrew e Dylan, e há algo por baixo dessa pergunta que me faz segurar mais forte em Andrew.

"Sim", diz Andrew, na sombra de um sussurro. "É tudo verdade."

Alan explode. "Você tem dormido com Dylan? Sob este teto?"

"O que é que o incomoda, exatamente, sr. Prescott?", Dylan se levanta do braço do sofá. "O fato de seu filho de quase trinta anos transar ou o fato de ele transar *comigo*?"

Alan avança em Dylan. "Como você se atreve a falar assim comigo na minha própria casa? Depois de tudo que essa família fez por você?"

"*Sua casa?*" Andrew grita de volta. "Você nunca está aqui! Você nunca, nunca está presente na família, e todos nós sabemos o verdadeiro motivo..."

"Podemos não gritar, por favor?", Katherine interrompe. Ela pressiona dois dedos na têmpora esquerda. "Essa coisa toda está me dando enxaqueca."

Alan continua a gritar. "A verdadeira razão é que estou ocupado cuidando desta família como um homem deve fazer, o que você saberia se alguma vez..."

Andrew dá uma risada. "Me poupe do seu essencialismo de gênero. Você nunca está por perto porque você trai a mamãe."

"Andrew", três pessoas dizem ao mesmo tempo, suas vozes se misturando no vórtice de ansiedade que é o meu cérebro. Não consigo pensar em Andrew e Alan, não consigo pensar no que essa notícia significa para Katherine. Tudo o que consigo pensar é em Jack, ainda sentada no sofá, segurando o notebook como se fosse outro escudo brilhante que poderia protegê-la.

"O quê? Todos nós sabemos", Andrew cospe. "Ele tem um apartamento à beira-mar para sua namorada de vinte e três anos, então me diga, pai: como exatamente isso está sustentando essa família?"

"Não vou ficar aqui para ser insultado assim", declara Alan, e prontamente sai da sala. Katherine choraminga, apenas uma vez, antes de se endireitar com a força aterrorizante da mulher que é.

"Olha, nada disso é culpa de Dylan. Ou de Ellie!", Andrew diz, baixinho o suficiente para apaziguar a aparente enxaqueca de sua mãe. "Ellie trabalha em um dos meus investimentos. Eu pedi para ela fazer isso. Praticamente implorei, e sabia que ela iria concordar com isso porque ela precisava desesperadamente do dinheiro. Tudo para que eu pudesse reivindicar a herança, então se vocês vão ficar bravos, fiquem bravos comigo."

"Andrew", Lovey diz em uma voz baixa e chocada, segurando sua garganta. "Por quê? Por que você submeteria nossa família a isso?"

"Sim, por quê?", Katherine exige. "Nós não proporcionamos o suficiente para você?"

"O dinheiro não era para mim!" Andrew finalmente solta da minha mão para apertar as sobrancelhas com os dedos. Depois suspira e diz a verdade: "Descobri que o vovô tirou a Jack do testamento. O dinheiro, que deveria ir para nós dois, ele determinou que fosse só para mim, e acrescentou uma cláusula estipulando que tenho que me casar para reivindicar o dinheiro. Fiz tudo isso pela Jack!".

A família inteira se vira para olhar a mulher sentada no sofá com sua fúria silenciosa. Eu já estava olhando para ela — já memorizando as linhas de mágoa, decepção e raiva em seu rosto —, então já não esperava que a declaração de Andrew mudasse alguma coisa.

"Por mim?", a voz de Jack ecoa, como se ela tivesse entendido mal a cruel ironia dessa afirmação. "Você *mentiu* para mim *por* mim?"

"Sim!", Andrew diz, mas sabendo que já perdeu a moral. Nós dois perdemos, e meus braços estão dormentes e meu peito está pesado e sei — *eu sei* — que isso é sinônimo de fracasso. "Quando você decidiu abrir a Pastel de Desfem, você pensou que tinha a herança para se apoiar, e eu não queria que você fosse à falência tentando ir atrás do seu sonho."

Jack se levanta do sofá de forma lenta e ameaçadora. "Não pensei que tinha a herança para me ajudar", ela revela.

Andrew pisca. "O que você quer dizer? Você pensou. Nós dois pensamos."

"Não", Jack diz com firmeza, seus dentes rangendo. "Eu não. Você acha que eu não sabia que o vovô tinha me tirado do testamento depois que larguei a faculdade? Aquele filho da puta? Andrew, eu sabia que não tinha dinheiro esperando por mim. Sempre soube. Apenas agi como se tivesse uma rede de segurança porque era a única maneira de fazer com que todos confiassem em mim. Peguei o empréstimo comercial para a padaria porque acredito que sou capaz. E tudo o que eu estou ouvindo agora é que *você* não acreditou em mim."

"Eu acredito em você!", Andrew grita, correndo em direção a sua irmã. "JayJay, eu acredito completamente em você! Mas começar um negócio é sempre um risco! Eu que o diga! Trabalho com investimentos! Eu não queria que você falhasse!" Ele estende a mão para ela, e ela bate os braços para longe.

"Vocês dois realmente não entendem, não é?" Ela aponta um dedo para mim também. "Eu não precisava que você tentasse me salvar, Andrew. Só que me apoiasse. E você presumiu que eu falharia, assim como papai."

"Eu não..." Andrew começa, mas o resto de sua defesa morre no fundo de sua garganta. Porque ele fez isso, e eu fiz também. Nós dois estragamos tudo.

"Foi tudo mentira?", Lovey pergunta com um guincho triste de voz. Ela está olhando para mim.

"Não", digo, chorando mais forte agora, chorando no meio da sala na frente de toda a família. "Não, apenas nosso noivado era uma mentira. Todo o resto, quem eu sou e o quanto me apaixonei por todos vocês, é a mais pura verdade. Eu amei fazer parte dessa família!"

"Quanto?", Jack pergunta em meio ao silêncio. Ela está olhando diretamente para mim, queimando através de mim.

"Como assim?", pergunto, mesmo sabendo.

"Não cheguei a essa parte da história em quadrinhos, mas quero saber o que tudo isso valeu para você. *Quanto?*"

Abaixo a cabeça. "Duzentos mil dólares."

Jack gira em suas botas — as mesmas que ela está usando desde ontem — e sai correndo da sala.

"Espere! Jack!", grito atrás dela, seguindo-a para fora da casa, pela porta dos fundos, pela neve. "Jack! Por favor!"

Ela para a poucos metros da varanda e me olha com olhos de fogo, olhos que querem me reduzir a cinzas. "Você estava fingindo ser a noiva dele", ela diz como se isso fosse tudo. Como se significasse o nosso fim.

"Eu não sabia!", suspiro. "Eu não tinha como saber que você era irmã dele quando concordei em seguir o plano de Andrew, e então cheguei aqui e..."

"E o quê? O quê? Qual é a sua desculpa para não me dizer a porra da verdade no segundo em que você me viu?"

"Achei que estava fazendo a coisa certa."

"Como? Como você pôde pensar isso?"

Não sei. Honestamente não sei. "Sinto muito. Muito. Nunca vou deixar de me arrepender."

"Você tem alguma ideia de como me senti culpada durante toda a semana?" Ela está chorando. Jack está chorando na neve por minha causa. "O fato de que eu queria você, mesmo que você estivesse com meu irmão", Jack me ataca. "O fato de que eu não conseguia parar de flertar com você, não conseguia parar de encontrar desculpas para te tocar. O fato de que eu estava tão desesperada para te beijar debaixo do visco. Eu estava com tanta raiva de mim mesma por trair meu irmão assim, e acontece que todo esse tempo seu relacionamento com ele era falso. Você me fez acreditar que eu era uma pessoa terrível!"

"Sinto muito, sinto pra caralho!", caio de joelhos na frente dela porque não sei mais o que fazer. "Eu ia te contar a verdade!"

"Quando? Quando eu te contei a verdade sobre Claire, você escolheu continuar mentindo para mim. E quando perguntei sobre seu relacionamento com Andrew no bar, você escolheu continuar mentindo para mim. E quando vimos Andrew e Dylan juntos, você escolheu continuar mentindo para mim!" Ela se inclina para a frente, então ela está caindo sobre mim como um ciclone de raiva e mágoa. "E quando transamos, você também fez a mesma escolha. E para quê? Pelo dinheiro?"

"Você tem que entender! Não é só dinheiro para mim!" Me sinto acelerada agora, gritando com ela, tremendo para ela, desejando poder alcançá-la. "Eu tô quebrada, Jack. Completamente falida, apoio financeiramente minha mãe, meu aluguel estava aumentando e..."

"*Palhaçada*", Jack interrompe. "Essa desculpa é uma *merda*. Você não escondeu a verdade de mim por causa do dinheiro."

"E-eu escondi!"

"Você não escondeu", Jack diz. As lágrimas pararam, e eu observo enquanto ela fecha as escotilhas em seu próprio rosto, escondendo sua dor e se transforma em pedra. "Você mentiu pra mim porque você sempre esteve com um pé do lado de fora, esperando que as coisas desmoronassem. Você já parou pra se perguntar por que estava tão infeliz antes dessa semana, Ellie?"

Ellie, não Elle.

"É porque você se faz infeliz! Você é uma profecia autorrealizável! O *Desgosto perpétuo*, como você aparentemente o chama, só é perpétuo porque você espera que seja!" Ela aponta um dedo para mim novamente. "Você só falha porque aceita que já falhou! E você partiu meu coração por causa disso uma vez, e agora está partindo meu coração por causa disso de novo. Eu poderia te perdoar por todo o resto..." Ela gesticula ao seu redor, para o ar frio e a neve branca e a distância entre o Airstream e a casa. "Eu provavelmente poderia te perdoar por mentir, mas não posso te perdoar por acreditar que fôssemos fracassar."

Um soluço sai de mim, mas eu sei que não tenho direito a isso. Apenas uma de nós pode se sentir machucada agora, e não sou eu.

"Sabe, a pior ironia", Jack diz com seu tom de voz alto, cortante, "é que você precisa de confiança para ter intimidade física em um relacionamento, mas quebrou minha confiança de todas as formas imagináveis".

Ela coloca as botas na neve e sai em direção ao Airstream.

E dessa vez sei que Jack Kim-Prescott não vai separar uma gaveta para as minhas coisas.

Vinte e oito

Domingo, 25 de dezembro de 2022

Eu não deveria me surpreender por estar de volta a esse apartamento. Acreditei realmente que tinha escapado desse inferno subterrâneo? Que eu merecia ser libertada do cheiro de lixo velho que vinha da lixeira do lado de fora da janela? Esse lugar — com o carpete áspero e a mancha de água no teto formando o rosto do Ted Cruz — é o que mereço. É a esse lugar que pertenço.

"Sua capacidade de vitimismo é realmente notável", responde Meredith. Não percebi que estava fazendo esse monólogo em voz alta até que Mere coloca a cabeça para fora da geladeira e me encara. "E você definitivamente deveria ter saído daqui. Esse lugar é a corporificação da depressão."

Ela está usando luvas de borracha amarela enquanto limpa minha geladeira. Meu cérebro ainda não registrou totalmente que ela está aqui comigo, em Portland. Que ela estava falando sério quando liguei chorando na neve do lado de fora do Airstream, no momento em que Jack se afastou de mim, e ela me disse que estava comprando no cartão de crédito uma passagem de avião para o mesmo dia. Meemaw — a única Kim-Prescott disposta a reconhecer minha presença depois de tudo — me levou de volta à cidade, e encontrei Meredith na minha frente essa manhã como o melhor presente de Natal possível.

Uma olhada no meu apartamento, no entanto, e Meredith parecia menos interessada em consolar meu desgosto e mais interessada em usar alvejante para o que ela alega ser uma violação de segurança e saúde ocupacional.

"Não tenho certeza se você está ciente disso", Meredith anuncia enquanto sai da cozinha e se joga em cima das minhas pernas, já que não

há outro lugar para sentar enquanto eu estiver deitada-desanimada-
-espalhada no futom, "mas seu apartamento veio equipado com essa engenhoca mágica onde você pode entrar nele cheirando a depressão e sushi de posto de gasolina e sair cheirando a frescor de margaridas."

"Não posso tomar banho", consigo dizer, mas mesmo essas quatro palavras parecem facas arranhando a borda da minha garganta. "Tô muito triste."

Meredith puxa a ponta do edredom para ter uma visão ininterrupta do meu rosto. "Você podia pelo menos trocar essas roupas."

Por alguma razão, cogitar tirar minhas roupas de ontem soa como finalmente admitir que tudo acabou. Essas são as roupas que usei para esquiar com Jack, essas são as roupas que tirei na cabana dos Singh, as roupas que vesti de volta depois que comemos panquecas com calda juntas. Uma nova onda de lágrimas ameaça me dominar com o pensamento de lavá-las. Na minha cabeça, elas cheiram como ela.

"Ellie, vamos lá." Mere tenta me levantar. "Você pode chorar tão facilmente no chuveiro quanto neste futom. Mais facilmente, na verdade, já que a água vai lavar tudo."

"Mere, e-eu não posso." Engasgo com as palavras, engasgo com as facas na minha garganta, engasgo com cada segundo que passou nas últimas vinte e quatro horas. "Ferrei com tudo."

"Sim." Meredith desenha a sílaba. "Você meio que fez isso."

"Deus, Meredith!" Sento-me no meu ninho de lenços de papel usados e o sangue sobe à minha cabeça. "Você não tem permissão para concordar comigo! Você é quem disse que seria fácil fingir um relacionamento por dinheiro!"

"Disse", ela concorda. "Mas acredito que também disse para parar de namorar Andrew assim que as coisas se complicaram com Jack."

Jogo o edredom de volta na cabeça. "Eu nunca teria concordado com o plano de Andrew se não fosse por você!"

"É bom ver que você está aprendendo com seus erros e assumindo suas escolhas como uma adulta."

Ela está certa, claro. Ela sempre está. Mas a angústia é tão grande dentro de mim, tão exaustiva, que anseio por outro lugar para colocar a culpa. "Não posso acreditar que fracassei de um jeito tão épico", admito.

"Peraí." Meredith joga seu corpo inteiro no meu. "O que o fracasso tem a ver com isso tudo?"

Fecho os olhos e tento não imaginar Jack gritando comigo na neve. *Você é uma profecia autorrealizável.* "Fracassei em ser a falsa noiva de Andrew", digo para dentro dos meus cobertores. "E fracassei em conseguir o dinheiro. E fracassei com a Jack. Perdi Katherine e as vovós..."

"Estou lutando para ver como isso é um fracasso. Uma encrenca e tanto, com certeza, mas não fracasso."

"Você não ia fracassar", eu atiro para ela. "Você nunca falhou em nada em sua vida!"

Meredith rasga o cobertor novamente. "De onde você tirou essa ideia? Todo mundo erra!"

"Você não! Olhe para você! É Natal, você acabou de voar pelo país de última hora, e suas anotações de estudo ainda estão por toda a minha casa." Gesticulo descontroladamente para as pilhas de blocos amarelos e livros que ela já espalhou.

"Sim, estou estudando!", ela grita comigo. "Porque não passei no exame da Ordem!"

Tusso ironicamente. "Você não bombou no exame. Você ainda nem prestou. A prova é em fevereiro."

"Fiz a prova em julho", Meredith corrige. "Fiz sem te dizer, e não passei."

Olho para o rosto corado da minha melhor amiga. "Você...você *o quê?* Espera. Por quê?"

Meredith puxa o ar lenta e deliberadamente, junta no topo de sua cabeça os seus cachos ruivos e os prende no lugar usando o elástico em seu pulso. Seu rosto parece vulnerável, exposto.

"Meredith, por que você faria a prova sem me dizer?"

"Honestamente?", suspira. "Porque você tem umas ideias muito tóxicas sobre o fracasso, e eu estava preocupada sobre como você poderia reagir se eu falhasse na primeira vez, o que era provável, já que muitas pessoas não passam de primeira. Como eu."

"Eu... você..." Tropeço em minha tentativa de resposta: minha melhor amiga, essa pessoa que eu amo de todo o coração, com quem falo todos os dias, experimentou esse grande evento de vida e sentiu que não poderia me contar...

"E realmente não importa se eu falhar uma ou duas vezes, contanto que eu continue. Quando eu for advogada, não vou me importar com como realizei esse sonho, mas Ellie, você teve esse sonho pelo qual trabalhou tanto, e experimentou um revés e simplesmente desistiu."

Por que todo mundo *sempre* volta a mencionar Laika? "Eu não desisti. Fui demitida", argumento, tentando não pensar naquela conversa com Jack na cabana dos Singh. Eu tinha um plano de dez anos neurótico do qual eu me recusava a desviar. E quando as coisas ficaram difíceis, não consegui lidar com a mudança no plano. Então, desisti em vez disso. Fui demitida da Laika e me afastei completamente da arte. Talvez porque a maioria das coisas tenha ido embora da minha vida, talvez porque eu quisesse ir embora dela.

Isso me atinge, o peso desse segredo que Meredith escondeu de mim. "Merda", murmuro, com lágrimas se amontoando na parte de trás dos meus olhos. "Tenho sido uma amiga terrível para você."

"Você não tem sido uma amiga terrível", Meredith me tranquiliza em sua voz de não advogada, aquela gentil que ela usa quando estou sendo especialmente patética. "Todos nós temos épocas de necessidade e épocas de doação."

"Mas eu estou na época de necessidade há tanto tempo que você sentiu que não poderia vir até mim com algo realmente grande e importante. E falhei terrivelmente em ser sua melhor amiga."

"Jesus!" Meredith explode, voltando à raiva e frustração. "Você está se ouvindo? Não dá pra fracassar na amizade! E o fracasso — o fracasso *real* — faz parte da vida. Lembra quando eu tirei aquela nota um em pré--cálculo, no primeiro semestre da faculdade?" Meredith pergunta lentamente. "E o professor me disse que só me deu um porque sentiu pena de mim e não queria me dar um zero?"

Sinceramente não me lembro nada disso. Não consigo imaginar a garota ousada e confiante que despejou água sanitária em um frasco de shampoo do seu namorado traidor recebendo uma nota um. E não consigo imaginar alguém sentindo pena dela.

"E isso não importa, porra", Meredith continua, "porque eu nunca precisei usar cálculo."

Ainda estou chorando. Meredith ainda está envolta em meu corpo como um cobertor pesado.

"E eu entendo, Ellie", Meredith diz, gentil e persuasiva novamente. "Seus pais são uns merdas. Linds e Jed são péssimos, e você pensou que ser perfeita e nunca falhar era a única maneira de evitar se tornar eles. Mas seu trauma é apenas algo que aconteceu com você; não define quem você é. É hora de levar isso pra terapia, para parar de controlar a sua vida."

Dou uma risada e um pouco de catarro sai com ela. Meredith pega um lenço de papel e limpa, e se isso não é amor, não tenho certeza do que é. "Jed e Linds não te amam", Meredith diz sem rodeios, me cortando. "Mas isso não significa que você tem que ser perfeita para merecer amor."

A questão é que eu costumava sonhar com alguém que sempre me escolheria acima de tudo. O romance fazia parte daquele sonho, com certeza. Eu queria alguém que visse todos os meus defeitos e ainda se inclinasse e me dissesse que sou bonita. Que segurasse minha mão em público e segurasse o resto de mim em particular, um corpo quente em minha cama, uma presença constante em minha vida.

Eu queria alguém que visse toda a confusão de mim — todos os sentimentos, o perfeccionismo, o desejo de controle, o formato do meu coração, a dor dos meus sonhos, a fome selvagem e imperfeita de mim e o medo que me impede de me se sentir completa — e não ficaria assustado ou desligado. Alguém que me beijaria de qualquer maneira.

Então sim. Foi um delírio romântico. Mas acima do desejo de ser admirada, estava o pulsar constante do meu desejo de ser *escolhida*. Eu queria alguém que me escolhesse para ser sua família. Acreditava que em algum lugar por aí estava a pessoa que gostaria de passar todas as férias comigo. A pessoa que me escolheria como parceira para cada dueto, a pessoa que sempre se importaria com o que eu tinha a dizer, que me tiraria do sofá e me levaria para o mundo. A pessoa paciente o bastante para construir confiança e conexão comigo; a pessoa que notaria quando estou sofrendo e ainda assim nunca calcularia o custo de me amar. Apesar de todo o meu cinismo, eu precisava acreditar que aquela pessoa existia.

E no Natal passado eu pensei que a magia da neve a havia entregado para mim. E quando vi Claire parada ali na frente do Airstream, tomei isso como prova de que minha crença era infantil e ingênua. Meus próprios pais não me amavam o suficiente para ficar por perto. Por que eu achei que alguém um dia faria isso?

"Tem certeza de que não posso simplesmente culpar meus pais por me fazerem acreditar que não sou amada?"

"Isso é o oposto do que estou dizendo", Mere se mostra impassível. "Você tem pessoas em sua vida que já te amam. Pessoas que gastaram mil dólares em uma passagem de avião na véspera de Natal, a propósito", ela retruca. Porque Meredith me ama o suficiente para ficar por perto, mesmo quando eu estrago tudo.

"Permitir que as pessoas vejam suas imperfeições não é fracasso", diz Meredith. "Isso é vulnerabilidade."

Bufo novamente. "Eca."

Meredith explode em gargalhadas. É uma risada gloriosa, latindo, como o som de um buldogue francês lutando para respirar, e isso me faz começar a rir também, embora tudo seja uma merda completa e absoluta. Perdi a Jack, perdi o dinheiro e tudo o que tenho agora é este apartamento terrível.

Na verdade, serei despejada daqui em uma semana.

"Ellie." Mere estende a mão e toca minha bochecha. "Você precisa parar de deixar que o medo do fracasso a impeça de permitir que as pessoas te conheçam."

"Não é isso que..."

Estou pronta para revidar, para dizer que não é o meu medo do fracasso que me fez perder Jack duas vezes. Entretanto...

Talvez tenha sido isso. Jack disse que não contei a verdade sobre o dinheiro porque estava convencida de que íamos fracassar, e talvez ela estivesse certa. Exatamente um ano atrás, fugi do Airstream antes que ela tivesse a chance de explicar Claire para mim.

Mas não precisava de uma explicação. Claire confirmou o que eu já suspeitava: que Jack e eu nunca fomos feitas para durar. Eu me convenci de que nunca poderíamos ter nada mais do que um dia perfeito juntas porque estava apavorada com o que poderia acontecer entre nós quando as coisas deixassem de ser perfeitas. Eu não conseguia imaginar um mundo onde Jack fosse capaz de me escolher depois que a neve derretesse.

Claire apareceu, e ela me deu um motivo para ir embora antes que

Jack pudesse me abandonar. E meu supervisor me demitiu da Laika depois que eu já me sentia um fracasso. E não contei a verdade a Jack sobre o dinheiro porque presumi que a Pastel de Desfem iria dar errado antes mesmo de abrir. Não contei a ela a verdade sobre o noivado porque presumi que falharíamos. Como uma maldita profecia autorrealizável.

"Eu fiquei com tanto *medo*", eu admito em voz alta.

"Sim", Meredith diz com um breve aceno de cabeça. Ela está esmagando minhas costelas um pouco, mas isso me ajuda a sentir que o mundo não está desmoronando completamente.

"Deixo o medo governar toda a minha vida." Respiro fundo e tento manter o ar em meus pulmões, tento pressioná-lo no buraco dolorido dentro de mim. O buraco que não pode ser preenchido por outra pessoa; só pode ser preenchido por mim. "Não quero mais deixar o medo me controlar."

"Boa sacada."

Empurro Meredith. Penso em Jack gritando comigo na neve. Penso em Jack no Airstream, recusando-se a soltar minha cintura. "Mas eu... não sei como fazer isso. Não sei como seguir em frente."

Meredith olha para mim. "Você pode começar tomando um banho."

Vinte e nove

Segunda-feira, 26 de dezembro de 2022

"Aqui tem um quarto de oitocentos dólares por mês, que inclui serviços extras de alguém chamado Killingsworth, porém informa que pessoas dos signos de água não são bem-vindas." Meredith aperta os olhos para o anúncio na tela de seu notebook, e prontamente o joga no futom entre nós demonstrando indignação. "Essa é uma prática antiética de aluguel, e esses babacas em busca de harmonia têm sorte de não estar me sentindo particularmente litigiosa no momento."

"Mere", digo, olhando para o bloco amarelo onde ela criou uma pequena lista de opções de moradia adequadas. É uma lista de apenas dois lugares. *Dois.* "Preciso pedir a Greg que me aceite de volta na Torralândia."

"Você não precisa, e você não vai, e não vamos ter essa discussão novamente."

Agito minha mão em direção à tela do laptop. "Mesmo que eles alugassem para uma pisciana, eu não posso pagar oitocentos dólares por mês e mais serviços extras. Não poderia pagar *o jantar*. Vamos encarar a verdade: sem o dinheiro do Andrew, preciso arrumar um emprego, e voltar para a Torralândia seria mais fácil."

Meredith balança a cabeça tão violentamente que o lápis voa para fora de seu coque e cachos ruivos se espalham por toda parte. "Estamos tentando *avançar*. Torralândia é um passo gigante *para trás*."

"Estou seguindo em frente. Tomei banho. Coloquei um sutiã." Gesticulo para meu cabelo úmido e meus seios totalmente seguros dessa vez. "O progresso está sendo feito."

Meredith me permitiu um único dia para lamentar e chorar e descansar em minha própria sujeira por ter perdido Jack. Então, esta manhã, ela entrou em modo de resolução de problemas, chutando minhas canelas até que eu concordasse em me lavar e pesquisar novas possibilidades de vida antes de ser despejada do pesadelo que é esse apartamento. E isso é bom — focar no caminho à frente em vez de me debruçar sobre todas as coisas que fiz de errado. Em vez de me perguntar se os Kim-Prescott ainda estão na cabana, se Andrew e Dylan estão juntos, se Jack está bem, se eu a fiz recuar mais fundo em sua carapaça de alumínio...

"Olha, seria mais fácil voltar aos seus velhos padrões e para Torralândia?", Meredith pergunta com sua voz de advogada. "Sim, claro. Mas seria o mais saudável? Especialmente quando há um e-mail de uma editora esperando para ser respondido...?"

Começo a me enrolar em posição fetal na ponta do futom, e me recomponho e saio dessa posição. "Eu... isso é... isso não é relevante. Preciso de dinheiro agora."

"Mas você vai responder o e-mail, certo?"

"Eu... eu não sei, Mere", digo a ela, sendo honesta, porque parte de seguir em frente é sobre ser honesta, sempre. Mesmo quando é difícil. "Ela quer publicar a história em quadrinhos que literalmente revelou meu lance com Andrew para toda a família dele, e não sei como eu terminaria de escrever *O acordo*, muito menos compartilhá-lo com o mundo. E..." *Mesmo quando é difícil.* "Drawn2 era o único lugar onde eu podia fazer arte só para mim. Era o único lugar onde eu não tinha que ser perfeita, onde eu podia ser apenas um trabalho confuso em andamento. E se transformar esses quadrinhos em uma graphic novel for demais para o meu emocional? E se isso for como a animação, algo que estou fazendo pelos motivos errados? E se me tornar um monstro perfeccionista novamente? E se... eu começar a odiar isso?"

Meredith estala a língua. "Parece que você está se preparando para o fracasso antes que ele aconteça novamente."

Não tenho tempo de ponderar porque meu celular começa a vibrar na mesa de café na minha frente. Meu coração dispara em meu peito com esperança, porque talvez, e só talvez, seja ela.

Não é.

"Oi, mãe."

"Que história é essa de que seu noivado foi cancelado?", minha mãe exige sem cumprimento ou fingimento, apenas um guincho de desaprovação como o de um pterodátilo em meu ouvido.

"Como você soube disso?"

"Está no Instagram dele! Há uma foto dele com outra pessoa e uma legenda sobre como vocês dois terminaram as coisas em 'termos amigáveis'?" Lanço um olhar para Meredith pelo futom, mas Linds está gritando alto o suficiente para que Meredith já esteja abrindo o Instagram de Andrew em seu notebook. Bem ali, no topo de sua grade com curadoria impecável, está uma foto dele e de Dylan sentados lado a lado sob a bagunçada árvore de Natal que decoraram juntos. Sinto uma breve faísca de alegria surgir em meu peito ao vê-los juntos. Pelo menos alguém teve seu final feliz.

Linds parece muito irritada e levemente bêbada quando volto minha atenção para ela. "Ele trocou você por outra pessoa?"

"Sim", suspiro, incapaz e sem vontade de explicar algo além disso.

"O que você fez?" Linds exige. "Como você estragou isso?"

"E-eu não estraguei nada", digo. "Ele estava apaixonado por outra pessoa."

"Conquiste ele de volta!", minha mãe grita no meu ouvido. "Você tem que trazê-lo de volta! Ele era perfeito! Ele era rico! Você tem que consertar as coisas com ele!"

"Não há nada para consertar."

"Diga a ele que você está grávida! Isso já funcionou comigo."

A náusea toma meu estômago. "Não vou fazer isso, mãe." Do outro lado do futom, Meredith faz um movimento de estrangulamento.

"Então *implore*. Implore para ele a ter de novo! Faça o que for preciso. Você nunca vai encontrar algo melhor do que um homem como Andrew."

Ponho os dedos na base da testa, fecho os olhos e tento fingir que minha mãe não acabou de dizer essas palavras para mim. "Eu sou sua filha", resmungo no telefone. "Você não deveria pensar que mereço algo melhor do que um homem que não me ama?"

"Não seja ingênua, Elena."

"E foi Natal ontem." Linds emite um suspiro audível de confusão. "O Natal passou", esclareço, "e você não me ligou."

"Eu..." Ela limpa a garganta. "Não queria incomodá-la, querida. Achei que você estivesse com a família de Andrew."

"Era Natal. Não teria me incomodado em receber um telefonema da minha mãe."

"Tenho certeza de que seu pai também não ligou", ela retruca.

"Não", suspiro novamente. "Ele não ligou. Mas esse não é o ponto."

"Você poderia ter me ligado também, sabe. Isso funciona nos dois sentidos."

"Poderia", admito. Meredith parece pronta para atacar, pronta para arrancar o telefone das minhas mãos se eu ousar recuar para um pedido de desculpas. Mas não vou me desculpar com minha mãe. "Mas eu sou a filha, e você é a mãe, e teria sido bom se você ligasse."

"Estou ligando agora, não estou?"

"Você está", digo calmamente. "Mas se está ligando para pedir dinheiro, tenho que avisar que não vou mais enviar nada pra você."

Meredith salta do futom e dá um soco triunfante no ar.

"Querida..."

Avançar, lembro. *Não retroceder.* "Não estou mais interessada nessa dinâmica de relacionamento atual", digo, pensando em Katherine e em sua agenda laminada. Pensando em Meredith e na passagem de avião de mil dólares que a trouxe até aqui. Pensando em Andrew, abrindo mão de tudo por sua irmã, mesmo que fosse errado. "Se você decidir que está interessada em ter um relacionamento real de mãe e filha, eu adoraria trabalhar nisso com você. Mas se você vai me ligar sempre que precisar de dinheiro, então vou parar de atender."

A dança da vitória de Meredith no meio da minha sala assume uma característica giratória interessante, e sinto...

A chamada é desconectada. A tela do meu celular fica escura. Olho fixamente para ele por um segundo, pensando que deve ser um erro. A chamada foi encerrada. Ela vai ligar de volta. Minha mãe vai ligar de volta. Ela vai se desculpar, ela vai ouvir, ela vai *tentar*.

Meredith interrompe o seu impulso pélvico. "Pera aí, o que aconteceu?"

"Ela desligou", digo, olhando indiferente para o meu telefone.

A ligação não caiu. Eu estabeleci novos limites, e minha mãe não está interessada em respeitá-los.

"Porra." Meredith desinfla. "Essa doadora de óvulos de merda. Você está bem? Como você está se sentindo?"

"Estou..."

Como *estou* me sentindo? Acabei de perder minha mãe. Em uma chamada de cinco minutos, perdi o único membro da família que tenho, queimei aquela ponte, então agora tudo é apenas uma marca de queimadura no meu coração. Espero que os sentimentos de tristeza me dominem como fizeram na neve quando perdi Jack e o resto dos Kim-Prescott.

"Eu me sinto... *aliviada*", digo por fim. Honesta, mesmo quando é difícil. "Minha mãe é uma merda, não é?"

"Sua mãe é a mais estúpida de todas as pessoas estúpidas, com exceção dos criminosos de guerra e dos senadores republicanos."

Salto do futom. Um leve tremor atravessa meus membros, mas não é pânico nem ansiedade. É outra coisa. Algo melhor. "Eu me sinto... Bem."

"Porra, aí sim." Meredith soca o ar novamente. "Você colocou Linds no lugar dela!"

"Sim!", concordo. Avançar, não retroceder. "Sim!"

"Isso merece uma dancinha comemorativa!" Meredith grita já abrindo o Spotify no celular. Por acaso, de todas as músicas que poderiam emergir da playlist de estudos de Meredith — Bach, Beatles e *tantas* de Billy Joel — a que toca é "It's All Coming Back to Me", da Céline Dion.

E eu prontamente desabo em lágrimas.

"Merda. Porra. Ellie, por que você está chorando?"

"Não estou chorando", argumento, secando as lágrimas que descem rápido pelo rosto, fazendo parecer que estou em um comercial de produtos de limpeza facial.

"Posso ver seu rosto. Você está soluçando." A campainha do apartamento toca, distraindo temporariamente Meredith do meu choro, e ela vence os três metros até a porta da frente aos tropeços. Quando ela abre, espero ver o senhorio me cobrando o aluguel. Em vez disso, Ari Ocampo está parada na minha varanda com uma parka de arco-íris e um par de botas brancas de couro até a coxa, segurando um saco de confeitar da Torralândia.

"Ellie!", ela diz, entrando sem convite. "Vi o post do Andrew no Instagram e vim direto para cá. Trouxe alguns muffins de farelo de trigo sem glúten."

"Ela está com o coração partido, não com prisão de ventre", diz Meredith.

Ari olha para ela. "E quem é você?"

Meredith parece legitimamente ofendida. "Meredith. A melhor amiga de Ellie. Quem é você?"

"Eu sou a outra melhor amiga de Ellie", Ari responde. "Ela pode não me considerar como tal, mas ela está errada."

Ellie ainda está de pé no meio da sala com lágrimas escorrendo pelo rosto. "Alguém pode desligar essa música?", consigo dizer através de uma bolha de meleca se formando na minha garganta. Qualquer dia eu vou parar de chorar feio diante das únicas pessoas que podem me tolerar, mas esse dia não é hoje.

Meredith desliga a música e Ari me entrega o saco de muffins. "Ele te traiu? Aquele belo filho da puta que veste Gucci?"

"Não estou com o coração partido por causa de Andrew", meu lábio treme. "Estou com o coração partido por causa de *Jack*."

Ari lança a Meredith um olhar questionador. "O relacionamento de Andrew e Ellie era falso, eles só estavam se casando para que ele pudesse ter acesso à sua herança, e Ellie está apaixonada pela irmã dele", explica Meredith, da maneira mais sucinta e sem emoção possível.

Para seu crédito, Ari nem vacila com essa reviravolta na história. "Ah, Ellie, eu sinto muito. E também..." Ela olha ao redor. "Peguei seu endereço com Greg, e eu tenho algumas perguntas."

"Sim, eu sei", choramingo. "E moro em um cubículo horrível."

"Você não ia ser despejada desse apartamento?"

"Sim. Só não encontrei um novo lugar para morar ainda."

"Perfeito!" Ari se joga no futom, se sentindo em casa entre minha almofada de aquecimento e o cobertor pesado.

"Como isso é perfeito?" A Meredith advogada pergunta com aquele olhar.

"Ellie vai morar comigo", Ari responde.

"Vou?" Limpo meu ranho no braço. "Você não mora com outras quatro pessoas?"

Ela acena. "Sim, mas é uma casa grande."

"Com um armário... extra?", pergunto, lembrando de sua oferta original. A oferta que recebi quando estava exalando vitimismo demais para considerar seriamente na noite do contrato do guardanapo.

"Definitivamente tem o tamanho de um closet, mas tem uma pequena janela. E não cobramos muito de aluguel, porque não é um quarto, sabe. Mas não se preocupe: tem uma tonelada de espaço de área comum no andar de baixo e uma das pessoas que mora lá, Ruby, é médium e faz leituras de tarô em troca de limpar o banheiro. E eu acho que você vai adorar Winslow — ele é trans como eu e um artista como você, então espero que você não se importe que ele mantenha suas telas na sala o tempo todo. Ele pinta principalmente homens nus como parte de sua série 'Legitimando Homens Gays'... Você fica de boa com acesso a nudez no dia a dia?"

"Eu não fico muito de boa com nada", digo a ela, e Ari assente astutamente como se soubesse do que eu estava falando.

Duas semanas atrás, só de pensar em morar com Ari e outras quatro pessoas eu teria exigido uma hibernação de três horas sob meu cobertor pesado. Mas agora penso na presença calmante de Lovey e no cheiro de sua erva cara; na energia efervescente de Meemaw; nas neuroses de Katherine e na amizade de Andrew. Talvez não fosse tão terrível estar cercada por um bando de hipsters barulhentos e caóticos de Portland.

"Tudo bem", digo, jogando meus braços para cima em resignação. "Vou alugar seu armário."

Os olhos esfumaçados de Ari se arregalam. "Calma, isso é sério? Você vai?"

Meredith ergue os quadris. "Espera. Você *vai*?"

"Adiante", digo. "Não pra trás."

Trinta

Sexta-feira, 30 de dezembro de 2022

"Ok, então quando você disse closet, você quis dizer..."

"É um pouco apertado", Ari admite. Dado que Ari, Meredith e eu mal cabemos no meu novo quarto, essa afirmação parece um eufemismo. "Mas se a Ikea pode criar um apartamento inteiro em menos de trinta metros quadrados, certamente podemos fazer isso funcionar para dormir!"

Meredith apoia minha única caixa de coisas.

"É isso. Esse é todo o espaço, ocupado por uma única caixa. Ainda bem que você é pobre e tem muito pouco."

"Qualquer coisa é melhor do que a câmara de depressão em que você vivia antes", diz Ari. E ninguém discute com ela sobre esse ponto.

Então, eu me mudo para o meu novo armário.

Ari mora em uma grande casa quadrada em um terreno de esquina com uma enorme varanda frontal, uma bandeira do orgulho LGBTQIAP+ sobre a porta e uma placa que diz: "Bem-vindo a Brideshead" (porque uma das pessoas que mora aqui, Bobbie, dá aulas de inglês na universidade). Há um quintal com canteiros suspensos e uma fogueira e todas as abelhas de Ari, e por dentro a casa é um *lar*. Um espaço aconchegante e habitado, com paredes de livros e pinturas de Winslow com nudez e suprimentos para o negócio de mel de Ari e um viveiro de plantas, tudo cuidado por alguém chamado Gardênia, que pelo menos no nome também é uma planta.

Todos da casa são LGBTQIAP+, a maioria são artistas, e eles já separaram uma prateleira para mim na geladeira.

Meredith me ajuda a pintar meu armário de verde-menta, me ajuda a transformar meu colchão de solteiro no chão em um espaço de descanso chique, depois me senta no referido colchão, abre meu e-mail e me obriga a escrever uma resposta para a editora que entrou em contato a respeito das minhas webcomics.

Cada palavra parece impossível de digitar, então Meredith decide me torturar colocando Rebecca Black no repeat, se recusando a desligá-la até que eu termine de escrever o e-mail. E milagrosamente, por volta do sexto replay de "Friday", começo a me lembrar de como era criar arte sozinha no meu quarto quando criança. Me lembro da alegria que sentia antes de deixar que a opinião alheia definisse o valor do que produzia. Lembro-me da aparência de Jack assando biscoitos de Natal, como se as receitas estivessem escritas em seus ossos, como se cozinhar fosse uma extensão de seu coração, como se ela não pudesse falhar ao fazer a coisa que mais amava.

E penso no buraco dentro de mim e no que vai preenchê-lo, e a resposta vem um pouco mais fácil quando sei o que tenho a dizer.

Na véspera de Ano-Novo, Meredith volta para Chicago. Ficamos na zona de embarque fora do Aeroporto Internacional de Portland por um longo tempo, com nossos braços apertados um ao redor do outro. Meredith, que é comicamente baixinha, fica bem embaixo do meu queixo.

"Vou visitar você", prometo. "Depois que você fizer o exame, eu vou voar para ver você e vamos festejar por três dias seguidos."

"Por 'festejar' você quer dizer comer doces, beber cidra e assistir a *Gilmore Girls* de novo, certo?"

"Obviamente."

"Você já teve alguma resposta da editora?"

"Eu prometo que, no instante em que tiver uma resposta, você será a primeira pessoa para quem vou contar."

Meredith estreita um olho para mim. "Antes de contar pra Ari?"

"Antes de contar pra Ari, juro."

Satisfeita em saber que ela é minha verdadeira melhor amiga, Meredith ajusta sua bagagem de mão por cima do ombro esquerdo. "O que você vai fazer a respeito de Jack?"

Solto um gemido. *Jack*. Fiquei sete minutos inteiros sem pensar nela (um recorde pessoal), mas agora estou pensando novamente. Estou pensando em como, quando enviei aquele e-mail para a editora, ela foi a primeira pessoa pra quem eu quis contar.

Nós íamos comemorar juntas.

"Não *sei* o que fazer a respeito de Jack. Nada? Não há nada que eu possa fazer, certo?"

Meredith estende a mão para dar um tapinha não tão gentil no meu rosto. "Me avise quando descobrir."

Tenho certeza de que não há nada para descobrir. Estraguei as coisas com Jack sem possibilidade de reparo. Em um Natal, eu a deixei sozinha. No Natal seguinte, eu me casei de mentira com o irmão dela, menti sobre isso e dormi com ela no meio disso tudo.

Não é o tipo de coisa das quais dá para se redimir.

Não tenho como entrar em contato com Jack. Nós nunca trocamos nossos números, e ela não tem redes sociais. Mas se eu a contatasse, o que diria?

Sinto muito?

Ela não queria ouvir isso na véspera de Natal, e não consigo imaginá-la querendo ouvir agora. Não, qualquer tentativa de entrar em contato neste momento seria egoísta, a serviço de minhas próprias necessidades, aliviando minha própria culpa.

Então eu não tento entrar em contato. Consigo um emprego de meio período em uma loja de artigos de arte, enquanto termino a nova webcomic em que estou trabalhando. Janto em família com meus companheiros da Brideshead. Vou ao brunch com Ari e suas amigas incríveis nos fins de semana. E às exposições de arte de Winslow. Encontro um plano de saúde estadual para que eu possa achar uma terapeuta que não seja horrível — mas só porque Ari e Gardenia sentam sob minhas pernas e vociferam profundamente algumas músicas das Pussycat Dolls até que eu finalmente complete a inscrição. Aparentemente, este é um método eficaz de me destravar.

Então faço uma consulta de admissão com uma terapeuta não tão ruim. Não preciso mais de Nicole Scherzinger. Todos da casa Brideshead fazem terapia, e todos eles se referem a seus terapeutas pelo primeiro nome e falam sobre eles em conversas casuais. É estranho, mas no bom sentido.

Quando recebo uma resposta da editora, Meredith é a primeira pessoa para quem conto. Mas então digo a Ari — digo a Winslow, Bobbie, Ruby e Gardenia —, e eles me levam para tomar coquetéis do tamanho do meu rosto no Bye and Bye, com o objetivo de comemorar o início de algo novo.

Um mês se passa, os dias cinzentos tornam-se mais cinzentos, e todas as noites, enquanto adormeço, tento não pensar na mulher que poderia fazer um mundo cinzento parecer vibrante.

Penso nela todas as noites enquanto adormeço.

"Você tem uma visita", Ari anuncia uma sexta-feira à noite, enfiando a cabeça pela porta aberta do meu armário. Estou com meu iPad no colo, trabalhando em fan arts de dois personagens de algum livro queer que não li. Tenho feito algum dinheiro assim, como uma tarefa paralela, até receber meu primeiro cheque da graphic novel. Mesmo que sejam apenas cinquenta dólares por um único personagem e setenta e cinco por dois, é bom ter esse tipo de alegria novamente.

"Que tipo de visitante?", pergunto sem olhar para cima do meu esboço.

"Uma cópia falsificada da pessoa que você gostaria que fosse."

"Obrigado por isso", uma voz masculina resmunga, e me levanto para ver a cabeça de Andrew Kim-Prescott flutuando sobre a de Ari na porta. "Ah, ei, Oliver."

Empurro o iPad para longe do meu colo. "Oi, Andrew." Não tenho nada melhor para dizer, então digo "Oi" novamente.

"Posso pegar alguma coisa para você?" Ari oferece. "Acho que Winslow tem um pouco de pó de matcha."

Andrew balança a cabeça, e Ari nos deixa a sós. Andrew tenta entrar no meu quarto, mas seus mocassins acertam imediatamente a borda do meu colchão. Aponto para o pequeno cubículo que Ari me ajudou a montar na parede. "Sapatos ficam ali."

Ele tira os sapatos, os empurra para dentro do cubículo e, em seguida, fica de joelhos para que possa se enfiar desajeitadamente na minha cama.

"Uau. Isso é bacana." Andrew gesticula para as luzes do arco-íris que pendurei no teto, as cortinas emoldurando a única janela, as gravuras de minha própria arte nas paredes do meu minúsculo quarto-armário. "Você fez muito com, hum... muito pouco."

"Como sabe onde eu moro?", pergunto enquanto abro espaço para seu corpo grande. Ele se mexe até ficar de pernas cruzadas na minha frente com um terno Armani.

"Greg", responde Andrew. "Você deu a ele este endereço para encaminhar seu último pagamento."

"E ele simplesmente te deu meu endereço? Otário."

"Eu também fui... talvez... um pouco otário." Andrew passa os dedos pelo encontro da testa com o nariz, e esse gesto me enche com um potente coquetel de afeto e mágoa. "Faz um mês. Eu deveria ter entrado em contato. Arrastei você para uma situação ridícula — coloquei nós dois em uma situação que estava muito além da nossa capacidade — e quando isso explodiu, eu simplesmente... Abandonei você. Senti tanta vergonha e culpa pela forma como minha família culpou você e estava com medo de que, se voltasse a entrar em contato, você ficasse furiosa comigo, e eu sinto muito, Ellie."

Eu não sabia que precisava de um pedido de desculpas de Andrew até ele entrar no meu armário e me oferecer um. Não é porque eu tenho guardado alguma raiva dele. Mais do que qualquer coisa, estou magoada. Andrew e eu éramos praticamente desconhecidos quando concordamos em nos tornarmos cônjuges, mas ao longo de nosso curto tempo juntos, pensei que tínhamos nos tornado algo próximo de amigos, e não tenho muitos amigos. Então, quando tudo desmoronou e Andrew me abandonou, isso enviou uma mensagem bastante clara: nosso relacionamento sempre foi uma transação comercial e, sem o dinheiro, eu não servia mais pra ele.

"Não estou furiosa", finalmente digo a ele, e observo seus ombros caírem de perto das suas orelhas. "Só um pouco machucada. Se é que posso ser honesta..." *Honesta, mesmo quando é difícil.* "Senti sua falta."

Andrew arqueia uma sobrancelha preta sedosa e me lança um olhar sedutor. "Ah, você *sentiu minha falta*, não é?"

Eu o chuto, com força, nas canelas. "O que aconteceu? Com sua família depois que eu saí? A sua irmã... Ela perdoou você?"

Andrew me dá um sorriso torto, como se soubesse o quanto estou preocupada em ouvir a resposta. "É claro que ela me perdoou. Somos família. Jack ficou retraída por, tipo, dois dias, e então conversamos e está tudo bem. O resto da família também está bem."

Ele diz tudo isso com tanta facilidade, sem as bordas borradas de trauma ou dor. Se ao menos fosse assim com Linds. "Eu não falo com minha própria mãe há um mês", digo a ele. "Tentei criar limites mais saudáveis para o nosso relacionamento, e minha mãe não estava interessada."

Andrew estende a mão e agarra meu pé com meia, dando uma sacudida. "Fodam-se eles", diz em uma imitação perfeita de Meemaw. "Ela não merece você ou seus limites saudáveis, e nem meu pai. Na verdade, ele não aceitou as coisas muito bem. Meu pai, ele... ele me demitiu."

Estudo a expressão neutra de Andrew, esperando o final dessa piada. "Espere, o quê? Seu pai demitiu você? Da Investimentos Prescott?"

"Sim, então, hum... minha mãe o deixou", Andrew começa, estremecendo. "Eu acho que ela realmente não sabia do apartamento para a namorada de vinte e três anos, e meu pai me culpou por contar a ela, então estou fora."

"Uau. Fodam-se eles de verdade. Sinto muito."

Ele de alguma forma consegue se inclinar casualmente enquanto está sentado de pernas cruzadas em uma cama. "Não, está tudo bem. Estudei em Stanford. E tenho esse rostinho..." Ele gesticula para o rosto em questão com o floreio de seu pulso. Sem surpresa, ainda é um rosto magnífico. "Recebi, tipo, dez ofertas de emprego em uma semana e acabei de aceitar uma nova posição em uma empresa de fundos de hedge aqui em Portland."

"Fundos de hedge? Isso significa que você e Dylan não estão juntos? Porque não há como elu deixar você trabalhar com *fundos de hedge*."

Andrew abaixa a cabeça e, pela primeira vez desde que o conheço, vejo um rubor se espalhar por suas bochechas. "O que posso dizer? O nosso amor é impossível."

Eu o chuto novamente. "Andrew!"

"Ai."

"Vocês ainda estão juntos?" Percebo que aumentei o volume da minha voz além do nível apropriado para um armário, mas parece justificável. "Vocês estão juntos *de verdade*?"

Ele acena com a cabeça, e o rubor se aprofunda. "Não sei", diz ele timidamente. "Acho que estamos, tipo, tentando fazer isso acontecer ou algo assim. E-eu não tenho muita experiência com, você sabe..."

"Sentimentos reais?"

Andrew leva as mãos até o peito e as deixa cair novamente. "Não tenho muita experiência em namorar alguém com quem me importo, então fico petrificado quase o tempo todo", ele confessa. "Mas também é bom. É realmente bom. E depois que eu finalmente disse a elu que eu quero um relacionamento sério... você sabe, monogamia, casamento, hipoteca..."

"Toda essa idiotice embaraçosa."

"Foi como se esse peso gigante tivesse sido aliviado." Andrew suspira. "Eu devia ter feito isso desde o começo, mas Dylan e eu não podemos mudar o passado. Então aqui estamos nós."

Andrew dá de ombros novamente, e há uma doçura inesperada nisso. Penso no casaco Burberry, no boné, em todas as versões de Andrew Kim-Prescott que tentei identificar. Mas Andrew é apenas isto — apenas uma pessoa confusa com sentimentos que nem sempre entende, apenas uma pessoa que está tentando fazer o seu melhor.

Percebo que ele me estuda do outro lado da cama enquanto tiro pedacinhos da minha calça de moletom. "Sentimos sua falta, sabia?"

"Dylan não sente minha falta, a menos que seja porque elu precisa de um alvo humano para seu olhar severo."

"Isso faz parte da linguagem de amor de Dylan", esclarece Andrew. "Elu sente sua falta, mas eu quis dizer que *todos* sentem. As vovós me perguntam sobre você o tempo todo. Lovey quer saber quando você vai terminar *O acordo*, embora eu continue dizendo a ela que ela já sabe como termina. E Meemaw me contou a verdade, que ela sabia o tempo todo que nosso relacionamento era falso e também sobre você e Jack. Acho que ela se culpa um pouco por não ter feito nada. Além disso, ela quer a roupa de neve de volta."

Ela não vai ter a roupa de volta, eu não digo em voz alta. Ainda cheira um pouco a Jack.

"E minha mãe fala muito de você. No início, em um contexto não tão positivo. Tipo *Como pudemos nos deixar enganar por aquela charlatona? E quem cria sua filha para se infiltrar em uma família no Natal?* Mas quando a raiva inicial passou, acho que mamãe começou a perceber que você não era bem uma charlatona, mas uma pobre desesperada, e que o ponto principal era que seus pais realmente não a criaram. Agora ela se preocupa principalmente se você não está comendo bem e se pergunta se seria aceitável deixar potes tupperware cheios de comida pra você."

Quero sorrir, imaginando Katherine depositando furtivamente sacolas reutilizáveis do lado de fora da Brideshead, mas em vez disso estou prendendo a respiração, esperando para saber se "todo mundo" inclui ela.

Se Jack alguma vez falou que sentia a minha falta.

Mas Andrew não diz o nome dela, e sou forçada a exalar minha decepção. Jack não sente minha falta. Por que ela sentiria falta de alguém que não fez nada além de machucá-la e violar sua confiança?

Andrew parece alheio à minha própria dor enquanto enfia a mão no bolso interno do blazer e tira um envelope. "Eu também senti sua falta. E sei que você deveria ser minha esposa, mas comecei a pensar em você como uma irmã e..." Andrew se encolhe. "Espere, isso soou perturbador?"

"Foi a situação que se tornou perturbadora, honestamente. Isso não é com você."

Ele empurra o envelope desajeitadamente para mim. "De qualquer forma, como você é minha quase esposa, uma espécie de irmã, tenho me sentido muito culpado por você ter passado por tudo isso e ainda não ter recebido o dinheiro, então eu..."

"Não me importo com o dinheiro", eu o interrompo. "Quero dizer, é claro que *me importo*, porque esse tipo de dinheiro é a diferença entre os burritos congelados do Grocery Outlet e os vegetais frescos da Whole Foods, mas o dinheiro era apenas um band-aid. Um paraquedas dourado que pensei que consertaria minha vida sem que eu realmente precisasse... consertar minha vida."

"Bem, parece que você está consertando sua vida, então... pegue isso." Eu pego. O envelope é mais pesado do que eu esperava. "O que é isso?"

"Não são duzentos mil dólares, então recalcule suas expectativas." Ele bate as mãos. "Apenas abra."

Dentro do envelope há maços de papel caro dobrados em três. Com as folhas abertas se lê, em letras maiúsculas datilografadas, "Contrato de não casamento de Andrew e Ellie". Abaixo está um parágrafo de juridiquês, seguido por disposições enumeradas, palavras borradas e misturadas.

"Sério, Andrew, o que é isso?"

Ele se inclina para a frente para poder apontar as palavras na página. "É um contrato que diz que, quando eu me casar — seja isso daqui a dois, cinco ou cinquenta anos —, você tem direito a dez por cento da minha herança."

As páginas deslizam entre meus dedos. "Andrew! Não, você não precisa fazer isso!"

"Bem, não seja muito enfática com sua gratidão. Eu *realmente* tenho que me casar para isso valer, o que é estatisticamente improvável."

Olho para Andrew, para o rubor em seu pescoço e o sorriso em seu rosto. Acho que a probabilidade estatística está mudando. "Você está preparado para me dar dez por cento da sua herança, independentemente de quando você se casar...?"

"E bônus: nem precisar ser *você* a pessoa que vai se casar comigo. De nada."

Olho para as páginas cremosas, para este enorme gesto simbólico que ele me entregou. "Como seu futuro cônjuge se sentirá com você doando duzentos mil dólares para alguma mulher aleatória?"

Andrew dá de ombros. "Dylan acredita firmemente que você tem direito a esse dinheiro pelo que teve que suportar."

Levanto uma sobrancelha sugestiva, e o rubor de Andrew se aprofunda quando ele percebe o que disse. "Não que eu ache que Dylan será esse cônjuge. Você sabe. É só um exemplo. Um teste sobre como parceiros em potencial agiriam em relação a mim doando nosso dinheiro."

"Um teste com *uma pessoa* só?"

"Por favor, cale a boca." Andrew arranca os papéis da minha mão e, sem jeito, os enfia de volta no envelope. "A questão é que eu quero que você tenha esse dinheiro, e eu entendo que você pode estar hesitante em aceitar, e eu quero assegurar a você que..."

"Ah, não, eu aceito."

Andrew franze a testa.

"É, eu não vou contrariar você a respeito disso. Moro em um armário." Ele olha ao redor, lembrando onde estamos. "Se alguém com riqueza geracional quiser me oferecer um monte de dinheiro, não vou recusar. E também não vou esperar por esse dinheiro para começar a construir a vida que eu quero."

"Então, que bom." Andrew me dá um aceno curto. "Isso significa que você está voltando a se dedicar à sua arte? Minha família mencionou que tinha uma editora querendo publicar você."

"Sim. Sim, isso meio que está... acontecendo? Talvez. Tive que assinar com um agente primeiro. E a editora queria que eu adaptasse os webcomics originais, mas não parecia certo escrever sobre... *ela*. Então estou pegando as partes que funcionaram e escrevendo algo novo. Algo um pouco mais... mágico. Há chances de a editora não querer quando terminar, mas..." Dou de ombros, e realmente me sinto assim. Talvez isso não dê certo. E realmente não tenho um plano para o que acontece a seguir.

Andrew me lança seu sorriso mais encantador e sincero. "Espero que você me deixe ler quando terminar. Eu poderia usar um pouco de magia. Falando nisso..." Ele alcança seu bolso novamente. "Tenho mais uma coisa para você."

"É um carro? Porque eu realmente adoraria um carro."

Ele pega uma folha de papel, está dobrada em quatro. Quando desdobro, vejo que é um panfleto.

INAUGURAÇÃO PARTICULAR DO PASTEL DE DESFEM.

"Andrew..."

O papel é brilhante, de fundo roxo, as palavras em branco, caligrafia sinuosa. No meio da página há um pastel de Belém desenhado nas cores do arco-íris.

"Andrew...", falo de novo.

"Sim", ele diz, como se entendesse que essa folha de papel brilhante vale mais do que as páginas dobradas daquele envelope. "Ela realmente está fazendo acontecer."

Lágrimas ridículas e sentimentais ardem no fundo dos meus olhos. "Eu sempre soube que ela conseguiria."

"Eu não", Andrew admite, sua voz baixa. "Devia, mas não acreditei. Sabe, uma noite, algumas semanas atrás, ficamos bêbados e ela me contou tudo sobre o que aconteceu entre vocês duas. Ela me disse que nunca teria acreditado que poderia fazer isso se você não acreditasse nela primeiro. Nunca pensei que minha irmã pudesse manter o foco em um objetivo como esse por tempo suficiente para alcançá-lo, e sei que isso me torna um idiota."

Coloco o panfleto na colcha na minha frente, sobrecarregada demais para olhar para a fonte fofa e um pastel de Belém ainda mais fofo. "Jack sempre foi capaz disso. Ela passou a vida inteira ouvindo que era uma preguiçosa e incapaz, e ela só precisava..."

"De alguém que pudesse realmente vê-la?" Andrew completa minha fala, olhando para mim incisivamente. "Ellie, o que aconteceu entre vocês duas?"

Eu me recosto nos travesseiros. "Você acabou de dizer que Jack lhe contou tudo."

"Quero ouvir isso de você", ele diz. "Porque com base no que sei, estou tendo dificuldade em entender por que vocês não estão juntas agora."

"Provavelmente porque eu estava falsamente noiva do irmão dela e menti para ela sobre isso", brinco.

Andrew não está brincando. Seu tom é completamente sério quando ele me pergunta: "Por que você e Jack se separaram?".

Mudo novamente. "Porque... porque assumi que estávamos sempre destinadas a desmoronar. Jack e eu nunca deveríamos nos conhecer. Éramos duas garotas solitárias em busca do mesmo livro que se encontraram na véspera de Natal."

E é difícil não acreditar que parte disso foi predestinado, que não foi o caos aleatório que nos uniu e nos prendeu na cidade o dia inteiro. É difícil não sentir que Jack foi criada especialmente para mim, e eu para ela. Algum ser divino que a construiu com ângulos duros e tendões duros me construiu com materiais mais macios, curvas e carne com covinhas. Jack é a firmeza do meu domínio, e eu sou o controle do caos dela, mas fui eu quem ferrou com tudo.

"Eu me convenci de que alguém como ela nunca poderia amar alguém como eu, então me sabotei da maneira mais épica possível, assumindo que não fomos feitas para durar. E fiz isso duas vezes."

Andrew fica sério por um momento. "Não dizem que é na terceira vez que dá certo?", ele tenta.

Balanço a cabeça. "As pessoas não dão terceiras chances. E está tudo bem — Jack claramente não quer falar comigo e *tudo bem*. Estou tentando mudar meus padrões. Estou tentando ser melhor em aceitar que o fracasso faz parte da vida, e isso significa aceitar que estraguei as coisas com sua irmã e seguir em frente."

"Você está realmente tentando? Quero dizer, claro, com sua arte e sua vida, merece dez pelo esforço, mas...", ele coloca as mãos sobre os joelhos, do jeito que ele colocou as mãos sobre uma mesa antes de me pedir em casamento. "Você realmente tentou com a Jack? Olha, como nós já sabemos, eu não sou seu noivo, e eu não sou seu irmão, e se você quer me mandar pastar, você pode."

"Vai se foder", digo. E meio que queria dizer isso mesmo.

"Mas", continua Andrew, "me parece que você ainda está aceitando que vai falhar antes mesmo de tentar. Você disse que Jack não quer falar com você, mas você chegou a falar com ela? Você ao menos tentou?"

Olho para o panfleto roxo amassado em cima do meu edredom.

"As pessoas às vezes têm terceiras chances", diz Andrew. "Dylan e eu tivemos."

Na parte inferior do folheto, abaixo dos detalhes sobre quando e onde, há uma pequena observação. *Venha exatamente como você é. Todes são bem-vindes.*

"Você deveria ir", diz ele.

"Ir aonde?"

"Na inauguração. É Dia dos Namorados."

"Não posso aparecer nessa abertura. Ela não me quer lá."

"Você não sabe."

"Você sabe que ela *me quer* lá?"

"Não. Esse é o ponto. Você tem que arriscar e descobrir."

Meu dedo traça o papel brilhante sobre as palavras "Pastel de Desfem". Uma combinação imperfeita.

"Não quero aparecer no grande evento dela e estragar tudo", digo a Andrew. "Isso soa como um plano ridiculamente idiota."

Ele estende a mão sobre a cama para agarrar meu pé novamente. "Às vezes", diz ele, "planos ridiculamente idiotas funcionam para que o melhor aconteça."

Trinta e um

Terça-feira, 14 de fevereiro de 2023

Sinto o cheiro de neve no ar.

Saio do carro para a noite fria, envolvendo meu cachecol azul mais perto do rosto. Não nevou em Portland durante todo o inverno, mas agora a promessa permanece na nitidez de cada respiração profunda que dou. E estou respirando profundamente.

"Essa é uma ideia ridiculamente idiota?"

Ari termina de pagar o estacionamento em seu telefone, então passa o braço direito pelo meu braço livre. "Ah, é definitivamente uma ideia idiota. É por isso que eu amei."

Ela me dá um puxão, como se soubesse que minha resistência interna está a cerca de dois segundos de se tornar externa, que estou prestes a plantar meus pés nessa calçada e nunca mais me mover. Que estou prestes a travar.

Ari não me deixa travar.

"Como você está se sentindo?"

"Como se meu estômago fosse cair pela minha bunda."

"Deus, é tão sexy quando você fala sobre seus problemas gastrointestinais baseados em ansiedade", diz Ari, e rio enquanto ela se aninha mais perto de mim enquanto caminhamos, pressionando seu cocuruto no meu ombro. Ela cheira a café e óleos essenciais e amor incondicional.

"Mas isso é horrível? Invadir a inauguração dela?"

"Você não está invadindo", argumenta Ari, "porque a família dela te convidou."

"É, mas e se o convite foi feito por pena?"

"Tá. Sobre o que a gente conversou?" Ari diz em sua voz mais condescendente.

Reviro os olhos e repito as palavras de Ari. "Eu não deveria achar que as pessoas me convidam para eventos sociais por pena, já que isso não é uma coisa que realmente acontece com muita frequência."

"*Exatamente*. Você não está aparecendo para acabar com o dia especial dela. Tudo o que você vai fazer é entrar, parabenizá-la e entregar o presente."

O presente em questão está debaixo do meu outro braço.

"Este é um gesto totalmente normal entre amigas."

Amigas. A palavra deixa um cheiro forte e metálico na minha boca, como um nó no meu peito. *Amigas*.

Três meses atrás, eu tinha apenas uma *única* amiga. Meredith.

E, claro, ainda tenho Meredith, me enviando TikToks que nunca assisto e prints de perfis de namoro de pessoas que não tenho interesse em namorar. Temos nossas chamadas de vídeo constantes e minha próxima viagem a Chicago. Não sei o que faria sem Meredith, mas também tenho muito mais do que apenas Meredith agora.

Tenho Ari, com sua condescendência ocasional e sua lealdade inabalável e sua admirável confiança de que ela é, de alguma forma, minha melhor amiga e sempre foi. E tenho colegas em Brideshead. E tenho Andrew, que voltou para a minha vida e depois gentilmente se recusou a sair novamente. E ele trouxe outros com ele.

Como Dylan, que apareceu em Brideshead para me arrastar para um brunch dois dias depois da visita-surpresa de Andrew. ("Fundos de hedge?", perguntei. Ao que Dylan zombou: "Eu sei, realmente não posso mais levar esse cara pra lugar algum nesta cidade".)

Como Meemaw e Lovey, que me ligaram do nada uma noite e me convidaram para tomar uma e pintar. Aparentemente, isso acontece duas vezes por mês em seu bar de vinhos favorito em Lake Oswego, e depois que fizemos incríveis réplicas bêbadas de *A noite estrelada*, de Van Gogh, prometemos que íamos voltar.

Como Katherine, que me levou uma sacola cheia de comida em um domingo à tarde e depois se convidou para entrar para tomar uma garrafa de vinho que logo se transformou em três. Acontece que ela está um pouco solitária após a separação de Alan. Eu concordei em ajudá-la a pintar as paredes de seu novo apartamento no próximo fim de semana.

Eu pensava que deixar mais pessoas entrar significaria aumentar o número de pessoas que poderiam me decepcionar. Me machucar. Sair da minha vida. Mas ter mais pessoas significa que há mais braços prontos para me segurar quando eu cair. E eu caio *muito*.

E é bom ser o porto seguro de outra pessoa também. Precisar de alguém é tão bom quanto ser necessária para alguém — ter estágios de necessidade e de doação — mas quando penso em *Jack*. Sobre ser *amiga* de Jack. O pensamento se calcifica dentro dos meus pulmões.

Eu não a vi nem mesmo após começar a me encontrar com sua família. Dylan, Katherine e Meemaw me garantem que ela está bem, que está seguindo em frente, que a *amizade* entre nós é possível. E se eu quiser manter o resto dos Kim-Prescott na minha vida, a amizade parece ser o caminho certo a seguir.

"Está pronta?", Ari pergunta enquanto atravessamos a rua em direção ao prédio. Há um pequeno banner na frente anunciando a abertura com as mesmas palavras impressas em roxo: "Todes são bem-vindes".

Espero que isso me inclua.

Quase não reconheço o local que ela me mostrou há um ano. Há novas janelas, nova pintura e uma nova placa na frente. Há um toldo e uma bandeira do orgulho, e me sinto um pouco tonta quando penso em tudo o que aconteceu entre o Natal passado e este momento para que Jack pudesse realizar seu sonho.

Mas eu me lembro que estou segura com o braço de Ari.

"Pronta."

Entramos no armazém reformado, e fico impressionada com a quantidade de pessoas, com o tamanho da sala, com os cheiros açucarados e o calor crescente. Há um pequeno palco onde um trio está tocando música acústica, e dezenas de vozes diferentes, ásperas e desafinadas os acompanham.

Ari me puxa com mais força, respiro fundo e tento acalmar minha ansiedade focando em como eu desenharia esse lugar — esse lindo lugar que pertence a Jack. A primeira coisa que noto são as paredes cor de lavanda, brilhantes e alegres e *gays* pra caramba. Luzes industriais iluminam a sala com um brilho quente e a janela gigante voltada para o leste deve preencher o espaço com luz natural todas as manhãs. No lado oposto da sala onde está o palco, há o balcão gigante, a cozinha exposta, a vitrine de vidro cheia de um milhão de cores diferentes de doces e tortas e biscoitos e cupcakes. No meio é uma miscelânea de mesas. Alguns clientes estão sentados, usando garfos para mergulhar em deliciosas sobremesas, mas a maioria das pessoas está de pé, circulando, provando a comida enquanto ela é transportada pela sala em travessas.

Vejo as vovós, distribuindo macarons em bandejas. Katherine está vestindo um avental e enchendo xícaras de café. Dylan e Andrew estão cercados por jovens de vinte e poucos anos de aparência descolada, e posso ver Andrew falar animado sobre o lugar: ele está com o modo investidor ativado, mas está aqui colocando esse seu lado em bom uso. E ele está segurando a mão de Dylan enquanto faz isso.

E lá está Jack. Eu a localizei assim que entramos. Ela está vestindo seu uniforme habitual de jeans largos e botas pretas, mas em cima ela apostou em uma camisa de linho abotoada no cotovelo e um avental roxo com o logotipo do Pastel de Desfem estampado na frente. Ela se parece com ela mesma — tipo, *ainda mais* ela mesma, nesse lugar que transformou em realidade por pura força de vontade — ocupando espaço, exigindo toda a atenção. Antebraços e coxas. Seus olhos castanho-escuros e seu sorriso de lado e seu andar extremamente pesado. Ela não está inquieta, nem receosa. Ela parece plena. Ela é muito barulhenta, e ela é absolutamente tudo, conversando com as pessoas que vieram aqui para comemorar, para celebrá-la. Ela está realizando um sonho.

A força dos sentimentos me atinge como um trem. Não quero que sejamos *amigas*. Quero beijar aquela cicatriz branca. Ser a pessoa ao lado de Jack. Ser a pessoa que comemora com ela depois que todos os outros vão para casa, quero uma garrafa de vinho só para nós duas, quero brindar a ela, sussurrando: *Você conseguiu, eu sabia que conseguiria.* Quero ser o apoio de Jack e tudo mais para ela, quero estar lá por todas as estações, e então sei que as últimas sete semanas não fizeram nada para entorpecer a intensa certeza desses sentimentos. Eu a desejo tanto que algo me faz parar na porta. É a dor, no meu coração, no meu estômago, entre as pernas, mas não é uma dor de solidão. É aquela dor de querer tanto uma coisa que você seria capaz de se jogar de um lance de escada se não pudesse ter. É a dor de querer arriscar tudo por uma pequena chance de alguma coisa.

É um bom tipo de dor.

"Garota, tira esse olhar de tesão do seu rosto", Ari sibila. "Estamos em público."

Meus olhos estão em Jack, observando enquanto ela vira a cabeça. Ela está de óculos, e seu cabelo está recém-cortado, raspado do lado e arrumado, como naquele dia em que a conheci. Ela se vira novamente e enfim nos avista, Ari e eu, na porta.

Sua expressão muda, mas não tenho certeza no que está se transformando. Estou ansiosa demais para ler as nuances de sua boca e olhos. "Merda. Ela me viu. O que eu faço?"

"Hum, vai falar com ela?"

"O quê? Não. Nem pensar."

"Continue parada na porta como uma esquisitona, então. Você está certa, essa é a melhor escolha."

"Ai. Tudo bem. Vou falar com ela."

Mas antes que eu possa incentivar as minhas pernas a se moverem, Jack atravessa a sala para falar comigo primeiro. "O que você está fazendo aqui?", ela pergunta com sua voz muito alta e fácil de ouvir. Ela não parece zangada por me ver, mas também não parece muito feliz.

Parece que metade da sala se virou para nós.

Ari tira o braço do meu e desaparece na multidão sem dizer uma palavra.

Preciso dizer alguma coisa, então eu escolho *Parabéns!* e meio que grito isso para Jack enquanto jogo um braço no ar em um gesto desnecessário. "Você conseguiu. Eu sabia que você conseguiria."

Não é assim que eu quero dizer essas palavras para ela, mas Jack dá um pequeno sorriso crescente, e é o suficiente para transformar minha dor em um calor suave e pulsante por todo o meu corpo.

"Nada mal, né?", Jack olha ao redor da sala — para o belo espaço que ela construiu com as próprias mãos e sua disposição em arriscar.

"É incrível", digo.

Os olhos de Jack piscam para cima e para baixo no meu corpo. "O que você está fazendo aqui?", ela pergunta novamente, e há um singelo sorriso puxando seus lábios no canto. Aquele sorriso de canto quase parece esperança para mim, mas é muito cedo para se deixar levar pela esperança de Jack.

"Sua família me convidou. Insistiram para que eu viesse, na verdade."

"Você não... *queria* vir?"

Honesta, mesmo quando é difícil. "Claro que eu queria", admito. "Queria ver seu sonho ganhar vida. Queria te apoiar. Queria... te ver. Só não queria estragar o seu momento."

Ela inclina a cabeça e dá um sorriso de canto para mim. "Você está planejando estragar tudo?"

"Não! Mas eu tenho essa tendência de arruinar as coisas sem querer com você, então..."

"Você tem a tendência de *pensar* que vai estragar as coisas", Jack corrige, "e então, quando elas são arruinadas, você toma isso como prova de que você foi destrutiva."

"Sim, eu sei. Você já me disse que sou uma profecia autorrealizável, e estou trabalhando nisso. Tentando me tornar menos... profética."

"Eu disse isso para você?" Jack se recosta na mesa atrás dela, e *merda*. Essa mulher não deveria se inclinar assim na minha presença. Estou suando em todas as partes.

Tiro meu cachecol azul da garganta. "Bem, você meio que gritou comigo. Na neve. Você sabe, depois que você descobriu que eu te traí de uma forma terrível."

"Ah." Jack estremece. "Talvez eu tenha bloqueado um pouco dessas memórias, por serem bem horríveis."

"Muito justo. Infelizmente, quando a mulher que você ama lhe diz que você é a razão pela qual sua vida é miserável, você tende a se lembrar disso para sempre de uma forma muito autodepreciativa."

O sorriso de Jack se desintegra em seu rosto. "O que é que você acabou de dizer?"

"Não que eu não merecesse!", recuo. "Eu mereci! Sinto muito pela maneira como te machuquei. Você estava totalmente certa ao dizer tudo aquilo para mim! Você estava certa sobre muitas coisas, na verdade, e eu realmente tenho tentado fazer algumas mudanças com base nas suas considerações muito honestas. Como em um daqueles cartões de memória, mas para um relacionamento romântico, e eu... hum... tenho considerado esses comentários como conselhos."

Ai, *merda*. Graças a Deus eu finalmente parei de falar, porque tenho certeza de que a padaria inteira está olhando para mim nesse momento.

"Não." Jack balança a cabeça. "Você disse que *quando a mulher que você ama*... Você... me *ama*?"

"Eu disse isso?" Deus, por que eu estou usando esse cachecol aqui dentro? Estou *suando* demais. "Acho que eu não disse isso."

"Você disse", Jack pontua. "Basicamente todo mundo ouviu." Ela se vira para uma pessoa aleatória por cima do ombro direito. "Com licença, você acabou de ouvir essa mulher de trança e óculos dizer que me ama?" O estranho acena com a cabeça, e Jack se vira para mim.

"Viu?"

"Bem..." *Porra*. Meu cérebro está noventa por cento preenchido por um ruído vazio e dez por cento pelo que quer que o trio no palco esteja tocando agora. E esses dez por cento finalmente reconhecem a música: é uma versão instrumental de "Call Me Maybe", de Carly Rae Jepsen.

E se isso não é um sinal, então não sei o que é. "É, na verdade, é isso mesmo", digo para Jack. E toda a padaria. "Eu te amo. Estou, tipo, perdidamente apaixonada por você. E eu tinha que vir aqui esta noite e te entregar este presente em busca de amizade, mas eu não quero ser sua amiga."

Jack não consegue impedir o sorriso de se curvar no canto de sua boca. "Você não quer?"

"Isso nunca teve qualquer relação com amizade." Não quero ser amiga de Jack. Eu tenho amigos. O que eu quero é uma parceira. Quero alguém que me veja, alguém que experimente cada fracasso ao meu lado, alguém que me escolha. E quero que essa pessoa seja Jack.

Então sigo em frente, prestes a me envergonhar no meio de uma sala lotada com uns cinquenta desconhecidos. "Eu me apaixonei por você depois de passar um dia com você, o que soa exagerado, já sei. Obviamente não é algo que você deveria admitir, porque é tipo um bombardeio de amor e meio *Romeu e Julieta*, mas é verdade. Eu me apaixonei por você naquele dia, e estava com tanto medo de ser rejeitada que me convenci de que não significava nada. Mas significava. Significou muito para mim."

Jack morde a ponta de seu sorriso, e ela está prestes a me rejeitar. O trio está tocando o refrão de "Call Me Maybe", e Jack está prestes a me dizer que isso não significa mais nada para ela. Estou com medo, mas estou tentando ser honesta. Então digo a ela: "Estou me sentindo muito vulnerável emocionalmente agora, e tenho medo de me arriscar com você, Jack. Mas também sei que você é um risco que vale a pena, e se há alguma parte de você que acha que pode me perdoar..."

E paro. Ao meu redor, a sala ficou em silêncio. O barulho dos garfos e o barulho das conversas felizes silenciaram. A banda parou de tocar Carly. Até as paredes lavanda estão prendendo a respiração enquanto Jack olha para mim sem um pingo de esperança em seus olhos. "Ellie", diz ela, o mais baixinho possível, "desculpe, mas acho que não posso correr esse risco com você de novo."

Algumas pessoas na sala fazem sons de empatia. Uma pessoa *ri*.

"Eu entendo, e agradeço por considerar", digo com toda a dignidade que posso reunir enquanto tento engolir as lágrimas iminentes. "Estou extremamente orgulhosa de tudo o que você conquistou aqui e espero que aproveite o resto da sua noite."

Eu me viro para sair antes que Ari e Dylan e todos os Kim-Prescott e uma sala cheia de estranhos me vejam chorar, mas então me lembro do presente ainda debaixo do braço. E volto. "Desculpe, isso é para você. É um... um presente de amizade. Você não precisa aceitar se isso a deixar desconfortável."

Jack pega o presente das minhas mãos sem olhar para mim, e me viro para a porta.

Porém, que merda, por algum motivo estou me virando novamente. "Sei que você tem medo de deixar que outras pessoas a vejam e a ajudem, e que você tem medo de decepcionar as pessoas se permitir que elas te conheçam. Mas você nunca me decepcionou, Jack."

E limpo minha garganta, e caramba, minha voz está falhando. Porque estou chorando muito. Me fortaleço. "Eu amo que você seja inquieta e inconformada, que você seja alérgica ao tédio e que de alguma forma anseie por uma vida chata nos subúrbios, e acho que outras pessoas vão adorar isso em você também. Se você permitir que elas te vejam. Você tem tanto amor para dar, e eu sei que você deseja essa parceria."

Jack franze a testa, e eu interrompo com "E não sou eu! Eu não sou sua pessoa, e tudo bem!". A situação começa a sair um pouco de controle nesse momento. Estou prestes a limpar o nariz na manga, então é melhor terminar logo com isso. "Mas espero que algum dia você abaixe esse seu escudo para que alguém possa te ver com toda a sua bagunça e toda a honestidade."

E antes que o catarro fique visível no meu rosto, viro-me uma última vez e fujo do Pastel de Desfem.

Trinta e dois

Tem mais de dois centímetros de neve no chão quando saio da padaria.

Embora eu esteja chorando e cheia de muco, também tenho que rir da fina camada de neve fresca na calçada. Superei tanto — cresci e mudei *tanto* —, mas ainda assim estou aqui, com o coração partido na neve por causa de Jack Kim-Prescott mais uma vez. Estou sozinha agora, então posso esfregar toda a meleca na manga.

Eu *falhei*. Em uma demonstração apaixonada e pública de amor, falhei de maneira épica. Fiz um grande gesto para a mulher que amo na frente de toda sua família e amigos, e quebrei a cara e senti tudo queimar. E...

Respiro fundo. *E tudo bem.*

Não está tudo bem agora, obviamente. Agora eu preciso tirar minhas calças e rastejar para a cama. E preciso comer de tudo e passar por essa dor. Preciso da minha almofada para me aquecer e do meu cobertor pesado e de um *choro* muito longo.

Mas acho que vai ficar tudo bem, *um dia*. Provavelmente.

Espero.

Pego o telefone para enviar uma mensagem rápida para Ari, informando que preciso de um pouco de espaço e estou indo para casa. Em breve vou querer ligar para Meredith para que ela entre no modo de resolução de problemas. Em breve vou querer que Ari me envolva em seus braços macios e me diga que sou bonita. Por enquanto, porém, eu só quero ficar sozinha.

Não é uma longa caminhada até a ponte Burnside, então desço por ruas silenciosas e escuras enquanto a neve gira ao meu redor, com pequenos flocos sendo iluminados pelos postes de luz. E, caramba, é um pouco mágica a forma como flutuam em todas as direções, como pintam o chão de um branco imaculado, como transformam imediatamente o mundo em algo novo, bem diante dos seus olhos.

Dias de neve significam liberdade, e uma parte de mim se sente incrivelmente *livre*. Eu finalmente disse a Jack como me sinto — jogo da honestidade total. E ela não sente o mesmo, mas pelo menos...

Pelo menos eu tentei.

Deslizo minhas mãos nos bolsos do casaco. Talvez essa neve traga sua própria magia. Talvez me traga algo novo.

Dois Natais atrás, a neve me trouxe Jack, e mesmo que a gente não tenha dado certo, tivemos um dia perfeito juntas.

Neste último Natal, a neve me trouxe Andrew e os Kim-Prescott.

Talvez a neve desse ano me traga uma nova pessoa — uma pessoa bagunçada, honesta, barulhenta demais, alguém que possa me amar de volta. Alguém que enfia os punhos nos bolsos de sua jaqueta Carhartt, alguém que mexe o queixo para tirar o cabelo do rosto, alguém cujos sorrisos vêm em acréscimos como as fases da lua.

Sei que só há uma Jack. Mas talvez haja outra pessoa capaz de me fazer sentir como ela fez. Isso se eu puder ser essa versão aberta de mim mesma de quando eu estava com ela.

Piso na calçada na beira da ponte Burnside.

No ano passado, com Jack, andei pelo meio da ponte. Não tinha nenhum carro, nem limites, nem restrições. Tudo estava borrado e indistinto. Agora, me mantenho no caminho enquanto os carros passam lentamente, com os limpadores de para-brisa empurrando para o lado a neve que se acumula. No entanto, até agora, há algo mágico nessa ponte também.

Talvez esse novo alguém que a neve vai me trazer seja eu mesma.

Atrás de mim, um carro buzina, e foda-se — *não*, eu ainda sou a Ellie Oliver que ignora quando estranhos buzinam pra mim. Cruzo os braços sobre o peito e espero que passem rapidamente.

Eles não passam. Eles buzinam mais. O carro chega ao meu lado e diminui a velocidade para acompanhar meu ritmo, e só então percebo que há uma grande diferença entre atravessar a ponte Burnside no meio da noite durante uma tempestade de neve com Jack e atravessar a ponte

Burnside em uma *terça-feira* aleatória às oito horas completamente *sozinha*. Evito olhar diretamente para o veículo — uma caminhonete, eu acho — que decidiu rastejar ao meu lado, buzinando.

Pego meu telefone, pronta para acionar o recurso de chamada de emergência assim que o motorista do caminhão abre a janela do lado do passageiro e grita: "Ei!". E reconheço aquela voz.

"Elle! Ei, Elle, *para*!"

A caminhonete para ao meu lado com os pisca-alertas acesos. "Puta merda! Você anda rápido!", a motorista grita, e então salta do carro, e a motorista é Jack.

Jack na ponte Burnside. Jack na neve. Sua silhueta está marcada pelo brilho severo dos faróis de Gillian, então tudo que posso ver é a largura de seus ombros e o comprimento de suas pernas, seu corpo inteiro pontilhado de flocos de neve.

"O que diabo você está fazendo?"

"O que eu estou fazendo?", ela grita. Jack sempre acha que tem que gritar quando está na rua, como se de alguma forma o ar fresco tornasse impossível ouvir seu volume naturalmente alto. "Você é quem está andando sozinha na neve!"

"E-eu precisava de espaço", digo. "Pra pensar."

Ela dá um passo à frente e muda da silhueta para uma pessoa cheia e incolor, e mesmo que eu a tenha visto vinte minutos atrás, e mesmo que ela literalmente tenha partido meu coração, vê-la me faz sentir invencível e devastada ao mesmo tempo.

"Aquilo lá foi bem humilhante", Jack grita para mim, embora estejamos a três metros de distância.

Porra. "Me desculpa, Jack. A última coisa que eu queria fazer era te envergonhar no seu evento."

"Ah, não, eu não fiquei com vergonha." Ela faz um movimento de queixo para tirar o cabelo dos olhos.

"É um evento privado. Todos lá são conhecidos. Eu quis dizer que foi humilhante pra você."

Porra mesmo. "Bom." Dou de ombros de forma desajeitada. "Você vale a humilhação, eu acho."

Jack respira fundo e ajeita a postura.

"Foi... foi por isso que você me seguiu até a ponte Burnside, Jack? Para me dizer que eu deveria ter vergonha?"

"Não, eu..." Ela enfia os punhos nos bolsos daquela jaqueta Carhartt, maldita seja. "Eu abri seu presente depois do seu discursinho humilhante. E..."

"Eu sei que é meio estranho", acrescento, me sentindo mais humilhada a cada segundo, "desenhar para você como era o Pastel de Desfem antes, mas eu achei que era um bom lembrete do que você fez. Você sabe, o quão duro você trabalhou para transformá-lo no que é. Onde você começou, e onde você está agora. E emoldurei pra que você possa pendurá-lo nas paredes. Ou não. O que preferir."

"Eu com certeza vou pendurá-lo na parede. Você fez... você desenhou o prédio a partir das suas lembranças de quando eu te trouxe aqui no último Natal?"

Faço que sim com a cabeça. "Tenho uma memória muito boa para detalhes artísticos." *Honesta, mesmo quando é difícil.* "E me lembro basicamente de tudo sobre aquele dia."

Há uma pequena lasca de esperança no canto da boca de Jack. É sempre a porra da esperança que me pega. Isso me faz sentir como uma pilha estranha de gosma, mantida unida por uma jaqueta roxa bufante.

"Andrew disse que você está trabalhando em algo novo."

Concordo com a cabeça inquietamente, ciente de que ainda estamos de pé ao lado de uma ponte, na neve acumulada, enquanto os carros passam rastejando.

"Eu estou nesse projeto?"

Abro minha boca para dizer a ela que...

"Jogo da honestidade", Jack exige antes mesmo de eu ter a chance de responder.

Reviro os olhos. "Eu estava prestes a dizer *sim*, Jack. Você está nele." É a esperança que me faz sentir tão imprudente e selvagem quanto ela foi naquele primeiro dia juntas. "Eu não acho que poderia parar de desenhar você nem se eu tentasse. Você... você é a melhor parte de cada personagem que eu crio."

Ela suspira. Sua respiração é branca como a neve.

"Vendi o Airstream", ela desabafa. Então olha para os pés. Ou os meus pés. Ou talvez ela esteja olhando para nossos pés, dedos apontados uns para os outros na neve. "E ganhei muito dinheiro com a venda, porque Airstreams são ridiculamente caros, o que eu não sabia, porque também acontece que o irmão de Patty vendeu para mim com um grande desconto por pena."

"Não é a personificação da independência financeira que você pensou?"

Ela balança a cabeça. "Não, mas consegui usar o dinheiro que ganhei para me dar uma boa segurança até que o Pastel de Desfem comece a render dinheiro. E agora estou morando no quarto de hóspedes do novo apartamento da minha mãe. Ela está..." Jack respira fundo, agitada. "Ela está me ajudando a me manter firme, pelo menos um pouco."

"Jack, isso é... Uau." Vender aquele símbolo brilhante de sua liberdade, deixar sua mãe ajudá-la... "Isso é só *uau*."

"Sim." Ela olha para cima de nossos pés, e seu rosto é meio tentativa de apatia, meio esperança não adulterada. "Você usou o cachecol azul essa noite."

Meus dedos roçam o tecido amado em volta da minha garganta. "Usei."

"E nós estamos..." ela olha ao nosso redor, para a neve e a água escura abaixo, "... na ponte Burnside novamente."

"Estamos."

Ela tritura a neve com a ponta da bota. "E você se humilhou por mim esta noite."

Não adianta fingir agora, não quando ela provavelmente pode ver o muco grudado no meu rosto. "Eu me humilharia mil vezes por você, Jack."

Lá está ele — seu sorriso de canto, bem ali, nessa ponte, apenas nós duas. "Talvez só mais uma vez. Já que você se envolveu em mentiras com meu irmão..."

"Mais uma vez", digo, e espero, espero, espero. "Jack. Estou apaixonada por você. Demorou menos de quinze horas para eu me apaixonar por cada partezinha de você. Em particular, seu cabelo e a maneira estúpida como você mexe o queixo para tirá-lo do rosto."

"A maneira estúpida como eu o quê...?"

"E suas coxas, que são grossas e magníficas, e o jeito que você se posiciona firme como um carvalho ou precisa se apoiar em todas as superfícies disponíveis, já que não há meio-termo."

"Um *carvalho*? Isso deveria ser um elogio?"

"Sim. Você é um carvalho sexy. E você é corajosa e sincera, e eu amo sua forma de andar pesada e o fato de que você sempre grita, mesmo que você sempre fale alto demais para ser levada a um museu ou restaurante formal, e você é a preguiçosa mais inteligente que eu já conheci — provavelmente porque você não é preguiçosa, você é apenas uma aprendiz cinestésica que foi bombardeada com mensagens realmente negativas sobre o modo como seu cérebro funciona."

"Você está apaixonada pelo meu estilo de aprendizagem agora?"

"Você não está entendendo", digo impaciente e claramente. "Estou apaixonada por tudo em você, Jack Kim-Prescott."

Ela tira uma mão do bolso e pega a minha. Enquanto ela entrelaça nossos dedos, eu desmorono. Jack não se move. Ela só fica lá com um sorriso de canto descarado. Quero agarrá-la pelos ombros. Cravar minhas unhas em sua pele e beijar sua clavícula, memorizando a musculatura que permite que ela fique tão relaxada enquanto todo o meu corpo se revolta. "Prossiga. Certamente há mais coisas nesse seu discurso humilhante."

"Eu te amo." Dou de ombros. "E não tenho um plano para o que acontece a seguir. Moro em um armário e trabalho em uma loja de artigos de arte, e espero que um dia eu também possa contar histórias com minha arte. Mas talvez não. Talvez eu tenha que descobrir um sonho diferente em vez disso. E eu... Eu sei que te machuquei. Sei que traí sua confiança. Mas se você me der uma terceira chance, nunca mais farei isso."

"Você nunca mais vai ficar noiva do meu irmão em troca de dinheiro e mentir para mim sobre isso de novo?"

Balanço minha cabeça. "Esse é o tipo de erro que você só comete uma vez, prometo."

Jack balança a cabeça também, desalojando alguns flocos de neve. Há quase três polegadas no chão agora. A calçada e nossos jeans estão ambos cobertos de branco. Quero desenhar Jack assim. Quero passar o resto da minha vida desenhando Jack, na neve e em todos os lugares.

Eu penso: *Talvez eu não esteja tendo meu coração partido em uma ponte agora.* Mas realmente não tenho certeza.

"Vai ver aquele lance com a Claire me bagunçou mais do que eu imaginava", ela diz, estufando as bochechas. "Assim, me fazendo sentir uma fodida nos relacionamentos também. E definitivamente não superei todos os problemas que tenho com o fato de minha família não acreditar em mim. E o divórcio dos meus pais está meio que me afetando mais do que eu esperava, considerando que eu vinha torcendo por isso desde os dez anos. E depois tem todas essas coisas com meu avô me deixando de fora de seu testamento. É só que..."

"Você tem muita coisa pra lidar, com certeza." Não importa, *estou* prestes a ter meu coração partido. De um jeito gentil, ela vai me dizer que "está com a cabeça muito cheia" para namorar comigo. O que todo mundo sabe que é apenas algo que você diz quando não gosta muito de uma pessoa, mas não tem uma boa razão para isso.

"Estou lhe contando tudo isso para que você *saiba*." Jack umedece os lábios, e eu penso miseravelmente sobre como eu nunca vou lamber esses lábios novamente. "Eu não sou perfeita."

Bufo. "Jack, eu não estava dizendo que você é perfeita."

Ela se aproxima de mim. Seu corpo balança, então se replanta. "É só que... Estou realmente com medo de permitir que você também me ame. Tenho medo de me machucar de novo. E pior, tenho medo de me apagar em um relacionamento de novo."

"*Também...*", repito. Tenho oito corações, trinta costelas e não faço ideia do que está acontecendo.

"Dã." Jack revira os ombros desconfortavelmente dentro de sua jaqueta cáqui. "Claro que eu também amo você."

"Dã? Jack!" Aprecio o som de seu nome na minha língua, a visão de seu sorriso torto. "Essa é uma declaração de amor terrível."

"Devo comparar você a uma árvore e insultar o volume da sua voz?"

"Você tem um ponto." Pego nossas mãos unidas e as levanto à minha boca, beijando seus dedos frios na neve. "E Jack, eu não quero que você se apague nesse relacionamento. Não quero que você ignore nenhuma parte de quem você é."

Acontece rápido. Em um segundo, há uma rajada de neve entre nós, então não há nada. O polegar de Jack na minha mandíbula, a mão de Jack na minha cintura, a boca fria de Jack na minha. Ela tem gosto de macarons e *lar*. Como pão quente, como comida caseira. Lutas de bolas de neve e canções de Natal e fazer biscoitos. Beijar Jack me faz sentir que lar é o lugar que vamos construir juntas, e eu a beijo de volta, sofregamente.

E me abro inteiramente para ela, com língua e dentes, com dedos raspando os cabelos curtos em seu pescoço, meu corpo arqueado. Eu quero Jack, agora e sempre, e não adianta esconder isso. A maneira como Jack me beija de volta é tudo que eu sempre quis com a única pessoa que eu sempre quis.

Este não é um último beijo ou um beijo de despedida. Este é um primeiro beijo. Nosso primeiro beijo como as melhores versões de nós mesmas. Quando nos separamos, nossos óculos estão embaçados e nós duas estamos cobertas de neve. "Quero te ajudar a se destacar também, Elle", ela diz, rouca e ruidosamente. À moda de Jack.

"Isso é um sim, então?" Eu arquejo. Estou sem fôlego, mas apaixonada demais para ficar envergonhada. "Você vai me deixar te amar também?"

As mãos de Jack ainda estão na minha cintura. Acredito que ela nunca vai me deixar ir. "Não temos a menor ideia de como é estar em um relacionamento juntas."

"Não sei como é estar em um relacionamento com *ninguém*", esclareço. "Nós podemos descobrir isso juntas."

Envolvo seu corpo em meus braços. Sei que não há garantia de que isso vá durar. Podemos desmoronar em um ou cinco anos. Podemos desmoronar amanhã. Eu poderia dar tudo a Jack e perdê-la novamente de qualquer maneira. Pego o rosto dela em minhas mãos e a beijo mais uma vez, na pequena cicatriz branca em seu lábio superior.

Se forem doze horas, ou doze anos, ou o resto de nossas lindas vidas, vou saborear cada maldito segundo. Começando com este segundo na neve aqui fora, no brilho dos faróis de Gillian.

Puxo Jack em meus braços na ponte Burnside, balançando para a frente e para trás, dançando lentamente com ela em um globo de neve que é, de alguma forma, grande o suficiente para nós.

Agradecimentos

Quinta-feira, 28 de abril de 2022

Por alguma razão, decidi escrever um livro sobre fracasso em um momento da minha vida em que eu estava paralisada pelo medo de fracassar.

Não me *propus* a escrever um livro sobre fracasso. Era para ser uma comédia romântica de férias sobre uma lésbica estilo Bill Pullman, mas bem no início do processo de rascunho ficou claro para mim que o medo estava no centro da história de Ellie. E faz sentido. Comecei a escrever este livro em junho de 2020, logo depois de vender meu romance de estreia, e estava digerindo o fato de que as pessoas realmente iam ler algo que escrevi. Algo que seria ENXERGADO. Foi um sonho que se tornou realidade, sim, mas, para uma perfeccionista enrustida, eu não poderia imaginar nada mais aterrorizante do que mostrar a estranhos tudo de mim. Em vários sentidos, este livro é minha maneira de processar esse medo, de tentar me convencer de que algumas coisas são espetaculares demais para o medo.

Então, em primeiro lugar obrigada a minha terapeuta, Karen, sempre, por me ajudar a dar um novo sentido ao fracasso e ao que significa ter sucesso e estar orgulhosa de si mesma apenas por se expor. Você sabe que esse foi um esforço conjunto.

Obrigada a minha brilhante e incansável editora, Kaitlin Olson, por sempre se jogar comigo. Obrigada por seus insights e por sua paciência em me guiar através desse processo, e obrigada por acreditar que eu poderia dar conta, mesmo quando eu não tinha tanta certeza.

Obrigada a minha agente, Bibi Lewis, que apoiou este livro quando ele não era nada mais do que uma fanfic gay e mal desenvolvida do dorama *Enquanto Você Dormia*, e que me ajudou a entender a história que eu realmente queria contar. Obrigada por me salvar de tantas ideias ruins (incluindo o coma). Tenho a sorte de ter uma agente que se importa com nossa saúde mental e que trata seus clientes com muito cuidado. Eu não gostaria de passar por isso com ninguém além de você.

Obrigada a todas as pessoas apaixonadas nos bastidores da Atria e da Simon & Schuster que ajudaram a trazer este livro ao mundo. Obrigada à maior agente de todos os tempos, Megan Rudloff, que trabalha tanto para seus autores — mal posso acreditar na sorte que tenho de trabalhar com você. Obrigada, Raaga Rajagopala e Katelyn Phillips, por sua perspicácia de marketing, e Polly Watson, por sempre tornar as edições de texto tão divertidas. Obrigada a Sarah Horgan, pela linda capa, e Lexy Alemao por sua diagramação igualmente linda. Obrigada às assistentes editoriais Jade Hui e Elizabeth Hitti; minha editora de produção, Liz Byer; minha editora-chefe, Paige Lytle; e minha assistente editorial administrativa, Iris Chen. Obrigada a Nicole Bond, por colocar este livro e *A estratégia do charme* nos mercados estrangeiros. Obrigada a todas as pessoas em vendas e produção que esqueci de mencionar, mas cujo trabalho incansável é a espinha dorsal dessa indústria. São necessárias tantas pessoas para tornar esse sonho realidade, e admiro todos vocês para além da conta.

Obrigada aos leitores sensíveis que fizeram um trabalho emocional para me ajudar a contar essa história da maneira mais ponderada possível. Esther Kim e Ellie Mae McGregor, seus apontamentos perspicazes significaram o mundo para mim. Quaisquer descuidos são apenas erros meus.

Obrigada à minha irmã, Heather, por ler este livro tantas vezes e sempre se oferecer para lê-lo mais. Obrigada a Meredith Ryan, por me emprestar seu nome, sua carreira e seu cabelo incrível para a personagem que é a melhor amiga neste livro, e obrigada por sempre ser o perfeito Áries pro meu Peixes. Obrigada a Michelle Agne, cujo nome não usei, mas que pode ser encontrada nas melhores partes de cada personagem que escrevo. Sem querer ser estranha, mas você é a pessoa que eu quero ser quando crescer. Vocês três compõem o meu coração, e eu não poderia escrever sobre amor e alegria sem vocês. Obrigada por ficarem ao meu lado em todos os meus estágios de necessidade.

Obrigada a Andie Sheridan, por me dar o título deste livro e por me dar tanto do seu tempo e energia. Obrigada por todos os e-mails, Google Docs e brainstorms necessários para desbloquear a personagem Jack.

Obrigada a Jordan, que assumiu as rédeas durante as semanas de edição deste livro (também conhecidas como as quatro semanas mais difíceis da minha vida). Obrigada por me alimentar e limpar a casa e cuidar dos cachorros enquanto eu chorava na frente da tela do computador. Parece conveniente que eu tenha conhecido você enquanto revisava este livro; você vale cada risco.

Obrigada ao resto da minha família — Erin, Mark, Bill, Kim, Brooklyn e John — que comemoram cada vitória, por menor que seja. Obrigada à minha avó, Laverne O'Reilly, que faleceu em janeiro de 2022, e que tanto influenciou quem sou hoje.

Obrigada aos meus amigos de Portland — Leanna, Sarah, Hayley, Bryan C., Jill, Bryan B. e Julianne — que foram tão solidários e generosos garantindo vários exemplares do livro na pré-venda. Obrigada a Nicky, Tiana, Tiffany, Jill e, literalmente, a todos que já me enviaram uma foto de *A estratégia do charme* em uma livraria de aeroporto.

Obrigada à própria Portland, por ser uma cidadezinha estranha onde tantas pessoas LGBTQIAP+ se sentem em casa. Se você não é daqui, não é tão horrível quanto eles fazem parecer no noticiário, eu juro. Mas Portland, como muitas cidades nos Estados Unidos, está lutando com uma grande crise habitacional que só foi exacerbada pela pandemia, deixando muitos de nossos vizinhos sem moradia. Se você estiver interessado em saber mais sobre como apoiar a população desabrigada de Portland, pode encontrar informações no meu site alisoncochrun.com.

Obrigada a Venessa Kelley e Leanna Fabian, pela arte incrível que ajudou a dar vida a Ellie e Jack em minha mente. Obrigada a todos os outros artistas que responderam minhas perguntas sobre animação. E obrigada a todos os fãs de artistas que são tão importantes para a comunidade de romances e para a comunidade de livros em geral.

Obrigada a todos que responderam às minhas perguntas enquanto eu pesquisava para este livro. Em particular, às dezenas de ex-alunos da Ohio State que inundaram minhas DMS para que eu pudesse incluir um pequeno detalhe descartável neste livro. Vai, Buckeyes!

Sou muito grata a outros escritores que tornam o processo de publicação de livros um pouco menos solitário. Em particular, quero agradecer a Rachel Lynn Solomon, que é uma das pessoas mais generosas que já conheci, dentro e fora do mercado editorial, e que continuamente me lembra o que significa se mostrar para outras pessoas e ser vulnerável com sua arte. Quero agradecer a Anita Kelly, por ser minha amiga escritora na vida real. Obrigada a Chloe Liese e Mazey Eddings, que escrevem tão lindamente sobre saúde mental e neurodivergência.

O mais especial dos agradecimentos a Timothy Janovsky, porque eu literalmente não poderia ter escrito este livro sem você. Obrigada por ler o prólogo repetidas vezes (mesmo que você odeie prólogos), obrigada por me deixar vomitar palavras em todos os meus problemas de enredo e obrigada por me lembrar constantemente que você pode se safar de tudo com um livro natalino.

Obrigada aos outros #holigays22: Courtney Kae, Helena Greer e Jake Maia Arlow. Foi uma honra lançar um livro com personagens LGBTQIAP+ de Natal ao seu lado, e mal posso esperar para vê-los juntos nas prateleiras.

Obrigada a Taylor Swift, por escrever *evermore*, o álbum de Natal perfeito, e por lançar *Red TV* em meio ao meu processo de edição, para que eu pudesse ouvir "Forever Winter" repetidamente enquanto reescrevia os flashbacks deste livro pela milionésima vez.

"Obrigada" é um termo fraco para expressar minha gratidão a todos os livreiros e bibliotecários que colocaram meus livros nas mãos dos leitores. O mesmo vale para a comunidade do Bookstagram. Obrigada por lerem meus livros, falarem sobre meus livros, compartilharem meus livros.

Obrigada *a você* por pegar este livro e apoiar autores de romances LGBTQIAP+. Obrigada a todos os autores de romances queer que vieram antes de mim e abriram o caminho para que eu pudesse contar uma história sobre duas mulheres se apaixonando.

E, finalmente, obrigada a todos que me procuraram depois de ler *A estratégia do charme* para dizer que se sentiram vistos ou validados pelos personagens e suas experiências com saúde mental e sexualidade. Ao compartilhar suas histórias comigo, vocês me fizeram sentir vista e validada. Vocês me fazem sentir menos sozinha. Colocar sua arte no mundo é sempre um risco, mas todos vocês fazem isso valer a pena. Eu me sinto muito feliz por estar nessa jornada de escrita com vocês.

Se, como Ellie, você se sente travade pelo medo, com receio de compartilhar sua história e sua verdade, saiba que eu também estive aí. E há alegria e conexão do outro lado.